P9-CAU-676

MånPocket

ÅKE EDWARDSON
HIMLEN ÄR EN PLATS PÅ JORDEN

MånPocket

Omslag av Jan Cervin/JCD
Omslagsbild © Bulls Photonica
© Åke Edwardson 2001
Norstedts Förlag, Stockholm

www.manpocket.com

Denna MånPocket är utgiven enligt överenskommelse
med Norstedts Förlag, Stockholm

Tryckt i Danmark hos
Nørhaven Paperback A/S 2002

ISBN 91-7643-878-3

Till Anita och Kaj Hörberg

1

ETT AV BARNEN HOPPADE från klätterställningen ner i sandlådan och han skrattade, plötsligt, kort. Det såg roligt ut. Han ville också hoppa så men då skulle han behöva stiga ur bilen och gå runt staketet och in genom grinden och klättra upp på ställningen som var röd och gul.

Han visste att han hade radion på i bilen men han lyssnade inte. Det kom ett stänk av regn på fönstret och ett till. Han tittade uppåt och himlen var mörkare än förut. Han såg bort mot lekplatsen och träden bakom och utefter den vänstra kanten. Grenarna var utan löv, träden var nakna. Det som inte gick att se på sommaren var synligt nu. Staden var naken. Han hade tänkt så när han kört dit på gator som var våta. Den här staden var naken igen. Han tyckte inte om det. Det blev nästan värre än förut.

Nu hoppade ett barn igen. Barnet skrattade där det låg i sanden, han kunde höra det även när radion stod på, som nu. Han lyssnade inte på den. Han lyssnade på barnets skratt. Han skrattade själv nu. Han var inte glad men han skrattade för det lät så roligt att höra barnet skratta och att vara barn och hoppa och resa sig och hoppa igen.

Regnet slutade innan det egentligen hade börjat. Han rullade ner rutan lite till. Det luktade av höst som blir vinter. Ingenting annat luktade så. På marken låg löv som blivit svarta. Det gick människor på gångstigarna i parken. Några sköt barnvagnar framför sig. Det stod några människor inne på lekplatsen, vuxna människor. De var inte många. Barnen var många, och många av dem skrattade.

Han hade också skrattat, ja inte nu, men när han var barn. Han kunde minnas att han hade skrattat en gång när hans mamma lyft upp honom och hållit honom högt och hans huvud hade nuddat taklampan och det hade varit ett ljus däruppe som inte fanns kvar när hon satte ner honom igen.

Någon sa något på radion. Han hörde inte vad eftersom han var kvar i ett land där han var liten och hade kommit ner från taket igen och hans mamma hade sagt något som han inte mindes nu, inget av det mindes han, men hon hade sagt något och han hade senare tänkt så mycket på vad hon hade sagt, att det var viktigt för honom det där sista som hon sa till honom innan hon gick ut genom dörren och aldrig kom tillbaka.

Aldrig aldrig kom hon tillbaka.

Han kände att kinden var våt som bilrutan kunde ha varit om regnet hade fortsatt. Han hörde att han sa något nu men han visste inte vad.

Han såg på barnen igen.

Han såg rummet igen, det var senare men han var ännu liten, han satt och såg ut genom fönstret och det var regn på fönstret och han hade gjort en teckning som föreställde träden därute som inte hade löven kvar. Hans mamma stod bredvid de där träden. Om han ritade en bil satt hon i bilen. En häst och hon red. Ett litet barn och hon höll barnet i handen. De gick på gräs där det växte blommor som var röda och gula.

Han ritade fälten. Han ritade ett hav på andra sidan fälten.

På kvällarna bäddade han åt mamma. Han hade en liten soffa i sitt rum och han bäddade där med en filt och en kudde. Om hon skulle komma skulle hon kunna sova där. Bara lägga sig där direkt utan att han skulle behöva bädda, allt skulle vara klart.

Nu vevade han ner rutan helt och andades tungt. Han vevade upp den och startade bilen och körde runt lekplatsen så att han kunde parkera alldeles utanför ingången. Han öppnade bildörren. Det stod flera bilar runt om. Han kunde höra rösterna från barnen nu, som om de hade suttit i bilen. Kommit till hans bil, till honom.

Bilradion spelade musik, och den där rösten som han kände

igen kom tillbaka och sa något. Det var en röst som han hört flera gånger. Den pratade när han körde från arbetet på dagen. Ibland körde han på natten.

Han kände hur blöt marken var under fötterna. Han stod bredvid bilen och han visste inte hur han hamnat där. Det var konstigt, han hade tänkt på radion och sedan hade han plötsligt stått bredvid bilen.

Barnens skratt igen.

Han stod bredvid lekplatsen som låg bredvid träden som inte var en lövskog längre, bara nakna grenar.

Videokameran i hans hand var knappt större än ett cigarrettpaket. Kanske lite större. Att de kunde göra sådana. Han hörde knappt den svaga väsningen när han tryckte på knappen och filmade det han såg.

Han gick närmare. Det fanns barn överallt men han såg ingen stor person just nu. Var var alla stora? Barnen kunde inte klara sig själva, de kunde skada sig när de hoppade från den röda och gula träställningen eller slängde sig från gungorna.

Klätterställningen stod här, alldeles intill ingången. Han stod här.

Ett hopp.

Heeeej! Heeeej hopp!

Ett skratt. Han skrattade själv igen, hoppade, nej men kunde ha hoppat. Nu hjälpte han barnet som var en pojke. Upp igen, upp upp! Lyfta upp mot himlen!

Han tog upp det ur fickan och höll fram det. Titta vad jag har här.

Det var tre steg till ingången. Sedan fyra till bilen. Pojkens steg var små, sex till ingången, åtta till bilen.

Barn, barn överallt, han tänkte på att han var den ende som kunde se pojken nu, vaka över honom. De stora stod därborta med kaffekoppar som rök i luften som var kall och blöt också den, som marken.

Flera bilar. Pojken syntes inte alls nu, från något håll. Bara *han* såg honom, höll honom i handen nu.

Där är det. Ja, jag har en hel påse förstår du. Nu öppnar vi här. Kan du klättra in alldeles själv? Du är duktig.

Studentens bakhuvud hade skadats på ett sätt som gjorde att såret liknade ett kors eller något åt det hållet. Håret var rakat, såret syntes tydligare, det var ohyggligt, men han levde fortfarande. Nätt och jämnt, men han hade en chans.

Bertil Ringmars ansikte var blått i entréns belysning när de lämnade sjukhuset.

"Jag tyckte att du borde se det", sa Ringmar.

Winter nickade.

"Vad är det för tillhygge?" fortsatte Ringmar.

"En hacka av nåt slag. Nåt... lantbruksredskap. Köksredskap. Trädgårdsredskap. Jag vet inte, Bertil."

"Det är nåt... jag vet inte. Nåt jag påminns om."

Winter zappade upp dörren till sin Mercedes. Parkeringsdäcket var öde. Bilens lyktor flämtade till som en varning.

"Vi får höra med nån odalman", sa Winter när han körde nedför backen.

"Skämta inte bort det."

"Skämta? Vad finns det att skämta om?"

Ringmar svarade inte. Linnéplatsen var lika öde som parkeringsdäcket nyss.

"Det är den tredje", sa Ringmar.

Winter nickade och lossade på slipsen och knäppte upp de två översta knapparna i skjortan.

"Tre ungdomar mer eller mindre ihjälslagna med ett redskap vi inte kan grunna ut", sa Ringmar. "Tre studenter." Han vände sig mot Winter. "Är det ett mönster?"

"Att det är studenter? Eller att vi tycker oss se att såren bildar ett kors?"

"Att dom är studenter", sa Ringmar.

"Studenter är en stor grupp", sa Winter och fortsatte västerut. "Trettifemtusen eller nåt sånt i den här stan."

"Mhm."

"En rejäl bekantskapskrets även när dom bara umgås med sig själva", sa Winter.

Ringmar trummade på armstödet. Winter svängde av från leden och fortsatte mot norr. Gatorna blev smalare och villorna större.

"En hacka", sa Ringmar. "Vem bär omkring på en hacka en lördagskväll?"

"Jag vågar inte ens tänka på det", sa Winter.

"Var du student här i stan?"

"En kort stund."

"Vad läste du?"

"Jöken. Det blev inte mer."

"Jöken?"

"Juridisk översiktskurs. Det blev liksom inte mer, som jag sa."

"Ajöken efter jöken", sa Ringmar.

"Ha ha", sa Winter.

"Själv var jag a student of life", sa Ringmar.

"Vardå? Och när får man examen i det?"

Ringmar frustade till.

"Du har rätt, Erik. Examen sker oavbrutet. Det är en ständigt pågående belöning."

"Från vem?"

Ringmar svarade inte. Winter saktade farten.

"Ta till höger här så slipper du motet", sa Ringmar.

Winter gjorde som han blev tillsagd och lirkade sig förbi två bilar som stod parkerade och stannade framför en trävilla. Belysningen i huset kastade ett svagt ljus över gräset och genom lönnarna som såg ut som kroppsdelar som sträcktes mot himlen.

"Hänger du med in på en kvällsmacka?" frågade Ringmar.

Winter tittade på klockan.

"Väntar Angela med ostron och vin?" frågade Ringmar.

"Det är inte säsong riktigt än", svarade Winter.

"Du vill väl säga godnatt till Elsa?"

"Hon sover vid det här laget", sa Winter. "Okej, macka blir det. Har du sydslovakiskt öl?"

Ringmar plockade fram mat ur kylskåpet. Winter kom upp från källaren med tre flaskor.

"Det fanns väl tyvärr bara tjeckiskt", sa Ringmar över axeln.

"Jag förlåter dig", sa Winter och sträckte sig efter ölöppnaren.

"Rökt sik och äggröra?" frågade Ringmar från kylskåpet.

"Om vi har tid", sa Winter, "det tar lång tid att göra en bra äggröra. Har du gräslök förresten?"

Ringmar log och nickade och bar råvarorna till köksbänken och satte igång. Winter provsmakade ölet. Det var gott, svalt utan att vara kallt. Han drog av sig slipsen och hängde kavajen över stolsryggen. Det stramade i nacken efter en lång dag i livet. Student of life. En ständigt pågående belöning. Han såg studentens ansikte framför sig, och sedan baksidan. Juridikstuderande, som han själv en gång. Hade jag fortsatt kunde jag ha varit polismästare nu, tänkte han och drack en klunk igen. Kanske hade det varit bättre. Skyddad från gatorna. Inga krosskador på kroppar man står lutad över, inga nya hål, inget blod, inga sår som bildade formen av ett kors.

"Dom två andra har inga som helst ovänner", sa Ringmar bortifrån spisen där han rörde försiktigt i äggsmeten med en trägaffel.

"Förlåt?"

"Dom två andra offren som överlevt med märken i skallen. Inga ovänner alls säger dom."

"Det hör ungdomen till", sa Winter. "Inga riktiga ovänner."

"Du är också ung", sa Ringmar och lyfte den låga gjutjärnspannan. "Har du några ovänner?"

"Inga som helst", sa Winter. "Dom skaffar man sig senare i livet."

Ringmar gjorde i ordning smörgåsarna.

"Det ska egentligen vara brännvin till det här", sa han.

"Jag kan ta en taxi hem."

"Så var den saken avgjord", sa Ringmar och hämtade spriten.

"Det är samma gärningsman", sa Ringmar. "Vad är han ute efter?"

"Tillfredsställelsen i att orsaka skada", sa Winter och drack det sista av den andra snapsen och skakade på huvudet när Ringmar frågande höjde flaskan.

"Men inte hur som helst", sa Ringmar.

"Eller på vem som helst."

"Jo. Kanske."

"Vi får försöka höra den här killen i morgon", sa Winter.

"Slag bakifrån på mörk gata. Han såg inget, hörde inget, sa inget, vet inget."

"Vi får se."

"Pia Fröberg får anstränga sig lite till för att hjälpa oss med vapnet", sa Ringmar.

Winter såg rättsläkarens spända och bleka ansikte framför sig. En gång i tidernas begynnelse hade de varit ett par, eller något ditåt. Allt var glömt och förlåtet nu. Inte ovänner.

"Om det nu hjälper", fortsatte Ringmar och såg ner i sitt tomma ölglas.

De hörde ytterdörren öppnas och stängas och ett rop från en kvinnoröst.

"Vi är härinne", ropade Ringmar tillbaka.

Hans dotter kom in, fortfarande i anorak. Mörk som sin far, nästan samma längd, samma näsa, samma ögon som såg på Winter.

"Erik behövde sällskap", sa Ringmar.

"Det tror jag inte", sa hon och höll fram handen. Winter tog den.

"Ja, du känner väl fortfarande igen Moa?" sa Ringmar.

"Det är ett tag sen", sa Winter. "Du måste väl vara..."

"Tjufem", sa Moa Ringmar, "på väg mot pension och fortfarande boendes hemma. Vad sägs om det?"

"Man kan säga att Moa är mellan lägenheter precis nu", sa Ringmar. "Det här är mellanstationen."

"Det är en sån tid vi lever i", sa Moa, "barnen återvänder alltid till nästet."

"Trevligt", sa Winter.

"Bullshit", sa Moa Ringmar.

"Okej", sa Winter.

Hon satte sig.

"Får jag lite öl?"

Ringmar hämtade ett glas och hällde upp det som var kvar i den tredje flaskan.

"Jag hörde om den nya misshandelshistorien", sa hon.

"Var hörde du det?" frågade Ringmar.

"På institutionen. Killen gick ju där. Jakob heter han väl?"

"Känner du honom?"

"Nej. Inte personligen."

"Känner du nån som känner honom?" frågade Winter.

"Det här börjar bli obehagligt", svarade hon. "Jag förstår att ni är i tjänst igen." Hon tittade på Winter och sedan på sin far. "Förlåt mig. Det *är* allvarligt. Det var inte min mening att raljera."

"Alltså..." sa Winter.

"Nån som känner nån som känner honom kanske jag känner. Jag vet inte."

Vasaplatsen var tom och tyst när han steg ur taxin. Gatlyktorna kastade reflexer över pressbyråkiosken i kanten av Universitetsplatsen. Student of life, tänkte han igen när han knappade upp porten.

Det luktade vagt av tobak i hissen, en kvardröjande doft som kunde vara hans egen.

"Du luktar sprit", sa Angela när han böjde sig över henne i sängen.

"Ödåkra Taffel", sa han.

"Tyckte väl det", sa hon och vände sig om på andra sidan och sa in mot väggen: "Det är du som lämnar Elsa i morgon. Jag går upp halv sex."

"Jag var inne hos henne nyss. Sover sött som en sten."

Angela mumlade något.

"Va?"

"Vänta tills i morgon bitti", sa hon. "Tidigt."

Han visste. Skulle inte han veta? Efter ett halvårs barnledighet? Han visste allt om Elsa och hon visste allt om honom.

Det hade varit bra dagar, kanske hans bästa. Det fanns en stad därute som han inte sett på år. Det var samma gator men han hade rört sig på dem i marknivå, långsamt, ingen spanarblick efter mer än ännu ett kafé där de kunde stanna en stund och han kunde sätta ner fötterna i det där livet, det andra.

När han återvänt till kontoret efter ledigheten kände han en... hunger, en speciell känsla, nästan något att skämmas för. Som om han var redo för strid igen, verkligen redo för kriget som inte kunde vinnas men som måste utkämpas. Tja. Det var ju så. Högg man bort en arm på besten växte det ut en ny men det var bara att hugga.

Minuten innan han somnade tänkte han återigen på det egendomliga såret i studentens bakhuvud.

2

Kvällen var lugn på expeditionen, som en känsla före stormen. Men det blir inget oväder i kväll, tänkte vakthavande befäl Bengt Josefsson och såg ut mot träden, vilka också var lugna som före höststormarna. Fast nu är det efter höststormarna, tänkte han. Nu ser vi fram mot juuulen. Och sen kanske vi inte finns mer. Dom lägger ner detta närpo och Redbergsplatsen återgår till fienden.

Telefonen på skrivbordet ringde.

"Polisen Örgryte-Härlanda, Josefsson."

"Jaa... godd... godkväll. Är det polisen?"

"Ja."

"Jag ringde polisens växel och dom skulle koppla mig till en station som ligger vid Olskroken. Vi... bor där."

"Ni har kommit rätt", sa Josefsson. "Vad kan jag hjälpa till med?"

"Ja... jag vet inte vad jag ska säga..."

Josefsson väntade med pennan mot blocket. En kollega tappade något hårt på golvet i omklädningsrummet i slutet av korridoren.

"Berätta vad det gäller", sa han. "Vem är det jag talar med?"

Hon sa sitt namn och han skrev upp det. Berit Skarin.

"Det gäller min lille son", sa hon. "Han... jag vet inte... han har sagt här i kväll till oss... om vi förstått rätt... att han har suttit i en bil med en 'farbror' som han säger."

Kalle Skarin var fyra år och när han kom hem från dagis hade han ätit en smörgås med messmör och druckit en kopp choklad som han rört ihop själv med kakao, socker och lite grädde innan hans mamma hällt på den varma mjölken.

Lite senare hade han sagt att han suttit i en bil.

En bil?

En bil. Stor bil och radio. Radion prata och spela.

Åkte ni på utflykt i dag på dagis?

Inte utflykt. Lekplatsen.

Finns det bilar där?

Pojken hade nickat.

Leksaksbilar?

STOR bil, hade han sagt. Rikti bil. Rikti, och han hade gjort rörelser med händerna som om han styrt med en ratt. Brrrrm, brrrrmm.

Var?

Lekplats.

Kalle. Åkte du i en bil på lekplatsen?

Han hade nickat.

Vem åkte du med?

Fabro.

Fabro?

Fabro, fabro. Hade godis!

Kalle hade gjort en ny rörelse som kanske föreställde någon som höll fram en godispåse, kanske inte.

Berit Skarin hade känt som en kall vind över skalpen, en kyla genom hjässan. En främmande farbror som håller fram en godispåse till hennes lille son.

Olle borde höra det här men han skulle komma sent.

Och Kalle satt där framför henne. Hon hade tagit tag i honom när han var på väg därifrån till barnprogrammet i teve.

Körde bilen iväg?

Körde, körde. Brrrrrrmm.

Körde ni långt?

Det var en fråga han inte hade förstått.

Var fröken med?

Inge fröken. Fabro.

Han hade rusat in till teven. Hon hade sett efter honom och funderat och sedan gått bort till handväskan som legat på stolen i köket och letat upp telefonnumret hem till en i personalen och tvekat vid telefonen men ringt.

Ja... ursäkta att jag stör så här på kvällen... det är Berit Skarin... ja, Kalles mamma. Han har berättat en sak här i kväll som jag måste fråga om.

Bengt Josefsson lyssnade. Hon berättade om samtalet med en av dagisfröknarna.

"Det är ingen som märkt nåt", sa Berit Skarin.

"Nehej."

"Kan det gå till så?" frågade hon. "Kan nån komma med en bil och köra iväg med ett barn utan att nån i personalen märker det? Och sen komma tillbaka med barnet?"

Det kan hända värre saker än så, tänkte Josefsson.

"Jag vet inte", sa han. "Personalen märkte alltså inget?"

"Nej. Det måste dom väl göra?"

"Man kan tycka det", sa Josefsson men han tänkte något annat. Vem kan alltid hålla full uppsikt? Och vem är mannen som står därborta under trädet? Sitter i bilen?

"Hur länge säger er pojke att han var borta?"

"Han vet inte. Han är ett barn. Han kan inte skilja på fem minuter och femti när man frågar efteråt."

Bengt Josefsson tänkte.

"Tror ni på honom?" sa han.

Det var tyst i andra änden.

"Fru Skarin?"

"Jag vet inte", sa hon, "jag vet faktiskt inte."

"Har han... livlig fantasi?"

"Han är ett barn. Barn har livlig fantasi om allt är som det ska."

"Ja."

"Så vad ska jag göra?"

Bengt Josefsson tittade ner på sitt block där han skrivit några meningar.

Två av kollegerna kom springande förbi disken.

"Rån i kiosken!" ropade en.

Han hörde redan sirenen från en av bilarna därute.

"Hallå?" sa Berit Skarin.

"Ja, hallå. Ja... jag har antecknat här vad ni sagt... det är ju alltså inget försvinnande... jaa... vill ni göra en anmälan så..."

"Vad är det jag ska anmäla då?" sa hon.

Det är själva frågan, tänkte Josefsson. Olaga frihetsberövande? Nej. Försök eller förberedelse till sexualbrott? Jaa... kanske. Eller en mycket ung mans fantasi. Han hade uppenbarligen inte kommit till skada ef...

"Jag vill ta honom till en läkare nu", avbröt hon. "Jag tar allvarligt på det här."

"Ja", sa Josefsson.

"Ska jag ta honom till en läkare?"

"Har ni... undersökt honom själv?"

"Nej. Jag ringde direkt när han hade sagt det."

"Ja."

"Men jag ska göra det nu. Sen får jag se hur jag gör." Han hörde henne ropa till pojken och hörde ett svar långt bortifrån. "Han tittar på teve", sa hon. "Nu skrattar han."

"Kan jag få er adress och ert telefonnummer", sa Josefsson.

Han hörde sirenerna igen. Det lät som om de var på väg österut. Rånarjakt. Ett par mucho macho-slynglar från ghettona i norr med systemet fullt av kemisk stimulans. Farliga som fan.

"Tack så mycket då så länge", sa han frånvarande och ringde av. Han förtydligade sin handstil på ett par ställen och la papperet åt sidan för utskrift på datorn. I kväll skulle han stoppa in minnesanteckningen om det här i pärmen om han hann. Placerat under... vad? Inget hade ju hänt. Ett brott som väntade på att utföras?

Det fanns annat som redan hänt, höll på just nu.

Telefonen framför honom ringde igen, det ringde överallt på stationen. Sirener därute från söder. Han såg blixtljusen över gatan, vilt roterande som om piketen snart skulle lyfta och sväva bort dit där all action fanns.

Studenten Jakob var vaken men groggy bortom det fullt tillräkneliga. Ringmar satt bredvid och funderade på vad som hänt och hur. Det fanns blommor på sängbordet. Jakob var inte ensam i världen.

Någon kom in bakom Ringmar. Kanske fanns det ett igenkännade i Jakobs ögon. Ringmar vände sig om.

"Dom sa att jag kunde gå in", sa flickan som stod där med en blomsterkvast i handen. Hon verkade vara i samma ålder som hans egen dotter. Kanske känner dom varandra, tänkte han och reste sig när hon gick fram till sängen och gav Jakob en försiktig kram och sedan la blommorna på bordet. Jakobs ögon var slutna nu, sannolikt hade han tuppat av igen.

"Ännu fler blommor", sa hon och Ringmar såg att hon gärna ville läsa kortet på den andra buketten men inte kom sig för. Hon vände sig mot honom:

"Så du är alltså Moas pappa?"

Bra. Moa hade hjälpt till.

"Ja", svarade han. "Vi skulle kanske gå ut i väntrummet och prata lite?"

"Han hade väl bara otur", sa hon. "Eller vad man ska kalla det. Fel man på fel plats eller vad det heter."

De satt för sig själva vid fönstret. Dagen utanför verkade genomskinlig i sitt gråljus. Rummet hamnade i en egendomlig skugga från en sol som inte fanns. En kvinna hostade stilla i soffan vid pinnbordet som tyngdes av tidningar med bilder på kända människor som log. Kända för vem? hade Ringmar tänkt mer än en gång. Att besöka sjukhus ingick i jobbet och ofta hade han undrat varför Hänt-Extra och liknande tidningar alltid låg i högar i sjukhusens dystra väntrum. Kanske skänkte de tröst, som ett litet ljus som brann på borden i dessa salar. Ni därinne i tidningen som är fotograferade på alla premiärer kanske har varit som vi och vi kan bli som ni om vi blir friska och upptäckta i den stora talangjakten. Den pågick ständigt, oavbrutet. Bilderna på de där människorna var bevis på det. Där fanns inte plats för utfrätta polaroider på krossade bakhuvuden.

"Det var inte otur", sa Ringmar nu och tittade på flickan.

"Du ser yngre ut än jag trodde", sa hon.

"Eller med tanke på hur Moa beskrev mig", sa han.

Hon log och blev sedan allvarlig igen.

"Känner du nån som tycker riktigt illa om Jakob?" frågade Ringmar.

"Ingen tycker illa om honom", sa hon.

"Tycker han illa om nån?"

"Nej."

"Ingen alls?"

"Nej."

Det kanske är tiderna, tänkte Ringmar, och i så fall är det bra. När jag var ung var man alltid förbannad på något och någon. Ständigt förbannad.

"Hur väl känner du honom?" frågade han.

"Tja... han är min vän."

"Har ni fler gemensamma vänner?"

"Javisst."

Ringmar såg ut genom fönstret. Två ungdomar stod i regnet vid busshållplatsen femtio meter bort och höjde händerna mot skyn som av tacksamhet. Inga fiender alls. Det satans regnet var en kär vän.

"Inga våldsamma typer i vänkretsen?" frågade Ringmar.

"Absolut inte."

"Vad gjorde du när Jakob blev misshandlad?"

"När var det exakt?" frågade hon.

"Det får jag egentligen inte tala om för dig", sa han och så gjorde han det.

"Hade just sovit i två timmar eller nåt", svarade hon.

Men Jakob sov inte. Ringmar såg honom framför sig, lätt berusad på väg över Doktor Fries Torg. Mot spårvagnskuren? Det gick ingen vagn så sent. Och så någon någonstans ifrån, ett helvetes slag över bakhuvudet. Ingen hjälp från Doktor Fries. Lämnad att förblöda om inte killen som ringde in till centralen hade travat förbi och sett kroppen minuten efter att det hänt.

Jakob, det tredje offret. Tre olika ställen i stan. Samma typ av sår. Dödande, egentligen. Kanske. Men så hade det inte blivit. Inte än, tänkte han. De två andra offren hade ingen aning. Bara ett slag bakifrån. Såg inget, bara kände.

"Bor ni ihop?" frågade han.

"Nej."

Ringmar var tyst för ett ögonblick. Ungdomarna hade åkt iväg med bussen därute. Kanske ljusnade det i väster, ett ljusblått skimmer. Väntrummet låg högt upp i sjukhusbyggnaden som låg högt upp på berget. Kanske såg han havet, ett stilla fält under det blå.

"Du var inte orolig för honom?"

"Hurdå orolig?"

"Var han var den natten? Vad han gjorde?"

"Hörnu, vi är inte gifta eller nåt. Vi är... vänner."

"Så du visste inte var Jakob var den kvällen, eller natten?"

"Nej."

"Vem känner han där?"

"Var?"

"I Guldheden. Runt Doktor Fries Torg, Guldhedsskolan, det området."

"Ingen aning, faktiskt."

"Känner du nån där?"

"Som bor där? Neeej, det tror jag inte. Nej."

"Men han var där och det var där han blev nerslagen", sa Ringmar.

"Du får fråga honom", sa hon.

"Jag ska göra det så fort det går."

Winter hade lämnat Elsa på daghemmet. Han hade suttit en stund med en kopp kaffe medan hon arrangerade dagens arbete på det lilla skrivbordet: en röd telefon, papper, pennor, kritor, tidningar, tape, snören... resultatet skulle han få se i eftermiddag. Det skulle utan tvivel bli något unikt.

22

Hon märkte knappt när han kramade henne och gick. Han tände en Corps på gården utanför. Det gick inte att röka något annat efter så många år. Han hade försökt men nej. Corps såldes inte längre i landet men en kollega med täta besök i Bryssel stod för direktimporten.

Det var en mjuk morgon. Luften doftade av vinter men kändes som tidig höst. Han rökte igen och knäppte upp rocken och såg barn i fullt arbete runt om: byggnadsprojekt som innebar grävande och snickrande, gjuteriarbeten; all typ av sport och lek. Gymnastik med lek och idrott, som det hette när han var liten. Lek. Leken försvann från idrotten, tänkte han och såg en liten knatte på väg nedför slänten mot en glipa i buskaget. Han vände på huvudet och såg de två fröknarna med händerna fulla av barn som ville saker eller grät eller skrattade eller sprang åt olika håll, och han gick snabbt nedför backen och in i buskarna där grabben stod och slog på stängslet med sin spade i plast. Han vände sig om när Winter kom och log, som en fånge som var på väg att lyckas rymma från kåken.

Winter ledde tillbaka den lille som berättade något för honom som han inte riktigt förstod men nickade bifall åt. Halvvägs upp i slänten stod en av fröknarna.

"Jag visste inte att det fanns ett stängsel där", sa Winter.

"Det är tur vi har det", sa hon. "Vi skulle aldrig kunna hålla alla härinne på tomten annars."

Nu såg han Elsa på väg ut från huset, hon hade bestämt sig för att ta en paus från pappersarbetet.

"Svårt att hålla ett öga på alla samtidigt?" frågade han.

"Ja, det har blivit det." Han hörde ett slags suck. "Nu ska jag inte stå här och gnälla men eftersom du frågar så, jo, allt fler barn och allt färre personal." Hon gjorde en gest. "Men här är vi i alla fall inhägnade."

Winter såg Elsa i gungan. Hon ropade högt när hon såg honom och han vinkade.

"Hur gör ni när ni åker på utflykt då? Eller går iväg hela gänget till nån park eller större lekplats?"

"Det gör vi helst inte", sa hon.

*

Ringmar satt med studenten, Jakob Stillman. Han hade gjort skäl för sitt namn, men nu rörde han huvudet sakta och med svårighet och fixerade Ringmar från sjuksängen. Ringmar hade presenterat sig.

"Jag ska bara ställa några frågor", sa han. "Jag föreslår att du blinkar en gång vid svar ja och två gånger direkt efter varandra vid svar nej. Okej?"

Stillman blundade en gång.

"Bra." Ringmar flyttade stolen lite närmare. "Såg du nån bakom dig precis innan du fick smällen?"

En blinkning.

"Du märkte alltså nåt?" frågade Ringmar.

En blinkning igen. Ja.

"Var det långt borta?"

Två blinkningar. Nej.

"Var du ensam när du började gå över torget?"

Ja.

"Men du hann alltså se nån komma mot dig?"

Nej.

"Det var nån bakom dig?"

Ja.

"Hann du se nåt?"

Ja.

"Såg du ansiktet?"

Nej.

"Kroppen?"

Ja.

"Stor?"

Ingen blinkning alls. Killen är smartare än jag, tänkte Ringmar.

"Medelstor?"

Ja.

"En man?"

Ja.

24

"Skulle du känna igen honom?"
Nej.
"Var han mycket nära när du såg honom?"
Ja.
"Hörde du nåt ljud?"
Ja.
"Hörde du ljudet innan du såg honom?"
Ja.
"Var det därför du vände dig om?"
Ja.
"Var det ljudet av hans steg?"
Nej.
"Var det ljudet av nåt redskap som slog mot marken?"
Nej.
"Var det nåt ljud som inte hade med honom att göra?"
Nej.
"Var det nåt han sa?"
Ja.
"Förstod du vad han sa?"
Nej.
"Lät det som svenska?"
Nej.
"Lät det som nåt annat språk?"
Nej.
"Var det mer som ett skrik?"
Nej.
"Mer som ett läte?"
Ja.
"Ett lägre ljud?"
Ja.
"Ett mänskligt ljud?"
Nej.
"Men det kom från honom?"
Ja.

3

Han körde genom tunnlarna som var fyllda av ett mörker tätare än kvällen utanför. De nakna lamporna på väggarna gjorde mörkret tydligare. Bilarna han mötte färdades utan ljud.

Han körde med ett öppet fönster som släppte in luft och ett kallt sken. Det fanns inget ljus i änden av tunneln, bara mörker.

Det var som att köra i helvetet, tunnel efter tunnel. Han kunde dem alla, han cirklade runt stan i tunnlarna. Finns det ett namn för detta? tänkte han. En term.

Musiken på radion. Eller om han stoppat in en cd, det kom han inte ihåg. En vacker röst som han tyckte om att lyssna till när han körde under jorden. Snart hade allt grävts ner i stan. Hela leden utefter vattnet sänktes ner i helvetet.

Han satt framför teven och såg sin film. Lekplatsen, klätterställningen, kanan som barnen åkte nedför och ett av barnen skrattade och han skrattade också eftersom det såg så roligt ut. Han spolade tillbaka direkt och såg det där roliga en gång till och gjorde en anteckning på papperet som låg bredvid honom på bordet där det också stod en vas med sex tulpaner som han köpt samma eftermiddag. Både vasen och blommorna.

Nu var pojken där. Hans ansikte, sedan bilfönstret bakom, radion, baksätet. Pojken sa vad han skulle filma och han filmade. Varför skulle han inte göra det?

Papegojan som hängde ner från backspegeln. Han hade valt ut en gul och röd, precis som lekplatsens klätterställning som behövde målas om, men hans papegoja behövde inte målas alls.

Pojken som hade sagt att han hette Kalle tyckte om papegojan. Det syntes på filmen. Pojken pekade på papegojan och han filmade fast han körde. Det krävde skicklighet och han var bra på att köra och tänka på annat samtidigt, att göra annat. Det hade han varit bra på länge.

Nu hörde han rösterna, som om han slagit på volymen plötsligt. "Pegoja", sa han.

"Pegoja", svarade pojken och petade på den igen och den såg nästan ut som om den skulle flyga iväg.

Pegoja. Det var ett knep. Om någon annan såg den här filmen, vilket aldrig skulle ske, men om, bara om, så skulle det verka som om han försökte prata barnspråk, men det var inte så. Det var ett av hans knep som så många andra knep när man var liten och rösten plötsligt bl-bl-bl-bl-blev s-s-s-s-s-st-st-st-sto-sto-sto-sto-stoppad mitt i, när han börjat st-st-st-st-sta-sta-sta-stamma.

Det började när mamma åkte bort. Han kunde inte minnas att det varit så förut. Men efteråt. Han fick uppfinna saker som kunde hjälpa honom om han ville säga något. Det var inte så ofta men ibland. Det första knepet som han kunde minnas var pegoja. Papegoja kunde han inte säga, pa-pa-pa-pa-pe-pe-pe-pe, nej han kunde stå och hacka ett helt liv utan att komma fram till slutet av det där ordet. Pegoja gick av sig självt.

Han hörde ett ljud nu och kände igen det. Det kom från honom själv. Han grät igen och det var för att han hade tänkt på pegojan. Han hade haft en grön och röd pegoja när han var liten och lite också när han var större, en alldeles riktig som kunde säga hans namn och tre roliga saker till och som hetat Bill. Han var säker på att Bill varit riktig.

Filmen var slut. Han såg den en gång till. Bill var med i flera scener. Bill fanns kvar hos honom eftersom han hängde en liten pegoja i backspegeln varje gång han körde. De kunde vara olika, med olika färger, men det spelade ingen roll för de var Bill allihop. Ibland tänkte han på dem som Billy Boy. Pojken skrattade igen nu, precis innan det blev svart. Kalle Boy, tänkte han och så var filmen slut och han reste sig och gick och hämtade allt han behövde för kopieringsarbetet eller vad han skulle kalla det. Klippningen. Han tyckte om det arbetet.

"Låter som Hulken", sa Fredrik Halders.

"Det är första offret som sett nåt", sa Ringmar. "Stillman är den förste."

"Tja... det är ju inte säkert att det är samma hulk som utfört alla dåden", sa Halders.

Ringmar skakade på huvudet.

"Såren är identiska."

Halders masserade sin nacke. För inte så länge sedan hade han själv fått ett kraftigt slag som skadat en av kotorna och förlamat honom, men han hade fått tillbaka rörelseförmågan. För vad det nu var värt, hade han tänkt långt senare. Klumpig hade han alltid varit. Nu tog det tid att hitta tillbaka till den gamla klumpigheten.

Hitta tillbaka till det gamla livet. Hans före detta fru hade körts ihjäl av en smitare. Ett jävla ord. Före detta. Före detta hade mycket varit annorlunda.

Han levde i sitt före detta hus med sina barn som var allt annat än före detta.

Han masserade sin nacke.

"Vad är det för hacka då?" sa han.

Ringmar gjorde en gest med händerna upp i luften.

"Ishacka?" sa Halders.

"Nej", sa Ringmar. "Det är väl lite omodernt i dag."

"Hade vi jobbat i Chicago på 30-talet så hade det varit det själv-klara redskapet", sa Halders.

"Isblocken har blivit mindre", sa Ringmar.

"Istången har tagit över", sa Halders. "Till isen i drinken."

"Det är ingen istång heller", sa Ringmar.

Halders studerade fotografierna på Ringmars skrivbord. Skarpa färger, rakade skalper, sår. Inte första gången, men skillnaden var att de levde. Det vanligaste huvudet i arkivet var annars ett dött huvud. Inte dom här, tänkte han. Detta är talking heads.

"Skit i hackorna", sa han och tittade upp. "Det viktiga är att få tag på galningen oavsett vad han har för tillhygge."

"Det betyder nåt", sa Ringmar. "Det finns nåt... med dom här såren."

"Ja ja, men hela skiten måste få ett stopp oavsett."

Ringmar nickade och fortsatte att studera fotografierna.

"Tror du det var nån han kände?" sa Halders.

"Jag har tänkt tanken", sa Ringmar.

"Hur är det med dom andra två killarna? Dom andra två offren?"

"Tja... inget sett eller hört. En relativt öppen plats. Sent. Inga andra vittnen. Du vet ju själv. Lite på örat men inte dyngraka."

"Och så pang."

"Och samma gärningsman. Tror du det också?" frågade Ringmar.

"Ja."

"Mhm."

"Vi får sikta in oss ännu mer på offrens bekantskapskrets", sa Halders.

"Det är olika kretsar", sa Ringmar. "Dom känner inte varandra och har inte några gemensamma kompisar vad vi fått fram hittills."

"Dom rör sig alltså inte i samma cirklar", sa Halders, "och det vet vi alltså. Men samtidigt är dom studenter på institutioner centralt i stan och kanske har dom stött på varandra i nåt sammanhang utan att veta det. En klubb, en organisation, ett politiskt parti, handboll, fågelskådning, vad fan som helst. Herrklubb med strippor som stiger ur tårtor och sen står till tjänst med en avsugning av sparrisknopparna. Det kanske är så, och då tycker dom väl att dom har anledning att ljuga. Eller ett studentdisko. Kåren finns väl kvar. Det är ju snarare sannolikt att dom stött på varandra nånstans."

"Okej", sa Ringmar. "Och sen? Fanns gärningsmannen där också?"

"Inte vet jag. Men det är möjligt."

"Så han skulle medvetet vara ute efter dom här tre?"

"Det är en hypotes", sa Halders.

"En motsatt hypotes är att gärningsmannen var ute efter vem som helst och dom råkade komma i vägen", sa Ringmar. "Sent, öde, alkohol i kroppen som tar bort naturlig försiktighet."

Halders reste sig och gick bort till kartan på väggen. Han förde armarna i en stretchande rörelse över axlarna och Ringmar hörde kollegans leder knaka. Halders spejade bakåt och kanske log han. Sedan tittade han på kartan igen och satte fingret på den.

"Linnéplatsen första gången." Han förde fingret åt höger. "Kapellplatsen nästa." Han drog fingret nedåt. "Och nu Doktor Fries Torg." Han vände sig om och tittade på Ringmar. "Ett hyfsat begränsat område." Han tittade tillbaka på kartan. "Som en vinkelhake."

"Inte riktigt gångavstånd emellan", sa Ringmar.

"Det finns kommunala transportmedel."

"Inte så många på natten. Inga spårvagnar, till exempel."

"Nattbussar", sa Halders. "Eller så har Hulken bil. Eller så går han. Och överfallen skedde ju ändå inte samma natt."

"Varför byta plats?" sa Ringmar.

"Han tror väl att vi har resurser nog att hålla koll på det förra stället", sa Halders. "Han återvänder inte dit."

"Mhm."

"Vilket vi inte har."

"Det är nåt med dom här platserna", sa Ringmar. "Det är ingen tillfällighet." Han fortsatte som för sig själv: "Det är det sällan."

Halders svarade inte men han visste vad Ringmar menade. Platsen för ett våldsbrott betydde ofta någonting. Gärningsmannen, eller offret, hade nästan alltid någon form av anknytning till just den platsen, även om det inte verkade så till en början. Platsen är det centrala. Utgå alltid från platsen. Vidga sökandet därifrån.

"Jag har pratat med Birgersson", sa Ringmar. "Nu efter Guldheden. Vi får nog lite mer folk för att knacka dörr ordentligt."

Halders såg rotelchefen framför sig. Knotig som vegetationen i hans norrländska hembygd, kedjerökande efter ännu ett misslyckat försök att sluta.

"Visade du honom vinkelhaken?" frågade Halders. "Vinkelteorin? Den kan också utsträckas till ett triangelresonemang om man drar en linje till." Halders rörde fingret över kartan, från Doktor Fries Torg till Linnéplatsen.

"Nej. Du är den förste som sett detta fascinerande samband."

"Var inte ironisk, Bertil, du är för snäll för det." Halders log. "Men Birgersson är svag för matte, det vet jag, och framför allt de matematiska rumsfigurerna."

Halders log igen. Det kanske var Sture Birgersson som gjort det. Ingen begrep sig på honom. En gång varje år förvann han och ingen visste vart. Kanske Winter, kanske inte. Sture kanske drog runt på gatorna i svart slängkappa och med en norrländsk mekanisk hjortronplockare i handen och ritade kors i studenternas huvuden. Halders såg silhuetten under gatlyktan: Doktor Sture. Efteråt: Mister Birgersson. Frågan var vem som var värst.

"Så vi skulle få mer folk för att vi kan se en geometrisk figur här?" frågade Ringmar.

"Naturligtvis."

"Och ju mer den förändras desto mer resurser?"

"Självklart. Blir triangeln en kvadrat betyder ju det att Hulken har slagit till igen."

"Jag nöjer mig med triangeln", sa Ringmar.

Halders gick tillbaka till skrivbordet.

"Får vi ett par spanare till så kanske vi ska kolla busslinjerna dom här nätterna ordentligt", sa han. "Höra chaufförerna. Det kan ju inte vara så många."

"Taxi", sa Ringmar.

"Är du go eller? Våra mörkhyade vänner bakom ratten kör i sanning svart. När fick vi senast ett användbart tips från en taxichaffis?"

"Jag minns inte", sa Ringmar.

Solen gjorde allt ännu mer naket. Ja, så var det. Man kunde se det som det var. Där fanns ingenting längre, bara trädens stammar och grenar, och marken.

Solen gör ingen nytta här, tänkte han. Den tillhör andra ställen nu. Gå din väg.

Barnen hade tumlat av spårvagnen vid Linnéplatsen. Det var

alltid så, dag efter dag. De gick alltid i en lång rad över bollplanens döda gräs.

Ibland gick han efter.

Han hade ställt bilen på den andra sidan, dit barnen nu var på väg.

Det var första gången han kört just hit.

Han hade pratat med pojken i bilen. Det hade hänt en gång.

Han ville göra det igen. Nej. Nej. Nej! Han hade skrikit i natt. Nej!

Ja. Han gick här. Det var bara för att han ville... se, komma... nära. Det var ingenting.

Den långa raden därframme löstes upp och barnen fanns överallt. En liten flicka gick in i buskarna och kom ut på andra sidan och vände tillbaka igen, runt busken nu, och han såg bort mot de två fröknarna men han visste att de inte hade sett det.

Tänk om någon främmande hade stått bakom busken när den lilla flickan kom ut på andra sidan?

Nu såg han henne igen, ett varv till runt busken och sedan tillbaka till de andra barnen.

Han bar henne, hon var lätt som en fjäder. Ingen såg honom, träden hade inga löv men de stod tätt. Förvåningen när han lyfte henne och gick. Är det jag som gör det här? Handen så lätt över hennes mun. Det går så fort. Där är bilen. Man kan köra in här men ingen tänker på att göra det. Tror väl inte att det går, eller att man får.

Det här är bara något som jag lagt ovanpå. Nu lyfter vi här och går in i tältet. Ja, det är ett tält! Vi låtsas!

Vi har en radio. Nu säger en farbror något här? Hör du? Det kommer musik.

Här ska du se. Du får ta precis vad du vill. Du ser att det finns mycket här.

Så fint hår du har. Vad heter du? Vet du inte? Jooooo, det vet du.

Det här är Bill. Han heter så. Bill. Billy Boy. Han kan flyga. Ser du? Flyger flyger flyger.

Ellen? Heter du Ellen? Det är ett vackert namn. Det är ett fint namn. Vet du vad min mamma hette? Nej, det kan du inte veta.

Vad tycker du? Var det inte ett fint namn hon hade min mamma?

Vill du ha lite till? Du kan ta påsen.

Hä... hä... här ko-ko-ko-ko-kom-kommer den.

Han rörde handen över flickans huvud. Håret var som dun på en fågel, en liten fågel som levde och man kunde känna hur hjärtat rörde sig därinne. Han hade känt det en gång på en liten fågel som var mycket mindre än Bill. Det var när han själv var liten som en fågel.

Han rörde vid henne igen. Mannen i radion sa något igen. Han kunde nästan inte andas, han vevade ner fönstret och där fanns det luft så att han kunde andas. Han rörde vid flickan igen, dunet, alla de små benen. Hon sa något.

Kvällen slöt sig. Klar skärpa. Dagens sol hängde kvar mellan husen som ett minne som Winter andades in. Han kände den sena höstens luft mellan blossen på balkongen. Förvinter. Vasaplatsen nedanför honom avfolkades sakta. Alla åkte därifrån och hem till sig med bussarna och spårvagnarna och bilarna och lämnade honom och hans familj kvar här där de hörde hemma.

Angela hade inte pratat om hus på länge nu och han visste att hon tyckte som han, alltid hade gjort det. Staden var där för dem, och de för staden. Stenstaden, hjärtat. Hjärta av sten, tänkte han och rökte igen. Ett vackert hjärta av sten. Det var lättare att leva här. I villakvarteren ner mot havet blev man snabbare en trött människa, på väg runt hörnet. Allt blev en för stor stillhet. Herregud, han var redan runt hörnet, men inte mycket mer. Fyrtiotvå. Eller fyrtiotre. Just nu mindes han inte och det var lika bra.

Han huttrade till där han stod i skjortan men väntade medan cigarillen falnade i hans hand, som kvällen därute. Några ungdomar gled förbi nedanför, självklara rörelser. Han hörde skratten dit upp. De var på väg.

Han gick in. Elsa såg honom och kom fram och visade teckning-en hon gjort. En fågel som flög mitt i en himmel som var blå. De senaste veckorna hade alla hennes teckningar varit fyllda av blått och gult som var sand och himmel och jord, grönt som var sommarhagar där det växte blommor i alla färger som fanns i kritasken. Alltid sommar. Hösten hade inte bitit på Elsa ännu. Han hade samlat löv med henne i parken nedanför och burit upp dem och torkat dem men hon väntade i det längsta med att sätta hösten på bild. Lika bra det.

"En fågel", sa hon.

"Vad är det för fågel?" frågade han.

Hon såg ut att tänka.

"Mås", sa hon sedan.

"Fiskmås", sa han.

"Fismås", sa hon och började på ett nytt vitt papper.

"Fismås", sa han till Angela som kommit ut från Elsas rum, "ja, det skulle man väl kunna kalla dom. Eller skitmås."

"Skit", sa Elsa.

"Se där", sa Angela.

"Det ordet kan hon sen länge", sa Winter.

"Låt måsen skratta lite", sa han till Elsa och skrattade själv, ha-ha-ha-HA-HA. Hon såg först nästan rädd ut men sedan skrattade hon till.

Winter tog en krita och ett nytt papper och ritade något som kunde vara en mås som skrattade. Det fanns till och med ett namn för den måsarten och han skrev det överst, Sigge Skrattmås, som ett minne för eftervärlden. Det var hans första teckning på trettio år.

"Det ser ut som en flygande griskulting", sa Angela.

"Ja, är det inte fantastiskt? En skrattande gris som kan flyga."

"Grisar *kan* flyga", sa Elsa.

De satt med ett glas rött vin vid köksbordet. Elsa sov. Winter hade gjort några sardellsmörgåsar som var slut.

"Man blev törstig av dom där", sa han och reste sig och hämtade mer vatten.

"Jag stötte ihop med Bertil på avdelningen", sa Angela.

"Ja, han var där."

Angela strök sig över näsroten med fingret. Han såg en svag skugga under ena ögat, bara ena. Hon var trött, som han. Inte mycket, men som man var efter en dag. Hon kunde inte alltid släppa sin läkargärning när hon var hemma, men hon var bättre på sådant än han. Ändå hade han blivit bättre, inte bra men bättre. Förr kunde han sitta över sin powerbook med sina fall tills han somnade i stolen. Den ensamheten hade han inte nu och han saknade den inte.

"Den där pojken fick ett hårt slag", sa hon. "Han kunde ha dött."

"Som dom andra."

Hon nickade. Han såg skuggan i ansiktet fördjupas när hon böjde sig framåt. När hon förde huvudet bakåt igen var den nästan borta.

Deras... vardag flöt samman. Eller vad man skulle kalla den. Deras yrkesutövning. Var det förutbestämt att det skulle bli så? Han hade tänkt så någon gång. När de träffades hade Angela bestämt sig för att börja läsa medicin. Han själv hade börjat på spaningsroteln, som grön assistent.

Numera såg hon rakt in i hans värld och han i hennes. De skadade och döende och ibland döda kom från hans värld till hennes och han följde efter och alla rörde sig sedan fram och tillbaka mellan de där världarna, som Bertil nyss, som stött ihop med Angela när han försökte dra fram ord ur en sönderslagen kropp som Angela samtidigt försökte hela. Ja, fy fan. Han drack det sista av vinet i glaset. Hon hällde i vatten i sitt glas. Radion mumlade på bänken. Det var nästan natt.

"Det verkar lite stökigt på dagis", sa han.

"Hur menar du då?"

"Tja... många barn och lite personal."

"Allt fler av det ena och allt färre av det andra."

"Ja."

"Är det nåt särskilt som fått dig att tänka på det nu?"

"Jag vet inte... i morse kanske, när jag lämnade Elsa. Dom verkade inte kunna hålla full koll på barnen."

”Är det inte polisen i dig som talar nu?”

”I så fall är det väl ännu viktigare? Eller ännu allvarligare? Polisen i mig ser bristerna i säkerhet.”

”Bristerna i säkerhet? Du låter som om du ansvarar för president Bushs säkerhet eller nåt.”

”Bush? Han klarar sig bra själv. Det är hans omgivning som behöver beskydd.”

”Du vet nog vad jag menar.”

”Och jag menar att man inte kan riskera att ett barn kommer bort. Det var en liten en som gick igenom en häck eller nåt och stoppades enbart av stängslet.”

”Det är ju därför det är ett stängsel där, Erik. För att barnen inte ska komma ut. Eller bort.”

”Men ingen såg att han villade sig in där.”

”Dom behöver ju inte hålla koll på just det. Personalen vet att det finns ett stängsel på andra sidan.”

”Så allt är bara bra då?”

”Det har jag inte sagt. Vad jag minns sa jag nyss att det blir allt fler barn och allt färre personal. Det tror fasen det att det är ett problem.” Hon drack lite mer vatten. ”Ett stort problem. På flera sätt.”

”Och där kommer vi in på... tja, säkerheten igen”, sa han. ”Vilket ansvar det är för dom futtiga få i personalen. Hålla reda på alla dessa ungar som vinglar åt alla håll.”

”Mhm.”

”När dom gör utflykt nånstans. Om dom nu vågar. Det verkar förresten som om dom inte vågar längre.” Han strök sig över hakan som raspade. ”Och det är en befogad rädsla.”

Han fingrade på vinflaskan men avstod från att hälla upp ett glas till. Hon tittade på honom.

”Du vet för mycket om alla faror som hotar”, sa hon.

”Det är väl som du då, Angela. Du känner ju till allt man kan bli sjuk av.”

”Är det nåt särskilt det här med dagis och säkerhet?” frågade hon.

”Det... handlar väl om barn och deras säkerhet i allmänhet”, sa han. "Och ja, jag vet kanske för mycket om farorna. Det skulle du också om du till exempel ställde dig på en lekplats och verkligen studerade omgivningen. Kanske får du syn på nån som rör sig runt om och studerar barnen. Såna kan stå utanför ett dagis. Eller utanför skolor när det ringer ut. Eller sitta i sina bilar och titta när flickorna spelar handboll eller volleyboll. Vi har koll på en del av dom, förstås. Herrar som tar fina bilen från företaget efter senaste styrelsemötet och parkerar utanför skolgården med GP i knät och handen runt kuken när tjejerna hoppar under korgen."

"Du låter cynisk, Erik."

"Cynisk? För att jag säger hur det är?"

"Vad gör ni då?"

"Va?"

"Vad gör ni åt dom fina herrarna i dom fina bilarna? Och dom andra som smyger omkring där."

"Försöker hålla koll, i första hand. Det går ju inte att gripa nån som sitter i sin bil och läser tidningen, eller hur? I en demokrati är det inte ett brott."

"Herregud."

"Men fattar du inte? Vi måste vänta tills det begås ett brott. Det är ju det som är det jävliga. Vi vet men vi kan inte göra nåt."

"Kan ni inte... varna?"

"Hur då?"

"Erik, det är in..."

"Nej, men jag är ärlig och allvarlig här. Jag skulle gärna varna hur mycket som helst om jag bara sen kunde fortsätta att jobba. Men det går inte att slita upp dörren till bilen. Eller gripa nån som ser skum ut och står under ett träd intill en lekplats."

"Men du funderar på det."

"Det slog mig just i morse på dagis hur utsatta barnen faktiskt är, och ungdomarna. Dels för blickarna och allt det som hör till. Det som det för med sig. Men också för faran. Själva faran."

"Ja."

"Jag skulle gärna sända ut hur många varningar som helst men det är svårt. Och det kräver mycket personal." Han hällde upp mer vin i alla fall. "Där är vi i samma situation som dagisfröknarna", sa han och log.

Hon rös till, som om fönstret mot innergården öppnats på vid gavel i stället för den lilla springa som släppte in en tunn doft av natten.

"Usch, Erik, du har gett mig kalla kårar av det här."

Han svarade inte.

"Elsa går på dagis", sa hon. "Elsa tillhör en stor grupp barn med för få fröknar. Nu kan jag inte tänka på nåt annat än det här."

"Förlåt mig."

"Nej nej. Det är ju likadant för dig." Hon skrattade plötsligt till, kort och högt. "Herregud, det är inga problem att oroa sig när man blivit förälder." Hon tittade på honom. "Vad ska vi göra? Byta dagis? Anställa en barnflicka? Skaffa en personlig vakt till Elsa?"

Han log igen.

"Där finns faktiskt ett stängsel, som du påpekade för en stund sen. Och Elsa älskar sitt dagis."

"Så det här är bara en... suggestion du satt igång?" Hon drack upp vattnet i sitt glas. "I så fall biter den bra på mig."

"Fan, det var dumt att prata om alla faror."

"Åtminstone om alla sjuka gubbjävlar utanför skolorna", sa Angela. "Vad händer när hon börjar första klass?" Hon reste sig snabbt. "Nej, nu får det räcka för i kväll. Jag tar en dusch."

4

POLISINSPEKTÖR JANNE ALINDER lyfte sin första lur för kvällen, hans pass tre sekunder gammalt. Han satt inte ens.

"Polisen Majorna-Linnéstaden, Alinder", sa han och sjönk ner på snurrstolen som gnällde av tyngden.

"Hallå är det polisen för Linnéstaden?"

Jag sa väl just det, tänkte han. Det var alltid detsamma. Ingen lyssnade. Berodde det på honom, eller på dem som ringde? Vad ville de ha bekräftat? Det vore bättre att bara svara "hallå" eftersom frågan skulle komma i alla fall.

"Det här är polisen på Tredje Långgatan", sa han för övertydlighetens skull.

"Det är min flicka", sa rösten som tillhörde en kvinna som kunde vara ung eller medelålders. Han var rätt dålig på röster. Speciellt kvinnoröster. Åtskilliga gånger hade han lyssnat på någon i telefonen som lät som vadhonnuheter den sexiga nyhetsuppläsaren i TV 4, för att, om han träffade henne, hon som ringt, finna att hon var faster Agda med åren lååångt bakom sig. Och tvärtom. Röst som en rova och kropp som Monroe.

"Vem talar jag med?" frågade han och höll pennan i handen. Hon presenterade sig. Lena Sköld.

"Det har varit nåt konstigt", sa Lena Sköld.

"Berätta från början", sa Alinder med rösten fylld av lyssnarrutin.

"Jag kan inte förstå..."

"Vad är det som har hänt?"

"Det är alltså min lilla dotter... Ellen... hon har berättat för mig att hon träffade nån i eftermiddags."

"Jaha?"

"När hon var i Slottsskogen med dagis. Vid Plikta. Lekplatsen. Den ligger alldeles vid kors..."

"Jag vet var det är", sa Alinder.

Mer än väl, tänkte han. Där hade han tillbringat år när barnen var små. Han hade stått där, oftast frusen, ibland bakfull som en älg, men han hade gått dit med barnen eftersom Plikta låg närmast lägenheten på Olivedalsgatan och han inte fann någon anledning att säga nej. Han var glad att han inte sagt nej. Den som inte säger nej får sin belöning efteråt. Den som säger nej får sitt straff av barnen när de lämnar hemmet och aldrig ser sig om, bye bye. She's leaving home, bye bye.

"Hon träffade tydligen en man där. En farbror, som hon säger. Hon satt i hans bil."

"Vad säger personalen?"

"Dagisfröknarna? Ja... jag ringde en som var med men hon har inte märkt nåt."

Alinder väntade.

"Är det vanligt att man inte märker nåt?" sa Lena Sköld.

Det beror på om det hänt nåt, tänkte Alinder.

"Var är er dotter?" frågade han.

"Hon sitter här vid bordet framför mig och ritar", sa kvinnan.

"Och hon har berättat att hon satt med en man i en bil? Har jag uppfattat det rätt?"

"Det är åtminstone så som jag själv uppfattat det", sa Lena Sköld.

"Hon följde alltså med nån? Utan att personalen märkte det?"

"Ja..."

"Är hon skadad?"

Rakt på sak. Bättre att vara rakt på sak.

"In... inte vad jag kan se. Jag har faktiskt tittat... nyss. Det var bara för en timme sen eller nåt sånt som hon sa det."

"En timme?"

"Eller två, kanske."

"Hur verkar hon?"

"Tja... glad. Som vanligt."

"Jaha", sa Alinder.

"Jag hade ingen att fråga hur jag ska göra", sa Lena Sköld. "Jag är ensamstående med Ellen och min ma... alltså min före detta är ingen jag vill gå till med nåt överhuvudtaget."

Säger du det så tror jag dig, tänkte Alinder. Stan var full av svin och deras före detta kvinnor gjorde bäst i att hålla sig på mils avstånd. Och barnen.

"Tror ni själv på det Ellen säger?" frågade han.

"Eh... ja... jag vet inte. Hon har en livlig fantasi."

"Det har barn. En del vuxna också."

"Menar ni mig?"

"Nej nej, det vara bara nåt som... slank ur mig."

"Jaha."

"Vad sa ni om Ellens fantasi?"

Han hörde flickan nu. Hon måste sitta alldeles bredvid modern vid bordet. Han hörde ordet "fantasi" och hörde det förklaras av Lena Sköld och hur flickan ställde någon fråga till som han inte uppfattade. Sedan kom mammans röst tillbaka:

"Förlåt, men Ellen lyssnade ju på vad jag sa. Men nu har hon gått in till sitt rum för att hämta ett par papper till."

"Hennes fantasi", upprepade Alinder.

"Hon hittar på rätt mycket, om jag ska vara ärlig. Fantasi... saker, eller fantasimänniskor... såna hon säger att hon pratar med. Till och med här hemma. I sitt rum. Det är väl inte alldeles ovanligt för barn."

"Men ni bestämde er för att ringa hit. Till polisen."

"Ja, det är väl konstigt kanske. Men det var nåt annat... som om hon faktiskt inte hittade på den här gången. Jag vet inte hur jag ska förklara det... men jag liksom trodde på det. På det lilla hon sa, ska jag väl säga."

"Och *det* är alltså att hon suttit i en bil med en främmande farbror?"

"I princip ja."

"Och mer?"

"Godis, tror jag. Jag tror att hon fick godis."

"Hur gammal är Ellen?"

"Nästan tre och ett halvt."

"Pratar hon bra?"

"Ganska bra."

"Har hon sagt nåt mer om bilen? Eller om den här mannen?"

"Nej. Men vi har inte pratat hela kvällen om det. Hon sa nåt när hon kom hem, när jag hade hämtat henne, och så frågade jag nåt och sen började jag tänka och sen ringde jag den där fröken och så ringde jag er på polisen och... ja..."

Alinder såg på papperet framför sig. Han hade antecknat hennes namn och adress och telefonnummer under dag- och kvällstid och sammanfattat det hon sagt. Det fanns inte mer att göra nu. Men han tog det på allvar, på sitt sätt. Flickan kunde ha suttit hos någon, i en bil. Det var möjligt. Eller bara suttit i en stor träbil. Det fanns en sådan på Plikta. Kanske hade hon plötsligt förstorat en dagiskompis tio gånger. Kanske hade hon drömt om godis, miljoner godispåsar, som han själv kunde drömma om lysande maträtter nu när käket hade börjat betyda mer än sex.

"Säger hon nåt mer om... mötet så skriv ner det och hör av er igen", sa han.

"Så vad händer nu?"

"Jag har noterat allt ni sagt och jag skriver ut ett protokoll av det här samtalet och arkiverar det."

"Är det allt?"

"Vad tycker ni själv vi ska göra, fru Sköld?"

"Jag är inte fru längre."

"Vad ska vi göra?"

"Jag vet inte. Jag ska prata lite mer med dagispersonalen och så kanske jag hör av mig igen."

"Bra."

"Men... ja, det kan ju vara så att hon hittat på det. Hon är ju inte nervös eller nånting sånt. Verkar inte rädd eller uppskrämd eller nåt."

Alinder svarade inte. Han tittade på klockan. Det hade varit ett långt samtal. Men inte för långt. Han gjorde en anteckning till.

"Vad sa ni att ni hette, sa ni?"

"Alinder, Janne Alinder."

"Ja, tack då."

Han kom att tänka på en sak. Varför inte göra det här ordentligt när det nu ändå gjordes.

"Jo, försök se om hon saknar nåt. Om Ellen blivit av med nåt nyss."

Staden svischade förbi utanför de breda fönstren, lika avklädd i kväll som i morse och i går och i morgon. Han satt nästan som i en dröm men han skötte sitt arbete perfekt. Det fanns ingenting att klaga på i det han gjorde.

God dag, god dag.

Naturligtvis öppnar jag dörrarna i mitten en gång till.

Javisst kan jag vänta en halvminut medan du springer därbort- ifrån hit till vagnen som borde gå nu för att hålla tidtabellen, men jag är inget monster som kör iväg mitt framför näsan på folk.

Det fanns sådana förare men han var inte sådan, absolut inte.

Sådana borde göra något annat. De ska definitivt inte köra folk hit och dit, tänkte han och ökade farten på vindrutetorkarna efter- som regnet tilltog.

Han trivdes på den här sträckningen. Han hade kört här så länge att han kunde varenda knyck och krök och kulle.

Han kunde köra buss också. Han hade sina favoritlinjer där också men han tänkte inte berätta om dem för någon. Inte för att någon frågade, men han skulle inte berätta ändå.

Han hade kanske berättat lite för flickan. Konstigt, men han kunde inte komma ihåg. Jo, han kom ihåg nu. Han hade rört vid henne och det hade känts som dun på en liten fågel, med de små benen innanför, och han hade hållit kvar handen och han hade sett på sin hand och den hade darrat och han visste, just då visste han, som om han kunde se framåt, se in i framtiden, vad han kunde göra med fli-fli-fli-fli-flickaaaaan om han höll kvar handen, och han hade gömt den då, gömt den innanför jackan och tröjan och skjortan, gömt den för sig själv och för henne och sedan hade han gömt ansiktet så att hon inte skulle se. Han hade öppnat dörren åt henne och hjälpt henne ut och han hade varit därifrån. När han kom hem hade ha...

"Ska vi köra nån gång eller?"

Han ryckte till och såg mannen i backspegeln som nästan lutade sig in i spårvagnens förarbås. Det var inte tillåtet. Föraren mås...

"Det har vatt rött och grönt och gredelint och vitt tie gånger nu så nu får du fan köra, göbbe", sa mannen och han kände stanken av sprit rakt genom glaset som skyddade honom mot den hemske på andra sidan.

"KÖR!" skrek den hemske nu.

Det tutade bakom honom.

Det tutade från sidorna. Han såg rakt fram och signalerna slog om och ha...

"KÖR FÖR FAN!" skrek den hemske som tog tag i hans skydds-dörr och han släppte iväg vagnen lite fortare än han hade tänkt och det hände nåt med signalerna som inte skulle hända och han följde med vagnen framåt, det var inte han som styrde längre, det var som om den andre satt bakom spakarna, den hemske som luktade sprit, som stank sprit ända dit in, och han blev plötsligt rädd för att polisen skulle komma och stanna dem just där och känna spritluk-ten och tro att han, att *han*, men han drack aldrig någonting och om de skulle tro det, att han körde berusad, så skulle han aldrig mer kunna köra. Det vore fruktansvärt.

Han ökade farten över korsningen som för att köra bort från hotet som hängde på hans glasdörr, men signalerna hade redan slagit om för trafiken från öster och norr och söder och han braka-de rakt in i baken på en Volvo V 70 som just svängt runt från leden och Volvon rände in i en Audi som stannat för rött framför. En annan Volvo körde in i spårvagnens högra sida. En BMW rände in i Volvon. Han lät vagnen stanna av sig själv. Han kunde inte röra spakarna, och inte sig själv. Han hörde sirener långt borta som närmade sig.

"KÖR!" skrek den hemske.

5

JANNE ALINDER SATT I RADIOBIL bara i undantagsfall men nu var det ett sådant och typiskt nog brakade helvetet löst trots att han körde så lugnt och stilla nedför den vackra boulevarden. Spårvagnen därframme löpte amok och liksom *studsade* över korsningen och blev som en hård krockkudde för personbilarna som brakade in i vagnen från alla väderstreck.

"Saatans perkellä", sa Johan Minnonen som satt bredvid och var naturaliserad finne och därefter polis och som sällan sa något på finska.

Alinder ringde efter styrkorna direkt. Det såg illa ut. Bilarna hade glidit upp på vagnens väggar och ner igen. Det krävdes inte mycket till fart. Han hörde att någon skrek. Han hörde en motor som inte ville hålla käften fast den skalv i dödsryckningar. Han hörde sirenerna. Han såg ljusen. Någon skrek igen, en kvinna. Där kom en ambulans. Den måste ha varit runt hörnet när han ringde. Där kom piketen. Där kom en piket till, och en radiobil som hade fått de nya ljusen som sprätte från taket i cirklar ut över hela Västra Götaland.

Ingen hade dött. Det visade sig att det fanns en bruten arm och stukningar och brännsår från airbags som fällts ut. Ett fyllo som stått bredvid spårvagnens förarhytt hade studsat in i vindrutan utan att den krossats. Fyllots panna hade däremot krossats men inget av hjärnan hade runnit ut vad de kunnat se.

Han kan snart fortsätta att njuta av livet, hade Alinder tänkt när fyllot burits bort till ambulansen.

Alinder hade varit den förste uppe i vagnen när han väl fått föraren att kvickna till så pass att han kunde öppna dörrarna. Alinder hade sett sig om: den blödande mannen därframme, en kvinna som grät högt med ett tjutande ljud, några barn som trängdes på en stol bredvid en man som fortfarande höll armarna om dem som ett skydd mot smällen som redan skett. Två unga män på stolarna bakom. En var svart och en var vit och blek i de olika ljusen som krockade inne i vagnen. Den svarte kunde också vara blek.

Föraren hade suttit stilla och sett rakt fram, i den riktning som han skulle ha fortsatt i lugn och ro om han skött sitt jobb och följt signalerna. Det stank sprit men det kunde komma från mannen som legat på golvet och spärrat dörren till förarhytten. Klart det gjorde, det såg ut som ett riktigt fyllefyllesvin. Men föraren kunde ha tutat i sig också. Det hade hänt förr.

Föraren hade sakta vänt ansiktet mot honom. Han hade verkat lugn och oskadd. Han hade lyft upp sin portfölj på knäna och låtit den vila där. Alinder hade inte sett något speciellt i förarutrymmet. Hur skulle det se ut i vanliga fall? Det var inte hans bord.

På en knapp bakom föraren hade det hängt något i ett snöre. Alinder hade sett att det var ett leksaksdjur, litet, en fågel kanske i en grön färg som inte skilde sig mycket från väggen därinne. Näbb hade den. Hade sett ut som en maskot.

Föraren hade snurrat lite på stolen och höjt vänsterhanden och lyft ner grejen och stoppat ner den i portföljen. Jaha. Maskot. Alla behöver vi nåt slags sällskap, tänkte Alinder, eller beskydd kanske. Hjälp för skrockfulla. Men inte hade det där fjäderfät hjälpt den här gossen.

Vagnen hade varit halvfull. Folk hade börjat gå av när han vände sig om. Kollegerna som skulle hindra dem hade ännu inte kommit.

"Jag skulle uppskatta om ni väntade här i vagnen tills vi har rett ut situationen", hade han sagt.

Två unga män med nålar genom halva huvudet hade vänt sig om och sedan fortsatt ut genom dörren. Inte för att jag klandrar dom, hade Alinder tänkt. Eller tänker stoppa dom. Jag kan inte stoppa dom, hinner inte.

Han såg inte den svarte eller den vite killen längre.

Föraren satt framför honom. Han befann sig i något slags chock men det var inte värre än att han kanske kunde säga något nu när de började förhöret.

Han var nykter i alla fall.

Han var blond och runt fyrtio och ögonen hade en genomskinlig skärpa som gjorde att Alinder nästan fick lust att vända sig om för att se vad mannen tittade på rakt genom hans huvud.

Hans uniform var klumpigt skuren och satt illa, ungefär som den Alinder själv bar. Han höll mössan i handen, snurrade den runt som jorden runt solen, runt, runt. Det ryckte vid vänstra ögat. Han hade knappt sagt något, bara mumlat och nickat när de till slut lirkat sig ut genom cirkeln av nyfikna vid olycksplatsen.

Alinder hade noterat namn och adress.

"Vi tar det från början", sa Alinder och slog på bandspelaren och testade pennan igen på papperet genom att rita en liten skärmmössa. "Du kom visst lite i otakt med signalerna?"

Föraren nickade, knappt märkbart.

"Varför då?" frågade Alinder.

Föraren ryckte på axlarna, snurrade mössan runt, runt.

"Kom igen nu", sa Alinder. "Var det fyllot som störde dig?" Det här är ledande men vad fan, tänkte han.

Föraren tittade upp på honom, den märkliga blicken.

"Mannen som låg bredvid förarhytten hade fått en del innanför västen", sa Alinder. "Vad gjorde han där? När det smällde?"

Föraren rörde på munnen men det kom inga ord.

Är han stum? tänkte Alinder. Nej, dom kan inte ha stumma förare på Göteborgs Spårvägar. En förare måste kunna meddela sig. Är det chocken som sitter i? Kan den göra folk stumma? Tja. Vad vet en okunnig fan som jag.

"Nu får du allt svara", sa han.

Mannen snurrade på mössan.

"Kan du inte prata?"

Mössan, runt runt.

Okej, tänkte Alinder. Vi fortsätter på det här sättet. Han sköt fram vattenglaset men föraren drack inte.

Hans portfölj stod invid stolen, en sån som de alltid hade. Alinder hade alltid undrat vad som fanns där när han såg en spårvagnsförare komma gående mot vagnen, som en pilot på väg till planet. Alternativa resrutter? Lite svårare på spåret än i luften. Svårare att cirkla runt Brunnsparken i väntan på att få angöra än att glida över Landvetter.

Han visste en sak som fanns i den där portföljen men det rörde inte det här.

"Var det nåt fel på signalerna?" frågade han nu.

Föraren svarade inte.

"Du körde alltså på stoppsignal", sa Alinder.

Föraren nickade.

"Det är en rejält trafikerad korsning", sa Alinder.

Föraren nickade igen, på ett dröjande sätt.

"Det kunde slutat betydligt värre än det gjorde", sa Alinder.

Förarens ögon var på annat håll nu. Exförare, tänkte Alinder. Det lär inte bli nåt förande av vagn innan det här har utretts rejält också av spårvägsfolket.

"Vi kan hjälpa dig", sa Alinder.

"H-h-h-h-h-h", sa mannen.

"Förlåt?"

"Hu-hu-hu-hu-hur?"

Din stammande stackare, tänkte Alinder. Var det därför. Eller om det är chocken efter smällen.

"Vi kan hjälpa dig genom att gå igenom här exakt vad som hände", sa han.

"De-de-de-de..."

"Ja?"

"De-de-de-de-den an-an-an-an-and-and-andre", sa föraren.

"Den andre? Du säger den andre?"

Föraren nickade.

"Den andre. Vilken andre?"

Föraren gjorde en rörelse med huvudet mot golvet, som om det låg någon på golvet.

"Han som låg på golvet? Är det honom du menar?"

Föraren nickade. Alinder tittade på bandspelaren där bandet snurrade, runt, runt. Alla nickningar och huvudskakningar är ordentligt inspelade, tänkte han. Alla sta-sta-sta-sta-stamningar.

"Ska jag tolka det som om mannen störde dig under körningen?"

Det var mer folk i våningen än han kunde minnas från någon annan gång. Män och kvinnor och barn. I första hand föräldragruppen från Sociala huset, samtrimmad under avslappningsövningar. Angela hade hållit kontakt med flera av tjejerna och han hade till sin förvåning märkt att han trivdes med ett par av killarna. Trots viss åldersskillnad.

"Det är för att du fortfarande är så omogen", hade Angela sagt när de gjorde i ordning för festen.

"Och jag som alltid varit yngst", hade han sagt och öppnat en vinflaska till.

"Är det eftersträvansvärt?"

"Nej. Men det har alltid varit så."

"Inte längre", hade hon sagt.

"Men ändå."

"Ring din mamma", hade hon sagt. "Där är du fortfarande yngst."

"Yngste kriminalkommissarien i landet."

"Är det fortfarande så?"

"Fråga mamma!" hade han sagt och telefonen hade ringt och båda gissade att det var hans mamma direkt från Nueva Andalucía, det var hennes timing, och han lyfte luren men det var inte hon.

Det var ändå en röst han kände igen.

"Long time no see, Erik."

"Likewise, Steve."

Kriminalkommissarie Steve Macdonald hade varit hans partner under ett plågsamt fall några år tidigare. Winter hade varit över i London, i de södra delarna runt Croydon där Macdonalds mordspaningsgrupp verkade, och de två hade blivit vänner. Avlägsna vänner, men ändå.

Macdonald hade varit över i Göteborg under fallets dramatiska upplösning.

De var jämngamla och Steve hade tvillingar som var i tonåren.

"We're coming over", hade Steve Macdonald sagt i telefon denna tidiga kväll före festen. "The kids want to see the land of the midnight sun."

"More likely the land of the midday moon this time of year", hade Winter svarat.

"Anyway."

"När kommer ni?" fortsatte Winter på engelska.

"Vad är det nu... november. Dom har ett förlängt lov i början av december så vi tänkte att varför inte. Annars blir det aldrig av. När dom nu vill."

"Visst. Men det är snart."

"Det är ju nästan pendelavstånd mellan London och Göteborg."

"Mhm."

"Skulle du kunna ordna ett bra hotell centralt i stan? Och med bra menar jag utifrån mina enkla behov. Inte dina."

"Ni bor självklart hemma hos oss", hade Winter sagt.

"Nej, nej. Beth kommer ju med också så vi är faktiskt fyra."

"Du har varit här", hade Winter sagt och sett Steve framför sig på balkongen en varm kväll i maj med ett glas i handen och farligt rörelsemönster tjugo meter över marken. De hade försökt koppla bort allt som hänt de senaste veckorna. "Du vet att vi har plats."

"Jag såg mest köket och balkongen, och ska jag vara ärlig så minns jag inte mycket."

"Det är så stort att min blygsamhet förbjuder mig att tala om hur stort. Och ni tänker väl inte stanna i ett halvår."

"Jo."

"Det är okej."

"Tre dar."

"Det är också okej."

"Ja..."

"Du har adressen", hade Winter sagt. "Vi kan snackas vid om det praktiska ett par dar innan ni kommer."

"Jag ska vara ledig", hade Macdonald sagt, "inte praktisk."

"Jag tänkte på ölet och whiskyn."

"Den tar jag med mig. En trettitreårig Dallas Dhu plus en Springbank som är en ren dröm, jag lovar. Dessutom äldre än vi."

Macdonald var skotte och kom från en gård utanför Inverness, inte så långt från byn Dallas i Speyside.

"Jag tror nog jag får vara ledig också", hade Winter sagt.

"Ser man på. En större harmoni hos kommissarien."

"Eller lathet."

"I så fall stör jag gärna. Hur är det med Angela och Elsa?"

"Bara bra."

"I så fall..."

"See you later, alligator", hade Winter sagt utan att ha en aning om varför han uttalade dessa dödens töntiga ord. Kanske hade han bara varit glad.

Men det skulle inte bli något återseende, ingen Dallas Dhu eller Springbank, inte den här gången. Före novembers slut skulle Steve Macdonald ringa och berätta att en av hans tvillingflickor fått en bronkit som hotade att gå över i lunginflammation och resan ställdes in.

Det var en glad fest. Ingen pratade arbete och för Winter var det det första kriteriet på en lyckad tillställning. Han hade lagat två lammsadlar som han skar för ett gående bord och ingen klagade på smaken på lammet eller på den skurna ugnsbakade örtpotatisen eller salsan med rostad chili för värmens skull.

Eller på körsbärspajerna efteråt. Espresson. Calvadosen och grappan och flaskan med marc som fler ville ha ur än han hade trott när han ställde fram den.

Han fick inte upp locket på portföljen förrän vid tredje försöket men Bill låg överst och han hade inte tagit skada alls. Nu hängde han från sin pinne och han kunde nästan höra honom när han gjorde sina roliga röstimitationer. Nu hörde han honom! Det var så roligt!

Polismannen hade pratat länge och han själv hade också börjat prata efter ett tag, när bandet runt strupen hade släppt som det alltid gjorde när det blev lugnare.

Flickan skrattade rakt mot honom och han såg hur hon slog ut med armen och hur Bill svängde fram och tillbaka. Filmen slutade och han spolade tillbaka och tittade igen. Så roligt de hade där. Han såg hur hon stoppade in lite godis i munnen. Han såg sin egen högerhand som rörde vid henne och drogs tillbaka snabbt, snabbt. Som att röra vid dun.

Så mjuk du är, hade farbrorn sagt. Du är så mjuk att röra vid.

Han hade suttit på tåget. En tant på tåget hade frågat honom vart han skulle. Han hade skrattat.

Mamma!

Mamma!

Hon hade väntat på honom på stationen och staden hade varit stor. Det var ingen stad alls han bodde i med pappa och det här var stort. Jättestort.

Mamma!

Min pojke, hade mamma sagt.

Det här är farbror, hade hon sagt.

Farbror hade tagit honom i handen och på huvudet.

Min pojke, hade farbror sagt.

Farbror bor hos mig, hade mamma sagt.

Eller du hos mig, hade farbror sagt och de hade skrattat och han hade skrattat också.

De hade ätit en jättegod middag.

Här ska du sova, hade mamma sagt.

På morgonen hade hon gått till jobbet som låg långt bort i staden, jättelångt bort.

"Vill du gå en liten promenad? hade farbror frågat.

De hade gått jättelångt åt ena hållet och lika långt tillbaka.

Jag känner att du fryser, hade farbror sagt när de var hemma.

Kom här ska jag värma dig, min pojke. Så mjuk du är. Du är så mjuk att röra vid.

6

Det var så här han berättade delar av det, nästan i en upprymd ton:

Han kunde inte minnas varför han bestämde sig för att snedda över fotbollsplanen när det betydde att han faktiskt fick längre hem till studenthemmet, men kanske hade det legat en kvarglömd fotboll och glänst i ljuset från gatan och han hade möjligen känt en stor längtan efter att få sätta det jävla lädret i krysset som väntade tjugo meter bort, sätta dit det bara och vissa julgransfötterna i landslaget hur en strut ser ut, och visa hela världen att han la av för tidigt, bara la av sådär innan karriären fick skjuts.

Det var kanske så. Eller så var det bara att han varit på fest. I vilket fall hade han kryssat över Mossens idrottsplats på väg hem och klockan hade varit ett bra stycke in i natten, eller snarare morgonen. Halv fem. Han hade sett ett stackars tidningsbud kuta runt med krum rygg bland kåkarna som stretade upp mot himlen bakom honom. Kånka tidningar upp till våning fyrtio. Morron efter morron, no thank you very much. Bra träning men sådan kunde ske på vettig tid. Tidningsbud is the nigger of the world, hade han tänkt och flinat till och parerat steget som tenderade att skeva iväg åt vänster när han inte såg upp, eller framåt kanske, mot studenthemmet som hade väntat därframme, dystert och nedsläckt i väntan på den riktiga gråfisna morgonen med löfte om nytt plugg och nya nojor. Men inte för honom, no thank you very much. Bara sömn heeeela dagen. Inget plugg, inga nojor, inget regn i nacken, ingen taskig lunch, inga sega föreläsningar, inga slaskiga korridorer, inga stöddiga brudar.

Just detta hade han tänkt när han skevade till rejält en gång till och bara hörde *sviiischet* av något som for förbi huvudet som varit i ett annat läge kvartsekunden innan, och något slog emot marken framför honom och verkade *fastna* där och han vände på skallen och såg snubben som stod där och ryckte i jorden efter något som hade ett långt handta...

"Vad i helv..." hade han fått ur sig med skakig röst och den andre hade ryckt till igen i handtaget eller vad det var och han själv hade ju fattat nu, trögt hade det gått men nu hade han fattat, det här var inte en snubbe som plötsligt stod där och grävde efter potatis två månader för sent, på definitivt fel plats dessutom, för nu fläkte potatismannen upp grejen ur jorden och han hade antagligen sett på honom men det hade han inte haft mycket för eftersom han hade kutat över plan då på en tid som skulle fått Maurice Greene och Ato Boldon och alla andra träben i OS-löpningens hundra meter att ge upp. Potatismannen hade bara kunnat se hans rygg och ben, på väg mot gudvetvad som kunde ge skydd. Han hade inte hört några steg efter sig men han hade inte lyssnat efter dem heller. Han hade rusat över gatan och in bland småhusen och över gatan på andra sidan kvarteret och nedför backen och till slut hade han saktat av eftersom han skulle ha sprängt bröstet annars.

Han namn var Gustav Smedsberg och han satt framför en polis i tjock stickad tröja som presenterat sig som Bertil Ringnånting.

"Bra att du hörde av dig, Gustav."

"Jag kom ihåg sen att jag läst nåt om nån som går runt och klubbar ner folk."

Ringmar nickade.

"Var det han?"

"Vi vet inte. Det beror på vad du kommer ihåg."

"Det är ungefär vad jag sa till han som jag ringde först. Vakthavande eller vad det var."

"Vi tar det igen", sa Ringmar och så gjorde de det.

*

"Att jag inte hörde honom", sa Gustav Smedsberg.

"Var det några andra ljud där?"

"Nej."

"Ingen trafik på gatan?"

"Nej. Bara nåt tidningsbud."

"Där fanns tidningsbud just då?"

"Ja. Eller innan. När jag gick över gatan ovanför. Gibraltargatan."

"Du såg tidningsbud?"

"Ja."

"Hur vet du det?"

"Vadå?"

"Att det var tidningsbud?"

"En person som bär på en hög tidningar tidigt på morronen", sa Gustav Smedsberg. "Det är vad jag kallar tidningsbud."

"Ett? Två? Tre?"

"Det var en enda kille. Jag såg inga fler. Han kutade in i ett hus när jag gick förbi." Gustav Smedsberg tittade på Ringmar. "Tufft jobb det där. Och tidigt."

"Pratade du med honom? Med tidningsbudet?"

"Nej nej."

"Såg du honom igen?"

"Nej."

"Du är säker på det?"

"Ja, det är kl..." sa Gustav Smedsberg och tittade på Ringmar igen, satte sig rakare upp nu i stolen som knirkade till.

"Tror du att..."

"Tror vad?" sa Ringmar.

"Tror du att det var tidningsbudet som försökte slå ihjäl mig?"

"Jag tror ingenting", sa Ringmar.

"Varför frågar du så mycket om honom då?"

"Berätta hur han var klädd", sa Ringmar.

"Vem? Tidningsbudet?"

"Ja."

"Ingen aning. Absolut ingen aning. Det var mörkt. Det regnade lite och jag hade huvet liksom neråt."

"Hade han nåt på huvudet?"

"Eh... ja, jag tror det."

"Vad hade han på huvudet?"

"En mössa... tror jag. Keps hade jag nog kommit ihåg, Nikekepa eller så." Han såg ut genom fönstret och tillbaka på Ringmar igen.

"Det var nog en mössa."

"Personen som attackerade dig. Hade han nåt på huvudet?"

Gustav Smedsberg svarade inte. Han tänkte. Ringmar väntade.

"Jag kommer faktiskt inte ihåg", svarade Smedsberg till slut. "Inte nu i alla fall." Han drog handen över pannan som för att påverka minnet. "Borde man inte komma ihåg sånt?"

"Det beror på omständigheterna", sa Ringmar. "Kanske du minns om ett tag. I morgon, nästa dag. Det är viktigt att du hör av dig till oss så fort nåt dyker upp i minnet. Vad som helst."

"Vad som helst? Ska det inte ha med fallet att göra?"

"Du vet vad jag menar."

"Okej, okej. Jag känner mig väl lite... trött nu." Han tänkte på sängen hemma i rummet och planerna för den här dagen som inte var storslagna precis.

"Jag tror det kanske var ett järn", sa Gustav när de hade tagit en liten paus.

"Järn?"

"Brännjärn. Som man har när man märker djur."

"Känner du igen såna?"

"Jag är uppvuxen på en gård."

"Hade ni brännjärn där?"

Han svarade inte. Ringmar var inte säker på att han hade hört frågan och upprepade den. Nu såg killen ut att tänka på svaret, eller om det var frågan. Det var en enkel fråga.

"Eh... det är klart. Det är gamla grejer som hängt med länge."

"Är det vanligt?" frågade Ringmar.

"Vanligt vadå?"

"Att man märker djur på det sättet?"

"Det förekommer. Men det är inte som i Montana eller Wyoming", sa Smedsberg. Han tittade på Ringmar. "Amerikanska prärien."

"Jag vet."

"Jag har varit där."

"Aha."

"Cody. Jävla häftigt ställe."

"Var du cowboy?"

"Nä. Men kanske en dag. När jag är klar på Chalmers."

"Den ridande ingenjören."

Gustav Smedsberg log.

"Det finns jobb där. Ingenjörsjobb, menar jag."

"Hur såg du att det var ett märkjärn?" frågade Ringmar och lämnade Montana för Mossen.

"Jag sa inte att det var det. Men jag tror det. Fast det var ju så kort tid som jag stannade, om du förstår. Jag väntade liksom inte tills han grävt fram skiten ur marken."

"Var det själva handtaget som såg bekant ut?"

"Det var väl det."

"Hur såg det ut?"

"Jag kan försöka rita det. Eller så får ni åka ut till nån gård och hitta ett själva."

"Ser dom likadana ut då?"

"Jag vet hur dom såg ut hemma. Det här liknade ett sånt. Men jag såg ju inte själva stämpeljärnet."

Ringmar reste sig.

"Jag vill att du tittar på några fotografier", sa han.

Han gick tvärs över rummet och drog fram en av mapparna och tog fram bilderna.

"Å fy fan", sa Smedsberg när han såg det första fotot. "Är han död?"

"Ingen av dom här bilderna visar döda människor", sa Ringmar. "Men dom kunde lika gärna ha gjort det."

Gustav Smedsberg fick se olika bilder ur olika vinklar på de tre unga män som blivit misshandlade med vad som verkade vara samma tillhygge.

"Och jag skulle alltså blivit det fjärde offret", sa Smedsberg.

"Om det är samma gärningsman", sa Ringmar.

"Vad är det för jävla galning?" Smedsberg tittade upp på Ringmar och sedan ner igen på ett fotografi som visade Jakob Stillmans bakhuvud. "Vad är han ute efter?" Han fortsatte att se på fotografiet. Ringmar studerade honom. "Fast är det en galning så är han väl inte ute efter nåt särskilt mer än att slå ner nån." Gustav Smedsberg tittade upp igen. "Vem som helst."

"Känner du igen nån av dom här killarna?" frågade Ringmar.

"Nej."

"Ta dig tid."

"Jag känner dom inte."

"Vad säger du om såren då?" frågade Ringmar och nickade mot fotografierna.

Smedsberg studerade fotografierna igen, höll upp ett par mot lampan.

"Ja... nog kan han ha försökt märka dom alltid."

"Märka dom? Vad menar du med det?"

"Som jag sa förut. Det kan vara ett märkjärn."

"Är du säker?"

"Nej. Problemet är ju att man ofta bränner in märket i huden på ett djur. Det här är ju inte såna sår, vad jag kan se."

"Det är en sak jag inte förstår", sa Ringmar. "Ett märkjärn används för att märka djur. I det här fallet har det i så fall använts som slagträ. Skulle det ändå kunna finnas avtryck från ett märke?"

"Jag vet faktiskt inte."

"Okej, men ett vanligt märkjärn är väl mycket tungt, det fordras väl stor kraft till det?"

"Jo, det skulle jag nog säga."

"En väldigt stor kraft?"

"Jo..."

"Mannen som attackerade dig... upplevde du att han var stor?"

"Inte särskilt. Normal."

"Okej. Säg att han skulle stöta ett järn i ditt bakhuvud. Han kommer smygande. Du hör honom inte och ha..."

"Varför hörde jag honom inte? Det borde jag väl ha gjort?"

"Strunta i det just nu", sa Ringmar. "Han är bakom dig. Han gör sitt anfall. Du böjer dig samtidigt åt sidan."

"Vacklar till, snarare. Jag var ju inte riktigt nykter, om man säger."

"Vacklar till. Du vacklar till. Han anfaller. Men det finns bara luft att stöta i. Han stöter i luften. Tillhygget far framåt och ner i sanden och fastnar. Han rycker men det lossnar inte. Du ser honom stå där och sen sticker du."

"Ja."

"Varför fastnade det här objektet i marken?" fortsatte Ringmar. "Det borde det väl inte ha gjort om han stötte med det rakt fram?"

"Då gjorde han väl inte det", sa Smedsberg.

"Nehej?"

"Han högg väl med märkjärnet."

"Om det är ett sånt", sa Ringmar.

"Vad det än är så måste ni ta honom snabbt", sa Smedsberg. "Kanske är han ute efter mig igen?"

Ringmar svarade inte. Smedsberg tittade bort. Han såg ut att fundera noga på något igen.

"Kanske är han ute efter att märka folk, verkligen märka dom." Han tittade på Ringmar nu. "Kanske vill han visa att han äger dom här människorna som han har märkt?"

Ringmar lyssnade. Smedsberg såg koncentrerad ut, som om han redan tagit jobbet som utredare på spaningsroteln och nu trätt i tjänst.

"Kanske vill han inte alls ta livet av... oss. Av offren. Han kanske vill visa att han... äger", sa Gustav Smedsberg.

"Fascinerande", sa Halders. "Killen kan få börja här. Starta i botten och arbeta sig upp till toppen."

"Och var finns toppen?" frågade Aneta Djanali.

"Det ska jag visa när vi kommer dit", svarade Halders. "En vacker dag är vi där."

"I dag är en vacker dag", sa Aneta Djanali.

Hon hade rätt. Solen hade återvänt efter lång tid i exil. Ljuset brände i ögonen därute och Aneta Djanali hade anlänt till polishuset i svarta solglasögon som fått henne att likna en souldrottning på resa i nordiskt land. Det var åtminstone vad Halders sagt när de träffats utanför ingången.

De satt i Winters rum. Winter satt i sin stol och Ringmar på skrivbordskanten.

"Ska vi kontakta LRF?" sa Halders och Winter var inte riktigt säker på om han skojade.

"Bra idé, Fredrik", sa han, "du kan börja med Götaland."

"Aldrig i livet", sa Halders och tittade på de andra. "Det var bara ett skämt." Han tittade på Winter igen. "Så om det är en bonnlurk då? Vad kan vi göra åt det? Hur ska vi kunna kartlägga alla potatisgrisar i regionen?"

Det är poliser som är potatisgrisar, tänkte Ringmar. Ett av de första ord Moa lärt sig som liten var potatisgris. Kommit hem stortjutande från småskolan. Stämplad redan då som barn till en polis polis potatisgris.

"Polis polis potatismos", sa Winter.

"Det är ett försvinnande släkte", sa Ringmar.

"Poliserna?" sa Aneta Djanali.

"Potatisgrisarna?" sa Halders.

"Potatismössen?" sa Winter och Halders brast i skratt. Under hans rakade hjässa rörde sig musklerna.

"Bönderna", sa Ringmar. "Snart är den svenske bonden väck. Det fixar EU."

"Kvar finns den lille sege portugisiske olivodlaren", sa Halders. "Svensk husmanskost kommer att bestå av oliver vare sig man vill ha skiten eller inte."

"Oliver är nyttigt", sa Aneta Djanali. "Till skillnad från gratinerade grisfötter."

"Herregud, varför sa du grisfötter!" skrek Halders. "Nu får jag abstinens."

Äntligen är vi tillbaka till normal jargong här i huset, tänkte Winter. Det var ett tag sen.

"Kanske vill han märka svin", sa Halders med plötsligt allvarlig röst. "Gärningsmannen. Märka folk som han betraktar som svin som ska brännmärkas."

"*Om* det är ett märkjärn eller vad det heter", sa Winter.

"Vi får börja göra jämförelser", sa Ringmar. "Vi får fixa hit ett märkjärn."

"Vem ställer upp och får ett slag i huvet för jämförelsens skull?" sa Halders.

Alla tittade på honom.

"Nä nä nä nä, inte jag. Jag har fått en smäll som räcker för det här livet."

"Det kanske inte var tillräckligt", sa Aneta Djanali.

Har jag gått för långt? tänkte hon. Men Fredrik inbjuder ju till det.

Halders vände sig till Winter.

"Svaret kan ligga hos offren. Det finns kanske ett samband trots allt. Det här behöver inte vara tillfälligheter."

"Mhm."

"Kan vi hitta nån gemensam nämnare är vi en bit på väg. Dom två första killarna har vi inte kollat upp så noga än. Inte tillräckligt i alla fall."

"Tja..." sa Ringmar.

"Tja vadå? Jag vet tio frågor att ställa som inte ställdes. Och framför allt tycker jag att den här sista killens berättelse är lite konstig. Gustav. Bondsonen."

"Konstig hurdå?" frågade Aneta Djanali.

"Ja... virrig helt enkelt."

"Det kanske gör den mer trovärdig", sa Winter.

"Eller otrolig överhuvudtaget", sa Halders. "Hur kan man missa att nån närmar sig när man är på en öppen plats?"

"Det gäller ju i så fall för dom andra också", sa Aneta Djanali.

"Menar du att alla medarbetade i det här? Att offren lät sig bli svårt slagna? Eller var medvetna om sitt öde?"

"Det kanske är nåt viktigt han vill säga oss men inte... vågar", sa Ringmar.

Alla förstod vad Ringmar menade. Många ljög och ofta för att de var rädda.

"Då får vi fråga honom igen", sa Aneta Djanali.

"Inget förvånar mig i och för sig längre", sa Halders. "Men okej, kanske var inte alla medvetna om vad som hände dom. Eller så var dom det, kanske i alla fall delvis. Men killen här, Gustav, kan ha olika syften med att berätta sin story."

Ingen kommenterade det. Winter betraktade solgasset genom fönstren. Vi behöver ljuset, hade han tänkt när han drog upp persiennerna kort innan de andra kom. Varde ljus.

Träden i parken utanför hade pekat finger åt honom, svarta fingrar som glänst i solstrålarna. Himlen var så blå den kunde bli i slutet av november.

"Han berättade bland annat om ett tidningsbud och vi får kolla upp det", sa Winter medan han höll kvar blicken på himlen. "Bergenhem gör det när han kommer in efter lunch. Nån jobbade där den morgonen och han kanske såg nåt."

"Eller gjorde nåt", sa Ringmar.

"Desto bättre i så fall för det här fallets lösning."

"Hur var det vid dom andra tillfällena?" frågade Aneta Djanali. "Fanns det några tidningsbud ute då?"

Winter tittade på Ringmar.

"Vi... vet faktiskt inte än", sa Ringmar.

"Är det en försiktig omskrivning för att vi inte har kollat upp det?" sa Halders.

"Nu har vi ett tidsmönster som är tydligare", sa Winter och reste sig. "Alla överfallen har skett vid ungefär samma tidpunkt – under småtimmarna före gryningen."

"Wee wee hours", sa Halders.

"Vi försöker höra alla som kan ha rört sig i områdena vid den tiden och turen har nu kommit till tidningsbuden", sa Winter.

"Det är ett hårt arbete", sa Halders.

"Att höra tidningsbud?" sa Aneta Djanali.

"Jag har burit ut tidningar", sa Halders utan att lyssna.

"Bra", sa Winter. "Då jobbar du med Bergenhem."

"Jag ska kolla in ställena en gång till först", sa Halders.

7

HAN STOD FRAMFÖR KAPELLPLATSEN. Inte var den vacker. Det fanns en gång en annan stad. I parkerna lekte barn. Sedan släppte man ner en bomb och staden försvann. Han gick över parkeringen. Lyckliga gatan du finns inte mer, du har försvunnit med dina kvarter. Kolosserna skymde solen som dröjt sig kvar uppe i den nordliga himlen ett ögonblick till. Halders vred på huvudet med svårighet. Skall mellan dessa hööööga hus stiga en sång, lika förunderlig som den vi sjöng en gång. Vad hette hon sångerskan som haltade in på scen på 60-talet och haltade ut igen? Löfberg? Löfgren? Löfgren. Polio eller nån sån skit. Rörelsehindrad som han. Inget att göra åt.

Halders vred på huvudet igen och kände stelheten. Inga huvudrullningar längre. Slaget mot nackkotorna hade lämnat detta fysiska minne efter sig. Åt höger gick det bra, värre åt vänster. Han hade fått lära sig att vrida på kroppen i stället.

Andra minnen var värre. Här, här på den här platsen, hade han sprungit en gång tvärs över med Margareta när de var mycket unga och mycket fattiga och mycket lyckliga. Sjuan hade redan varit på väg och han hade ställt sig framför och nästan blivit mosad. Men vagnen hade stannat. Och Margareta hade nästan dött av skratt när chocken lagt sig. Och nu hade hon dött, inte bara nästan, mosad av ett rattfylло och frågan var om hans egen chock hade lagt sig, eller skulle göra det. Han visste fan inte. De hade varit frånskilda när det hände men det betydde ingenting. Deras barn fanns kvar som en påminnelse om allting som var livet självt. Det var ju så. Fanns det någon mening så var det det. Magdas ansikte när det träffades av solen vid frukostbordet. Den omedelbara lyckan i flickans ögon som blev diamanter i det sekundsnabba skenet. Känslan i honom själv. Just då. Lycka, en sekund.

Han var ändå på väg tillbaka. Jargongen i morse var ju ett tecken på det. Han var glad för den. Terapi? Tja.

Han var glad att Aneta hade hakat på.

Kanske var de två på väg någonstans tillsammans. Nej, inte kanske. Vi är på väg någonstans tillsammans. Very slowly, very carefully.

Han vände sig om, slowly, carefully. Studenten hade kommit uppför trapporna från Karl Gustavsgatan. Kanske hade han varit utmattad. Definitivt på lyset. Öl. Aris Kaite, svart som bara en riktig neger kan bli, som Aneta, och så ett sånt namn. Aris. Kanske en besvärjelse från föräldrarna, hade Halders tänkt när han pratade med grabben när han kvicknat till. En arisk neger. Var inte dom jordens första människor? Negrerna?

Den här läste medicin.

Ett otäckt sår i huvudet. Kunde varit dödande. Som dom andra. Han tänkte på det när han stod vid trapporna och såg nedåt på stenarna som glänste i solljuset. Ingen hade dött av potentiellt dödande slag. Varför? Var det en tillfällighet, en i sammanhanget lycklig omständighet? Var det med beräkning? Kunde sånt beräknas? Skulle dom inte dö?

Här hade slaget utdelats, på krönet, en bit fram till Kapellplatsen. Därefter mörker.

Linnéplatsen skuggades av hus som var nya men skulle se ut som gamla, eller åtminstone som om de så småningom kunde växa ihop med de hundraåriga patricierkåkarna.

Jens Book hade klubbats ner framför Marilyn, videobutiken. Där stod Halders nu. Det hängde fem filmaffischer i fönstren och samtliga visade folk som viftade med pistoler och andra tillhyggen. Die Fast! Die Hard III! Die And Let Die! Die!

Inte den här gången heller. Jens Book var det första offret. Journaliststuderande. Ariern Kaite det andra. Jakob Stillman det tredje. Studiekamrat till Bertils dotter, tänkte Halders och flyttade sig för en cyklist som kom med en jävla fart uppifrån Sveaplan. Gustav Smedsberg det fjärde, bondlurken som hamnade på Chalmers. Brännjärn. Halders log. Brännjärn my ass.

Book hade råkat mest illa ut, om man kunde göra en sådan gradering. Slaget hade kommit åt nerver och annan skit och gjort killen förlamad i högersidan och det var osäkert hur det skulle bli framöver. Han har kanske inte samma tur som jag, tänkte Halders och backade igen för en cykelstolle på väg rakt fram. Halders höll på att ramla in genom dörren till videobutiken.

Han tänkte på slagen igen. Först på det han själv fått. Sedan på dem som skadat pojkarna.

Det hade gått så snabbt. Pang, ingen förvarning. Märkte inget innan. Inga steg. Bara pang. Inte en chans till försvar, ingen gard.

Inga steg, tänkte han igen.

Han såg efter cyklisten som kryssade mot rött genom korsningen med suveränt förakt för döden. Die? Ha!

Cyklisten.

Har vi frågat efter nån cyklist? Har vi tänkt på det?

Han hade själv frågat ut Ariern men någon cykel hade inte funnits med i det förhöret.

Hade gärningsmannen kommit på cykel?

Halders såg ner på asfalten som om några gamla spår från däck skulle bli synliga i det ögonblicket.

Lars Bergenhem hade nyheter före lunch. Winter rökte en Corps. Fönstret mot ån stod öppet två centimeter och släppte in luft som han tyckte doftade tydligare än röken från cigarillen. Panasonicen på golvet spelade Lush Life på samma nivå som dofterna i rummet. Bara Coltrane i dag, och de senaste veckorna. Winter hade knäppt upp två knappar i Zegnakavajen. Den som kom in just nu och inte visste bättre kunde tro att han inte arbetade. Bergenhem kom in:

"Det fanns inget tidningsbud där då."

Winter reste sig och la cigarillen i askfatet och dämpade musiken och stängde fönstret.

"Killen såg ju honom", sa han samtidigt. "Smedsberg."

"Han säger att han såg nån", sa Bergenhem, "men det var inte ett tidningsbud."

Winter nickade och väntade.

"Jag kollade med GP och just den morronen, alltså i förrgår, så hade ordinarie budet för det distriktet anmält sig akut sjuk strax innan passet skulle börja och det tog minst tre timmar innan dom fick ut en ersättare. Och då talar vi minst två timmar efter det att Smedsberg blev klubbad."

"Han kunde varit där ändå", sa Winter.

"Va?"

"Han kunde sjukanmält sig och gått dit ändå", upprepade Winter. "Han kanske kände sig bättre plötsligt."

"Hon", sa Bergenhem, "det är en hon."

"En hon?"

"Jag har pratat med henne. Och det är klart... men hon har en rejäl förkylning, ingen tvekan om det, och en man och tre barn som var hemma den morronen och kan ge henne alibi."

"Men folk fick sina tidningar?"

"Nej. Inte förrän ersättaren dök upp. Säger GP i alla fall."

"Har du kollat med prenumeranterna?"

"Inte hunnit än. Men tjejen på GP säger att det kom en hel del klagomål under morronen. Som alltid, som hon uttryckte det."

"Men Smedsberg såg nån som bar på tidningar", sa Winter.

"Sa han verkligen att han såg själva tidningarna?" frågade Bergenhem.

Winter letade igenom pappershögen i en av korgarna på skrivbordet och läste förhörsprotokollet som Ringmar lämnat in.

Hur vet du att det var ett tidningsbud? hade Ringmar frågat.

För att han bar på en hög tidningar och gick in i en uppgång och jag såg honom också komma ut och gå in i nästa, hade Smedsberg svarat.

Fanns det nån vagn utanför med fler tidningar? hade Ringmar frågat.

Bra, tänkte Winter. Bra fråga.

Näe... jag såg väl ingen vagn. Det... nej, det såg jag väl inte. Men han bar på tidningar helt klart, hade Smedsberg svarat.

"Ja", sa Winter och tittade på Bergenhem, "han såg att den här personen bar på tidningar och gick in och ut i huset på Gibraltargatan."

"Okej."

"Men ingen vagn att dra dom i. Brukar dom inte ha det?" sa Winter.

"Jag kollar det", sa Bergenhem.

"Kolla vem ersättaren var också."

"Naturligtvis."

Winter tände sin cigarill igen och blåste ut rök.

"Vi har alltså möjligen ett falskt tidningsbud här som uppehöll sig i området i samband med överfallet", sa han.

"Ja."

"Det är ju intressant. Frågan är om det är vår man. Och om det inte är det – vad gjorde han då där?"

"Stolle?" sa Bergenhem.

"En stolle som leker tidningsbud? Ja, varför inte."

"En mild form", sa Bergenhem.

"Men om det är vår man så borde han rimligen ha planerat det. En bunt tidningar och så. Vara på plats vid den tidpunkten."

Bergenhem nickade.

"Visste han att Smedsberg var på väg? Eller visste han att nån skulle komma då? Att studenterna brukar vingla över Mossen under småtimmarna? Vem som helst?"

"Varför göra sig besvär att släpa på tidningar?" sa Bergenhem. "Räcker det inte att gömma sig?"

"Såvida han inte använde den där förklädnaden eller vad man ska kalla det, den *rollen*, för att etablera nån slags trygghet", sa Winter. "Smälta in i miljön. Inge... lugn. Vem kan inge mer lugn än ett strävsamt tidningsbud?"

"Han kanske till och med etablerade kontakt", sa Bergenhem.

Winter rökte igen och såg dagen mörkna utanför. Solen hade hittat sin väg därifrån igen.

"Det slog mig också", sa han och tittade på Bergenhem.

"Kan man inte få ha nån tanke för sig själv?" sa Bergenhem.

"Du sa det ändå först", sa Winter och log.

Bergenhem hade satt sig och böjde sig nu framåt.

"Dom kanske sa nåt till varandra. Det är liksom ofarligt att slänga käft med ett tidningsbud."

Winter nickade och väntade.

"Dom kanske hade en kontakt av nåt slag."

"Varför säger Smedsberg inget om det då?" frågade Winter.

"Vad tror du själv?" sa Bergenhem.

"Tja... det är möjligt. Allt är möjligt. Dom sa nåt till varandra. Killen gick vidare. Budet gick in i huset."

"Kom igen, Erik. Så kan det inte ha gått till. Då skulle Smedsberg ha sagt det till oss."

"Ge mig en annan teori."

"Jag vet inte... men *om* dom fick nån kontakt och växlade mer än ett par ord så döljer Smedsberg nåt för oss."

"Vad är det i så fall han döljer?"

"Ja..."

"Vill han dölja att han pratat med en främling? Nej. Han är vuxen och vi är inte hans föräldrar. Vill han dölja att han var lite full och inte vill att vi påminner honom och andra om det? Nej."

"Nej", upprepade Bergenhem som visste vart Winter var på väg.

"Om vi i detta hypotetiska resonemang vill hitta nåt som han i så fall vill dölja så kan det ha att göra med hans läggning", sa Winter.

"Ja", sa Bergenhem.

"Vad är det då han vill dölja för oss?" sa Winter och rökte igen och tittade på Bergenhem.

"Att han är bög", sa Bergenhem. "Han fick nån slags kontakt och det här falska tidningsbudet hakade på, kanske på väg hem till killens studentrum, och sen small det på vägen dit."

"Men vi lever i det tjugonde århundradet i ett upplyst samhälle", sa Winter, "eller i det tjugoförsta för att vara korrekt, och är det inte lite konstigt att en ung man vill dölja sin läggning så till den milda grad att han skyddar en person som försökt mörda honom?"

70

Bergenhem ryckte på axlarna.

"Är det inte?" upprepade Winter.

"Vi får fråga honom", sa Bergenhem.

"Det ska vi göra. Varför inte. Det kan ju förklara en del."

"En annan sak", sa Bergenhem.

"Ja?"

"Fast det hör ju ihop." Bergenhem sökte Winters blick. "Var är tidningarna?"

"Ja."

"Han bar ju på tidningar men ingen prenumerant har fått några och vi har inte hittat några."

"Vi har inte letat", sa Winter. "Vi har ju förutsatt att tidningarna hamnade inne hos folk."

"Ja, det är sant."

"Dom finns kanske där. En hög nånstans. Det vore inte så dumt att hitta den, eller hur?"

"Nej."

"Men när vi pratar tidningsbud här så tror vi på Smedsbergs story om att det fanns ett tidningsbud där just då", sa Winter, "eller att han såg nån som uppträdde som ett sånt." Winter strök med handen över näsroten. "Varför ska vi tro på det om vi inte, hypotetiskt resonerat, tror på andra delar av hans berättelse?"

"Det gäller alltså att hitta andra vittnen som såg ett falskt tidningsbud där", sa Bergenhem.

"Ja, och det jobbet har vi ju redan börjat med."

Bergenhem snodde med vänsterhanden i hårfästet, från vänster till höger. Hans fyraåriga dotter hade lagt sig till med samma vana.

"Det här resonemanget kan ju kasta nytt ljus över dom andra överfallen", sa han.

"Eller skugga", sa Winter. "Om vi är ute och cyklar här."

Cykel, tänkte han direkt när han hade sagt det. Gärningsmannen kanske kom på cykel. Det kan förklara snabbheten, överraskningen. En tyst cykel. Lindade hjul...

"Men om", fortsatte Bergenhem. "Fyra överfall, inga vittnen till själva våldshandlingarna, inga spår efter gärningsmannen.

Offren har inte sett eller hört nåt, eller inte mycket."

"Fortsätt", sa Winter.

"Ja... dom kanske alla fick... kontakt med gärningsmannen."

"Hur? Har han uppträtt som tidningsbud varje gång?"

"Jag vet inte. Eller så har han... föreställt nåt annat, nån annan, för att inte skrämmas."

"Ja."

"Har vi kollat det här med tidningsbud när det gäller dom andra fallen?" frågade Bergenhem.

"Nej. Vi har inte hunnit dit än", sa Winter.

Eller tänkt på det, tänkte han.

"Det är ju värt att kolla upp", sa Bergenhem. "Och vi har väl re-dan pratat med lite folk som bor i områdena."

"Inte om tidningar."

"För att vi inte frågat om just det", sa Bergenhem.

Ja, tänkte Winter. Som man frågar får man svar.

"Ja..." fortsatte Bergenhem, "då återstår alltså frågan om dom andra offrens läggning."

"Bögar allihop?"

Bergenhem gjorde en gest: kan-vara-möjligt-men-vad-vet-jag.

"Unga bögar som såg en intressant möjlighet och fick betala dyrt för det?" sa Winter.

"Kan vara", sa Bergenhem.

"De råkade ut för en bögknackare? Eller flera? En böghatare?"

"Kanske", sa Bergenhem. "Och jag tror det är en enda."

"Vad har då denne gärningsman för läggning?" frågade Win-ter.

"Han är inte homosexuell själv", sa Bergenhem.

"Varför inte?"

"Jag vet inte", sa Bergenhem. "Det stämmer inte."

"Är bögar inte våldsamma?" frågade Winter.

"Bögknackare är väl inte homosexuella?" sa Bergenhem. "Finns det nån sån?"

Winter svarade inte.

"Det stämmer inte här", fortsatte Bergenhem. "Jag vet att man inte får utesluta nåt men jag känner redan starkt att det inte stämmer här."

Winter väntade på att Bergenhem skulle säga något mer.

"Fast det är ju för tidigt att tycka nåt om nåt", sa Bergenhem.

"Inte alls", sa Winter. "Det är så här vi kommer framåt. Samtal. Dialog. Vi har precis samtalat oss fram till ett möjligt motiv."

"Vilket är?"

"Hat", sa Winter.

Bergenhem nickade.

"Vi förutsätter för ett ögonblick att de fyra killarna inte känner varandra", sa Winter. "De har ingen gemensam historia, inte på det sättet. Men de förenas genom sin... sexuella läggning."

"Och gärningsmannen hatar alltså bögar", sa Bergenhem.

Winter nickade.

"Men hur visste han att hans offer var bögar? Hur kunde han vara så säker?"

"Han behövde inte lång tid", sa Winter. "Bara så lång att han blev erbjuden att följa med hem till dom."

"Jag vet inte..."

"Det var du som satte igång det här resonemanget", sa Winter.

"Var det?"

"Ja."

"Okej. Men kanske gärningsmannen faktiskt kände dom alla fyra."

"Hur då?"

"Han kanske faktiskt också har... den läggningen. Dom kanske kände till varandra från en klubb. Fria Studentbögar, jag vet inte. Krogen. Hemliga kontakter. I vilket fall utvecklade det sig till ett passionsdrama."

"Med rätt många inblandade", sa Winter.

"Kanske blir det fler", sa Bergenhem.

Winter strök sig över näsryggen igen. Möjligen var alltihop fel. Eller så hade de kommit framåt. Men det var bara ett samtal, ord. Ord var fortfarande det viktigaste som fanns, men allt som de resonerat om nu måste följas upp med frågor och fler frågor och handlingar och vandringar på gator och i trappor och nya förhör och telefonförfrågningar och läsning på läsning på läsning på genomgång på genomgång.

"Du sa innan att det återstod en fråga, den om offrens eventuella läggning, men det finns ännu en kvar", sa Winter, "och det har inte med nån läggning att göra."

"Jaha?"

"Om det verkligen fanns ett falskt tidningsbud där... om vi får det bekräftat av andra än Smedsberg... hur kunde det här tidningsbudet veta att han fick vara ostörd där den morronen?"

Bergenhem nickade.

"Han måste ju ha vetat det, eller hur? Annars skulle han och det riktiga tidningsbudet ha sprungit ihop. Men hon kom ju inte. Hur kunde han veta det?"

8

RINGMAR STOD VID FÖNSTRET och tittade ut på novembergräs-
mattan som inte längre behövde klippas, och det var han glad för.
Den var stor och belyst av lampan över husets entré och gatlyktor-
na bakom häcken.

Regnet föll över trädgården som en svepning. Det blåste i de tre
lönnarna som han sett utveckla sina kronor under de tjugo år de
bott i huset. I tjugo år hade han kunnat stå här vid fönstret och se
gräset växa, eller vila som nu. Turligt nog hade han haft annat att
göra. Men ändå. Han hade varit trettiofyra när de köpte kåken.
Yngre än Winter till och med. Ringmar tog en klunk av ölet som
skimrade i det tunna glaset. Yngre än Winter. Under en tid, rätt
lång, innan även Winter blivit äldre, hade det använts som ett fast
uttryck på roteln, till och med i hela polishuset. Ingen var yngre än
Erik. Ungefär som sloganen "fullare än Hyland", som han sett i ett
av OP:na i buffertzonen på Cypern när han var där som FN-polis
för eoner sedan. Det var före Moas tid, till och med före Birgittas
tid. Före Martins tid.

Han drack igen och lyssnade efter vinden och tänkte på sonen.
Så underligt det kunde bli. Hans 25-åriga dotter bodde hemma,
tillfälligt, men det kunde ta tid att hitta en ny lägenhet. Hans 27-
årige son hade inte ens lämnat sin senaste adress. Martin kunde
ligga i en buffertzon, vad han visste. Segla ett skepp på andra sidan
jorden. Stå i en bar i Vasastan. Stan var tillräckligt stor för att han
skulle kunna hålla sig undan om han ville. Om ingen letade. Och
Ringmar letade inte. Inget aktivt sökande efter en son som inte
hört av sig på snart ett år. Inget yttre sökande efter någon som inte

vill bli hittad. Inte mer än att Moa visste att pojkjäveln levde och det var det.

Han letade i det inre i stället, försökte lysa sig fram till orsaker.

Hade han inte varit schysst? Hade han inte försökt vara närvarande? Var det det förbannade jobbet i alla fall? De egendomliga arbetstiderna... de tunna postdepressionerna som inte alltid var så tunna.

Minnet av ett barnlik skrubbas inte bort i duschen samma kväll. Det lilla ansiktet, de mjuka dragen som inte längre riktigt finns. Yngre än nånting annat och så skulle det bli. Slut, slut för alltid.

Ringmar tömde glaset. Mina tankar vandrar. Men barnen har varit det värsta.

Nu längtar jag efter ett samtal med min ende son.

Telefonen på köksväggen borta vid dörren ringde. Samtidigt lyfte några småfåglar ute på gräset, som skrämda av signalen.

Ringmar gick över golvet och ställde glaset på bänken och lyfte luren. Klockan på väggen över telefonen visade tjugo noll noll.

”Ja, det är Bertil.”

”Hej, Erik här.”

”God afton, Erik.”

”Vad gör du?”

”Ser gräset vila sig. Dricker ett böhmiskt.”

”Skulle du kunna prata lite med Moa?” frågade Winter.

”Vad är det du pratar om, pappa?”

”Ska jag vara ärlig så vet jag inte riktigt.”

”Det här är inget du har tänkt ut själv.”

”Inte på det sättet”, svarade han.

Han satt i fåtöljen i hennes rum som hade funnits där så länge rummet varit hennes. Tjugo år. Hon hade brukat sitta vid fönstret och se ut på gräset precis som han.

”Inte på det sättet?” sa hon från sängen. ”Vad betyder det?”

”Ska jag vara ärlig så vet jag inte riktigt”, upprepade han och log.

”Men nån har alltså kommit fram till misstanken att Jakob Stillman är bög?”

"Jag vet inte om jag skulle kalla det en misstanke."

"Kalla det vad som helst. Jag undrar bara vad det handlar om."

"Det handlar bland annat om det här jobbet som jag har", sa Ringmar och flyttade kroppstyngden i den pösiga fåtöljen som saggade lite efter alla år. Ungefär som jag. "Vi testar olika teorier. Eller hypoteser."

"Den här är åt skogen", sa hon.

Intressant att ungdomar fortfarande använder det uttrycket, tänkte han. Speciellt om de växt upp i storstan.

"Jaha?" sa han.

"Helt fel."

"Du har ju sagt att du inte känner honom?" sa Ringmar.

"Han har en flickvän. Vanna. Jag skickade henne till dig, om jag inte minns helt fel."

"Du minns rätt."

"Ja men då så."

"Ibland är det inte så enkelt."

Hon svarade inte.

"Tja..." sa han.

"Vad betyder det i så fall?" frågade hon. "Om han mot all förmodan skulle vara bög?"

"Ska jag vara ärlig så vet jag inte riktigt", sa Ringmar.

"Vad vet vi egentligen", sa Sture Birgersson som just skulle tända en ny John Silver på en gammal. Rotelchefen stod vid sin vanliga samtalsplats, framför fönstret, bakom skrivbordet.

"Hade inte du slutat?" frågade Winter.

"Lungorna känns bättre", svarade Birgersson och inhalerade. "Jag fick fatta ett nytt beslut."

"Sunt", sa Winter.

"Ja, var det inte?" Birgersson höll cigarretten framför sig och studerade den som vore den en liten morot. "Men vi hade en annan frågeställning här."

"Du har ju läst själv", sa Winter.

"Behöver du mer folk?"

"Ja."

"Det finns inte."

"Tack."

"Blir det värre kan jag kanske få fram några till", sa Birgersson.

"Hur kan det bli värre?"

"Ett offer till, för fan. Kanske nån som dör."

"Vi kunde haft fyra döda", sa Winter.

"Mhm." Birgersson tände cigarretten på den glödande fimpen. "Grymt men inte tillräckligt grymt."

"Fyra mord", sa Winter. "Det vore rekord, åtminstone för mig."

"Och för mig." Birgersson gick runt skrivbordet. Winter kände doften av tobak. Som om den gamla tobaksfabriken nere vid älven fått gestalt. "Men du har rätt. Det är illa. Vad vi har här är kanske en seriemördare som inte mördat."

"Om det är samma."

"Tror du inte det?"

"Jo, jag gör väl det", sa Winter.

Birgersson böjde sig bakåt och tog upp tre papper som låg på skrivbordet. I övrigt var det rent, tomt, glänsande. Det är nåt tvångsmässigt, tänkte Winter, som han alltid gjorde när han stod där, eller satt som nu.

Birgersson läste i dokumentet igen och tittade upp.

"Jag undrar om den här bögteorin stämmer", sa han.

"Det är bara du och jag och Lars och Bertil som känner till den", sa Winter.

"Kanske är det bäst så."

"Du har lärt mig att spana med dubbelslipade glas", sa Winter.

"Har jag sagt så? Det var bra sagt." Birgersson drog sig över hakan. Han såg rakt på Winter och log kanske. "Kan du påminna mig om vad jag menade med det?"

"Kunna se neråt och framåt samtidigt. I det här fallet söka efter olika motiv parallellt."

"Mhm."

"Det är självklarheter", sa Winter.

"Det där hörde jag inte."

"Som alla stora tankar."

"Hear, hear", sa Birgersson.

"Bögteorin skulle kunna ge oss ett motiv", sa Winter.

"Har ni hunnit höra nån av grabbarna igen? Med den här inrikt-
ningen?"

"Tanken är alldeles ny", sa Winter.

Birgersson svarade inte, vilket betydde att diskussionen var över
för tillfället. Winter tog upp sitt Corpspaket och drog av skydds-
plasten på en av de tunna cigarillerna.

Birgersson höll fram sin tändare.

"Du hade ju också slutat", sa han.

"Det gjorde för ont", sa Winter. "Och nu känns allt bättre igen."

Halders stod mitt på Doktor Fries Torg. Tiden fanns bevarad här,
sluten kring torget som byggts under de folkhemstider som blickat
framåt med drömmar och tro, tillit. Här är jag barn igen, tänkte
Halders. Allt det här är på riktigt, så här såg det ut.

Plattor, sten, betong. Men det var lyckliga gatan då, för fan. Högt
över marken svävar betongen. Inte dåligt, inte dåligt alls.

Få människor rörde sig mellan biblioteket, möteslokalen och
tandläkarmottagningen dit Halders visste att Winter gick. En piz-
zeria, förstås. Ett nedlagt bankkontor, förstås. Tobak och tidningar,
postkontor, men bara ett litet tag till. Ett snabbköp, vilket var ett
ord som stämde överens med torgets utseende och födelseår. För
mig kommer det alltid att heta snabbköp. Det är ett 60-talsord.

Halders satte sig på en av bänkarna utanför Forum och ritade en
karta i anteckningsblocket.

Stillman hade passerat här på väg från trapporna nedanför som
ledde ner till stan. Han hade gått genom snårskogen som måste ha
varit totalsvart. Det fanns andra vägar att gå. Det här var den svå-
raste. Kanske var grabben äventyrligt lagd. Halders drog en linje
från där han satt, och där Stillman måste ha gått, till punkten där
Stillman slogs ner.

Nästan mitt på torget. Han tittade ditåt. Någon kunde ha stått i skuggorna under arkaden framför snabbköpet. Eller vid tobaksbutiken. Eller delikatessbutiken på andra sidan. Trippat fram med sitt järn. En järnsjua. Ett annat järn. Eller susat fram på cykel. Eller sprungit som fan på ljudlösa sulor, och grabben som var trött och packad hade inte hört något. Synd att offren inte hade haft freestyle och Motörhead på högsta volym i skallen. Det hade förklarat en del.

Kanske var de ändå inte ensamma. Halders hade tänkt det när han besökte platserna igen. Kanske de haft sällskap med någon som de inte ville avslöja trots att vederbörande försökt slå ihjäl dem. Kunde det vara så? Skydda sin egen gärningsman? Tja, Halders hade lärt sig så mycket i jobbet. Det var ett misstag att tro att människor skulle bete sig rationellt. Det mänskliga psyket var ett intressant stycke verklighet på det sättet. Eller snarare skrämmande. Man fick ta det som det kom.

Inte ensamma. Skydda någon. Eller skämmas för något? Han tittade ner på sin skiss igen. Han ritade en streckad linje till spårvagns- och busskuren. Stillman hade varit på väg dit, hade han sagt.

Från vad? Han hade fortfarande inte kunnat förklara vad han gjort här. Snacket om att bara ha knallat runt i största allmänhet bet inte på Halders. Det var långt till Olofshöjd och studentrummet. Man kunde visserligen gå dit från till exempel Slottsskogen och över Änggården och Guldheden, precis som det var teoretiskt möjligt att fotvandra österut hela vägen från Göteborg till Shanghai.

Besökte han någon här i krokarna? Varför i helvete ville han inte säga det i så fall? Tog de sig en promenad på nattkvisten? Vi får prata med honom ordentligt igen. Och med de andra studenterna, en student från Uppsala-la-la-la-la, la-la-la-la-la, la-la-la-la-la, nynnade Halders och reste sig från bänken och gick bort till delikatessbutiken för att köpa sin lunch.

Winter dröjde på gården efter att han vinkat hej då till Elsa genom fönstret. Hon hade vänt sig om på en gång och försvunnit och han började förstå att han och Angela inte var de enda i hennes liv.

Det fanns många barn på gården. Två fröknar, vad han kunde se. Trafiken var tät på gatan utanför, morgonens andra rusning till arbetet. Jag rusar snart jag också.

En tvärhand var på väg genom buskarna. Kanske samma som gången förut, på jakt efter friheten utanför stängslet.

Winter såg buskarna sluta sig bakom pojken. Snart skulle han komma ut igen. Kanske hade han ett hemligt ställe därinne som han gick till varje dag.

Winter gick ner till grinden och tittade åt höger för att kunna se barnet på andra sidan buskaget och på rätt sida om stängslet, men han såg ingen. Han gick närmare men såg fortfarande ingen, hörde ingenting. Han gick ännu närmare och fick syn på en flik av den grova ståltråden och drog tag i den och kände resten följa med som en svängdörr.

Han vände sig om men det stod ingen liten kille i brun overall och blå mössa i buskarna och vinkade.

Vad i hel...

Han kunde inte böja sig in genom öppningen. Han gick snabbt tillbaka och ut genom grinden men kunde inte se pojken någonstans.

Han gick de tio meterna till korsningen, som delvis skymdes av barrbuskaget runt daghemmet, och tog till höger och såg pojken på trottoaren tjugo meter bort på väg i målmedvetet tempo.

När Winter kom tillbaka till gården med pojken hade inräkningen redan gjorts.

"Vi skulle äta mellanmål", sa biträdande föreståndaren som stod vid grinden med oroligt ansikte.

"Det är hål i stängslet", sa Winter och släppte ner pojken som följt med tillbaka utan protester.

"Herregud", sa hon och satte sig på huk framför barnet. "Har du varit ute på promenad, August."

Pojken nickade.

"Du får inte gå utanför stängslet", sa hon.

Pojken nickade igen.

Hon tittade upp på Winter.

"Det här har jag inte varit med om förut." Hon tittade bort mot enbuskarna. "Hur kan det vara sönder?"

"Jag vet inte", sa Winter. "Jag har inte hunnit undersöka det. Men se till att det blir lagat direkt."

"Jag ringer med en gång", sa hon och reste sig. "Barnen får vara inne så länge."

"Stängslet måste kontrolleras överallt", sa Winter och såg henne nicka innan hon återvände till huset med August i famnen.

Winter återvände till stängslet och ryckte i den lösa fliken. Ytterligare en bit följde med när ett par rostiga fästen släppte. Han var starkare än August men pojken hade ändå lyckats dra upp det, eller om det redan var trasigt. Inte roligt. Winter tänkte på Elsa. Hade hon följt med August hit någon gång? Aldrig följa med främmande män.

Hela gruppen lekte ett slags kurragömma och barnen skrattade och det såg så roligt ut. Han hade velat springa fram och ställa sig och räkna till hundra och ropa "klar!" och "nu kommer jag!" och sedan vara med och leta och se någon som sprang fram ur gömmet men han skulle vara snabbare och hinna tillbaka och dunka och en gång till skulle det vara så och alla skulle säga att han var den snabbaste och den bäste och sedan, när han själv gömde sig, skulle ingen hitta honom och han skulle rusa fram och rädda sig. Varje gång skulle han rädda sig.

Han grät nu.

Det regnade, han kunde se det på vindrutan.

Samma röst i radion igen, alltid den rösten när han åkte iväg, när han kände som han kände nu. När han ville vara där barnen var. Prata med barnen, det var vad han gjorde. Det var det enda.

Samma röst, samma tid, samma program, samma ljus i himlen. Samma känsla. Om något av barnen ville följa med honom, längre? Följa med honom hem? Hur skulle han kunna säga nej? Även om han ville?

Rösterna utanför lät som ett sus på samma sätt som regnet. Han tyckte om båda ljuden och hur de blandades på det där mjuka sättet som gjorde att han kunde sitta där hur länge som helst och lyssna.

Så kom den där känslan som var en extra känsla, och han visste att den gjorde honom rädd och han försökte skaka på huvudet för att den skulle sjunka ner i honom igen som den hade gjort förut, men den sjönk inte. Den fick honom att sträcka på sig och öppna bildörren och sätta ner foten på marken som var täckt av ruttna löv som luktade starkare än han kom ihåg från någon annan gång, och han stod bredvid bilen nu och känslan var starkare och det var som om den satt som ett band över bröstet. Han kunde höra sin egen andning och han tyckte att den var så hög att alla andra borde höra den också. Men ingen hörde. Alla sprang. Alla skrattade. Alla var glada och han ville inte tänka på när han var så liten och kanske hade sprungit och skrattat. Med mamma. Mamma hade hållit honom i handen och marken hade varit full med löv som haft många färger.

Där sprang en liten flicka.

Ett bra gömställe.

Han gick efter.

Här finns ett bättre.

Ja, jag är med och leker. Nu ser dom hitåt! Tänk om dom ser dig! Här. här.

Göm dig bättre.

Härinne.

Han hade sett den här passagen förut, som en öppning mellan klippblocken mot skogspartiet där han hade ställt bilen. Bakom kullen. Han hade nästan blivit förvånad över att det gick så lätt att köra från parkeringsplatsen och dit.

Här borta är det bästa stället. Ingen hittar dig här.

Han kände regnet på tungan när han förstod att den hade varit ute.

Han hade trott att polisen skulle höra av sig igen, men varför skulle de det? Han hade inte gjort något. Det var... den andre. Alla hade förstått det. På jobbet hade de förstått. Vila upp dig ett par veckor så ska vi undersöka det här ordentligt.

Jag behöver inga veckor. Jag behöver mitt arbete. Det hade han sagt. Han hade svarat på frågorna om vad som hade hänt, han hade berättat.

Har ni aldrig haft en sån i vagnen. En sån! Stan var full av dem, i vagnarna, i bussarna. Det var farligt för folk och farligt för förarna. Se bara! Var det inte ett bevis på det, det som hade hänt? Det som *orsakade* olyckan?

Ja, det är min bil. Vem kan hitta dig därinne? Det är bästa stället.

9

Janne Alinder sträckte ut armen för att lindra smärtan i armbågen. Han lyfte den snett uppåt i fyrtiofem grader med öppen hand och tänkte att om någon kommer in här nu så kan detta tolkas som en hälsning som icke längre bör göras.

Johan Minnonen klev in från korridoren bakom Alinder.

"Jag ska inte säga nåt till nån", sa Minnonen.

"Tennisarmbåge", sa Alinder.

"Ovanligt rak i så fall."

"Tro vad du vill."

"Min farsa slogs på deras sida."

"Vilkas?"

"Tyskarnas, förstås. Mot ryssen."

"Alla tyskar var inte nazister", sa Alinder.

"Fråga inte mig." Minnonens ansikte fick ett mörkare drag. "Jag var för liten. Och farsan kom inte hem igen."

"Det var tråkigt att höra", sa Alinder.

"Inte jag heller för den delen. Kom hem alltså. Jag skickades hit och här blev jag kvar." Minnonen förblev stående. "Krigsbarn som det hette. Jag hette Juha och det blev Johan. "

"Din.... mamma då?"

"Jodå, vi sågs efter kriget men vi var många syskon. Tja..."

Alinder visste att det var allt han skulle få veta. Minnonen hade sagt mer än någonsin tidigare.

Herregud, han upptäckte att han fortfarande satt med armen uppåt sträck.

Telefonen framför honom ringde. Han tog ner högerhanden

och grep telefonen. Minnonen slog ihop klackarna och gjorde honnör och vände och gick ut till bilarna.

"Polisen Majorna-Linnéstaden, Alinder."

"Ja... god dag... det här är Lena Sköld... jag ringde för några dagar sen om min dotter... Ellen..."

Sköld, Sköld, tänkte Alinder. Dotter. Det var nåt som inte var nåt.

"Det var om att Ellen... sagt att hon följt med nån... främling."

"Ja, jag kommer ihåg nu. Hur är det med henne?"

"Bra... det är som vanligt..."

"Mhm."

"Ja... ni sa att jag skulle höra av mig igen om jag trodde att hon... saknade nåt. Det var väl vad ni sa?"

Om du säger det så, tänkte Alinder. Ja, just det förresten... jag kommer ihåg nu.

"Ja, jag minns", svarade han.

"Hon brukar alltid ha en berlock i en ficka i overallen, men den är borta", sa Lena Sköld.

"En berlock?"

"Ja, en sån där..."

"Jo, jag vet vad det är... jag menar..." Ja, vad fan menar jag egentligen? "En berlock, alltså?"

"En gammal berlock... som jag själv hade när jag var liten. Det är väl lite vidskepelse... från mig alltså. Den ska bringa tur."

Hon tystnade.

"Ja?"

"Den ligger alltid i vänstra bröstfickan på hennes overall. I en extra liten ficka. Jag förstår inte hur..."

Hon tystnade.

"Ja?"

Han väntade på fortsättningen.

"Jag förstår inte hur den skulle kunna ramla ut", sa Lena Sköld.

"Kan inte... Ellen ta upp den själv?"

"Nej, det tror jag inte."

"Och det här är första gången?"

"Vadå?"

"Det är första gången som den är borta?" frågade Alinder. Dum fråga men vad ska jag göra? Det här är den typ av samtal som jag egentligen inte har tid med.

"Ja... naturligtvis."

"Vad tror ni själv då?"

"Ja... om det faktiskt är som Ellen säger... så kan ju... mannen i bilen ha tagit den."

"Har ni frågat Ellen om honom igen?"

"Ja."

"Och?"

"Hon säger ungefär samma sak som förut. Konstigt att hon kommer ihåg, va?"

Jag har minnesanteckningen i pärmen om vad det nu är som är samma sak, tänkte Alinder. Kan lika väl lägga till ett par meningar.

"Beskriv den här berlocken", sa han och grep pennan.

"Det är en liten fågel i silver", svarade hon.

En liten sak bara. Det var ett minne. Han kunde ta fram det och det räckte för honom.

Än så länge. Nej. Nej! Det räckte. Det räckte!

Han visste att det inte skulle räcka. Han skulle... använda det till något.

Han blundade och tittade mot väggen och byrån som stod bredvid bokhyllan som innehöll videofilmerna.

Han hade sin lilla låda i byrån och där låg pojkens bil och flickans lilla silverfågel. Bilen var blå och svart och fågeln glänste i sin egen färg som inte var som andra.

I handen höll han den lilla bollen som den andra flickan haft i fickan. Den var alldeles grön, som en gräsmatta när sommaren är som bäst. Maja hette hon. Det var också ett namn som var sommar. Maja. Det var inget namn för den här tiden på året. Han tyckte inte om hösten. Han var lugnare på sommaren men nu... nu var han inte så lugn längre.

Han åkte iväg, åkte iväg. Han åkte runt, han ville inte men han kunde inte låta bli. Lekplatserna. Dagisgårdarna.

Vara med och leka.

Han tappade bollen och den studsade bort mot den översta lådan i byrån och tillbaka och han böjde sig åt sidan och fångade den med en hand. Lyra med en hand!

När det var så mörkt ute att han inte behövde dra för gardinerna för att kunna se sin videoinspelning slog han på teven.

Maja sa något roligt. Han hörde sitt eget skratt från filmen. Hon log. Han kunde se regnet på rutan bakom henne. De tomma träden. Himlen, tom. Så tråkigt det såg ut därute, utanför bilens fönster. Grått. svart. Blött. Ruttet. En himmel som var grå eller svart eller röd som... som blod. Nej. Elak. Himlen är ett elakt hål som är större än allt annat, tänkte han och kramade den gröna bollen hårt i ena handen. Det faller saker från himlen som man flyr från, gömmer sig för. Den är tom men det faller regn och vi kommer inte undan och därför är himlen bara en plats på jorden, tänkte han. Himlen är en plats på jorden, tänkte han igen. Han tänkte på när han var barn. Farbrorn hade kommit till honom när han gråtit. Han hade ljuset släckt i rummet och farbrorn hade frågat honom saker och sedan gått igen. Sedan hade han kommit tillbaka.

Det hade gjort så ont. Men det hade varit... pappa? Hade det varit pappa? Eller farbrorn? Han hade tröstat honom efteråt.

Så många gångers tröst.

Han såg in i teven igen. Därinne i bilen var det varmt och skönt. Han hade känt sig varm när han filmat. Ljudet från radion fanns med. Nu kom rösten som sa en svordom. Barnet hade hört det. Maja. Nu sa Maja att farbrorn på radion hade sagt ett fult ord.

Ja. Det var ett mycket fult ord.

Vilken fin boll du har, Maja. Håll upp den.

Winter satt på golvet vid dörren i hallen med benen ut i vinkel och rullade bollen till Elsa som satt i andra änden. Det var en lång hall.

Han lyckades rulla bollen hela vägen till henne men hon kunde inte rulla tillbaka den.

Han reste sig och satte sig närmare.

"Bollen dum", sa Elsa.

"Nu går det bättre", sa han och rullade den till henne igen.

"Bollen bollen!" ropade hon när hon lyckades få iväg den hela vägen till honom. "Bollen pappa!"

"Här kommer den", sa han och rullade tillbaka den igen.

Elsa sov när Angela kom hem från kvällspasset. En lång dag på avdelningen. Morgonpass. Lite vila emellan. Kvällspass. Han hörde hissen gnöla sig upp därute i trapphuset och öppnade dörren innan hon hann göra det.

"Jag hörde hissen."

"Som resten av Vasastan." Hon drog försiktigt av sig regnkappan och hängde den på en galge för transport ut till badrummet. "Den hissen har varit mogen för pension i tretti år." Hon drog av sig stövlarna. "Det är en skam att den fortfarande ska behöva arbeta."

"Elsa gillar i alla fall att Hasse är kvar hos oss", sa Winter.

Hasse Hiss var Elsas namn. Alla dessa år som jag bott här och åkt i denna hiss utan att veta vad han heter, hade Winter tänkt när Elsa namngett gamlingen. Hasse Hiss. Gammal men cool: klädd i kedjor och läder.

"Hur var det i dag då?" sa Angela och gick mot köket.

"Ett nytt intermezzo på dagis", sa han och följde efter.

"Vadå?"

"Jag tror det var samma kille som smet mellan buskarna och nu kom han ut."

"Ut vadå? Vem?"

"August tror jag han heter. Vet du vem det är?"

"Ja... jag tror det."

"Det fanns ett hål i stängslet och han kom ut på gatan."

"Herregud."

"Jag hann i fatt honom innan det hände nåt."

"Hur fan kan det vara hål i stängslet?" sa Angela, och det var inte ofta hon svor.

"Sönderrostat."

"Herregud", sa hon igen. "Vad gör vi?"

"Hur menar du?"

"Var ska Elsa vara? Du tror väl inte att jag lämnar henne när det finns ett hål ut till en av norra Europas mest trafikerade gator?" Hon tittade på honom och höjde handen. "Det är som ett hål ut till den grymma verkligheten."

"Dom har fixat det."

"Hur vet du det?"

"Jag kontrollerade." Han log. "I eftermiddags."

"Har dom bytt hela stängslet?"

"Det verkar så."

"Verkar? Är du inte mer orolig än så?"

"Jag ringde föreståndaren förut men kom inte fram."

"Det tänker jag göra."

Hon reste sig och gick bort till telefonen och slog ett av numren som stod på lappen på kylskåpet.

Angela bet honom i knogen när hon kände att han var lika nära som hon. Han hörde en fjäder gnöla i madrassen under dem, ett ljud som kunde kommit från Hasse därute, men så tänkte han först efteråt.

De var stilla i tystnaden.

"Kan du inte hämta lite vatten?" sa hon sedan.

Han reste sig och gick ut i köket. Det kom regn mot rutan som vette mot gården. Klockan på väggen visade kvart över tolv. Han tappade upp ett glas vatten till Angela och öppnade en Hof till sig själv.

"Nu kommer du inte att kunna sova", sa hon när han drack ölet på sängkanten.

"Vem har sagt nåt om att sova?"

"Jag har inte ett fritt yrke som du", sa hon. "Jag har mina tider."

"Fritt och skapande", sa han.

Hon drack av vattnet och satte glaset på trägolvet som blänkte i nattljuset från belysningen utanför. En buss hördes dit upp, däck mot vatten. Ljudet av ett annat fordon. Ingen ambulans just nu, tack och lov. Kanske en röst, men det kunde också vara en hes fågel som dröjt sig kvar för länge i Norden.

Just då tänkte hon detta: Har vi dröjt oss kvar för länge? Är det inte dags att flytta nu från stenstan?

Hon såg på honom. Jag har inte velat ta upp det igen. Kanske är det för att jag kanske inte vill själv längre. Det går att leva ett bra liv i stan. Vi är inte lantbor. Elsa klagar inte. Hon har till och med en kompis ute i trapphuset. Stängslet runt dagis är lagat. Vi kan hyra sommarhus på landet.

Hon såg på Erik igen som verkade försjunken i en tanke. Det är bättre nu mellan oss än det var förut, för ett år sedan eller vad det var. Då visste jag inte. För ett tag visste jag inte. Jag tror inte han visste heller.

Vi kunde ha befunnit oss i olika världar eller vad man ska kalla det. Jag kunde ha varit i himlen och Erik här på jorden. Jag tror att jag skulle ha hamnat i himlen. Jag är inte säker på honom. Ha!

Jag har glömt det mesta. Det var... otur.

Hon tänkte på vad som hade hänt månaderna innan Elsa föddes. När hon... kidnappats av en mördare. Hur hon suttit i hans lägenhet. Vad hon tänkt.

Jag tror aldrig att han ville skada mig.

Nu är det annorlunda. Det är bra. Det här är en bra stund på jorden. En bra plats.

Hon hörde ett ljud från trafiken igen nere från gatan, ett sprött ljud.

"Vad tänker du på?" sa hon till Erik som fortfarande satt i samma ställning med samma inåtvända blick som hon ändå kunde se i halvmörkret.

Han öppnade blicken och såg på henne.

"Ingenting", sa han.

"Jag tänkte på att vi har det rätt bra", sa hon.

"Mhm."

"Är det allt du har att säga?"

"Mhm."

Hon grep en kudde och slängde den mot honom och han duckade.

"Elsa vaknar om vi börjar ett krig", sa han och ställde ner ölflaskan och slängde sin kudde som slog i väggen bakom henne med en duns och rev ner en tidskrift från hennes nattduksbord.

"Känn på den!" sa hon och dängde tillbaka hans kudde. Han såg den komma.

"Vi hittade faktiskt en multen liten hög utanför trappan", sa Bergenhem det första han sa under morgonbönen. "Den låg under en ännu värre hög med löv."

"Varför hittade vi inte den förut?" sa Halders.

"Vi letade ju inte", sa Ringmar. "Vi visste inte att vi letade efter tidningar."

"Har vi hittat några fingeravtryck då?" frågade Halders.

Han gned nacken som kändes stel igen. Stelare än vanligt, om man kunde kalla den här satans stelheten för vanlig. Han hade blivit kall i går ute på torgen.

"Beiers killar tittar på det nu", sa Ringmar. "Dom försöker också få fram vad det var för datum på tidningarna. Det måste ju gå att se."

Tekniska roteln hade tagit hand om det sura paketetet med skeptiska miner.

"Meningslöst", sa Halders. "Lika meningslöst som att hitta specifika cykelspår på platserna där killarna blev nerklubbade."

"Cykelspår?" sa Bergenhem.

"Det är min egen teori", sa Halders med en ton som förberedde han sig inför kommissarieexamen. "Gärningsmannen kom hojandes. Tyst. Snabbt. Överraskande."

"Varför inte?" sa Winter. Han sa inte att han också tänkt på det.

"Det låter som ett så troligt alternativ att vi alla måste ha tänkt på det", sa Bergenhem.

"Ta det ifrån mig bara", sa Halders.

"Ett cyklande tidningsbud", sa Aneta Djanali.

"Inte säkert att det finns ett sånt samband", sa Halders.

"På tal om tidningsbud", sa Ringmar.

"Ja?" sa Aneta Djanali.

"Det är faktiskt egendomligt. Precis som fallet var när Smedsberg blev... tja, nästan nerslagen på Mossen, så hade aktuella tidningsbudet för husen närmast Doktor Fries Torg sjukanmält sig samma morgon", sa Ringmar. "När Stillman fick stryk."

"Men Stillman såg ingen som släpade på tidningar", sa Halders.

"Men ändå."

"Men ändå vadå?" sa Halders.

"Vi släpper det en sekund", sa Winter och började skriva på tavlan. Han vände sig mot gruppen. "Vi har alltså diskuterat en annan sak, Bertil och jag."

Kvällen var gången ett stycke när Larissa Serimov tog plats bakom expeditionsdisken. Att vara gången ett stycke var ett uttryck som hennes far använt om det mesta. Han hade gått ett stycke själv, tagit sig från Ural till Norden efter kriget och lyckats få barn när andra fick barnbarn.

En dag åker vi tillbaka Larissa, hade han alltid sagt, som om hon hade flytt tillsammans med honom. Och så gjorde de det när det till sist blev möjligt, och hon hade förstått då, verkligen *förstått*, att de hade flytt tillsammans för så många år sedan. Hans återvändande hade också blivit hennes.

Han hade blivit kvar, Andreij Iljanovich Serimov. Där levde fortfarande människor som mindes honom och som han mindes. Jag blir kvar ett par månader, hade han sagt när hon reste tillbaka, och hon hade varit hemma i tre och en halv dag när budet kom om att han hade ramlat av stolen utanför kusin Olgas hus och sannolikt hade hjärtat slutat slå redan innan han slog i de grova plankorna som sträckte sig som en vallgrav runt hela det stora skeva huset.

Telefonen ringde.

"Polisen Frölunda, Serimov."

"Är det hos polisen?"

"Det här är polisen i Frölunda", upprepade hon.

"Mitt namn är Kristina Bergort. Jag skulle vilja anmäla att min dotter Maja varit försvunnen."

Larissa Serimov hade skrivit "Kristina Bergort" på papperet framför sig och tvekade nu.

"Förlåt? Du sa att din dotter *varit* försvunnen?"

"Jag förstår att det här kan låta konstigt men jag tror att min lilla dotter har blivit... bortförd av nån och sen... återlämnad igen."

"Du får nog ta det från början", sa Larissa Serimov.

Hon lyssnade på kvinnans berättelse.

"Finns det några yttre tecken på Maja? Skador? Märken?"

"Inte vad jag kan se. Vi... jag och min man... har just fått höra det här från henne. Jag ringde direkt. Min man är och hämtar en bil hos grannen... vår egen är på lagning... vi åker ner direkt till Frölunda sjukhus så får dom titta på henne."

"Ja."

"Du kanske tycker att det är... överilat?"

"Nej, nej", svarade Larissa Serimov.

"Vi åker i vilket fall. Jag tror på Maja när hon berättar det här."

"Ja."

"Hon berättade förresten också att han tog hennes boll", sa Kristina Bergort.

"Han tog den? En boll?"

"Han tog hennes favoritboll, en grön. Han sa att han skulle kasta den till henne från bilen när hon hade gått ur men han gjorde inte det. Och hon har den inte nu."

"Har Maja bra minne?"

"Hon är... speciell", sa Kristina Bergort. "Nu kommer min man här så nu åker vi till sjukhuset."

"Jag kommer också ner", sa Larissa Serimov.

10

Sjukhuset var genomlyst av ett sken som fick människorna i de akuta vårdköerna att se ännu sjukare ut. Väntrummen var många. Halva stan verkar vara här, tänkte Larissa Serimov. Och detta är ändå en välfärdsstat. Det är inte Ural. Hon kunde nästan skratta åt det. Akutsjukvård var inte ett ord i Ryssland nu. Akutsjuk ja, men ingen vård i slutet av ordet.

Här fanns det ändå en läkare, även om väntan var lång.

Familjen Bergort satt för sig själv i ett av de yttre rummen. Flickan rullade en boll framför sig på golvet men hennes ögon var tunga. Hon kommer att sova sig igenom undersökningen, tänkte Larissa Serimov och hälsade först på kvinnan och sedan på mannen. Hon såg att folk runt om tittade på hennes uniform som var svart med ordet POLIS i groteskt stora bokstäver på ryggen. Vad skulle det vara bra för? hade hon tänkt när hon drog på sig den första gången. Undvika att bli skjuten i ryggen? Eller motsatsen?

"Ja, här sitter vi", sa Kristina Bergort.

"Är det långt kvar?" frågade Larissa Serimov.

"Jag vet inte."

"Jag ska se vad jag kan göra", sa Larissa Serimov och gick bort till luckan. Kristina Bergort såg henne tala med sköterskan och sedan gå in genom en dörr bakom expeditionen. Hon såg henne komma ut igen tillsammans med en läkare som gjorde ett tecken bort mot den lilla familjen.

Läkaren undersökte flickan. Han hade funderat på att söva henne men avstod.

Larissa Serimov väntade utanför. Hon tänkte på att paret Bergort varit så lugna. Mannen hade faktiskt inte sagt ett ord ännu.

De kom ut och hon reste sig.

"Doktorn vill säga nåt till dig", sa Kristina Bergort.

"Åker ni hem nu?"

"Vad är alternativet?" sa mamman och tittade på sin sovande dotter i pappans famn.

"Vad... visade undersökningen?"

"Ingenting alls, tack och lov." Kristina Bergort började gå mot de stora glasdörrarna. "Jag får väl prata lite mer med Maja i morgon bitti."

"Du får gärna ringa mig igen", sa Larissa Serimov.

Kristina Bergort nickade och de gick sin väg.

Larissa Serimov återvände till läkarens rum. Han talade in det sista i bandspelaren och tittade upp och reste sig. Det var inte första gången hon var därinne. Poliser och läkare träffades ofta, speciellt i Frölunda där sjukhuset och polisstationen låg så nära varandra, avskilda bara av motorleden. På stenkastningsavstånd, hade hon tänkt någon gång, och stenar hade kastats, men då mot polishuset av medborgare som uttryckt sin åsikt om ordningsmakten. Tja. Det hade kanske fått henne att känna sig som hemma i ett land som hon inte kom ifrån, eller i det andra, som hon inte bett om att få leva i men var tacksam för att ha fötts i.

Läkaren var en bekant.

"Vad är det här egentligen, Larissa?"

"Jag vet inte riktigt."

"Är det nån som vet?"

"Mamman blev orolig och det är väl inte så konstigt", sa Larissa Serimov.

"Barn har fantasi, rätt livlig ibland", sa han. "Mamman berätta-de vad som hänt för mig och... ja, jag vet inte vad jag ska tro."

"Du behöver inte tro nåt. Det räcker med en undersökning."

"Som inte visade nåt övergrepp i alla fall."

"I alla fall? Visade den nåt annat, Bosse?"

"Ett par utgjutningar på armen. En på ryggen. Svårt att säga var dom kommer ifrån."

96

"Nån som hållit alltför hårt i henne? Eller nåt värre?"

"Jag frågade om det. Fick inget riktigt svar. Först."

"Hur menar du då?"

"Pappan tittade åt ett annat håll, verkade det som." Han såg på henne. "Men det kanske bara vara en känsla... hos mig."

"Vad sa mamman då?"

"Att flickan ramlat ur en gunga och slagit emot ställningen. Men sen var det som om hon kom ihåg varför dom kommit hit och då sa hon att den där främlingen som flickan träffat kanske hade gjort det."

"Kan hon ha gjort det? Slagit emot ställningen?"

"Ja... utgjutningarna är ju färska..."

"Du drar på det."

"Jag tänkte bara på att det inte är helt ovanligt att föräldrar som slår sina barn anmäler det som olyckor. Eller diktar ihop historier som ska passa, ibland rent fantastiska saker."

"Som att flickan följde med en främling."

"Ja. Men det är mer ditt område", sa han och svarade i telefonen som just ringt. Han tittade upp med handen över luren. "Men det kan ju faktiskt vara så, att det är sant."

Winter och Ringmar förberedde eftermiddagens förhör. De satt i Ringmars rum som Winter tyckte var mörkare än någonsin. Det berodde inte bara på senhösten utanför.

"Har du tapetserat om?" frågade han.

"Javisst. I helgen, alldeles själv. Jag kan ta ditt rum nästa söndag."

"Bara att det ser mörkare ut", sa Winter.

"Det är min sinnesstämning. Den avspeglas i väggarna."

"Vad är det?"

Ringmar svarade inte.

"Är det... det vanliga?" frågade Winter.

"Det är... Martin."

"Fortfarande inte hört av sig?"

"Nej."

"Men Moa vet?"

"Var han är? Det tror jag inte. Då skulle hon nog ändå ha sagt det till mig." Ringmar frustade till och höjde armen, en kort nysning och en till. Han tog bort ansiktet från armvecket och tittade på Winter. "Han ringer till henne ibland. Så mycket vet jag."

Bertils ögon var glansiga och Winter visste att det berodde på nysattacken, men man kunde bli tårögd av Bertils situation också. Varför hörde inte grabbjäveln av sig? Bertil var inte värd det. Så väl kände han honom.

"Men jag har ju alltså fortfarande kontakt med mitt andra barn", sa Ringmar och såg förbi Winter mot fönsterrutan som hade ett smalt band av imma längst ner. "Det kanske ändå inte är så taskig utdelning." Han såg på Winter. "Femtio procents vinst. Eller framgång i uppfostran, eller vad fan man ska kalla det."

"Han kommer tillbaka", sa Winter. "Han hör av sig igen."

"Frågan är varför han stack första gången."

"Du får fråga honom."

"Ja."

"Det har säkert inget med dig att göra", sa Winter. "Han är bara på väg mot... sig själv. Unga människor söker ju, kanske mer än andra."

"På väg mot sig själv? Det var vackert sagt."

"Ja, var det inte?"

"Men han är ju för helvete snart tretti. Kallar du det ungt?"

"Du kallar mig ung, Bertil. Och jag är över fyrti."

"Är du också på väg mot dig själv?"

"I högsta grad."

"Är du allvarlig?"

"I högsta grad."

"Söker meningen med livet?"

"Naturligtvis."

"Har du långt kvar?"

"Vad säger du själv?" sa Winter. "Du är ju över femti. Du har kommit ännu längre."

Ringmar såg förbi Winter igen, mot fönstret som återgav det försvinnande eftermiddagsljuset därinne.

"Jag tror jag har funnit den", sa Ringmar. "Meningen med livet, hela livet."

"Låt höra."

"Att man ska dö."

"Att dö? Är det meningen med hela livet?"

"Det är enda meningen."

"För helvete, Bertil."

"Åtminstone känns det så just nu."

"Det finns medicin för sånt där, Bertil."

"Jag tror inte jag lider av nån klinisk depression."

"Du är i alla fall inte maniskt uppåt, det är en sak som är säker", sa Winter.

"Alla har rätt att vara lite nere", sa Ringmar. "Det finns alldeles för många glada människor som går runt och flinar."

"Där håller jag med dig."

"Alldeles för många", upprepade Ringmar.

"Varför inte ta ett snack med Hanne?" sa Winter.

Hanne Östergaard var polispräst och arbetade halvtid i polishuset och hon hade varit till hjälp för flera. Hon hade varit ett stort stöd för Winter under framför allt ett av hans fall, ett som vållat honom svår plåga.

"Varför inte", sa Ringmar.

Ringmar tog ett snack senare under eftermiddagen, men det var inte med Hanne Östergaard.

Jens Book var uppallad med kuddar och det såg inte bekvämt ut men han skakade på huvudet när Ringmar erbjöd sig att arrangera om sängkläderna.

Här är vi så igen, hade Ringmar tänkt när han steg in på Sahlgrenska där vitrockar och civilister rörde sig från det ena till det andra.

Vi borde ha ett kontor här. En expedition. Varför har ingen

tänkt på det förut? Det får jag en gratifikation för. Vi är ju alltid här. Vi behöver ha det praktiskt och bekvämt. Kanske en speciell sekreterare? Ett eget läkarlag med POLIS i svart på de vita ryggarna? Eget gym? Restaurang? Sammanträdeslokaler utrustade med overhead? Fordon som är en kombination av ambulans och piket? Skjutbana i källarplanet? Han hade stigit in i hissen fylld av planer. Pojken hade fått sina planer avbrutna. Ingen journalistik på ett tag, kanske aldrig. Han kanske får bevaka handikapp-OS, hade Halders sagt, och det var en kommentar från någon som själv varit nära att delta där. Om han hade velat och kunnat.

Men Jens Book hade börjat få tillbaka rörligheten, först i högeraxeln och sedan sakta nedåt kroppen. Det fanns liv och hopp. Förlamningen i ansiktet hade släppt och det gjorde det möjligt för dem att prata, men Ringmar var inte säker på vad de skulle prata om. Som man frågade fick man inte alltid svar.

"Tror du att han kom på cykel?" frågade han nu.

Grabben såg ut att tänka. Där hade han gått, på trottoaren utanför videobutiken vid Linnéplatsen. Tunn trafik, svaga ljus, dis över parken och natthimlen.

"Kanske", sa han.

"Hur då?" frågade Ringmar.

"Det gick ju så snabbt." Han rörde huvudet mot vallen av kuddar. "Men jag hörde... eller såg... inget som gör att jag säkert kan säga att... han kom på en hoj."

"Inget som helst?"

"Nej."

Grabben rörde huvudet igen.

"Hur är det?" frågade Ringmar.

"Tja..."

"Jag hörde att det blir bättre", sa Ringmar.

"Tydligen."

"Kan du röra högerhanden?"

"Lite, faktiskt."

"Snart kan du vifta med tårna."

Jens Book log.

"Vi har inte fått riktigt klart för oss var du hade varit den kvällen", sa Ringmar.

"Eh... va?"

"Varifrån du kom när du blev nerslagen."

"Vad spelar det för roll?"

"Nån kanske följde efter dig."

"Därifrån? Det tror jag inte."

"Varifrån, Jens?"

"Har jag inte sagt att jag var på fest nere på... Storgatan? Lite bortanför Noon?"

"Jo."

"Då så."

"Men inte hela kvällen", sa Ringmar.

"Va?"

Ringmar tittade ner i sitt anteckningsblock. Sidan var tom men det kunde vara bra ibland att se ut som om man kontrollerade en uppgift.

"Du gick från den där festen ungefär två timmar innan du blev nerslagen vid Linnéplatsen."

"Vem säger det?"

Ringmar tittade ner i anteckningsblocket igen.

"Flera vi pratat med. Det var ingen hemlighet."

"Det låter nästan som om jag är anklagad för nåt."

"Vem säger det?"

"Det låter nästan så."

"Jag vill bara veta vad du gjorde. Det måste du väl förstå? Ska vi kunna hitta gärningsmannen måste vi också så att säga gå i dina fotspår", sa Ringmar.

Jävla bullshit, tänkte han. Jag tänker som min dotter pratar.

Pojken svarade inte.

"Träffade du nån?" frågade Ringmar.

"Även om jag gjorde det så har det inte med detta att göra."

"I vilket fall kan du väl säga det?"

"Säga vadå?"

"Om du träffade nån", sa Ringmar.

"Ja och nej", sa Jens Book. Hans blick irrade över rummet.

Ringmar nickade som om han förstod.

"Vilket år är det?" frågade Winter.

"Andra."

"Min fru är läkare."

"Jaha."

"Allmänmedicinare."

"Jag siktar nog på det också."

"Inte hjärnkirurg?"

"Skulle väl vara efter det här i så fall då", sa Aris Kaite och drog lite på munnen och förde vänsterhanden mot huvudet där det stora bandaget bytts ut mot ett mindre. "Frågan är om jag kan fortsätta plugga." Han tog ner handen. "Tänka. Komma ihåg. Det är inte säkert att det funkar."

"Hur känns det nu?" frågade Winter.

"Bättre men inte bra."

Winter nickade. De satt på ett kafé i Vasastan som Kaite valt. Borde sitta så här oftare, tänkte Winter. Det är avkopplande. Förhör och fika. En skylt utanför: Förhör & Fika.

"Jag bor runt hörnet", sa Winter.

"Gångavstånd till jobbet", sa Kaite.

"Ja, igen", sa Winter och berättade för grabben om fallet han arbetat med för ett par år sedan, paret i lägenheten 50 meter därifrån som suttit så stilla. Det egendomliga med deras huvuden. Men det sa han inget om nu.

"Jag tror förresten jag läste nåt om det", sa Kaite.

"Det var ett tidningsbud som slog larm", sa Winter. "En ung kille som blev misstänksam."

"Dom ser väl en del", sa Kaite.

"Du såg inget tidningsbud den där morgonen, Aris?"

"När jag fick skallen krossad? Jag kunde inte se nåt alls."

"När du kom upp på Kapellplatsen... eller strax innan du blev överfallen. Det gick inget tidningsbud förbi där? Eller på andra si-dan? Vid husen?"

"Varför frågar du det?"

"Såg du nån med tidningar?"

"Nej."

"Okej. Jag ska berätta varför. Du har ju hört att en annan kille blev... attackerad på samma sätt. Vid Mossen."

"Yes."

"Han säger att han såg ett tidningsbud strax innan men det fanns inget tidningsbud där den morgonen. Ordinarie budet hade sjukskrivit sig."

"Det var väl en ersättare då."

"Nej. Dom hade inte hunnit få ut nån vid den tiden."

"Hur visste han att det var ett tidningsbud han såg då?"

"En person bar på tidningar och gick upp och ner i trapporna klockan halv fem på morron."

"Låter som ett tidningsbud", sa Kaite.

"Yes", sa Winter.

"Men om det var nåt skumt där... hur kunde han veta att den ordinarie var sjuk?" frågade han. "Han kunde ju ha riskerat att stö-ta ihop med henne? Hur visste han?"

"Det frågar vi oss också", sa Winter med blicken på den svarte killen som var lika svart som Aneta Djanali men hade andra drag från en annan del av kontinenten.

"Mystiskt", sa Kaite.

"Var kommer du ifrån, Aris?"

"Kenya."

"Född där?"

"Yes."

"Bor det många kenyaner i Göteborg?"

"En del. Hur så?"

Winter ryckte på axlarna.

"Jag umgås knappt med några", sa Aris Kaite.

"Vilka umgås du med då?"

"Inte så många."

"Kurskamrater?"

"Det också."

"Vem var du med den kvällen?"

"Va?"

"När du blev nerslagen. Vem hade du sällskap med då?"

"Jag har väl sagt att jag var ensam?"

"Innan du kom upp på Kapellplatsen, menar jag."

"Ingen alls. Jag gick bara runt på stan."

"Träffade du inte nån?"

"Nej."

"Inte på hela kvällen?"

"Nej."

"Det var en lång natt också."

"Ja."

"Och du träffade ingen då heller?"

"Nej."

"Och det vill du att jag ska tro på?"

"Varför skulle du inte det?" Han såg förvånad ut. "Är det så konstigt?"

"Det var inte så att du kände personen som slog dig?"

"Vad är det för fråga?"

"Ska jag ställa den igen?"

"Behövs inte. Visste jag vem det var skulle jag förstås säga det."

Winter svarade inte.

"Vad skulle jag ha för anledning att inte säga det?"

11

"Vad säger du om jag säger cykel?" sa Halders.

"Är det nån slags associationslek?" sa Jakob Stillman.

"Asso vad?" sa Halders.

Stillman tittade på kriminalinspektören med rakat huvud och grov polo och jeans och grova skor. Vem var han? Hade det skett en förväxling vid gripandet av ett gäng överåriga skinheads?

Han vred försiktigt på kroppen och huvudet följde med vilket gjorde ont. Huvudvärken ville inte ge med sig. Det här snacket gjorde inte saken bättre.

"Associationslek", sa han. "Nån säger nåt och man associerar nåt annat till det."

"Om du sagt cykel kanske jag skulle sagt nerklubbning", sa Halders.

"Ja, det är en naturlig koppling."

Halders log.

"Förstår du vart jag vill komma?" frågade han.

"Bedriver du alltid förhör på det här sättet?" sa Stillman.

"Det är juridik du läser, va?"

"Ja..."

"Har ni inte kommit till kapitlet om kognitiv förhörsmetodik?"

Stillman skakade på huvudet, vilket var ett misstag. Det kändes som om någonting satt löst därinne.

"Vi fortsätter", sa Halders. "Tror du det är möjligt att den som slog ner dig kom farande på cykel?"

"Jag såg mest en kropp, som jag sa till din kollega. Och det gick ju jävligt fort."

"Kanske just därför", sa Halders. "Att han kom på cykel?"

"Ja... det är möjligt."

"Du kan inte utesluta det helt?"

"Nej... det kan jag väl inte."

Halders tittade ner i sina anteckningar som rörde både högt och lågt. Det var som om han fått en större lust att anteckna efter smällen i huvudet. Som om han inte riktigt längre litade på sitt eget huvud. Förut hade han ofta nöjt sig med minnesanteckningar på insidan av ögonlocken. Nu ville han ha block och penna.

"När Bert... kommissarie Ringmar frågade dig om dom här ljuden som du hörde... det var ju tydligen inte mänskliga ljud som du uppfattade det. Vad kan det ha varit för ljud?"

"Jag kan inte svara på det", sa Jakob Stillman.

"Vad säger du om jag säger cykel?" sa Halders.

"Jag vet inte vad jag ska säga", sa Jens Book.

"Jag frågade dig om du träffade nån timmarna innan du blev nerslagen och du svarade ja och nej."

Book sa inget.

"Det är ett svar som du nog får utveckla", sa Ringmar.

"Jag träffade nån", sa Book.

Ringmar väntade.

"Men det har inte med detta att göra", sa Book.

"Vem träffade du?"

"Det har inte alls med det här att göra", sa Book.

"Varför är det så svårt att säga det?" sa Ringmar.

"Helvete att man aldrig får vara i fred", sa Book.

Ringmar väntade.

"Det är ju som om man begått ett brott", sa Book. "Här ligger man förlamad och slut och... och..." Han tystnade och hans ansikte drogs samman och han grät.

Lägg av nu Bertil, tänkte Ringmar.

"Om jag får veta vem du träffade så kan det hjälpa mig i arbetet med att finna den som skadade dig", sa han, och han hade en känsla av att ha sagt det förut, många gånger, till många offer.

"Okej, det spelar ingen roll", sa Book. "Jag träffade en kille, okej?"

"Det är helt okej", sa Ringmar.

"Okej", upprepade Book.

"Varför var det så svårt att säga det?"

Grabben svarade inte. Han studerade någonting bakom Ringmars huvud men Ringmar visste att det inte fanns något att studera där, bara tom yta bestruken med färg som aldrig haft någon lyster. Sjukhussalar är sant lutheranska boningar, tänkte han, eller som rum för självspäkningssekter: Vi går mot döden vart vi går och här finns chansen att komma dit lite snabbare.

"Vem var det?" frågade han.

"En... kille, bara?"

"En kompis?"

Book nickade, försiktigt. Det såg på något sätt högtidligt ut, som om han till slut avslöjade sin stora hemlighet. Vilket var precis vad han gjorde.

"En nära vän?"

"Ja."

"Jag ska inte fråga dig hur nära", sa Ringmar. "Men jag måste fråga dig om ni träffades hemma hos honom?"

"Ja."

"Jag behöver hans adress."

"Varför då?"

Ringmar svarade inte på det. I stället frågade han:

"Följde han med dig när du gick?"

"Gick? När?"

"När du gick från hans hem?"

"Ja... en bit."

"När var det?"

"Kommer jag inte ihåg."

"När var det? I förhållande till när du blev nerslagen?"

"Jaaaaa... en halvtimme innan kanske."

"Han bor nära?"

Book svarade inte.

"Hade ni till och med sällskap med varandra när du blev nerslagen?"

"Nej."

"Var skildes ni åt?"

"Hög... högre upp på gatan."

"På Övre Husargatan?"

"Ja."

"Var?"

"Nedanför Sveaplan."

"När?"

"När... ja... det var en liten stund innan den där jäveln kom och slog av mig halva huvet."

"Jag vill ha hans namn och adress", sa Ringmar.

"Vem vill inte det?"

"Jag menar din väns", sa Ringmar.

Det var mer eller mindre mörkt när de åter samlades i Winters rum. Ljuset därinne räckte inte till för att fylla ut vrårna.

"Kan du inte fimpa för en gångs skull?" sa Halders.

"Jag har ju inte ens tagit upp paketet än", sa Winter med förvåning i ansiktet.

"Bättre förekomma", sa Halders.

Ringmar harklade sig och spred ut några av sina papper på skrivbordet som Winter nyss röjt undan på.

"Det satt långt inne för killen", sa Ringmar. "För Book."

"Jag hoppas du lyckades övertyga honom om att vi i princip inte bryr oss om hans sexuella läggning", sa Winter.

"Det är det där 'i princip' som kan vara i vägen", sa Ringmar.

"Var hans vän hemma?"

"Inget svar i telefon."

"Vi får sticka dit sen." Winter såg på Bergenhem. "Hinner du i kväll, Lars?"

"Ja. Bara en koll, eller?"

"Nej", sa Halders. "För hit honom och piska honom."

"Är det där ett försök att vara sarkastisk?" sa Bergenhem och vände sig till Halders.

"Försök?" sa Halders.

"Tiden är mycket viktig. Lars", sa Winter, "men det förstår du ju."

"Inte fan gjorde bögkompisen det", sa Halders.

"Han kan ha sett nåt", sa Ringmar.

"Då hade han väl kommit till oss redan", sa Halders.

"Du vet inte hur det är", sa Bergenhem.

"Hur vad är?" frågade Halders.

"Att smyga med det", sa Bergenhem.

"Nej, men det vet alltså du?" frågade Halders.

"Det kan krävas en hel del för att nån ska komma ut eller komma fram eller vad det kallas", sa Bergenhem utan att se ut som om han hade hört vad Halders sagt, "mer än det här."

"Jaha", sa Halders, "men hur kan det då komma sig att man varje dag läser i tidningen om en ny kändisbög som kommer ut ur sin hemlighet?"

"Det är annorlunda för kändisar", sa Bergenhem.

Ringmar harklade sig igen.

"Har du ont i halsen, Bertil?" Halders vände sig mot Ringmar.

"Fredrik", sa Winter.

Halders vände sig mot Winter.

"Det finns nåt gemensamt för dom här fyra killarna och det är inte deras sexualitet", sa Winter. "Kan du dra vad du sa till mig förut, Fredrik?"

"Jag kollade lite bakåt", sa Halders. "Dom har alla bott på Olofhöjds studenthem."

Bergenhem visslade till.

"Vilket gäller ungefär hälften av alla Göteborgs studenter past or present", sa Halders.

"Men i alla fall", sa Bergenhem.

"Kaite och Stillman bor där nu", sa Winter.

"Smedsberg flyttade till Chalmers studenthem", sa Ringmar.

"Varför då?" sa Bergenhem.

Ingen visste ännu.

"Och Book delar lägenhet i Skytteskogen", sa Halders. "Den får väl handikappinredas nu."

"Vad gör vi med Olofshöjd?" sa Winter. "Förslag?"

"Vi har inte folk till det", sa Ringmar.

"Vi kan kolla deras korridorer i alla fall", sa Bergenhem. "Där Kaite och Stillman bor."

"Det är två olika", sa Halders.

"Kaite sa nåt underligt när jag pratade med honom", sa Winter. Han sökte efter cigarillpaketet i bröstfickan och såg Halders blick. "Vi talade om att Smedsberg sett ett tidningsbud och Kaite var skarp nog att fråga hur det falska budet kunde veta att han skulle kunna operera där ostörd."

"Eller så tog han bara en chans", sa Bergenhem. "Det falska budet, alltså."

"Det är inte det", sa Winter. "Det är att Kaite sa 'henne' när han pratade om det ordinarie budet. 'Han kunde ju riskerat att stöta ihop med henne', sa han. Hur kunde han veta att det var en hon?"

"Kanske en felsägning", sa Bergenhem.

"Är det inte en konstig felsägning?" sa Winter.

"I killens värld kanske alla tidningsbud är kvinnor", sa Halders. "I hans fantasivärld. Han ligger och väntar på att dom ska komma till honom under småtimmarna."

"Hur stämmer just det ihop med bögteorin?" frågade Bergenhem.

"Fråga inte mig", sa Halders. "Den är väl din och Eriks, eller hur?"

12

Bergenhem gick över Sveaplan med en hård vind i ryggen.
Ett tidningsark flög framför kvartersbutiken.

Husen vid torget såg svarta ut i skymningsljuset. En spårvagn
passerade till höger, ett gult och kallt ljus. Två skator flaxade upp
framför honom när han tryckte på knappen bredvid namnskylten.
Han hörde ett avlägset svar.

"Jag söker Krister Peters. Det här är Lars Bergenhem från läns-
kriminalen."

Inget svar men dörren surrade och han öppnade. Trapphuset
var utan lukt, som om vinden kommit in där och rensat rent. Väg-
garna runt om var lika mörka som husets fasad.

Bergenhem väntade på en hiss som inte kom.

Han gick uppför trapporna och ringde på klockan bredvid dör-
ren där det stod Peters på namnskylten. Dörren öppnades en deci-
meter efter andra signalen. Mannen innanför kunde vara i Ber-
genhems egen ålder. Fem-sex-sju år äldre än studenterna.

Han stirrade på Bergenhem. Det mörka håret hängde ner i pan-
nan på ett sätt som såg medvetet ut, fixerat med gelé eller spray.
Ansiktet var orakat sedan tre eller fyra dagar. Han bar en vit under-
tröja som lyste mot den solbrända och muskulösa kroppen. Na-
turligtvis, tänkte Bergenhem. Nej nu ska du inte ha några fördo-
mar. Karln är bara okammad och orakad och vältränad.

"Får jag se på nåt slags legitimation", sa mannen.

Bergenhem visade den och frågade samtidigt:

"Krister Peters?"

Mannen nickade och gjorde en gest mot Bergenhems högerhand där han höll plastfickan med legitimationen:

"Det där kan vara en förfalskning."

"Får jag komma in en stund?" sa Bergenhem.

"Du kan vara vem som helst", sa Peters.

"Har du dålig erfarenhet av dörrknackare?" frågade Bergenhem.

Peters skrattade till, kort, och öppnade dörren helt och vände ryggen mot Bergenhem och gick in i lägenheten som öppnade sig åt alla håll från hallen. Bergenhem kunde se husen på andra sidan torget. Himlen såg ljusare ut härinifrån, blåare, som om huset reste sig över molnen.

Han följde efter Peters som hade satt sig i en mörkgrå soffa som såg dyr ut. Det låg tidskrifter på ett lågt glasbord. Det stod ett glas och en flaska till höger om tidskrifterna, och en liten immig karaff med något som kunde vara vatten. Bergenhem satte sig i en fåtölj i samma klädsel som soffan.

Peters reste sig.

"Nu höll jag på att vara oartig", sa han och gick ut ur rummet och kom tillbaka med ett glas till och satte sig och höll upp flaskan. "En liten whisky?"

"Jag vet inte", sa Bergenhem.

"Det är efter tolv", sa Peters.

"Det är alltid efter tolv nånstans", sa Bergenhem.

"Hell, it's noon in Miami, som Hemingway sa när han började dricka klockan elva."

"Jag står över den här gången", sa Bergenhem. "Jag har bilen och måste hem direkt sen."

Peters ryckte på axlarna och hällde upp två centimeter i sitt glas och fyllde på med några droppar vatten.

"Du missar en bra Springbank", sa han.

"Det kanske blir fler gånger", sa Bergenhem.

"Kanske det", sa Peters och drack och satte ner glaset och tittade på Bergenhem: "När har du tänkt komma till saken?"

"När skildes du från Jens Book?" frågade Bergenhem.

"En otäck historia", sa Peters. "Kommer Jens att kunna gå igen?"

"Jag vet inte."

"Det är otroligt. Bara ett par kvarter härifrån." Peters drack igen och Bergenhem kände doften av spriten. Han kunde låta bilen stå och ta en taxi hem. Hell, it's noon in Torslanda.

"Du var i närheten när det hände", sa Bergenhem.

"Ja, jag var tydligen det."

"Jens var inte särskilt villig att berätta om det", sa Bergenhem.

"Berätta om vad?"

"Att han hade träffat dig."

"Nehej."

"Att han hade sällskap med dig kort före... misshandeln."

"Nehej."

Bergenhem sa inget.

Peters höll glaset i handen men drack inte.

"Jag hoppas du inte tror att jag misshandlade honom?" sa han. "Att jag slog honom förlamad och han vet om det men skyddar mig?" Peters tog en klunk. Bergenhem kunde inte se någon berusning hos honom.

"Tror du det?" upprepade Peters.

"Jag tror faktiskt ingenting", sa Bergenhem. "Jag försöker bara ta reda på vad som verkligen hände."

"Fakta", sa Peters, "always the facts."

"Enligt Jens skildes ni från varandra en halvtimme innan han blev nerslagen."

"Det kanske stämmer", sa Peters. "Jag vet ju inte exakt när det hände. När han blev nerslagen."

"Var var det?" frågade Bergenhem. "Var skildes ni åt?" Han såg ner i sitt block där det stod "nedanför Sveaplan", eftersom Book hade sagt det till Ringmar.

"Det var här utanför", sa Peters och gjorde en gest mot fönstret. "Lite nedanför Sveaplan."

"Exakt var?"

"Jag kan visa dig sen om det spelar nån roll."

"Bra."

Peters såg ut som om han tänkte tillbaka.

"Vad hände sen?" frågade Bergenhem.

"Vad hände sen? Det vet väl du vad som hände sen?"

"Vad gjorde du direkt efter det att ni hade skilts åt?"

"Gjorde... jag rökte en cigg och gick sen tillbaka hem och lyssnade på en skiva och sen duschade jag och gick och la mig och sen sov jag."

"Varför följde du med ut?"

"Jag behövde lite luft", sa Peters. "Och det var en skön kväll. Det var bara halv storm just då."

"Du såg ingen annan därute?" frågade Bergenhem.

"Ingen som gick", sa Peters. "Det kom ett par bilar förbi. Åt båda hållen."

"Tittade du efter Jens?"

"Medan jag rökte ciggen, ja. Han vände sig till och med om en gång och vinkade när jag stod där. Jag vinkade tillbaka och sen hade jag rökt klart och gick in igen."

"Och du såg ingen annan på gatan där?"

"Nej."

"Som gick där?"

"Nej."

Bergenhem hörde ljud från gatan nedanför som var en av stans mest trafikerade. Han hörde plötsligt ambulanssirener. Sjukhuset låg nära. Plötsligt kände han igen musiken som Peters hade på.

"The Only Ones", sa Bergenhem.

Peters bugade mot Bergenhem.

"Inte dåligt. Du borde vara för ung för the Only Ones."

"Har Jens varit här vid fler än ett tillfälle?" frågade Bergenhem.

"Ja."

"Har du varit utsatt för hot?"

"Vasa?"

"Har nån hotat dig?"

Peters svarade inte. Han drack igen, en liten klunk. Bergenhem kände doften av den goda spriten igen. The Only Ones fortsatte sin mörka, tidiga 80-talsvandring genom drogernas land, en mörk matta av musik över rummet.

"Klart man har varit hotad", sa Peters. "Om nån får reda på att man är bög så finns alltid den risken."

Bergenhem nickade.

"Förstår du vad jag pratar om här?" sa Peters.

"Jag tror det", sa Bergenhem.

"Jag är inte säker på det", sa Peters.

"Förstår du vart jag är på väg då?" sa Bergenhem.

Peters tänkte. Han höll glaset framför sig men drack inte. Musiken hördes inte längre. Bergenhem såg en svart fågel glida förbi utanför fönstret, och en till. En telefon ringde någonstans i lägenheten, ringde, ringde. Peters rörde sig inte. Musiken började igen, något som Bergenhem inte kände igen direkt. Telefonen fortsatte att ringa. Till slut kopplades telefonsvararen på. Bergenhem hörde Peters röst men inget meddelande efteråt.

"Du menar väl inte att han som slog Jens var ute efter mig?" sa Peters till slut.

"Jag vet inte."

"Eller att han var ute efter Jens av... en speciell anledning?"

Bergenhem svarade inte.

"Att det inte var just Jens han var ute efter? Att det var... för att han är bög."

"Jag vet inte", sa Bergenhem.

"Tja... det kan väl vara så." Peters höll upp sitt glas som var tomt nu. "Inget i den vägen förvånar mig längre."

"Berätta om när du känt dig hotad", sa Bergenhem.

"Var ska jag börja?"

"Senaste gången."

Aneta Djanali parkerade längs med gatan och de steg ur bilen. Halders masserade nacken och såg på Aneta när hon låste bildörrarna med fjärrkontrollen. Hon vände sig om.

"Har du ont?" frågade hon.

"Ja."

"Jag kan massera dig ikväll."

"Mycket gärna", sa Halders.

Aneta Djanali tittade i sitt anteckningsblock och de gick in genom en av portarna till studenthemmet. Det stod en cykel i trapphuset. På väggen hängde en anslagstavla tyngd av meddelanden i lager på lager med en stor affisch överst som berättade om höstfesten på Kåren. Den var över för längesedan.

Det luktade obestämt av mat, en doft som uppstått genom decennier av snabb och intensiv kokkonst på billiga råvaror. Halders hade bott i studentkorridor under polisutbildningen i Stockholm. Han kände omedelbart igen det här.

"Det luktar som när jag bodde på korridor", sa han.

"Dito", sa Aneta Djanali, "varma mackor och köttfärssås."

"Vita bönor i tomatsås", sa Halders.

Aneta Djanali gav till ett kort skratt.

"Var det så roligt?" frågade Halders.

"På Masthugget hade vi en tjej vars diet enbart bestod av vita bönor i tomatsås och hon åt det direkt ur burken med sked", sa Aneta Djanali. "Utan att värma det."

"Ja, det var roligt", sa Halders.

"Det gjorde mig illamående."

"Har inte vita bönor i tomatsås alltid den effekten?" frågade Halders.

Aneta Djanali drog in lukterna igen.

"Är det inte underligt att det finns nåt slags minneschips som omedelbart träder i tjänst när man känner igen en lukt?" sa hon. "Den där lukten är bekant och därför kommer alla minnen ramlande omedelbart bara på grund av det."

"Hoppas dom inte gör dig alltför illamående", sa Halders. "Vi är ute i tjänsteärende."

"Men förstår du vad jag menar?"

"Alltför väl", sa Halders. "Det finns saker jag trodde jag förträngt och nu kommer dom ramlande, som du säger."

"Hoppas dom inte påverkar dig alltför mycket", sa Aneta Djanali och log.

"Du talade om den där tjejens diet", sa Halders. "Då skulle du sett hur min och ett par kompisars såg ut."

"Jag är glad att jag slapp", sa Aneta Djanali och ringde på dörr-klockan till avdelningen där Gustav Smedsberg hade bott innan han flyttade till Chalmers. Jakob Stillman hade sitt rum i korrido-ren ovanför, när han inte låg inlagd på Sahlgrenska. Snart skulle han vara tillbaka.

Aris Kaite bodde i huset intill. Det behövde inte betyda att nå-gon av pojkarna kände varandra, eller ens skulle känna igen varandra om de sågs. Det är på ett sätt en anonym miljö, tänkte Aneta Djanali. Alla sköter sitt och pluggar och masar sig ut i det gemensamma köket för att svänga ihop lite käk och masar sig till-baka med tallriken till rummet och den enda gången någon lyfter blicken är när det är fest. Å andra sidan kan det ju vara fest rätt ofta. På min tid fanns det dom som firade lördag hela veckan, lördag hela veckan, lördag hela veckan lång. Kanske är dom kvar där än. Och är det fortfarande lördag för dom så kanske dom hade rätt. För mig är det påfallande ofta måndag. Eller kanske inte längre.

Halders läste på namnskyltarna.

"Kanske hyser nån av dessa agg till sin nästa", sa han.

"Mhm."

"Här kommer en av dom", sa han när en flicka visade sig innan-för glasdörren. Halders höll upp sin legitimation och hon öppna-de.

"Jag kommer ihåg Gustav", sa hon.

De satt i köksavdelningen. Halders och Aneta Djanalis minnen fanns runt om dem, en svärm av vita bönor. Allt var bekant, tiden hade stannat därinne precis som den hölls på plats i alla andra stu-dentkorridorer, i alla städer. Det luktade som alltid. Öppnar jag kylskåpet går jag i barndomen igen, tänkte Aneta Djanali. Eller i ungdomen.

"Han blev alltså nerslagen?" frågade flickan.

"Nej", sa Halders. "Han blev utsatt för ett misshandelsförsök men klarade sig och han är därför ett viktigt vittne för oss."

"Men... varför kommer ni hit då?"

"Han bodde ju här rätt nyligen."

"Vad betyder det?"

Det var ingen näsvis fråga. Hon ser inte näsvis ut, tänkte Halders. Jag gillar det ordet. Näsvis. Det säger så mycket att ett barn måste ha kommit på det först.

"Det här är så allvarligt att vi försöker kartlägga vilka offren kan ha haft kontakt med", sa Aneta Djanali.

"Men Gustav är väl inget offer?"

"Han kunde ha blivit det", sa Aneta Djanali.

"Varför flyttade han härifrån?" frågade Halders.

"Jag vet inte", sa flickan men han såg att hon inte sa sanningen, hela sanningen och inget annat än.

"Man kan väl inte säga att han bytte upp sig", sa Halders. "Till Chalmershemmet."

Hon ryckte på axlarna.

"Han kom inte i bråk med nån här?" frågade Halders.

"Bråk? Vad skulle det ha varit för bråk?"

"Allt från ett stillsamt meningsutbyte till fullskaligt krig med granatkastare och luftangrepp", sa Halders. "Bråk. Någon form av bråk."

"Nej."

"Jag frågar bara eftersom det här är ett mycket allvarligt fall", sa han. "Eller flera. Flera fall."

Hon nickade.

"Fanns det en särskild anledning till att Gustav flyttade härifrån?" upprepade Halders.

"Har ni frågat honom?"

"Vi frågar dig nu."

"Det måste han väl själv kunna berätta om?"

Varken Halders eller Aneta Djanali svarade. De fortsatte att titta på flickan som tittade ut genom fönstret som släppte in det milda novemberljuset. Hon tittade tillbaka på dem.

"Jag var inte så... bekant med Gustav", sa hon.

Halders nickade.

"Inte alls egentligen."

Halders nickade igen.

118

"Men det var nånting..." sa hon nu och tittade åter ut genom fönstret som för att försöka fånga det där "nånting" med blicken så att de också skulle kunna se det.

"Vad var det?" sa Halders.

"Tja... bråk, som du sa." Hon såg på Halders. "Inte... granatkastare precis, men det var faktiskt ett par gånger... några gånger... när han skrek i telefon och... det var skrik, typ... inifrån hans rum."

"Vadå för skrik?"

"Tja... bara skrik, liksom. Det gick inte att höra vad dom skrek. Det var nog bara ett par gånger."

"Vilka dom?" frågade Aneta Djanali.

"Gustav... och han som var där."

"Vem var det som var där?"

"Jag vet inte."

"Var det en han eller hon?"

"En han. En kille."

"Var det mer än en?"

"Inte som jag såg."

"Du såg honom?"

"Om det var samma vet jag ju inte. Men det kom ut en kille från hans rum en stund efter det att jag hört det där. Jag var på väg till köket och han kom ut och gick ut i trappan." Hon nickade bort genom korridoren. "Alltså ut härifrån."

"Har du sett honom flera gånger?"

"Nej. Bara då."

"Vem bor i Gustavs gamla rum?" frågade Aneta Djanali.

"En tjej", sa hon. "Jag har knappt träffat henne heller. Hon flyttade in nyss."

"Skulle du känna igen den där killen igen som kom ut från Gustavs rum?" frågade Halders.

"Det vet jag faktiskt inte", sa hon och tittade på Aneta Djanali. "Så lätt är det ju inte. Det är ju bara hudfärg. Och det finns många som bor här."

"Nu förstår jag inte", sa Aneta Djanali.

"Bara för att folk har samma hudfärg så är dom ju allt annat än lika", sa flickan och började gestikulera. "Det där har jag typ retat mig på länge. Att folks utseende liksom buntas ihop efter färgen på skinnet." Hon verkade le, kort. "Och det är ju inte bara vi, i den så kallade västvärlden. I Kina finns det folk som inte kan se nån skillnad på vita." Hon nickade mot Aneta Djanali. "Det där kanske du har varit med om. Eller funderat på."

"Den här killen som kom ut från Gustavs rum... han var alltså inte vit?" frågade Aneta Djanali.

"Nej, han såg ut som du. Han var svart. Sa jag inte det?"

Han såg ett blänk från solen när han steg ut genom porten till huset där han bodde, en reflex. Det var ett fult hus men blänket från solen var vackert.

Andra sa att solen kom från himlen, men han visste bättre. Solen kom någon annanstans ifrån, där det var varmt och stilla och alla var snälla mot varandra. Där det inte fanns någon som... gjorde saker som man inte ville göra. Där barnen dansade och de stora dansade bredvid och spelade och skrattade.

Han kände plötsligt en svettning i pannan men det var inte solen, så varm var den inte.

Sedan han... tvingats, ja faktiskt *tvingats* stanna hemma från arbetet hade det blivit värre.

Att gå runt i rummen.

Filmerna. Nej, inte nu. Jo. Nej. Jo. Jo.

Det hade blivit värre.

Han hade gått till byrån och tagit fram sakerna som var barnens och hållit dem i handen, en efter en. Den lilla lustiga silvertingesten som var en fågel. Han funderade länge på vad det kunde vara för en fågel. Kanske en undulat? Det var definitivt ingen pegoja, ha ha.

Den gröna bollen var också lustig, mjuk och rolig att studsa. Den såg inte ut att kunna studsa, och kändes alldeles mjuk när man tog i den, men som den kunde studsa!

Nu höll han bilen i handen, den lilla svarta och blå bilen som han fått av pojken som han pratade med den första gången. Det var samma bil. Nej, det var samma märke. Han var inte direkt expert men visst var det samma märke som hans? Ja. Kalle hade pojken hetat och det hade varit så roligt att sitta i bilen och prata med Kalle. Vad har du där? Får jag se? Mmmm. Vad fin den är? Jag har också en bil. Den ser ut som den här. Bara lite större. Nej, inte bara. Mycket större! Mycket mycket större! Det är den vi sitter i nu. Vi kan åka iväg i den här och då kan du köra din bil samtidigt, Kalle.

Men så hade det inte blivit. Inte den gången.

Han körde Kalles bil på golvet, genom det större rummet och sedan över tröskeln i i köket, brrrmmm, BRRRMMM, det liksom ekade i rummet när han gjorde motorljuden, BRRRRMMMMM!

Och nu öppnade han dörren till den stora bilen. Svetten fanns kvar där i pannan. Det var värre.

Han körde. Han visste vart. Det gjorde ont i ansiktet eftersom han bet ihop tänderna så hårt. Nej, nej, nej! Han ville bara att det skulle vara roligt. Ingenting annat, i-n-g-e-n-t-i-n-g a-n-n-a-t, men medan han körde visste han också att det skulle bli på ett annat sätt den här gången och då spelade det ingen roll att han försökte svänga vänster när han svängde höger i första korsningen, och sedan i den andra.

Han hade kunnat köra med ögonen stängda. Vägarna följde spåren. Han följde spåren. Han kunde höra vagnarna innan han såg dem. Spåren blänkte i solen som fortfarande lyste. Han höll sig nära, för när han gjorde det kände han sig inte så rädd.

13

Ljuset över fälten var mjukt som vatten. Det verkade som om allt sjönk mot marken. Träden. Stenarna. Åkrarna som glödde svart, jorden plöjd i vågor, som ett hav som stelnat och inte skulle tina och få liv förrän i vår.

Vad gör jag då? Vad har jag gjort då? Vad har *jag gjort då*?

Han kunde se en traktor långt bort. Han hörde ingenting men han såg hur den rörde sig. Den hade funnits därute på fälten så länge att dess färg skavts av och runnit ut och allt hade samma färg därute, maskinen och naturen, samma avskavda novembersken som ständigt verkade glida genom dagen mot skymning.

Han kände sig lugnare nu, efter att ha kört en timme, men han visste att det bara var tillfälligt, precis som allt omkring honom var tillfälligt. Nej. Allt omkring var inte tillfälligt. Det är evigt, tänkte han. Det är större än allt annat.

Jag önskar att jag älskade det men jag hatar det.

Han svängde in genom grindarna som tycktes ha fått ett nytt lager rost ovanpå det gamla. Infarten var nästan som åkrarna därute, uppkörd av traktorhjulen som snurrade vidare ute på prärien.

Han stod på gårdsplanen nu.

En gång drömde jag om prärien. En gång kunde jag haft en häst och vi kunde ha ridit bort genom den där gläntan och aldrig kommit tillbaka.

Jag kunde ha flugit i himlen. Många skulle kunnat se mig.

Jag ska.

Två hönor spretade sig fram över gårdsplanen. Vinden svepte strån och stickor i en cirkel mitt på planen.

Det luktade skit som alltid, och halm och säd och jord och ruttna löv och ruttna äpplen och virke som surnade. Lukten av djur fanns kvar fast det inte fanns några djur kvar.

Inte ens Zack. Han gick bort till hundgården som såg ut att sväva fritt, som om vinden skulle komma och lyfta den från marken och svepa iväg den över fälten och vägkorsningarna.

Han saknade Zack. Zack var en vän när han behövde en vän och sedan hade Zack varit borta och allt hade varit som det alltid varit.

Nu hörde han traktorn som kom rullande på vägen och snart skulle grymta sig in genom grinden och stanna ungefär där han stod nu.

Han vände sig om. Gubben parkerade och stängde av motorn och klev ner med en rörelse som var mer vana än vighet. Kroppen skulle fortsätta att röra sig på rutin långt efter det att den förlorat allt som var mjukt.

Allt som var mjukt, tänkte han igen. När man är ett barn är allt mjukt och allt därutanför är hårt och sedan blir man själv likadan.

Gubben haltade fram till honom.

"Det var inte i går", sa han.

Han svarade inte.

"Jag kände inte igen bilen", sa gubben.

"Den är ny."

"Den ser inte ny ut", sa gubben och bligade ner mot huven.

"Jag menar att den är ny för dig."

Gubben såg på honom. Det fanns fläckar av jord i gubbens ansikte. Så hade han alltid sett ut. Det hade inte med åldern att göra, att han inte kunde sköta sin personliga hygien eller så.

"Arbetar du inte?" frågade gubben. "Det är ju mitt på blanka vardan." Han tittade upp mot himlen som för att få tidpunkten bekräftad. Han vände sig mot honom igen och frustade till: "Men du kunde ju inte gärna kört hit i spårvagnen." Gubben frustade till igen. "Det hade vatt en syn det."

"Jag är ledig i dag", svarade han.

"Det är långt att köra."

"Inte så farligt."

"Du kunde likaväl ha bott på andra sidan jordklotet", sa gubben. "Vad kan det vara?" Han tittade mot Den Stora Almanackan i skyn igen. "Är det fyra eller fem år sen du var här senast?"

"Jag vet inte."

"Så är det."

Han hörde ljudet av vingar ovanifrån. Han tittade uppåt och såg korparna som flaxade mellan ladugårdsbyggnaden och bostadshuset.

"När du nu är här får det väl bli lite kaffe", sa gubben.

De gick in. Han kände dofterna i hallen och plötsligt var han tillbaka här men i en annan tid.

Han, som varit en pojke.

Därinne såg allt ut som förut. På den där stolen hade han suttit i den andra tiden. Mitt emot hade hon suttit, stor, röd.

Hon hade varit snäll, i början hade hon varit det, det var då han hade kunnat känna att hans pojkkropp fortfarande hade en mjukhet i sig, då det fortfarande inte hade varit för sent.

Var det så? Mindes han rätt?

Det tillhörde den andra tiden. Farbröderna och tanterna hade bestämt att han inte skulle bo med mamma. Han hade fått en fosterpappa och gubben skramlade vid spisen nu och vattnet bubblade i kannan efter ett tag och gubben vinglade ner ett par koppar och fat från skåpet bakom sig.

"Ja, här är sig likt som du ser", sa han och dukade fram en liten korg bullar som låg kvar i sin plastförpackning.

"Ja."

"Inte så prydligt som förut men annars är det sig likt", sa gubben.

Han nickade. Det måste vara ett skämt.

Kaffepettern tjöt och gubben hällde upp och satte sig sedan igen och tittade på honom med den där gamla blicken där ena ögat sjönk ner och det andra drogs upp:

"Varför kom du hit?"

"Jag... vet inte."

Han hade kommit tillbaka hit några gånger. Kanske för att det

124

var det senaste han haft som kunde kallas för hemma. Och han hade tyckt om landskapet, det hade han gjort. Allt som luktade.

"Jag skrev", sa han.

"Det är inte samma sak."

Han drack av kokkaffet som smakade som jorden därute måste smaka, eller oljegruset som lagts på vägen utanför medan han själv bodde här. Där fanns en lukt till att minnas.

"Vad är det?" sa gubben.

"Vad menar du?" svarade han.

"Vad är det du vill?"

"Jag vill inget. Måste man vilja nåt?"

Gubben drack av kaffet och tog en bulle men höll den bara i handen.

"Jag har inget att ge dig", sa han.

"Sen när har jag bett om nåt?"

"Bara så du vet", sa gubben och bet i bullen nu och fortsatte medan han tuggade: "Det har vatt inbrott här. I lagårn, kan du tänka. Inbrott i en lagård där det inte finns nåra djur och inget att ta. Ja, jisses."

"Hur vet du att det var inbrott då?"

"Vadå?"

"Hur vet du att det var inbrott om det inte fanns nåt att ta?"

"Sånt ser man om man haft samma lada ett helt liv. Man ser om nån vatt därinne." Gubben sköljde ner bullen med kaffe. "Sånt märker man", upprepade han.

"Jaha."

"Jo."

"Och inget var stulet?"

"Ett par saker men det spelar ingen roll." Gubbens ögon var riktade någon annanstans nu. "Det är inte det."

Han sa inget.

"Det är det att man inte vill att nån knallar runt här när man inte är här. Eller ligger och sover."

"Det förstår jag."

Gubben granskade honom nu, ögonen åt två olika håll.

"Du ser inte helt frisker ut", sa han.

"Jag har... varit sjuk."

"Vad har det vatt då?"

"Inget särskilt."

"Flunsan?"

"Nåt ditåt."

"Och då körde du hit för att få lite frisk sketalukt."

"Ja."

"Ja, här är de bara att dra in för fulla krafter", sa gubben och frustade till igen, som av skratt.

"Jag har gjort det."

"Vassego."

Han förde koppen till munnen igen men kunde inte förmå sig att dricka. Han huttrade till av fukten i köket som följt med in genom dörren. Gubben hade inte hunnit få fyr i spisen än efter arbetet på fälten. Gud vet vad han gjorde där.

"Jag tror jag har ett par saker kvar här."

Gubben svarade inte, tycktes inte höra.

"Jag tänkte på det häromdan och då kom jag ihåg ett par saker."

"Vad är det för saker?"

"Leksaker."

"Leksaker?" Gubben hällde upp i koppen igen, den svarta sörjan som kunde döda. "Vad ska du med leksaker?" Han tittade på honom. "Du har väl inte fått barn?"

Han svarade inte.

"Du har väl inte barn?" upprepade gubben.

"Nej."

"Trodde inte det heller."

"Det är mina... minnen", sa han. "Mina saker."

"Vad är det för leksaker?"

"Dom ligger i en låda, tror jag."

"Ja, herre je", sa gubben, "finns det nåt så ligger det på vinden och där har jag inte röjt sen Rut gick bort." Han stirrade på honom igen. "Hon frågade efter dig."

"Jag går upp", sa han och reste sig.

Trappan upp till andra våningen knarrade på samma sätt som då.

Han gick inte in i rummet som varit hans.

Det luktade ingenting, som om den här delen av huset inte längre rymde några minnen. Som om allt försvunnit när gubben slutat bo här och gjort sig en bädd nere i kammaren bakom köket. Men det hade inte försvunnit, tänkte han nu. Ingenting försvinner. Det finns kvar och det blir större och starkare och hemskare.

Eftermiddagens svaga ljus försökte ta sig in genom vindsfönstret på gaveln. Han tände lampan som var en naken 40-wattare i en sladd från taket. Han såg sig om men där fanns inte mycket att se. En säng som han inte legat i. En fåtölj han kom ihåg. Tre pinnstolar, ett bord som lutade. Tre kappor hängde från galgar från stången till höger.

Det låg sågspån på golvet, i tre små högar. Det stod ett par kartonger i bortre hörnet snett under fönstret och han gick dit och öppnade den vänstra. Under några dukar och ett par handdukar låg hans två saker, och han tog upp dem och bar ner dem under vänstra armen och gick ut och la dem i bilen.

Gubben kom ut.

"Du hittade nåt."

"Jag åker nu", sa han.

"När blir det härnäst?" frågade gubben.

Aldrig, tänkte han.

Winter parkerade bakom längan som rymde hälften av affärerna på Doktor Fries Torg. Det var inte första gången. En gång hade han haft en tandvärk som var så svår att han sett dubbelt sekunderna innan han steg ur bilen. När Dan, hans tandläkare, nuddat vid tanden hade Winter osäkrat sitt vapen. Nej. Men tandläkarens försiktiga rörelse den gången hade räckt för att han nästan skulle förlora medvetandet.

Nu var det inte tandläkarbesök det gällde. Kanske hade det varit bättre. Unga killar som blivit misshandlade var värre.

Torget var nästan folktomt. Det kunde vara 60-tal, tänkte han. Så ser det ut här. Jag kan ha varit fyra år, tre. Jag måste ha varit här nån gång som treåring. Pappa gick till en tandläkare här redan på den tiden. Det var väl här?

Hans mobil vibrerade i rockens innerficka.

Han kände igen numret på displayen.

"Hej, mor."

"Du såg numret, Erik?"

"Som alltid."

"Var är du nu?"

"På Doktor Fries Torg."

"Doktor Fries Torg? Har du varit hos tandläkaren?"

"Nej." Han steg åt sidan för två unga kvinnor som sköt varsin barnvagn framför sig. "Gick pappa hit på sin tid? Till en tandläkare här?"

"Ja... det tror jag. Varför frågar du det?"

"Det var inget." Han hörde att det prasslade i luren hela vägen från Nueva Andalucía till 60-talets Göteborg. Kanske läste hon en tidning samtidigt men han trodde inte det. "Hur är det på solkusten?"

"Mulet", svarade hon. "Vi har haft mulet hela dan och i går också."

"Det måste vara fruktansvärt", sa han. "Mulet på Costa del Sol."

"Ja."

"Vad heter Molnkusten på spanska?" frågade han och drog upp Corpspaketet ur rockens innerficka och tände en av cigarillerna. Det smakade som en del av förvintern omkring honom, en mörk smak fylld av tunga dofter.

"Jag vet faktiskt inte", sa hon.

"Du har bott därnere i tiotals år och du vet inte det spanska ordet för moln?"

"Jag tror faktiskt inte det finns nåt", sa hon.

Han skrattade till.

"Vet du att japanerna inte har nåt ord för blå?" frågade han.

"Det kan jag däremot", sa hon, "det heter azul."

"El cielo azul", sa Winter och såg upp mot himlens gråljus.

"Nu spricker det upp över havet", sa hon. "Precis nu när vi pratar."

Han visste hur det kunde se ut. Några år tidigare hade han till-bringat tidiga höstdagar i ett hett Marbella medan hans far dog på stadens sjukhus.

En morgon hade han gått från sitt frukostbord på Gaspar ner till stranden under en mörk himmel och på ett fåtal sekunder hade molnen slitits sönder över Medelhavet och solen svept över vattnet hela vägen till Afrika.

"Var det nåt särskilt du ville prata om?" frågade han nu.

"Julen", sa hon. "Jag har tänkt på det igen. Kan ni inte komma ner över julen? Du vet att jag frågat förut."

"Jag vet inte om det går."

"Tänk på Elsa. Så roligt hon skulle tycka att det var. Och Angela."

"Jag då?" sa han.

"Du med, Erik. Du med."

"Jag vet faktiskt inte hur vi har det med jobben", sa han. "Det är inte riktigt klart på Angelas avdelning."

"Det finns väl andra läkare?"

"Vid dom stora helgerna är dom försvinnande få", sa han.

"Se till att Angela försvinner då", sa hon. "Vad säger hon själv om att komma ner hit?"

"Kan du inte komma hem?" frågade han.

"Jag kommer i vår. Men det vore så roligt att fira julen härnere med er. Vi har ju aldrig gjort det."

"Har du frågat Lotta?"

Hans syster hade besökt modern regelbundet med sina två ton-årsdöttrar.

"Hon kanske skulle göra nåt med flickorna tillsammans med några goda vänner."

"Vad heter han?" frågade Winter och tänkte på hur systern för-sökte finna en vän efter den dystra skilsmässan.

"Hon sa inget om nån han."

"Okej, jag ska kolla upp det."

"Lägg dig inte i hennes liv, Erik."

"Jag menar att jag ska kolla upp om vi är lediga så vi kan komma ner."

"Du borde ha gjort det redan, Erik."

Han svarade inte.

"Jag kan göra skinka", sa hon.

"Nej, nej! Kommer vi vill vi ha fisk och skaldjur."

Winter hade svårt att se sin mor framför en spis, hon hade inte varit en sådan mor. Hon kunde stå lutad över kökets arbetsbänk, men det var i så fall för att skiva citroner till drinkarna eller skruva ihop shakern. Något glas för mycket någon gång. Men hon hade alltid varit snäll. Hon hade behandlat sina barn med respekt. Han hade vuxit upp till en man som försökte göra detsamma gentemot de människor han mötte. Han hade en grund. Alltför många saknade en botten i sitt liv att ta spjärn mot när det var svårt.

"Det är snart december", sa hon. "Ni får nog kolla med biljetter och så med en gång. Det kanske är för sent."

"I så fall kunde du ringt tidigare", sa han.

Hon svarade inte.

Plötsligt förstod han varför. Hon hade väntat i det längsta på att han skulle fråga om de fick komma. Bara antydningar förut. Nu ville hon inte vänta längre.

"Jag gör en preliminärbokning", sa han.

Varför inte. Dryga tjugo grader och flera ställen med bra tapas och några restauranger som var mycket bra. Det var bara en jul. Han hade tillbringat så många i ett Göteborg insvept i en raggig sjal av vassa vindar från havet. Långa mellandagar som aldrig ljusnade utan fylldes med en dimma som en stackars detektiv inte kunde se igenom när han strävade fram genom staden på jakt efter gåtors lösning. Holmes. My name is Sherlock Winter Holmes.

De sa hej. Han blev stående på torget och för ett ögonblick hade han inte en aning om varför han kommit dit.

Han körde mot staden med slätten i ryggen och bort från alla dofter som hörde till den världen.

Hans huvud hade varit alltför fyllt av minnen och nu försökte han göra sig av med dem, låta dem blåsa bort genom det öppna fönstret. Fartvinden slet i hans hår och i hans kinder. Det var skönt.

Han följde en cirkel som han kände väl. Motorvägarnas system drog honom sakta in mot centrum, som en spiral som snurrar inåt. Eller nedåt, tänkte han när han stod för rött i Allén.

Han parkerade där han stått förut. Kanske var det exakt samma plats. Nej. Han hade lönnen som riktmärke och den visade att han stod på en annan plats.

Han rörde vid pannan och kände svetten. Han var blöt också i nacken, och i bakhuvudet.

Han rörde vid papegojan som hängde ner från backspegeln. Bill var med. Han rörde vid den lilla björnen som låg på sätet bredvid honom. Så konstigt att han aldrig gett den något namn. Sedan log han när han kom ihåg att det hade han visst. Han hade kallat björnen för Björn!

Han rörde vid papegojan som låg bredvid Björn och såg ut precis som Bill. Det var nästan samma färger, kanske något rött var gult i stället men det var så lite att det knappt syntes.

”Vart ska du med dom där?” hade gubben sagt när han hade klivit in i bilen.

”Dom är mina”, hade han sagt.

”Det var inte det jag frågade om. Jag frågade vad i hundan du ska ha dom till nu?”

”Dom är mina”, hade han bara kunnat upprepa.

Det enda han hade haft kvar från när han var barn.

”Du har alltid varit konstig”, hade gubben svarat.

Han hade kunnat köra på honom för de orden. Göra en stor cirkel på gårdsplanen och komma tillbaka och verkligen *visa* att han inte ville att man talade så om honom.

Han höll upp fågeln som tittade förbi honom och ut på träden och gräsmattan och mot lekplatsen där barnen gungade eller sprang runt och jagade varandra eller lekte gömme, och de var alldeles för många och där var alldeles för få som var vuxna och skulle se till att ingenting hände barnen.

Han måste hjälpa dem.

Han steg ur bilen och lämnade kvar sina saker men han låste inte.

Han hade vänt bilen så att den stod riktad mot vägen bakom parken, och vägen gick förbi torget och han var bakom de höga husen på en eller två minuter och han kände svetten igen och blev plötsligt illamående, som ett snurr i huvudet mitt inne i en karusell. Han stannade och andades och det blev bättre. Han gick några steg till och någon sa något.

Han fick titta ner på pojken som stod vid busken.

"Vad heter du?" frågade pojken.

14

HAN SÅG SINA HÄNDER PÅ RATTEN. De skakade. Han fick flytta dem runt ratten, annars skulle det påverka körningen. Det ville han inte.

Det var fullt på parkeringsplatsen, vilket var ovanligt. Han fick köra ett varv runt kvarteret och när han kom tillbaka fanns det en lucka.

Han drack ett glas vatten i köket innan han tog av sig skorna. Det hade han inte gjort förr. Skorna skulle stå i hallen och inte dra in smuts och grus, som nu. Han hade städat i går och ville ha det snyggt härinne så länge som möjligt.

Han ställde ner glaset och såg på sin hand, och det som fanns i handflatan, och han vände bort huvudet igen och gick hela vägen genom köket och hallen till badrummet och tvättade sina händer med huvudet bortvänt. Eftersom han inte riktigt kunde se vad han gjorde skvätte det vatten över kanten men det kunde inte hjälpas.

Han torkade sig. Telefonen ringde. Han tappade handduken. Telefonen fortsatte att ringa. Han gick ut i hallen.

"Hal... hallå?"

"Är det Jerner? Mats Jerner?"

"Eh... ja."

"Hej, det är från Göteborgs Spårvägar, Järnström här. Jag ringer om olyckan på Järntorget. Jag håller på med utredningen. Jag har tagit över den, snarare."

Järnström och Järntorget, tänkte han. Valde dom utredare efter namn? Eller offer. Mitt namn stämmer ju också.

"Eller är klar, i det närmaste", fortsatte Järnström.

"Har vi träffats?"

"Nej."

Han hörde prassel av papper.

"Vi är väl klara egentligen", sa Järnström. " Med det här. Du kan gå på igen."

"Börja jobba igen, alltså?"

"Ja."

"Det blir inga mer förhör?"

"Förhör?"

"Utfrågningar om hur jag sköter mitt jobb."

"Det har inte handl..."

"Så det är inte min... skuld längre?"

"Det är det aldrig nån som sagt. Du bl... "

"Jag blev ju avstängd."

"Jag skulle inte uttrycka det så."

"Hur ska det uttryckas då?"

"Vi har alltså hållit på med den här utredningen och det har fått ta lite tid."

"Vem bär skulden då?"

"Förlåt?"

"VEM BÄR SKULDEN DÅ?" skrek han in i luren. Karln hörde tydligen illa och han var tvungen att tala högre. "VEM FÅR TA PÅ SIG SKULDEN FÖR ALLT SOM HAR HÄNT?"

"Ta det lugnt nu, Jerner."

"Jag tar det lugnt."

"Saken är ju avslutad", sa Järnström. "För din del."

"Vem är den inte avslutad för då?"

"Nu förstår jag inte."

"Är det fyllot den inte är avslutad för? Det var ju hans fel helt och hållet."

"Det är ett problem", sa Järnström.

"För vem?"

"För trafiken", sa Järnström.

"För förarna", sa han nu. "Det är ett problem FÖR FÖRARNA."

"Ja."

"Då händer det såna här saker."

"Ja, jag vet."

"Var det nåt mer?"

"Nej, inte för tillfället. Kanske vill vi ha nån detalj eller så längre fram men de..."

"Så det är bara att börja arbeta igen?"

"Det var ju precis därför jag ringde till dig."

"Tack för det då", sa han och la på luren och såg hur handen började skaka igen. Den var ren nu men den skakade.

Han gick tillbaka till köket och satte sig men reste sig och gick ut i hallen och grep den högra jackfickan och tog fram minnet från flickan.

Han satt i soffan och tittade på det. Han började plötsligt gråta. Så långt hade det aldrig gått förut. Aldrig. Han hade känt att det skulle hända nu och han hade kört i en stor cirkel först för att kanske komma ut därifrån, men i stället hade han sugits in i spiralen, inåt, och han hade vetat att det skulle sluta så här.

Hur skulle det bli nästa gång?

Nej NEJ NEJ NEJ!

Han reste sig för att hämta kameran i hallen och fortsatte argumentationen med sig själv.

Han såg filmen spelas upp på teveskärmen.

Han hörde pojkens röst som frågade vad han hette. Han hörde sig själv svara utan att han visste *då* att han hade sagt det. Men han sa inte det namn han hade nu. Han sa det andra namnet som han hade haft när han var pojke, en liten en som han, nej, större men ändå liten.

Det flimrade på skärmen. Bilar, träd, regn utanför, trafiken på gatan, ett trafikljus och ett till, hans egen hand på ratten. Pojken. En skymt av hans hår. Ingen röst nu, inget ljud alls. Hans hand. En skymt av håret igen, inget ansikte, inte i den här filmen.

Winter försökte tänka till musiken. Den stämde överens med novemberskymningen därute. Billyktorna på andra sidan ån var starkare än ljuset från himlen.

Han hade gått samma väg som juridikstuderande Stillman gått den där natten. Kommit uppför trapporna och passerat Forum och sin egen tandläkarklinik och biblioteket och ställt sig mitt på torget där slaget utdelats. Hur kunde det ske? Hur kunde killen undvika att se vad som var på väg att hända. Cykel, kanske. Men svårt att tänka sig ändå. Någon som kom smygande bakifrån. Tja. Nej, han trodde inte på det. Någon Stillman mötte? Som bara kom gående där samtidigt, bakom eller från sidan eller framifrån? Mer troligt. Men Stillman borde ju ha märkt det då, för fan. Kunnat säga något om det efteråt.

Han kunde ha mött någon han kände.

Återstod också alternativet att han faktiskt varit i sällskap med någon vars identitet han inte ville avslöja. Varför? Warum? Why? Porqué?

Den svåraste frågan, alltid, och på alla språk. "Vem?" och "var?" och "hur?" och "när?" var de omedelbara frågorna som krävde de omedelbara svaren, och när de svaren fanns så var fallen också lösta. Men alltid detta "varför?", oftast som en liten tagg i hans medvetande, långt efteråt. Något olöst, eller oförlöst. Om det nu gick att förklara. Allting bar inte med sig förklaringar som ett extra bagage, eller ett extra ljus. Eller mörker. Livet var ingenting som förklarades för en, eller sammanfattades.

Men ändå. Om han kunde se klarare kring detta "varför", och kunde göra det tidigt, så kunde han också oftare och snabbare nå fram till "vem" och "var" och "hur" och "när".

Det knackade lätt på dörren och han ropade ett svar och Ringmar steg in. Winter satt kvar i stolen och Ringmar satte sig med höften på skrivbordskanten.

"Det är skumt härinne", sa Ringmar.

"Syftar du på ljuset?"

"Vad annars?"

"Det är rofyllt", sa Winter.

Ringmar tittade på Panasonicen på golvet snett under fönstret och lyssnade en halv minut.

"Rofylld musik", sa han.

"Ja."

"Stämmer med ljuset."

"Bobo Stenson Trio. War Orphans", sa Winter.

"Krigsoffer."

"Näe... snarare krigets föräldralösa."

"Krigsoffer låter bättre."

"Om du säger det så."

Ringmar satte sig i stolen framför skrivbordet. Winter tände lampan på bordet och ljuset spred sig i en liten cirkel mellan dem. De hade suttit så här många gånger och långsamt diskuterat sig fram till hur de skulle kunna komma närmare gåtans lösning. Winter visste att han inte skulle ha nått så långt som han gjort utan Ringmar. Han hoppades att det var likadant för den äldre kollegan. Nej, han visste det. Ändå var det saker han inte visste om Bertil, naturligtvis. Sjok av hans liv. Sådant han inte behövde veta på samma sätt som Bertil inte behövde veta allt om honom.

Men nu ville han faktiskt veta mer om den äldre mannen mitt emot, om han själv ville berätta. Kanske hörde det ihop med Winters eget liv, hans... tja, utveckling. Mognad kanske. Hans resa från ensam ung man med mycket makt till någonting annat som inbegrep också andra.

Bertil var kittet på den här roteln. Han visste det. Alla visste det. Winter var... ja, vad var han? Slagborren in i putsen? Var han själva putsen?

I vilket fall behövde de varandra, behövde sina samtal. Jargongen som aldrig var enbart jargong.

Ringmars ansikte verkade magrare än någonsin. Det fanns en skugga bakom hans ögon.

"Varför ljuger alla så förbannat hela tiden?" sa han.

"Det hör till jobbet", svarade Winter.

"Att ljuga?"

"Att lyssna på lögnerna."

"Ta dom här killarna. Det börjar bli en härva."

"Det är framför allt deras."

"Det blir våran också", sa Ringmar.

"Vi kan reda ut den. Det är vårt jobb. Dom kan inte reda ut sin."

Ringmar nickade.

"Eller så är det bara sanningen och inget annat än."

Ringmar nickade igen, fortsatte att vara tyst.

"Men det var inte för att säga det som du kom hit, Bertil. Eller hur?"

Ringmar svarade inte.

"Ska jag vara uppriktig så ser du inget vidare ut", sa Winter.

Ringmar drog sig över pannan och ansiktet, som ville han stryka bort tröttheten och skuggorna. Det såg ut som om han rörde huvudet i takt till jazzen från Panasonicen utan att vara medveten om det.

"Har du feber?" frågade Winter.

"Det är inte det", sa Ringmar.

Winter väntade på fortsättningen. Musiken tystnade, skivan var slut. Det var mörkare utanför nu. Han kunde se bilarnas strålkastare tydligare, ljuden därutifrån var också tydligare. Det kom några försiktiga regnstänk på rutan. Inom kort kunde det vara snö, men det var knappast troligt. För göteborgare var snö en sällsynt gåva. För snöröjningen en överraskning en gång vartannat år när allt blev kaos. Winter hade alltid gillat just den typen av kaos. Han brukade gå hem över Heden mitt i snöstormens öga och dricka brännvinsglögg vid fönstret.

"Det är Martin förstås", sa Ringmar.

Winter väntade.

"Ja..." sa Ringmar.

"Det är nåt mer du vill säga", sa Winter.

"Jag vet inte hur jag ska säga det", sa Ringmar.

"Säg det bara", sa Winter.

"Det... handlar om... fäder och söner", sa Ringmar.

"Fäder och söner", upprepade Winter.

"Ja... jag försöker komma underfund med hur i helvete grabben tänker", sa Ringmar. "Hur det har kunnat bli så här. Vad som ledde fram till det." Han drog handen över pannan igen. "Vad jag har gjort. Och han. Nej, framför allt jag."

Winter väntade, tog fram sitt Corpspaket men rörde inte ci-garillerna. Han tittade upp och Ringmar såg honom i ögonen.

"Därför tänkte jag på dig", sa Ringmar. "På hur du... hade det med din far. Hur det blev som det blev. Varför ni... du... inte hade nån kontakt."

15

WINTER TÄNDE EN CIGARILL och drog ett långt bloss. Röken gled genom ljuscirkeln från skrivbordslampan.

"Det är en komplicerad fråga du ställer där, Bertil."

"Du har ju sett hur jag gruvat mig."

Winter rökte igen. Han såg sig själv på bergssluttningen över Medelhavet när hans far jordfästes i en kyrka vit som snö. Sierra Blanca. Ingen möjlighet till kontakt längre.

"Han stack med sina pengar", sa Winter.

"Det vet jag", sa Ringmar.

"Jag gillade det inte."

"Är det allt?"

Winter svarade inte, rökte igen, reste sig och gick bort till fönstret och öppnade det och såg att det hade slutat regna. Han askade efter att ha kontrollerat att ingen marscherade runt på gräsmattan under. Han vände sig om.

"Jag vet inte", sa han.

"Hur mycket visste du egentligen om... Bengts affärer?" sa Ringmar.

"Tillräckligt för att inte gilla det."

"Du är en moralisk person."

"Han gjorde fel", sa Winter. "Han kunde ha stannat och... tja, hjälpt till. Han hade råd med det. Han kunde haft sitt hus i solen ändå." Winter log. "Hade han betalat sin skatt hade vi kanske haft en spanare till."

Han gick tillbaka till skrivbordet. Plötsligt kände han sig oändligt trött. Allt han just sagt till Bertil. Vad fanns det för mening? Allt skulle ha gått att lösa om de hade talat med varandra. Det är bara kommunikation genom ord som hjälper. Det är ju det enda som för oss framåt, tänkte han. Tystnaden föder ny tystnad och till slut en stumhet som är som cement.

"Till slut gick det inte att säga nåt", sa han. "Det var som om vi förlorat möjligheten att tala med varandra." Han satte sig. "Jag vet inte... jag har ofta tänkt på att det måste vara nåt som ligger längre tillbaka. Som inte hade med det här... med pengarna att göra. Som bottnade i nåt annat."

Ringmar svarade inte. Skuggorna bakom hans ögon hade djupnat.

"Herregud, Bertil, det ska jag ju inte sitta här och säga till dig."

"Det var därför jag kom hit."

"Jag tror inte du är en sån självplågare. Och du är inte som han."

"Alla är vi olika", sa Ringmar, "men ändå gör vi samma jävla misstag."

"Vad har du gjort för misstag?"

"Nåt måste jag ju ha gjort. Jag har en vuxen son som inte vill träffa mig. Han vill inte ens tala med mig."

"Han kommer att ångra sig. Han kommer att ändra sig."

"Talar du av egen erfarenhet?"

Winter svarade inte. Det regnade igen mot rutan från himlen som nu blivit svart. Inte ens fem men natten är här.

"Förlåt mig, Erik. Det är bara att... fan..."

"Jag kan försöka prata med honom", sa Winter.

"Jag vet ju inte var han är."

"Din dotter har väl nån sorts kontakt med honom? Moa?"

"Jag vet faktiskt inte hur den ser ut", sa Ringmar.

"Ska jag prata med henne också?"

"Jag vet inte, Erik. Jag har ju själv försökt men hon... respekterar hans önskan."

"Hur är det med Birgitta då?"

"Det är nog värst för henne. Han verkar ha bestämt sig för att när han nu inte vill ha med mig att göra så inbegriper det också henne." Ringmar rätade upp sig i stolen och log, på samma sätt som Winter nyss. "Nåt slags package deal, skulle man kunna säga."

"Ska jag klå upp honom om jag hittar honom?"

"Äntligen blir vi lite konkreta här. Jag trodde aldrig du skulle fråga."

"Våld är den mest extrema formen av kommunikation. När orden inte räcker till så kommer smockan. " Winter höll upp sin knytnäve i röken och ljuset. "Inte så ovanligt sätt att kommunicera på." Han tog ner knytnäven. "Inte inom kåren heller."

"Vi kanske ändå kan pröva den verbala formen först", sa Ringmar.

Det knackade på Winters dörr och Winter ropade till svar. Bergenhem kom in och gick fram till skrivbordet som lystes upp av en cirkel av ljus medan resten av rummet låg i mörker.

"Sitter ni här och förhör varandra?" frågade Bergenhem.

"I brist på misstänkta får man ta vad man har", sa Winter.

"Håll mig utanför", sa Bergenhem.

"Du har just kommit in", sa Winter. "Du knackade på den där dörren och steg in i det här rummet."

"Jag kollade upp lite mer om det där påstådda märkjärnet eller vad man ska kalla det. Smedsbergs LRF-prat."

"Jag har saknat information om det", sa Winter.

"Den kommer nu." Bergenhem satte sig i stolen bredvid Ringmar. Det fanns en viss upphetsning över honom. Winter reste sig och tände en golvlampa invid Panasonicen. Så mysigt det blev därinne. Man skulle bara ha några värmeljus.

"Jag pratade med en kvinna på Jordbruksverket", sa Bergenhem. "Djurskyddsenheten."

"Var annars?" sa Ringmar.

Winter skrattade till.

"Det blir snart ännu roligare", sa Bergenhem.

"Förlåt, Lars", sa Ringmar, "förhöret vi har haft här innan har gjort mig utmattad."

"Det förekommer faktiskt såna där märkjärn på gårdarna i Sverige också, inte bara i Wyoming och Montana." Bergenhem

142

hade en anteckningsbok framför sig men han behövde inte titta i den. "Men det är inte tillåtet längre att bränna in symboler i djuren. Alltså inte med heta järn."

"Hur gör man då?" frågade Ringmar.

"Man kör en så kallad frysmärkning", sa Bergenhem.

"Kolsyresnö", sa Winter.

Bergenhem tittade på honom. Han såg nästan besviken ut.

"Visste du det här?"

"Nej, men man kan gissa."

"Det var väl ingen gissning?"

"Fortsätt", sa Winter.

"Ja, alltså, dom kan kyla ner det här märkjärnet i kolsyresnö, eller flytande kväve tydligen, och sen märka djuren med det."

"Och det förekommer alltså i dag?" frågade Ringmar.

"Ja, tydligen. Används mest på travhästar, som en id-märkning helt enkelt. Och enligt kvinnan på verket också för att märka nötkreatur."

Ringmar nickade. Bergenhem tittade på honom med en syrlig blick.

"Det visste du redan, Bertil?"

"Bönderna är inte nöjda med nummerlapparna i öronen", sa Ringmar. "Om dom mjölkar kor i stora grupper går det inte att se märket däruppe i örat när dom håller på och grejar nere vid juvret."

"Jisses, var har jag hamnat?" sa Bergenhem. "Är detta ett styrelserum på LRF?"

"Dom nya EU-reglerna är för jävliga", sa Winter.

"Varför är det förbjudet att märka med eld?" frågade Ringmar och såg allvarlig ut igen.

"Tja, det är väl av... humanitära skäl, om uttrycket kan användas i sammanhanget. I vilket fall skrevs djurskyddslagen om 1988 och då blev det tillåtet att märka med kyla, men det står inget om eld vilket innebär att det är förbjudet."

"Men kan man använda samma gamla järn?" frågade Winter.

"Det verkar så."

"Frågade du om det?"

"Ja."

"Okej. Och mer?"

"Det mest intressanta här är ju själva symbolen", sa Bergenhem. "Och dom använder alltså en sifferkombination." Nu läste han i sitt block. "Oftast är det tre siffror. Men det kan vara fler."

"Vad betyder siffrorna?" frågade Ringmar.

"Det är ett så kallat PPN-nummer", sa Bergenhem, "ett produktionsenhetsnummer som gäller bara för just den gården."

Ringmar visslade till.

"Gäller detta alla landets gårdar?" frågade Winter.

"Alla som håller nöt och får och get och svin."

Kunde vara just det hus vi just nu sitter i, tänkte Ringmar. Personal – och klienter.

"Och dom som inte gör det?" frågade Winter.

"Hurdå, menar du?"

"Dom som till exempel har lagt ner djurhållningen? Det är ju inte helt ovanligt. Är dom fortfarande registrerade? Eller har dom plockats bort?"

"Jag vet inte än. Jag kom inte fram till ansvarige på den registreringsenheten."

"Så dom här killarna kanske faktiskt bär omkring på en sifferkombination under sårskorpan", sa Ringmar. "Som en tatuering."

"Kan man inte skynda på läkningen? " frågade Bergenhem.

"Jag ska prata med Pia", sa Winter.

"Så då kan fallet vara löst", sa Ringmar.

Bergenhem tittade på honom.

"Är du allvarlig nu, Bertil?"

"Svar ja."

"Så då har vi kanske en gärningsman som doppat sitt vapen i kolsyresnö före gärningen", sa Winter.

"Och var skedde det?" sa Ringmar.

"Han kan ha burit med sig snön i en termos", sa Winter. "Till exempel."

"Blir det några spår efteråt?" frågade Bergenhem.

"Inte en rimlig chans", sa Winter, "det kan jag inte tänka mig. Vem vet mer om sånt här, förresten? Djur och kolsyresnö och dylikt?"

Han tittade på Ringmar.

"Inseminatörer", sa Ringmar. "Dom förvarar spermierna i kylan." Winter nickade.

Dom här killarna är i fel bransch, tänkte Bergenhem.

Barnen sov. Halders och Aneta Djanali satt i soffan och Halders lyssnade på U2. All that you can't leave behind. Allt du inte kan lämna bakom dig.

Han fick flashar av svarta minnen.

Han visste inte om Aneta lyssnade. Hon studerade glasdörren ut mot altanen som piskades av regn. It's a beautiful day, sjöng Bono. Det var knappt han hördes för regnet som ökade nu. Det här kanske är en irländares uppfattning om en vacker dag, tänkte Halders. Eller en göteborgares.

Han kände Anetas hand runt sin hals.

"Ska vi ta den där massagen nu?"

Han böjde huvudet svagt framåt och hon reste sig och ställde sig bakom honom och började massera hans misshandlade kotor.

Hon fortsatte och han kände att han slappnade av. Stuck in a moment you can't get out of, sjöng Bono. Så var det. Just nu var det bra.

Hans fru hade blivit överkörd av en smitare och dött. Var det ett år sedan? Det var i början av juni, det mindes han. Studenterna hade tagit sin studentexamen i mitten av maj, men hans barn hade fortfarande gått i skolan, de sista dagarna. Det hade varit varmt som i helvetet och helvetet hade fortsatt.

De hade hittat den jäveln till slut. Halders hade försökt spåra honom själv men hade inte lyckats. Sedan hade han blivit skadad i tjänsten. Idiotiskt skadad. Orsakat av en idiot som var han själv. Nej, tänkte han nu medan Aneta knådade honom som om hon var professionell. Det var inte jag, inte då. Det var någon annan.

Den jävla smitaren hade varit en patetisk typ som inte var värd att slås ihjäl. När Halders såg honom, långt senare, betydde han ingenting för honom längre. Han kände inget hat. Han hade inte tid, och inte kraft. Den kraft han hade krävdes för barnen som sakta började förstå vad som hänt med deras liv. Ingenting skulle bli som förut. Margaretas röst var borta, hennes kropp och hennes rörelser. De hade varit skilda, han och Margareta, men inte heller det spelade någon roll.

Mamma är i himlen, upprepade Magda ibland.

Hennes storebror kunde se på henne utan att kommentera det.

Kanske tror han henne inte, kunde Halders tänka där han satt bredvid dem vid köksbordet. Tror inte på himlen. Himlen är bara nåt vi kan se från jorden. Det är detsamma däruppe som härnere. Mest luft och regn och stora avstånd till allt.

"Hur känns det nu?" frågade Aneta Djanali.

Slow down my beating heart, sjöng Bono med en röst som kunde varit svart, svart som Anetas händer som han kunde se utefter sina axlar. En hand över bröstet. Slow down my beating heart.

"Vi går och lägger oss", sa han.

Angela körde genom regnet. Nu var det verkligen kväll även om övergången skett rätt omärkligt. Om man säger så. Hon log. Snart december och det skulle bli skönt med ledigheten i jul. Arbetet med patienterna blev tyngre. De blev tröttare när året gick mot sitt slut samtidigt som hon också blev tröttare. Hon hade lyckats få ett sammanhängande ledigt pass i mellandagarna. Erik hade mumlat något om Costa del Sol tidigare. Hon hade hoppats att Siv skulle ringa. Hon kom bra överens med Siv. Hon kom också bra överens med en blå himmel och lite sol och ett glas vin och träkolsgrillad languster.

Men först ett par ärenden i Haga. De skulle hålla öppet till åtta i kväll.

Hon körde över Linnéplatsen och nedför Linnégatan och tittade i backspegeln och såg blåljusen rotera, plötsligt, ljudlöst, som om en helikopter landat därbakom utan ljud.

Radiobilen låg kvar bakom henne. Vad är det för utryckning? tänkte hon. Jag kan inte svänga åt sidan just här och släppa förbi. Nu kör de igång sirenen. Ja, jag *ska* svänga undan när jag kan.

Hon såg en lucka framför systemet och svängde in.

Polisbilen parkerade bakom henne. Ljusen fortsatte att rotera, som om här hänt något allvarligt. Hon såg inga människor på trottoaren.

Hon såg i backspegeln att en av poliserna steg ur och hon blev alldeles kall, alldeles stum, alldeles *fylld av rädsla*, eftersom allt hon varit med om för inte så länge sedan kom tillbaka, minnena fanns där som strålar av ljus som skickades runt i cirklar. Hon hade blivit... kidnappad av en man i polisuniform. Hon hade blivit stoppad av någon som hon trodde var polis och Elsa hade legat i mag...

Det rattlade på rutan och hon såg hans svarta handske. Hon ville inte titta. Det knackade igen och hon tittade, hastigt. Hon såg hans gest: dra ner fönsterrutan.

Hon letade på panelen på dörren men hittade inte knappen. Nu. Fönstret åkte ner i nervösa ryck.

”Har du inte lärt dig i körskolan att stanna för polisen?” sa han med brutalt tonfall.

Hon svarade inte. Hon tänkte: Har du inte lärt dig hyfs och hövlighet på Polisskolan? Har du ens gått i skolan? Grundskolan?

”Vi låg länge där bakom dig”, sa han.

”Ja... jag trodde inte att... att det gällde mig”, sa hon.

Han tittade på henne, verkade studera hennes ansikte. Hans eget var i dunkel, fläckat av elektriska kvällsljus. Det fanns en hårdhet i ögonen, kanske något värre. En längtan att slå något eller någon. En beräknande provokation. Eller bara trötthet, tänkte hon. Men alla var trötta i jobbet. Hon var själv fruktansvärt trött just nu. Men hon kunde ändå uppföra sig anständigt.

Hon kände några poliser till utsendet men den här var inte en av dem. Hon försökte se i backspegeln om det satt någon kollega i bilen bakom, men hon såg ingenting genom regnet som strömmade över Golfens bakruta.

Första veckan i en egen liten bil och så händer detta.

"Hur står det till?" sa han.

Hon svarade inte.

"Körkortet", sa han.

Hon fick fram det till slut. Han tittade på det och sa "Angela Hoffman?" och hon nickade.

Han tog det och gick en bit bak och hon förstod att han gjorde en sökning på hennes namn. För en sekund önskade hon att hon haft Eriks efternamn. Det Brutala Ansiktet skulle känna igen namnet. Mumla något och ge tillbaka körkortet och köra iväg med sina förbannade blåljus för att trakassera någon annan stackare.

Hon lugnade sig. Hon hade kunnat visa sin irritation... eller skräck... men det kunde bara leda till en värre situation.

Kanske ska vi gifta oss? Jag lägger till Winter efter Hoffman.

Man kanske känner sig lugnare på gatorna.

Bröllop vid havet.

Erkänn att du tänkt på det.

Det rafsade på rutan. Han lämnade tillbaka kortet, mumlade "Angela Hoffman" igen och gick till sin bil och dess blåljus som snurrat nästan hela denna tid och fått en liten grupp nyfikna att samlas på trottoaren och studera brottslingen vars papper studerats av denne lagens förlängda arm. Eller hans förbrukade fejs, tänkte hon och rivstartade norrut, och då hade hon glömt vad det var för meningslöst ärende hon hade i de här krokarna och svängde österut på första bästa gatan och var hemma på fem och uppe från källarparkeringen på ytterligare fyra och stövlarna hamnade i två av hallens hörn.

"Jag trodde du var fler", sa Winter som kom ut från köket med Elsa på armen. "Det lät som piketen under utryckning."

"Jag håller på att räkna till tio", sa hon.

"Hard day at the office?"

"Bara efteråt", sa hon, "Jag blev haffad av en av dina kolleger på väg hem."

"Kontroll?"

"Nej. Bara rent jävelskap."

Elsa sprattlade i hans armar, på väg mot både Angela och den oavslutade kvällsmaten.

"Vänta lite", sa Winter och gick tillbaka till köket och satte Elsa på stolen och lät henne fortsätta att äta själv. Det fanns mat på bordsskivan.

"Jag tror jag mår illa", sa Angela som kommit in i köket med kappan fortfarande på.

Hon gick därifrån.

Efter en liten stund hörde han att hon grät någonstans i ett annat rum.

Han sträckte sig efter telefonluren och ringde till sin syster.

"Ja hej, Lotta. Har du Bim eller Kristina hemma ikväll?"

"Bim är här. Är det nåt särskilt?"

"Kan hon rycka in som barnvakt med extremt kort varsel?"

"Det finns skitstövlar i alla jobb", sa Winter.

"En sån är ju inte lämplig", sa hon. "Så där får man inte bete sig." Hon höll sitt vinglas i handen.

"Jag kan lätt ta reda på vem det var", sa han.

Hon hade sett rynkan mellan hans ögon. Han *skulle* kunna göra något drastiskt. Det fanns ett mörkt stråk hos honom som skulle kunna göra honom till... vad som helst. För en kort, fruktansvärd stund.

"Och göra vad?" sa hon.

"Det vill du inte veta", sa han och tog en klunk av deras Puligny Montrachet.

"Vi skiter i det nu", sa hon och drack och såg ut genom fönstret. "Vi är ju här." Hon tittade på honom och gjorde en rörelse med huvudet mot det vita funkishuset på andra sidan Lasarettsgatan. "Jag gillar faktiskt gardinerna i min gamla lägenhet." Hon tittade mot balkongen och fönstret intill, uppe på femte våningen. Det lyste därinne.

Utsiken hade varit fin, åt alla håll, däruppifrån toppen av Kungshöjd.

Han nickade.

"Ibland saknar jag den", sa hon.

Han nickade igen.

"Det var en del år", sa hon.

"För mig med", sa han.

"För dig var det vad man skulle kunna kalla en övernattningslägenhet", sa hon och log. "Fast du stannade sällan hela natten."

"Jag saknar utsikten", sa han.

"Men det här stället fanns inte", sa hon och såg sig om i restaurangen.

Bistro 1965 var nytt och det var andra gången de var här och det skulle bli fler. Kanske var de de första stamgästerna.

Angelas korianderhalstrade pilgrimsmusslor kom med sin pumpapuré. Det har ju ändå varit halloween rätt nyss, hade hon tänkt när hon beställde. Winter fick sin lättrökta gösfile med aubergine och vaniljolja.

"Gott", sa hon.

"Mhm."

"Ska man ha dåligt samvete för att Elsa inte fick följa med hit?" frågade hon och drack lite vatten.

"Vi kan ta hem menyn och läsa den för henne i morgon kväll", sa han.

"Jag kan tänka mig att läsa den själv", sa hon och läste i den gastronomiska ordlistan som satt fästad bakom dagens meny.

"Vet du vad escalavida är, till exempel?"

"Det är puré på paprika och lök och aubergine och citron, bland annat."

"Du tjuvläste förut."

"Naturligtvis inte." Han drack igen och log. "Varför heter det tjuvläsa, förresten?"

"Vad är gremolata?"

"Det är för lätt."

"Herregud." Hon tittade upp. "Var försiktig med den där attityden."

"Ge mig nu en riktig utmaning."

"Confit?"

"För lätt."

"Vierge?"

"Vierge?"

"Ja, vierge."

Han sneglade ner i sin egen meny i knät. "Det finns inte här."

"Ha! Jag visste att du fuskade."

En bil passerade utanför fönstret. Kvällen hade klarnat. Det fanns stjärnor på himlen ovanför Angelas förra hem.

När han kom dit första gången hade han burit uniform. Det var inte i tjänsten. Är du dum? hade hon sagt. Grannarna tror väl att jag är kriminell.

Jag glömde, hade han sagt.

Hur kan man glömma sånt? hade hon sagt.

"Vad ler du åt?" hörde hon honom säga.

"Den första gången", sa hon och gjorde en nick mot huset som glänste i sin puts bredvid gatlyktorna. En till bil kom uppför backen från Kungsgatan. "Du kom i uniform."

De fortsatte samtalet. Det skapade lugn. Det finns alltid en känsla av att man kan vara absolut privat när man sitter på ett öppet ställe med många främlingar omkring sig, tänkte Winter. Det är en paradox.

Han drack ur vinglaset som innehöll en Fiefs de Lagrange nu, till den grillade lammryggen med gremolata, ragu på limabönor och kronärtskockor, och denna *vierge* som han inte tänkt på när han beställde: en lätt sås på jungfruolja, tomat, lammfond, vitlök och örter. Han hade smakat på Angelas rödvinsrisotto.

Servitrisen bytte stearinljus. Det var färre människor i lokalen nu. Winters mobiltelefon ringde i kavajens innerficka.

Elsa, tänkte Angela.

"Ja?" svarade Winter.

"Bertil här. Förlåt att jag stör."

16

WINTER KUNDE SE POJKEN genom dörren. Han sov. Eller var snarare barmhärtigt nedsövd. Angela stod bredvid Winter. En taxi direkt från bistron. Jag vill vara med den här gången, hade hon sagt. Du ska inte alltid ta allt ensam. Det är dessutom min arbetsplats. Min avdelning, faktiskt. Och Elsa sover.

"Han kunde ha frusit ihjäl", sa Ringmar som stod på andra sidan av Winter.

"Det eller nåt annat", svarade Winter. Han hade läst rapporterna, det lilla som ännu fanns. En läkares här, och rättsläkarens, Pia E:son Fröbergs.

"När gick larmet?" frågade Winter.

"Kan inte ha varit länge efter det att han försvann", svarade Ringmar.

"När var det? När försvann han?"

"Efter fyra." Han läste i sina anteckningar. "Kvart över fyra ungefär. Fast det är en osäker angivelse."

"Är det dagispersonalen som säger det?"

"Ja."

"Hur gick det till? Vad gjorde dom? Han?"

"Tja... ingen kan säga det exakt."

"Han strövade alltså omkring för sig själv?"

Ringmar svarade inte.

"Gjorde han det?"

"Jag vet inte, Erik. Jag har inte hört do..."

"Okej, okej. Den som vill kidnappa ett barn kan göra det ändå."

Angela ryckte till.

Det satt en kvinna i vitt bredvid pojken. Där fanns apparater. Ljud som inte lät naturliga. Ljus som inte var vackert.

"Vi går in i det där andra rummet", sa Winter.

De hade fått ett rum att disponera.

"Var är föräldrarna?" frågade Winter när de gick genom korridoren.

"Uppe hos en av läkarna."

"Dom stannar väl?"

"Naturligtvis."

"Jag åker hem nu", sa Angela.

De höll om varandra och Winter kysste henne. Han såg Ringmar i ögonen över axeln på Angela. Ringmars ansikte var som ihåligt.

Rummet var naket som träden utanför och gatorna under dem. Winter lutade sig mot ena hörnet. De tre glas vin han druckit under kvällen hade gett honom en huvudvärk nu som han försökte gnida bort med vänsterhanden över pannan. En radio längre bort spelade rockmusik som hördes svagt. Touch me, uppfattade han. Och något som lät som take me to that other place. Men det fanns inget annat ställe. Det var här, allt var här. Han kände inte igen bandet, vilket inte var konstigt. Halders skulle ha känt igen det omedelbart, och Bergenhem. Och Macdonald. När var det nu Steve skulle komma på besök? Take me to that other place. Reach me. It's a beautiful day.

Pojken därinne var inte många månader äldre än Elsa.

"Vad hände sen?" frågade han.

"Det gick ut en bil och sen en till", svarade Ringmar.

"Vart?" frågade Winter.

"Först till lekplatsen och parken. Sen... tja..."

"Sen famlade man i blindo", sa Winter.

"Det var en mil emellan", sa Ringmar.

En mil mellan lekplatsen där pojken försvunnit och det ställe där han till slut hittats.

"Vem hittade honom?"

"Det klassiska. En hund och sen hundägaren."

"Var är han? Hundägaren, alltså."

"Hemma."

Winter nickade.

"Det hade alltså gått fyra timmar", sa han.

"Drygt."

"Hur mycket vet vi om skadorna?" frågade han.

Ringmar gjorde en gest som innefattade allt och inget. Det var som om han knappt orkade lyfta handen. Gitarrerna hade slutat ringa ute i korridoren. Vem fan hade spelat rock härinne på sin radio?

"Det finns tydligen skador på överkroppen", sa Ringmar. "Och i ansiktet. Inga under... under midjan."

"Jag såg ansiktet", sa Winter.

"Jag såg hans ena arm", sa Ringmar.

"Blir du någonsin förvånad mer i livet?" frågade Winter och gjorde sig fri från väggen och masserade pannan igen. "I det här livet vi lever just nu?"

"Det finns frågor man varken kan svara ja eller nej på", svarade Ringmar.

"Var var föräldrarna när larmet kom till centralen?"

"Mannen jobbade, ihop med flera andra, och kvinnan drack kaffe med en väninna."

Och jag drack vin på lokal, tänkte Winter. En kort stund av lugn och värme i en skyddad vrå av livet.

"Han måste haft en bil", sa han. " Eller hur? På väg genom rusningstrafiken när alla bara ser rakt fram och hemåt."

"Han parkerade i parken", sa Ringmar. "Eller intill." Han rev sig över hakan och Winter hörde raspet från den dagsgamla skäggstubben. "Teknikerna är där nu."

"Lycka till", sa Winter utan övertygelse. En miljon överlappande spår på en parkeringplats. Kanske en mjuk och våt gräsmatta, annars skulle det inte gå.

Det blir att leta bland våra kända missdådare, tänkte han. Det är bara att börja. Antingen hittar vi honom där eller så gör vi det inte. Det kan bli en lång resa.

"Jag måste prata med dagispersonalen också", sa han. "Hur många dom nu är. Eller få."

Men först föräldrarna. De satt i ett rum som Winter kände igen. Angelas rum. Hon hade sett till att de kom in dit innan hon åkte hem. Det fanns ett foto på honom själv tillsammans med Elsa på skrivbordet i vanliga fall, men hon hade plockat bort det innan Paul och Barbara Waggoner kom dit med sin förtvivlan. Klok. Hon var klok.

Mannen stod och kvinnan satt. Det fanns ett slags återhållen rastlöshet över dem som Winter alltför väl kände igen efter alla sina möten med brottsoffers anhöriga, som också var offer, förstås. En rastlöshet som var som en påtaglig vilja att gripa bakåt i tiden och hålla den där tiden fast i ett *då*. Förstås. Brottsoffer sökte för evigt ett liv i det förgångna. Kanske andra också. Han själv hade gärna suttit kvar på Bistro 1965, för en timme sedan, som lika väl kunde vara i en annan tideräkning i en annan värld. Den skyddade vrån. Take me to that other place. Formellt sett behövde inte Bertil ha ringt honom men Bertil visste att han ville vara där. Det hade omedelbart skrämt honom, att Bertil visste den här gången. Bertil hade aldrig fel på det sättet: det här skulle bli en lång och mörk resa och Winter måste vara där från början. Sånt gick inte att förklara för andra. Han såg Ringmar stå bredvid kvinnan som satt på den korta besökssoffan. Det är en sak mellan oss, Bertil och mig. Han gned sig i pannan igen. Min huvudvärk har släppt.

"Kommer han att kunna se?" frågade Barbara Waggoner utan att titta upp.

Winter svarade inte, inte Ringmar heller. Vi är inte läkare, tänkte Winter. Lyft blicken så ser du.

"Det är inte doktorn, Barbara." Mannens uttal var mest som en utandning. "Vi har ju precis talat med doktorn." Winter hörde en svag men distinkt brytning som kunde vara engelsk. Hans namn tydde på det.

"Han kunde inte säga nåt om det", sa hon nu som om hon ställde sitt hopp till nya specialister som precis stigit in genom dörren.

"Fru Waggoner..." sa Winter och hon tittade upp. Winter presenterade sig och Ringmar. "Får vi ställa några frågor?" Han tittade på mannen som nickade.

"Hur kan nån göra så mot... ett barn", sa hon.

Winter kunde inte svara på den frågan. Hon ställde den svåraste frågan först: Varför?

"Är det inte ert jobb att ta reda på det?" frågade mannen med samma tunna tonfall som tidigare, en aggressivitet utan kraft. Winter visste att den kunde bli starkare om han inte skötte sina kort. Han måste vara engelsman, tänkte han.

"Vi ska först göra allt för att finna den som gjorde det", sa han.

"Vad är det för monster?" sa mannen. "What kind of fucking monster is this?!" Engelsman.

"Vi kom..."

"Har ni inte register över sånt här? Det är väl bara att leta?" Tillbaka nu från hemspråket, men med en brytning som plötsligt blivit tjockare.

"Vi kommer att göra det", sa Winter.

"Varför sitter ni här då?"

"Vi måste ställa några frågor om Simon", sa Winter. "Det sk..."

"Frågor? Vi kan inte säga mer än vad ni själva har sett."

"Paul", sa kvinnan.

"Ja?"

"Var snäll och var tyst lite."

Mannen tittade på henne och sedan på Winter och sedan bort.

"Ställ frågor då", sa han.

Winter ställde frågor om tider och rutiner och kläder. Han frågade om pojken haft med sig något. Något som det inte gick att prata med den lille pojken om nu.

"Hur då haft med sig?"

"Är det nåt ni saknar? Som han saknar?" frågade Winter.

"Nån sak", fortsatte Ringmar. "En leksak eller nåt liknande. Ett kramdjur. En amulett, vad som helst som han alltid brukade ha med sig eller på sig."

"Keepsake?" frågade mannen.

"Ja."

"Varför frågar ni det?"

"Det förstår jag", sa Barbara Waggoner som ställt sig upp nu. Winter hörde också en svag brytning hos henne, väldigt svag. Han tänkte kort på om de pratade engelska med varandra hemma, eller svenska, eller både och för pojkens skull. Kanske engelska eftersom pojken fick svenskan i skolan.

"Jaha?" sa mannen.

"Om han blivit av med nåt", sa hon. "Förstår du inte? Om han... han som... om han tagit nåt från Simon."

Mannen nickade.

"Fanns det nåt att ta?" frågade Winter.

"Vi... vi har inte tänkt på det", sa mannen. "We... haven't checked it."

"Kontrollerat vad?" frågade Winter.

"Hans klocka", sa Barbara Waggoner och förde handen till munnen. "Han tog aldrig av sig den." Hon tittade på sin man. "Jag såg den inte..."

"Den är blå", sa Paul Waggoner medan han tittade på sin fru.

"En leksaksklocka", sa Barbara Waggoner.

Ringmar lämnade rummet.

"Ska jag säga till om kaffe eller nåt?" frågade Winter. "Te?"

"Vi har fått förut", sa Barbara Waggoner.

"Är det här... vanligt?" frågade hennes man. "Brukar barn råka ut för sånt här?"

Winter visste inte om hans fråga gällde staden Göteborg i synnerhet, eller själva landet, eller misshandel mot barn i allmänhet, eller den... typ av brott som de just nu mött. Det fanns olika svar. Ett svar var att det var vanligt att barn misshandlades av vuxna. Barn och ungdomar. Det skedde oftast i familjen. Nästan alltid i familjen, tänkte han och såg på paret Waggoner som kunde vara trettio, eller yngre än de såg ut nu när ansiktena fallit samman i skarpa linjer och skuggor. Fäder och mödrar slog sina barn. Han hade mött många sådana barn. Han hade stått i många sådana hem och försökt gömma undan den upplevelsen i minnet ända tills den kom tillbaka på riktigt igen. Barn som fick handikapp för resten av livet. En del kunde inte längre gå. Eller se, tänkte han och tänkte på lille Simon därinne vars ögon inte längre var som tidigare.

En del dog. De som levde glömde inte. Ingen glömde någonting. Gud, han hade mött offer som blivit vuxna men skadan fanns kvar, alltid i ögonen, i rösten.

I deras handlingar. Det fanns ibland ett mönster som aldrig tog slut. Ett fasansfullt arv som inte var ett arv utan något mycket värre.

"Jag menar här i stan", sa Paul Waggoner. "Att barn kan föras bort utan vidare av nån och misshandlas och dum... dumpas... och kanske... kanske..." Han kunde inte fortsätta. Ansiktet föll ihop ytterligare.

"Nej", sa Winter, "det är inte vanligt."

"Har det hänt?"

"Nej. Inte på det här sättet."

"How do you mean? Inte på det här sättet?"

Winter tittade på mannen.

"Jag vet inte riktigt vad jag menar", sa han. "Inte än. Vi måste veta mer först om vad som faktiskt hänt."

"En främmande galning förde bort vårt barn när han var på lekplatsen med sin daycare", sa Paul Waggoner. "Det är alltså vad som hänt." Han tittade på Winter men det fanns mer uppgivenhet än aggressivitet i hans blick. "Det är vad som faktiskt hänt. Och jag frågade om just sådant faktiskt hänt förut."

"Jag vet mer om allt det här snart", sa Winter.

"Har det hänt förut så kan det hända igen", sa Paul Waggoner.

"RÄCKER DET INTE FÖR DIG ATT DET HAR HÄNT, PAUL?" sa hans fru med hög röst och reste sig ur soffan och gick fram till dem och la en arm på sin mans axel. "Det har hänt oss, Paul. Det har hänt Simon. Räcker inte det för dig? Kan vi inte... kan vi inte koncentrera oss på det och försöka... hjälpa honom? Kan du inte förstå? Kan du inte låta polisen här försöka göra sitt så gör vi... vårt? Paul? Förstår du vad jag säger?"

Han nickade, kort. Kanske han förstod. Winter hörde Ringmar öppna dörren bakom sig. Han vände sig om. Ringmar skakade lätt på huvudet.

"Hittade ni klockan?" frågade Paul Waggoner.

"Nej", svarade Ringmar.

Larissa Serimov justerade remmen och kände vapnets tyngd mot kroppen. Eller om det var vetskapen om vad det kunde åstadkomma. En SigSauer vägde inte mer än att ett lika tungt föremål kunde glömmas bort, men det gällde inte pistoler.

Det var milt, som i ett sydligare land, i den tidiga december. Julskyltning i tio elva plusgrader, tolv. Brorsson körde med mer än halva rutan nere. Håret blåste bakåt och fick honom nästan att se ut som en travare på väg mot mål. Hon funderade kort på om hästar var dumma i huvudet eller bara nervösa. Ett löv seglar förbi i vinden och dom rusar mot avgrunden i full galopp. Dumhet? Nervositet? Både och?

För Belle Brorsson var det både och. Hon log men det fanns egentligen inget roligt i det. Brorsson kunde vara en farlig person för andra.

"Se upp så du inte får nackspärr", sa hon.

"Det får jag bara på sommaren", sa han. "Av nån anledning."

"Jag vet vad det är för anledning", sa hon när de svängde mot havet. Hon hörde sjöfåglar genom Brorssons öppnade ruta.

"Vad?"

"Du får nackspärr på sommaren eftersom du kör med öppet fönster", sa hon och såg blänket av vatten bortom fältet som verkade nästan lika fyllt av väta som havet.

"Men nu är det ju inte sommar", sa han.

Hon skrattade högt.

"Fast det är milt", sa han. "Rent statistiskt är dygnets medeltemperatur så hög att det kan räknas som sommar."

"Men då är det ju sommar, Belle", sa hon.

"Ja, det har du ju faktiskt rätt i", sa han och vände sig mot henne och blinkade med sina travarögon.

"Och då är det ju helt normalt att du snart kommer att få nackspärr", sa hon och såg ut igen på klipporna och havet som låg lika orörliga.

Brorsson lät fönsterrutan glida upp.

"Rakt fram", sa hon i rondellen.

De körde till en vändcirkel och parkerade. Radhusen till höger var byggda i avsatser, som en del av klipporna. Berg höjde sig bakom. Viken var öppen här, den stora oceanen väntade utanför skären. Det låg segelbåtar kvar vid bryggorna som en bekräftelse på det Brorsson sagt nyss: sommaren dog inte i år. Ingen snö i år och Larissa Serimov gillade snö. Snö på marken och snö på isen. Det är mitt arv. En vit själ i en vit kropp.

"Det är öppet", sa Brorsson.

Restaurangens inre glimmade genom dörrarna. Det såg inbjudande ut. Horisontlinjen skar genom byggnaden som var som ett torn, eller en fyr. Stillheten i havsbandet i denna nyfödda december kändes som den vila den var. Men inte för dem.

"Vi åt just lunch", sa hon. "Kommer du ihåg?"

"Ja, jag vet, men jag tänkte att vi kunde kolla dom när dom kommer ut." Hon såg hans ögon, slöa och upprymda på samma gång. "Blåsa lite. Jag behöver fixa några rattfyllon till före jul." Han tittade på henne. "För mig är statistiken viktig."

"Jag har förstått det."

"Vad säger du då?" sa han och tittade på klockan på handleden.

"Kan du inte lämna den stackars mänskligheten i fred en enda gång?"

"Vadå?"

"Som med den stackars kvinnan i går eftermiddag på Linnégatan. Och vi hade inte ens där att göra om det inte varit för din statistik."

"Hon stannade inte", sa han.

"Hon försökte släppa förbi dig."

"Hon kom undan lätt", sa han.

"Kom undan vad?" sa Larissa Serimov.

Han svarade inte.

"Kom undan vad?" upprepade hon.

"Arroganta kärringar", sa han.

"Du har ett problem, Belle", sa hon.

"Ska vi stanna ett tag då?" sa han.

"I helvete heller. Dom bor däruppe och det är dit vi ska", sa hon och gjorde en gest med armen.

"Då hade jag inte behövt köra ner hit först", sa han.

"Jag ville se havet", sa hon.

"När jag kysser havet", sa han.

Kyss mig i röven, tänkte hon för hon var duktig på svordomar. Hon hade ett ryskt arv, eller hur? Det ryska språket är världsledande när det gäller svordomar. I Sverige säger man "fula ord" men många av dom ryska svordomarna är vackra, tänkte hon medan hon tittade ut över havet igen.

De steg in i bilen och körde längs gatorna som steg brant.

"Här är det", sa hon och han parkerade.

"Jag väntar härute", sa han.

"Trakassera inte grannarna", sa hon och steg ur bilen och ringde på parhusets klocka.

Kristina Bergort öppnade efter andra signalen. Larissa Serimov kunde se dottern Maja kika fram bakom sin mamma.

"Kom in", sa Kristina Bergort.

"Jag hoppas det är okej", sa Larissa Serimov och hörde själv hur dumt det lät. Hon hade ju ringt och Kristina Bergort hade sagt att det gick bra.

Flickan gick tätt inpå sin mor.

"Magnus ringde och sa att han inte kunde komma från jobbet", sa Kristina Bergort.

Det var ändå dig jag tänkte prata med, tänkte Larissa Serimov som kände sig klumpig i uniformen där i köket.

Flickan tittade på skärpet och vapnet som putade ut från henne som en... som en... äh, putade ut. Larissa kom på att hon inte hälsat på flickan ännu.

"Hej, Maja", sa hon.

Flickan tittade upp, blygt, och log snabbt och tittade ner igen.

"Du kan gå in och leka igen", sa hennes mamma.

Hon vände sig om och Larissa Serimov såg en reva på hennes överarm, som ett kritstreck. Flickan började gå därifrån, mot hallen. Hon gick över golvet. Larissa Serimov såg efter henne. Hon gick över tröskeln. Larissa såg på henne. Hon tänkte på vad det var. Det var någonting. Det fanns något i hennes rörelse. Vad var det... benet? Det var...

Maja försvann genom hallen.

"Är det nåt med hennes ben?" frågade Larissa Serimov.

"Vad... benet?"

"Majas ben. Det såg ut som om hon haltade."

"Haltade? Maja? Det har jag inte sett." Kristina Bergort tittade på henne med ett uttryck som kunde vara oroligt. "Det borde jag väl ha sett?"

Larissa Serimov funderade på vad hon skulle säga nu. Hon borde veta. Hon visste varför hon kommit dit.

"Vill du ha lite kaffe?" frågade Kristina Bergort.

Larissa Serimov tänkte på Belle Brorsson därute och sa "ja tack" och då ringde hennes mobil.

"Tänker du sitta länge därinne?" frågade Brorsson.

"Tio minuter, en kvart."

"Jag kör ett varv."

Hon tryckte av och tänkte på mänskligheten överlämnad till Brorssons övervåld och vände sig till Kristina Bergort.

"Jag har tänkt lite mer på den där historien Maja berättade", sa Larissa Serimov.

17

DET BJÖDS PÅ KAFFE och ostfrallor och tre sorters kakor. Rummen var prydda med julpynt, i övermått. Barnen hade fått fritt fram. Angela kände igen Elsas målningar eftersom Elsa hade visat henne dem förut. Där fanns streck och ringar som kunde symbolisera det mesta. Eller bara föreställa. Allt bestod inte av symboler.

Det luktade smält stearin och glögg. Föräldrarna rörde sig runt i rummen och kommenterade julstämningen som infunnit sig här drygt tre veckor före julafton.

Barnen var inte här i kväll. Ingen övertid för dom, tänkte Angela. Elsa får koppla av med Erik. Bollen över golvet tills han inte längre kan resa sig för stelheten i lederna. Nej. Så illa är det inte. Men det är klart att det är skillnad på att bli far vid fyrtio och vid tjugofem.

Hon såg sig om. Hon var själv i ett slags mellanålder när det gällde moderskap, inte för ung och inte för gammal. Att vänta tills över trettio med att skaffa barn var ingen sensation i dag. Många väntade. Men hon hade inte velat vänta längre. Erik hade väntat ända tills hon inte accepterade det längre. Hon hade inte accepterat det längre. No more.

Framtiden var inte över. Vänta du och se, Erik.

De samlades i det största rummet. Föreståndarinnan hälsade välkommen till den årliga traditionen. Vi är ju lite speciella här, sa hon. Innerstadsbefolkning och innerstadsbarn.

Angela såg huset vid havet framför sig. En allé, träd runt om, grusgång och köksträdgård. En tystnad som bestod av åsynen av bränningar. Att ana ljudet av bruset.

Framtiden var inte över.

Men våningen vid Vasaplatsen var ingenting man bara gjorde sig av med. Just nu verkade det vara den bästa platsen för Elsa. Stora blanka golv. Bollar rullade lätt.

Det var efteråt, när grupperna blev mindre, som saken kom upp. Det var flera röster. Många hade tänkt på det i kväll, också personalen förstås, men som någon av dem sa:

"Vi visste inte riktigt hur man skulle börja."

"Vilket dagis var det?" frågade någon annan.

"Blåsippan."

"Var ligger det?"

"I Änggården."

"Det är ju inte så långt härifrån."

"Dom var i Slottsskogen."

"Det är ju inte klokt."

"Nej."

"Har det hänt nåt sånt förut?"

"Ja, jag har aldrig hört talas om det."

"Hur är det med pojken?"

"Jag vet inte."

Angela lyssnade, sa inget. Hon hade sett pojken samma kväll och sedan, senast i dag. En dag... efteråt. Simon. Hans föräldrar. Pappan hade sagt "fuck" vid ett tillfälle, eller om det var två.

Angela satt lite vid sidan av, nära fönstret, på en stol som var avsedd för en kortare och yngre person. En lykta därute kastade ljus över gungställningar och rutschkanan. Bilarnas strålkastare lyste upp gatan nedanför slänten. Hon tänkte på det trasiga stängslet därnedanför. Det var väl lagat?

Hon kunde se kyrktornet i parken på andra sidan gatan, upplyst också det.

En kvinna satte sig på den andra barnstolen.

"Vi får se om vi kommer upp igen", sa hon.

"Jag vågar inte pröva än", sa Angela.

"Lena Sköld", sa kvinnan och sträckte fram högerhanden.

"Angela Hoffman."

Angela hade inte träffat Lena Sköld förut. För det mesta var det Erik som lämnade och hämtade. Jo, förresten, hon kände igen henne nu. Hon trodde också att hon kom ihåg hur hennes barn såg ut. En flicka med mörkt hår.

"Jag är Ellens mamma", sa Lena Sköld.

"Elsas mamma", sa Angela.

"Ja, just det", sa Lena Sköld. Hon höjde sin kaffekopp. "Vi... Ellen... har inte varit här så länge." Hon drack. "Vi hade ett annat dagis förut."

"Jag tror jag kommer ihåg hur Ellen ser ut", sa Angela.

"Hon är på bilden där bakom dig."

Angela vände på huvudet och såg på det lilla fotot på väggen bakom sig, klistrat på ett större papper. Flickan stod på en strand och skrattade ut mot havet. Det blåste. Fotot var inramat med färger från hela regnbågen. Pilar med flickans namn pekade in mot bilden. En liten exhibitionist.

"Hon ville att det skulle framgå att det var hon där på bilden och ingen annan", sa Lena Sköld och log.

"Hon har tydligen bra självförtroende", sa Angela.

"Tja... jag vet inte." Lena Sköld drack sitt kaffe igen."Man... får väl se." Hon såg på Angela. "Jag är ensamstående." Hon satte ner koppen och log igen. "Som det så vackert heter."

Angela nickade. Genom fönstret såg hon folk komma ut från dagisbyggnaden på väg hem. Hon tittade på klockan.

"Ja, det är väl dags att röra på sig", sa Lena Sköld. "Om man kommer upp." Hon gjorde en rörelse med benen. "Första försöket misslyckades."

"Jag tror inte ens jag försöker", sa Angela.

Lena Sköld blev också sittande, en blick genom fönstret som speglade hennes ansikte.

"Jag tänker på det där vi pratade om förut", sa hon nu.

"Om pojken som... försvann?" sa Angela.

"Ja." Hon såg ut att vilja säga något mer och Angela väntade. "Det... hände mig nåt konstigt för ett tag sen. Eller Ellen, snarare." Hon tittade på Angela. "Det känns nästan... otäckt. Ja, det gör det ju ändå. Det här som hände pojken och så. Men jag menar det här med Ellen. I samband... med det här, alltså."

Vad pratar människan om? tänkte Angela.

"Det var så egendomligt", fortsatte Lena Sköld. "Det här med Ellen. Hon kom hem och... ja, berättade kan man väl säga... att hon hade träffat nån när dagis var ute på utflykt."

"Hurdå träffat?"

"En... gubbe, alltså. Farbror. Att hon hade träffat nån som hon hade suttit med ett tag. I en bil. Jag har fattat det som om det var en bil."

"Hon berättade alltså det där?"

"Det är så jag tolkade det i alla fall", sa Lena Sköld. "Och en sak till. Hon hade en sak som försvann den dan."

"Vad var det?" frågade Angela.

"En liten silverberlock som hon hade i overallen. Den var borta. Polisen sa till mig att kontrollera om nåt saknades och det var den där."

"Polisen?" frågade Angela.

"Den kvällen när Ellen kom hem, alltså när hon sa det här om att hon träffat nån, så ringde jag till polisen om det."

"Polisen var?"

"Vad menar du?"

"Ringde du till sambandscentralen?"

"Jag vet inte vad det heter. Jag slog upp ett telefonnummer och kom fram till en växel och blev vidarekopplad". Lena Sköld ställde ner kaffekoppen på golvet. "Till en polisstation här i närheten, förresten."

"Närpolisen", sa Angela.

"Ja." Hon tittade på Angela. "Du känner visst till det där. Är du polis?"

"Nej."

"Närpolisen. Majorna och Linnéstaden."

"Vad sa dom?"

"Han som jag pratade med skrev ner vad jag sa. Åtminstone lät det så. Och så sa han det där om att jag skulle kolla om nånting saknades och jag gjorde det och ringde tillbaka om berlocken."

"Har dom hört av sig igen? Polisen?"

"Nej."

"Hur är det med Ellen?"

"Som vanligt. Jag tror nog ändå att det var nån fantasi." Hon såg sig om i lekrummet som var städat och blankt. Det låg leksaker i stora lårar utefter väggarna. Det hängde teckningar överallt. De flesta föreställde julen. Och julens symboler, tänkte Angela.

Det luktade fortfarande stearin och glögg och förväntan inför jul. Det hördes röster från de andra rummen, men färre nu. "Fast när man hör det här om den där pojken så vet man ju inte."

Angela svarade inte.

"Vad tror du?" frågade Lena Sköld.

"Har du försökt prata med Ellen mer om det?"

"Ja. Ett par gånger."

"Vad säger hon?"

"Ungefär detsamma. Jag har tänkt på det. Hon verkar inte ha glömt det. Det är samma lilla berättelse. Eller om det är en... saga. En fantasi."

18

ANGELA GICK HEM I TANKAR. Det fanns tomtar i skyltfönstren men ingen snö på marken. Trottoaren blänkte av väta i det elektriska skenet. Hon tänkte på den skadade pojken, och hans föräldrar. Hon tänkte på Lena Sköld som hade berättat lite om sitt liv som var ett ensamt liv. Ingen man i det livet nu, och ingen närvarande pappa för Ellen. Kanske senare.

Hon blev stående i porten. Vasaplatsen hade stillnat i kväll men en vind från norr ökade och svepte upp från Allén. Hon drog upp kragen på jackan och stod kvar. En spårvagn stannade på andra sidan gatan och rullade igång igen mot vindens riktning. Hon kunde se två personer i den främsta vagnen men ingen i den andra. Ett sätt att resa för den som vill vara för sig själv. Hon hade sett att föraren kastat en hastig blick på henne när han körde vidare.

Köra spårvagn var ett sätt att se stan. Den som körde samma linje länge lärde sig gatorna och korsningarna och parkerna. Inte gick det fort heller. Det gick faktiskt förbannat långsamt och hon var glad att hon hade Golfen, men kände samtidigt det där gamla dåliga samvetet över att hon nu tog större del i nergrisandet av luften som alla var tvungna att andas in vare sig de ville eller inte.

Bilen får stå. Nån gång.

Elsa andas den här luften. Vasaplatsen är inte bästa stället på det sättet. Hon är fortfarande en rosenknopp. Vad ska man göra? Är det bara att flytta? Vi måste prata om det igen, Erik och jag, på allvar.

Hon hade ropat i hallen men inte fått svar och gått in i sovrummet. De hade somnat i dubbelsängen. Det låg ungefär tio bilderböcker i en oregelbunden cirkel runt dem.

Hon lyfte upp Elsa som mumlade i sömnen och la henne i sängen i hennes rum där nattlampan var tänd.

I köket hade Winter satt på vattenkokaren.

"Vill du ha te?"

"Okej. Det behövs efter kaffet på mötet."

"Vill du ha en bit paj?"

"Nej, tack."

"Halv baguette med brie och salami?"

"Non merci."

"Rökta mussl..."

"Jag är inte hungrig, Erik."

"Hur var mötet?"

"En del prat om det där... dådet. Pojken Waggoner."

"Vi ska försöka höra honom i morgon."

"Har ni fått fram nåt?"

"Vi kollar dom lokala galningarna nu. Inget än."

"Vad säger Pia?"

Angela hade träffat Pia E:son Fröberg några gånger, rättsläkaren.

"Hon kan inte se något sexuellt våld", sa han. "Det är sannolikt bara vanligt våld."

"Bara?"

"Hörde du inte citationstecknen? Jag vill helst inte teckna dom i luften."

"Blir det nåt te?"

Vinden blåste regnet över de stora framrutorna. Det var något fel med ena torkaren, den synkade inte med den andra. Eller om det var den andra som det var fel på! Det var i vilket fall som att titta på någon som haltade, det ena benet efter det andra. Han fick säga till om det.

Staden glimmade när han körde runt i den. Det skulle komma

en jul igen. Gubben hade frågat honom. Svaret var nej.

Nästan inga i vagnen och han tänkte inte klaga. På Vasaplatsen nyss steg någon av men ingen steg på. En kvinna hade stått i en portgång och följt honom med blicken. Hade folk inget annat att göra? Det fanns en restaurang på hörnet till vänster om henné. Hon kunde väl gå in där.

Flera steg på vid Centralen, på väg mot de norra ödemarkerna dit han också var på väg naturligtvis. Ödemarker med hus som var så höga att det såg ut som om de försökte fly upp i himlen, men de hade kunnat fråga honom om himlen och han hade kunnat säga som det var. Det fanns inget där.

Hur det nu skulle gå till när ett hus böjde sig ner och frågade honom om något!

Han körde vid sidan av älven som var svart som alltid och han kunde se den andra bron i väster som var större och vackrare. Det var mycket som var vackert härifrån. Det fanns granar som sken av tusen ljus.

Pojken hade bråkat med honom.

Han bet sig i näven så att det gjorde ont.

Bill svängde i sitt snöre bredvid honom. Papegojan var fästad så att ingen som steg på kunde se honom om de inte liksom böjde sig runt honom, och varför skulle de göra det? Det var dessutom inte tillåtet.

Han stannade vagnen och folk vällde på. Vad var det för mening med att vara ute nu? Klockan började bli mycket.

Varför körde han inte tillbaka pojken?

Han hade tänkt göra det. Han gjorde alltid det. Om han ens körde *därifrån* först.

Jag förstår inte varför jag inte körde tillbaka honom. Kanske för att han bråkade. Det var det. Han ville inte vara snäll när jag var snäll. Jag försökte.

Någon sa något till höger om honom. Dörrarna var öppna. Han kände vinden utifrån nu. Det kunde bli som en spiral av vind i en spårvagn.

"Varför kör vi inte?"

Han vände sig om och såg på mannen som stod utanför glaset.

"Sexton kronor", sa han.

"Va?"

"En biljett kostar sexton kronor", upprepade han. Det borde folk veta när de skulle åka spårvagn. En del betalade inte alls, tjuvåkte. En del åkte fast när kontrollanterna kom ombord. Han talade aldrig med kontrollanterna som kallades Tensonligan eftersom de alltid hade fula Tensonjackor på sig. De gjorde sitt jobb och han gjorde sitt.

"Jag ska inte ha nån biljett", sa mannen. "Jag har redan stämplat."

"Ingen biljett?"

"Varför står vi här? Varför kör du inte?"

"Det här är en hållplats", svarade han. "Man måste stanna så folk kan gå på och av."

"Det har dom ju gjort nu för helvete!" sa mannen som verkade vara full. Det var alltid fyllingar på vagnarna. Fråga honom om det!

"Vi har gått på och av för hundra år sen så nu vill vi komma iväg härifrån", fortsatte mannen och lutade sig närmare. "Varför i satan kör du inte?"

"Jag ringer polisen!" sa han utan att ha tänkt säga det sekunden innan han sa det.

"Va?"

Han ville inte upprepa det.

"Ringa polisen? Ja det var en jävla bra idé. Då kanske vi kommer iväg äntligen. Dom kan ge oss eskort", sa fyllingen." Jag kan själv ringa förresten." Han tog upp en mobiltelefon.

Nu kör jag.

Vagnen drog igång med ett hopp och mannen med mobiltelefonen rycktes bakåt av kraften och höll på att tappa balansen men fick tag en av stängerna och tappade mobilen som slog i golvet.

De var på väg.

"Du är ju fan inte klok", ropade mannen med den löjliga

kroppsställningen därbakom. Fyllis som inte kunde stå på benen. Nu böjde han sig neråt. Han kunde se det i spegeln. "Jag tappade mobilen." Det gick inte att höra vad han sa sedan. Nu var han därframme igen. Det var inte tillåtet att prata med föraren under färd.

"Om den är pajad ska jag fanidet polisanmäla dig, din stolle."

Han valde att ignorera det. Det var bästa sättet.

Nu stannade han igen. Folk väntade på att gå på. Fyllot stod i vägen. Nu tryckte de på. Fyllot fick flytta sig. Här kom en dam. En biljett? Naturligtvis. Det blir sexton kronor. Och varsågod, här är biljetten och fyra kronor tillbaka.

Han körde, stannade igen, körde igen. Nu var det lugnt. Han stannade igen, öppnade dörrarna.

"Det var en jävla tur för dig att mobilen funkar, jävla idiot", skrek någon som gick av och han visste vem det var. Skönt att bli av med den.

Tyvärr fanns det fler. Några andra skulle stiga på när han vände och körde tillbaka. Det var alltid så. De var en trafikfara. Det kunde man fråga honom om. Det hade man gjort, förresten.

"Det är som om jag tappat lusten för julen", sa Angela. "Det var som en plötslig känsla i hissen. Eller en insikt."

"En insikt om vad?"

"Du vet."

"Du skulle inte följt med första gången vi såg pojken", sa Winter. "Jo."

Han svarade inte, lyssnade ett ögonblick på kylskåpet och på radion som mumlade svagt i sitt hörn.

"Är det den tjugotredje vi är bokade på planet?"

"Mhm."

"Det blir nog skönt."

"Antagligen."

"Jul i värmen", sa hon.

"Så varmt är det väl inte."

"Nej, det är säkert minusgrader i Marbella på julafton." Hon fortsatte att värma händerna mot koppen som hon ännu inte druckit ur. "Storm och iskyla och ingen centralvärme."

"Kanske finns det snö", sa Winter.

"Det *finns* snö", sa hon. "På toppen av Sierra Blanca."

Han nickade. Resan skulle bli av. Mamma skulle bli glad. Solen skulle finnas där. Fem dagar på Costa del Sol och sedan var det ett nytt år igen och sedan vände det och våren var på ingång och sedan sommaren och längre fram än så behövde man inte se.

"Jag träffade en mamma på dagismötet som berättade en sak", sa hon och tittade på honom. "Det var lite underligt."

"Jaha?"

"Jag kom att tänka på den där pojken. Ja, vi hade ju pratat om det under kvällen."

"Vi kan inte hålla allt hemligt", sa Winter.

"Det kanske är bra."

"Vad var det hon berättade?" frågade han.

"Att hennes flicka hade... träffat nån främling. Tydligen suttit i en bil med nån vuxen, verkade det som. Och sen var det inte mer."

"Hurdå inte mer?"

"Jag vet inte... flickan kom hem och berättade det. Att hon suttit i en bil, tror jag, med nån en liten stund. Det var allt."

"Hon kom hem och berättade det för sin mamma?"

"Ja, Ellen. Flickan heter Ellen. Hon går på Elsas dagis. Ellen Sköld."

"Jag känner igen namnet."

"Det är hon. Mamman heter Lena."

"Och hon trodde på det?"

"Hon visste väl inte vad hon skulle tro. Inget hade ju hänt."

"Vad gjorde hon sen? När hon hade fått höra det här?"

"En... anmälan, eller vad det ska kallas. Hon pratade i vilket fall med närpolisen i Linnéstaden. Det är nån av Långgatorna, va?"

Winter nickade.

"Vad säger personalen?" frågade han. "På dagis, alltså."

"Hon hade pratat med dom men ingen hade märkt nåt."

Winter sa något hon inte hörde.

"Vad sa du?"

"Dom kan inte se allt", sa han.

Hon reste sig och gick bort till diskbänken och ställde ner te-
muggen. Winter satt kvar. Hon gick tillbaka till bordet. Han satt
med blicken långt borta.

"Vad tänker du på?"

"Vad du just sa. Det låter ju lite märkligt."

"Det tycker mamman också. Lena."

"Men hon gjorde alltså en anmälan. Då bör det ju också finnas
en minnesanteckning." Han såg på henne. "På stationen, menar
jag."

"Ja, det förstår jag. Och det måste det väl göra. Polismannen hon
pratade med verkade inte nonchalera det i alla fall. Han sa till hen-
ne att kolla om flickan saknade nåt och det gjorde hon, visade det
sig."

"Som hade försvunnit när?"

"Samma dag som det hände."

"Barn förlorar saker hela tiden. Det är inget märkligt, det vet
du."

"Det här var visst en sak som hon inte själv kan ha tappat. Ellen.
Nån berlock som var fästad på nåt sätt."

"Lena Sköld", sa Winter. "Mamman heter Lena Sköld?"

"Ja. Vad ska du göra?"

"Prata med henne."

"Jag sa inte till henne att jag levde med en kriminalkommissa-
rie."

"Då får hon veta det nu. Spelar det nån roll?"

"Nej..."

"Jag tror faktiskt att jag bytt nåt ord med henne när jag hämtat
eller lämnat Elsa. Jag känner igen flickans namn. Men jag tror inte
mamman vet vad jag jobbar med."

"Spelar det nån roll?"

Winter log och reste sig.

"Du visste vad du gjorde när du berättade det här för mig", sa han.

Hon nickade.

"Har du hört talas om nåt sånt förut?" frågade hon.

"Jag måste först få reda på vad det är jag har hört talas om", svarade han.

"Jag kom att tänka på en sak när jag gick hem i kväll", sa Angela och tittade på honom. "Herregud, Erik."

Han svarade inte. Han gick ut i badrummet och borstade tänderna. Han trodde att han till och med skulle känna igen flickan när han såg henne.

Han lät mörkret stanna kvar i lägenheten när han stängt ytterdörren. Han hittade så bra härinne att han kunde vara blind. Härinne, alltså. Därute skulle det inte gå så bra.

Mörkret var skönare inomhus än utomhus. Det kom in ljus mellan spjälorna i persiennerna trots att han dragit igen så hårt det gick.

Han satt framför teveskärmen. Pojken skrattade på videofilmen. Eller det såg ut som om han skrattade. Det var något som var fel.

Varför hade han slutat? Plötsligt ville han inte längre röra pojken. Vad var det? Skulle han gå till doktorn och berätta vad som hände och fråga om det var normalt eller onormalt?

Han såg alla filmerna. Det hade blivit en liten samling. Liknande filmer men ändå olika. Han kunde alla detaljerna nu. Man kunde se. Ett litet extra... steg varje gång. Det där visste han ju. Och ändå inte. Han var på väg till... till... han vägrade tänka på det. Vägrade. Jag vägrar!

Tänk inte på pojken. Det var något annat. Nej. Det var det INTE.

Mamma hörde honom aldrig när han ropade. Han hade flyttat dit och han behövde inte bädda åt mamma varje kväll i huset tusen mil bort. Mamma var där. Han ropade.

Hon hade inte hört.

En gång hade han kommit ut *efteråt* och han hade ropat och hon hade suttit med ansiktet bortvänt och inte hört honom då heller. Det var som om han inte var där. Han hade inte vågat ställa sig framför henne. Kanske hade hon inte hört honom förut, men om han hade ställt sig framför henne och hon inte sett honom hade han inte funnits längre. Han visste att hon inte var blind och han hade inte funnits i så fall. Han fanns inte.

Sedan hade hon inte funnits kvar.

Och sedan kom allt det andra.

Telefonen ringde. Han spratt nästan till med fjärrkontrollen till videomaskinen. Han lät telefonen ringa, ringa. Fem signaler, sex. Den tystnade. Han hade ingen telefonsvarare, vad var en sådan bra för?

Det ringde igen. Han var inte där. Eller han var där men han hörde inte telefonen och då var den inte där. Det slutade, till slut, och han kunde syssla lite med filmerna och sedan gjorde han sig i ordning för natten. Allt detta utan att tända en enda lampa. Den som gick förbi utanför skulle säkert tro att det inte fanns någon härinne, eller att någon låg och sov. Och det var vad han skulle göra nu.

19

HALDERS OCH ANETA DJANALI var tillbaka i studenthemmet, i en annan korridor. Flickan som hade hört bråket i Smedsbergs rum hade identifierat Aris Kaite som killen som hade rusat ut därifrån. Ingen tvekan trots Halders provokationer: Anser du inte egentligen att alla svarta ser ut på ett och samma sätt? Aneta Djanali hade inte rört en min. Slår han henne? hade flickan tänkt och tittat på Aneta Djanali.

De satt i Kaites rum. Det hängde en bild av ett vinterlandskap på väggen bakom skrivbordet, ett vitt fält. Rummet var städat, eller såg ut att vara städat. Skrivbordet var prydligt: pennställ, anteckningsblock, dator, skrivare på en hurts, böcker som låg i två raka staplar bredvid pennstället, fler böcker i två låga bokhyllor. En skivspelare i miniformat, två små högtalare i fönstret som vette mot gatan där bilar skymtade förbi i den otydliga dagern.

Är detta viktigt? tänkte Aneta Djanali. Att vara här? Det är det man aldrig vet.

"Kan man ana att den här killen läser medicin bara genom att se sig om i den här skrubben?" frågade Halders.

"Anatomiplanschen där ger viss vägledning", svarade Aneta Djanali och nickade mot väggen där sängen stod.

"Såna har alla i dag", sa Halders. "Alla är så jävla intresserade av sig själva i dag att dom sätter upp sina egna röntgenplåtar bredvid vitrinskåpen hemma i finrummen."

"Sånt är väl ändå lite speciellt", sa Aneta Djanali.

"Speciellt? Det är standardbeteende."

"Mhm."

"Tror du mig inte?"

"Varför är inte killen tillbaka än?" sa Aneta Djanali.

"Bra fråga", sa Halders och tittade på sitt armbandsur. "Kanske är han väldigt nervös."

Aris Kaite hade ursäktat sig efter att ha släppt in dem. Han behövde gå på toaletten, som var gemensam för hyresgästerna och fanns ute i korridoren.

De hade inte ringt innan och bestämt tid med honom.

Kaite hade fortfarande bandage över hjässan när han öppnade. Vad döljs under? tänkte Halders. Det var väl i morgon som vi får veta. Killen ser ut som en svart prins i turban. Kanske ser hela hans släkt ut så där hemma på savannen. När han tittar sig i spegeln får han hemlängtan.

Kanske är han på väg dit nu. Halders tittade på klockan igen och sedan mot rummets lilla hall.

"Vad är det där för dörr?" sa han och pekade.

"Måste väl vara en garderob", sa Aneta Djanali.

Halders reste sig och gick bort och öppnade dörren. Han såg toalettstolen och handfatet och duschdraperiet.

Killen *var* på väg hem.

"Han är på rymmen", sa han och öppnade dörren ut till korridoren.

Varför i herrans namn? tänkte Aneta Djanali.

Winter ringde till stationen på Tredje Långgatan.

"Polisen Majorna-Linnéstaden, Alinder."

Winter presenterade sig och förklarade vad han ville.

"Det låter kanske bekant", sa Alinder.

"Vet du vem som tog emot samtalet?" Han ville inte säga anmälan.

"Lena Sköld, sa du? Liten dotter som berättade att hon följt med en farbror? Det känner jag igen. Det var jag."

"Okej. Hinner du kolla uppgifterna nu?"

"Ge mig fem minuter att rota i pärmarna. Var får jag tag på dig?"

Alinder ringde tillbaka sju minuter senare.

"Jag har det här."

"Okej."

"Flickan heter alltså Ellen, och mamman, som är ensamstående, var inte säker på att det bara var en fantasi."

"Vad hade barnet berättat?"

"Hmm, hmm, vi ska se... hon hade suttit i en bil med en främmande farbror. Det var det hela."

Winter hörde prassel av papper.

"Nej, vänta", fortsatte Alinder, "flickan sa att hon hade fått godis också."

"Hade mamman pratat med dagispersonalen?"

"Ja. Ingen hade märkt nåt."

"Dom sa så?"

"Ja."

"Var hon upprörd?"

"När då?" svarade Alinder. "När hon ringde mig?"

"Ja."

"Nej."

"Finns det nåt mer?" frågade Winter.

"Ja. Jag läser här... jag bad henne kolla om nåt hade försvunnit, och hon hörde av sig senare och sa att flickan haft en liten silverberlock i en extra ficka i vänstra bröstfickan på overallen och att den var borta nu."

"Och detta hängde ihop?"

"Jag frågade detsamma och hon sa att det ju var samma tidpunkt. Och att det i princip var omöjligt för den här grejen att ramla ut av sig själv och att flickan knappast kunde plocka ut den själv."

"Kanske kände barnet inte ens till den", sa Winter. Jag får fråga Lena Sköld, tänkte han.

"Nej. Mamman sa också att den skulle bringa tur eller lycka eller nåt sånt. Hon hade haft den själv när hon var liten."

"Och nu är den alltså borta."

"Hon sa det då. Nu vet jag ju inte."

"Jag ska fråga henne", sa Winter.

"Varför frågar du mig om det här?" frågade Alinder. "Och hur fick du veta att hon ringt hit?"

"Min sambo träffade henne på ett föräldramöte", sa Winter. "Vi har samma dagis."

"Åh fan."

"Tack för hjälpen", sa Winter.

"Varför intresset överhuvudtaget?" frågade Alinder.

"Jag vet inte riktigt", svarade Winter. "Det var en tanke."

"Jag hörde ju om den där lille killen", sa Alinder.

"Vad hörde du?"

"Förd från ett ställe till ett annat. Såg det rätt nyss på intranätet. Fy fan. Hur är det med honom?"

"Han är stum", sa Winter. "Säger inte ett ord. Det är ingen fara med ögonen längre."

"Ser du verkligen ett samband här? Mellan den här kvinnans samtal och det som hände den där grabben?"

"Vad ser du själv, Alinder? Vad säger du själv?"

"Tja... jag fick ju upp ditt fall precis. Men efter en stund kanske jag hade börjat tänka. Jag vet inte. Möjligt. Efter ett tag kanske jag hade hört av mig. Eller aldrig. Men anteckningen finns ju där."

"Du har inte fått några fler såna här samtal? Eller nån annan på stationen?"

"Inte jag. Och jag har inte hört nåt från dom andra gubbarna, men jag kan ju kolla."

"Okej, tack för hjälpen", upprepade Winter och la på.

Han ringde Lena Sköld. De sågs en halvtimme senare i hennes hem. Ellen satt vid bordet och ritade en snögubbe.

"Har hon sett snö nån gång?" frågade Winter.

"När hon var ett. Den låg kvar i tre dar", svarade Lena Sköld.

Västkustklimat, men nu är det mildare än nånsin, tänkte Winter. Snart blir det palmer på Avenyn.

"Det där ser ut som en riktig snögubbe", sa han. "Min Elsa är ju

180

lite yngre men kan hon göra nåt sånt blir jag stolt."

"Vill du ha en kopp kaffe?" frågade Lena Sköld.

"Ja, tack."

"Du kan fråga medan jag gör i ordning bryggaren."

Hon reste sig. Winter satt kvar vid köksbordet mitt emot Ellen som börjat på en ny teckning. Han såg något som kunde bli en bil, uppochner.

Barn och teckningar. Han tänkte på fallet Helene ett par år tidigare, den döda kvinnan som varit anonym för dem så länge. Hennes ansikte i gryningen i diktet invid Delsjön, hennes blottade tänder, och öppna mun, som ett rop från långt avstånd och han hade sökt i tiden, det förflutna hade kastat skuggor över framtiden och i mörkret doldes sanningen. Den enda vägledning han hade haft var ett barns teckningar. Barnet såg vad det såg och ritade sedan sitt minne.

Minnen kunde slås upp som vidöppna portar och han kunde gå in, eller någon annan kunde gå in. Någon annan kunde hinna före och *det* kunde vara detsamma som avgrunden. Han hade sett det förut. När minnet slogs upp kunde det leda till katastrof, den slutliga.

Om han inte var där.

Varför tänker jag så just nu? Teckningen, ja. Men också något annat. Hör allt detta ihop med ett minne?

"En bil", sa han till Ellen.

Hon nickade.

"En stor bil."

Hon nickade igen, ritade hjul.

"Hon gjorde en liknande när hon kom hem och berättade om främlingen", sa Lena Sköld som kommit tillbaka med två muggar kaffe och en liten karaff mjölk.

"Har du den kvar?"

"Javisst. Jag sparar alla hennes små konstverk."

"Jag skulle vilja titta på den sen."

"Varför då?"

"Jag vet inte. Jag kanske ser nåt jag kan använda."

"Till vad?"

"Jag vet inte det heller", sa han och log.

"Vad tror du om det här då? Det Ellen sa?"

Flickan tittade upp.

"Jag tror tillräckligt mycket om det för att komma hit", sa han och drack av kaffet.

"Vad händer nu då?" frågade Lena Sköld.

"Inte heller det kan jag svara på."

"Vad blir ditt nästa drag?" Hon såg på honom. "Är det inte så man säger?"

Winter tittade på flickan som tittade upp igen och log.

"Ni ska väl inte förhöra henne?" Lena Sköld tittade från Winter till dottern.

Winter gjorde en rörelse med händerna: jag vet inte.

"Har det förekommit på andra ställen? Det som... kanske hände Ellen?"

Samma gest från Winter.

"Ni vet inte?" frågade hon.

"Vi ska kolla om det finns några samband", svarade han.

Winter satt i Ringmars rum på eftermiddagen. Samma standardiserade form som hans eget men med fönster i ett annat väderstreck.

Staden därute var som mest elektrisk nu. Kvällen började falla efter tre och staden började glittra i sin glädje över den stundande julen.

"Har du köpt några julklappar?" frågade Ringmar som stod vid fönstret och såg allt tändas.

"Naturligtvis", ljög Winter.

"Böcker?"

"Ja. Till Elsa än så länge."

Det var sant åtminstone.

"Mhm", grymtade Ringmar.

"Sen blir det väl en sväng i sista stund som vanligt", sa Winter.

"När går planet till solkusten?"

"Dan före dan." Winter rullade en cigarill mellan fingrarna utan att tända. Det luktade gott ändå. "Men jag tror inte jag kommer med."

"Jaså?"

"Vad tror du själv?"

Ringmar vände sig om.

"Du menar om vi ännu är på jakt?"

Winter svarade inte.

"Kanske är vårt värv avslutat då för den här gången och vi kan komma till stillhet och ro som alla andra medborgare", sa Ringmar och vände sig om.

"Fick du iväg KUT-en?"

"För en halvtimme sen."

KUT-info. Kriminalunderrättelsetjänst. De hade också skickat en uppmaning genom burkarna, men vem läste all e-post? Bättre via kriminalunderrättelserotelns informationsblad. Fanns det fler som Alinder? Och Lena Sköld? Värt ett försök.

Här visste man ingenting. Kom det in något direkt till centralen så. Men annars visste man ju inte vad som skedde. Ingen samkörde ju längre informationen.

"Ingen kör ihop det", som Ringmar sagt till unge Bergenhem. "Ingen ringer längre direkt till span. Förr i tiden på gamla våldsspan åkte allting direkt till chefen för våldsspaningen som läste allt och behöll minneskopior på till exempel anmälningar om fula gubbar. Misstankar, eller bara sånt folk sett som verkade konstigt." Ringmar hade nickat åt sina egna ord. "Många ser fula gubbar överallt och hela tiden men det är viktigt att inte ignorera det. Eller hur? Vi bör lägga allt till handlingarna och plocka fram det när vi börjar leta efter en riktigt ful gubbe."

Winter satt kvar i sin stol nu, rullade cigarillen.

"Det verkar som om pojken mist talförmågan", sa Ringmar. "Jag var där för en timme sen."

"Inget nytt?"

"Nej."

"Vi får se vad vi har här hittills", sa Winter.

"Flickan Sköld? Kan vara fantasi. Personalen märkte inget."

"Vi får se", upprepade Winter.

Grannen hade fått upp sin julbelysning när Ringmar kom hem. De sovande asparna och lönnarna i trädgården på andra sidan av den låga skeletthäcken var fulla med hundratals små glittrande lampor som speglade sig i den matta lacken på hans otvättade Audi.

Alla fönster i grannens villa var prydda med jublande adventsstakar. Där bor en som har gott om pengar, tänkte Ringmar. En privat belysningsdepå. Ett badande i ljus.

Avsmaken i hans ansikte fanns kvar när han stod i hallen.

"Ätit nåt olämpligt?" sa Moa som var på väg ut.

"Vart ska du gå?"

"Vilken ton!"

"Förlåt."

"Jag ska försöka köpa en julklapp om jag kommer åt", sa hon. "Det påminner mig om att jag inte sett nån önskelista från dig."

"Önskelista? Jag har inte skrivit önskelista på fem år. Eller sju."

"Nu bor jag hemma tillfälligtvis och då är det önskelista som gäller", sa dottern och drog den andra stöveln över hälen.

"Du vet ändå vad som står överst på listan", sa han.

Hon tittade upp från pallen under lampan som lyste upp hennes hår och fick henne att påminna om en tärna i luciatåget. Eller lucia själv.

"Tror du inte jag vet?" sa hon.

"Mhm."

"Tror du inte det? Tror du inte jag har pratat med honom?"

"Vad säger han då?"

Hon svarade inte, ställde sig upp.

"När pratade du senast med honom?"

"Det är ett tag sen nu."

"Vad menas med det?"

Hon öppnade dörren.

"När blir nästa gång?" frågade Ringmar. "Herregud, Moa, det här är ju inte klokt."

"Ge det lite tid, pappa."

"Lite tid? Vad i helvete är det jag ska ge lite tid?"

20

"Dom söker dig från Frölunda", sa Möllerström när Winter passerade. Registratorn viftade med telefonluren.

"Jag tar det inne hos mig", svarade Winter.

Han tog luren på sitt skrivbord utan att hänga av sig rocken.

"Winter."

"Hej, det är Larissa Serimov på Frölundastationen."

En ny röst för honom.

"Hej, Larissa."

"Jag läste din efterfrågning i KUT-en."

"Ja?"

"Och på nätet också förresten."

"Låt höra."

"Jag har faktiskt nåt liknande här."

"Berätta."

"En mamma ringde hit och jag tog det och hon berättade att hennes lilla dotter mött en främling."

"Hur visste hon?"

"Flickan berättade det."

"Berättade vad?"

"Det jag just sa. Ett kort... möte av nåt slag."

"Några skador?"

"Nej..."

"Jag hör en tvekan."

"Det är komplicerat. Kanske. Jag har en misstanke. Om flickans eventuella skador. Men det behöver inte hänga ihop med det här andra."

"Nehej."

"Eller så gör det det." Winter hörde prasslet av papper. "Flickan saknar en boll, förresten. Enligt mamman. Sånt försvinner väl hela tiden från barn men hon säger att den försvann samma dag."

"Var är du nu?"

"På stationen."

Winter tittade på klockan.

"Jag hinner vara där en halvtimme. Jag kör nu."

Frölundastationen var inte liten men förminskades av möbelvaru-huset intill. Parkeringsplatsen framför varuhuset var fylld. Bilar körde därifrån med soffor och fåtöljer på taket. Öppna dragkärror fraktade sängar och sänggavlar som spretade livsfarligt, som kors där en ouppmärksam mötande kunde bli hängande. Tur att det inte regnar i alla fall, tänkte Winter. Inte kul med en blöt säng. I år önskar sig folk ett nytt hem. Det kan man göra när konjunkturen har gått upp.

Larissa Serimov väntade på honom bakom receptionens glas.

"Jag följde med ner till sjukhuset", sa hon. "Mamman var orolig. Pappan var också med."

"Familjen heter alltså Bergort?"

"Ja. Flickan heter Maja."

"Vad sa läkaren?"

"Han hittade inga skador i underliv eller så. Där fanns inget så-dant. Men han sa en annan sak."

"Ja?"

"Flickan, Maja, hade ett par utgjutningar på kroppen."

"Hade hon blivit misshandlad?"

"Han visste inte."

"Hur såg det ut?"

"Utgjutningar. Blåmärken. Inte stora."

"Han hade väl en åsikt?"

"Mamman hade sagt att Maja ramlat ur en gunga och slagit emot ställningen. Hon trodde att det var vad som hänt. Maja hade skrikit, sa hon. Och läkaren sa att det kunde ha gått till så."

"Eller?"

Hon tittade ner i de renskrivna anteckningarna som hon printat ut från datorn. Ordning, tänkte Winter. Kanske kommer det att få en oändlig betydelse.

"Han sa i stort sett exakt detta: 'Jag tänkte bara på att det inte är helt ovanligt att föräldrar som slår sina barn anmäler det som olyckor. Eller diktar ihop historier som ska passa, ibland rent fantastiska saker.' Då syftade han kanske på historien med främlingen."

"Men han ville inte göra nån anmälan?"

"Nej. Långt därifrån."

"Du själv då?"

Hon tittade på honom som om hon väntat den frågan när som helst.

"Jag har inte kunnat släppa det. Jag åkte hem till dom och träffade mamman och flickan igen."

Winter väntade. De hade inte lämnat receptionen än. Han hade fortfarande rocken på. Han hade tänkt kort på att polisinspektör Larissa Serimovs skjorta hade samma närsynt blåa färg som himlen därute. På sommaren skulle skjortan se urtvättad ut mot det aggressivt skarpa i den klara skyn, men nu var den en del av vintervärlden, som en kamouflagedräkt om polisen tvingades gå i barärmat utomhus i december.

"Det var nåt med barnet. Det hade hänt nåt igen", sa Larissa Serimov.

"Är du säker på det?"

"Nej. Och ja."

"Hur betedde sig mamman?"

"Som om inget nånsin hänt."

"Samtidigt anmälde hon försvinnandet", sa Winter.

"Och frågan är just varför", sa Larissa Serimov.

"Vill du göra en anmälan?" frågade Winter. "Mot föräldrarna?"

"Jag är faktiskt ändå osäker", sa hon. "Allt verkar så... normalt. Så... i sin ordning. Den harmoniska lilla familjen. En familj som andra."

Som min, tänkte Winter.

"Har du träffat pappan mer än på sjukhuset?" frågade han. "Vad hette han nu igen?"

"Bergort. Magnus Bergort. Och nej: han var inte hemma när jag var där."

Winter såg ut genom dörren på dagsljuset som var svagt men fortfarande klarare än på månader.

"Ska vi gå ut lite?" Han höll upp en cigarill som förklaring.

De stod framför bilarna. Larissa Serimov huttrade inte i sin skjorta. Det var så pass milt. Skjortans färg var himlens. Kamouflage. Winter rökte. Det var bara dagens fjärde. De blev färre per dag, men det fanns en gräns.

"Vad får du för intryck av den här historien", frågade han.

"Den bygger ju på barnets egen... tja, utsago. Mamman vet inte vad hon ska tro. Det mest konkreta hon har är att bollen är försvunnen och att Maja säger att den här farbrorn, eller vad vi ska kalla honom, tog favoritbollen och sa att han skulle kasta den till henne från bilen men inte gjorde det."

"Och bilen stod var?" frågade Winter.

"Vid sidan av ett av daghemmen ovanför Marconigatan. Det finns en slänt. Dom lekte där."

"Det går att parkera där?"

"Ja. Och stå dold dessutom. På asfalt dessutom. Jag var och kollade."

"Och personalen märkte inget?"

"Nej."

"Borde dom gjort det?" frågade Winter.

"Jag vet faktiskt inte."

De körde till Marconigatan. Trafiken hade tätnat ikapp med mörkret. Den jättelika parkeringsplatsen bakom Frölunda Torg började fyllas. Några skulle till Kulturhuset, biblioteket och simhallen. De flesta till varuhusen. Spårvagnarna balanserade utefter leden. Fönstren i höghusen lyste som breda leenden i rad över rad. Månen var starkare än solen nu. Det fanns stjärnor däruppe, som en påminnelse om att himlen inte slutit sig för gott. Winter kände sig plötsligt hungrig och tänkte på mat. Han tittade på klockan. Han kunde hinna till Saluhallen senare i eftermiddag, men eventuella inköp var inte dagens viktigaste ärende.

Några barn grävde i gruset. Det stod två kvinnor bland barnen. Två personal på tre barn, tänkte Winter. Det här är inte den statistik jag utgår ifrån.

Föreståndaren var kvar. Hon såg trött ut som de flesta andra människor som försökte hålla ut till helgdagarna. Det fanns syltfläckar på hennes förkläde. Det satt ett litet barn i hennes knä som log när Winter stack in fingret i munnen och blåste upp kinderna och spelade en liten plopp-sång för sällskapet.

"Nu måste jag göra likadant i fortsättningen", sa föreståndaren och satte ner barnet som var en pojke som precis lärt sig gå.

Hon drog av förklädet som skyddade en klänning som såg ut som förklädet. Hennes ögon satt brett isär och hon gav intryck av att klara av sitt jobb och mer därtill.

Winter hade redan presenterat sig.

"Vi kan gå ut", sa kvinnan som hette Margareta Ingemarsson. Det är ett namn som passar henne, tänkte Winter. Och hennes arbete.

"Ja, vi har setts förut", sa hon till Larissa Serimov.

Hon är ambitiös, tänkte Winter och såg på kollegan. Men hon ringde inte till oss. Hade hon gjort det hade jag inte kunnat säga nånting. Inte då. En anteckning skulle ha blivit liggande hos oss precis som hos henne.

De stod snett bakom dagiset som var format som ett U vänt mot gatan, där trafiken flöt samman i ljusen från strålkastare. Det fanns ett staket och en slänt bakom och träd. En smal asfalterad väg kröp runt sluttningen från parkeringsplatsen framför dagiset till parkeringsplatserna som hörde till bostadsområdet på andra sidan slänten.

"Ett ögonblick", sa Winter och gick högre upp i slänten och såg den smalare vägen nedanför, delvis dold bakom trädstammarna. Han gick tillbaka till Larissa Serimov och Margareta Ingemarsson.

190

"Ja, jag vet inte vad jag ska säga mer", sa föreståndaren.

"Pratade du med Majas mamma?" frågade Winter.

"Ja." Hon tittade hastigt upp mot kullen och tillbaka på Winter. "Vi vet väl inte vad vi ska tro här."

"Kan det ha hänt?"

"Hur menar du då exakt?"

"Så som barnet sa. Att hon satt i en bil med nån en liten stund. Nån hon inte kände", sa Winter. "Att det hände här."

"För mig låter det otroligt", sa Margareta Ingemarsson. "Men vad ska jag säga? Vi märkte inget. Och jag vågar påstå att vi ser till våra barn här."

"Är dom här uppe och leker?" frågade Winter och nickade mot slänten och träden.

"Ibland. Men aldrig ensamma."

"Hur är personalsituationen?"

"I förhållande till antal barn? Katastrofal."

Det var också ett svar, tänkte Winter. Det är ingenting nytt för mig. Jag är kriminalkommissarie men jag är pappa också.

Polishuset lyste varmt och trivsamt välkomnande som alltid. Mitt andra hem. Winter gick genom korridoren som bara väntade på sin julgran. Han hörde ljudet av tangenter som trycktes ner i glad takt. Dagens sista rapport inne på expeditionen. Han kunde se en krökt rygg. Några rader och sedan hem, hem, hem. Han tänkte på rådjursstek, små hasselbackspotatisar. Eller ett gott rotsaksmos. Svamp kanske. Så tänkte jag inte förut. Hänger det ihop med dom 40? Nej. Det hänger ihop med att bristen på lunch påverkade honom mer nu.

Han hörde sin telefon utifrån. Den slutade och började igen när han var inne i rummet.

"Erik? Hej. Det har kört ihop sig här... vi fick in en trafikolycka. En till, ska jag väl säga. Kan du hämta Elsa?"

Angela lät stressad.

Ett dagis till. Javisst.

"När då?"

"Halv sex. Det är ju torsdag."

Winter tittade på klockan som hängde på väggen över tvättstället. Varför placerade jag den där? Halv fem. Han skulle kanske hinna till Saluhallen också.

"När kommer du?" frågade han.

"Jag vet inte. Jag vet inte alls och nu måste jag gå."

"Okej. Jag gör det. Det kommer att fin..." men hon hade sagt ett snabbt "puss och kram" innan han hunnit säga något om middagen. Linjen bölade en ensam ton i hans öra.

Han aktiverade skärmen. Det fanns flera meddelanden i korgen. Han valde ett av dem och ringde direktnumret.

"Polisen Örgryte-Härlanda, Berg."

"Hej, Winter här på span. Jag söker Bengt Josefsson."

"Han gick för en timme sen."

"Har du hans hemnummer?"

"Hur vet jag att du är du?"

"Jag ska hämta min dotter på dagis om femti minuter och hinna till Saluhallen innan och före det måste jag prata med Josefsson om ett meddelande som han skickat mig, så var bussig och ge mig numret nu."

"Jag ser här på displayen att du är en av oss, eller åtminstone ringer från vårt högkvarter", sa Berg.

Bergidioten vore ett fynd för polisens julrevy om vi hade nån, tänkte Winter. Han fick numret och ringde.

"Josefsson."

"Hej, Winter här."

"Ja, just det."

Winter hörde att han svalde och något som lät som iskuber som slog mot varandra i whisky. Blended. Josefsson firade sina timmar i frihet.

"Det var om det där med ungar", sa Josefsson.

"Jag lyssnar", sa Winter.

"Jag såg alltså ditt meddelande och det finns nåt som kanske passar in." Winter hörde en klunk igen och klirret som lät svagare eftersom iskuberna smälte och blev mindre. "Jag har gjort en anteckning om ett samtal jag fått", sa Josefsson och rösten var lite tjockare och mildare nu av röken i spriten.

Han hittade en ficka för Mercedesen vid kanalen. Torsdagskunderna inne i hallen var fler än de varit i går men färre än de skulle vara i morgon. Winter köpte sin stek och några havskräftor till en möjlig förrätt, ett par mogna getostar till en möjlig efterrätt. Hallen började få den tyngre doften av färskt fläsk som hörde julen till. Winter tänkte på skaldjurstapas på en sydligare kust. Snart där.

Men han var inte säker. Det fanns en oro i hans huvud. Han kände igen den som en gammal fiende som alltid kommer tillbaka.

Elsa hade redan jackan på sig. Han hade inte överskridit tiden.

I bilen frågade hon om middagen.

"Är du hungrig?"

"Jag är jättejättehungri."

"Fick ni inte lunch i dag?"

"Nej!" sa hon och satte upp näsan.

"Ingenting?"

"Nej!"

"Då förstår jag att du är hungrig."

"Vafårvidå?"

Han hade inte hjärta att säga rådjur. Bambi. Han hade inte hjärta till det.

"En god liten stek som går fort i ugnen och det blir sås av den också och jag kan göra ett potatismos med lite kantareller."

"Ja!"

"Och innan det så får du hjälpa mig att göra en sallad med kräftor och vad vi hittar hemma."

"Hittar hemma varDÅ!?"

"I din näsa", sa han och vred om.

"Ha ha ha!" Hon hoppade i stolen. "Jättejättehungri."

Men snacka gick ju. I köket höll hon på att somna med armen om en havskräfta som såg ut som hennes kramdjur. Han lyfte upp den och gjorde i ordning den tillsammans med de andra.

Elsa kunde inte vänta. En ovanligt hård dag på kontoret. Hon åt en klo och han fick snabbt göra i ordning en första portion mos och värma gårdagens wallenbergare på lax och torsk. Det doftade gott från varmluftsugnen men Elsas intresse var inte som förut.

Han läste för henne.

"Är du trött i kväll, gumman? Vad har ni gjort i dag?"

Hon sov. Han slöt ögonen och tänkte på pojken Waggoner som inte ville tala och som inte kunde lyfta ena armen men som fortfarande kunde se.

Han lyfte in henne i hennes säng och lämnade dörren på glänt. Han gick ut i köket och kontrollerade steken och skalade nya potatisar och tog fram mer svamp ur frysen. Han kom att tänka på klirret i telefonen och hällde upp en Rosebank med lite vatten bredvid.

Det var klart över himlen. Winter stod i den öppna balkongdörren och drack och kände den fräscha torra smaken av örter, och doften av låglandsvind. Han slog bort tanken på en Corps. Han lät dörren vara öppen för en stund och gick bort till skrivbordet och slog på sin powerbook och satt där och funderade i en kvart medan musik fyllde hela rummet, som var stort.

Om någon hade fått den där bilden beskriven för sig skulle den kunnat uppfattas som fridfull. Han kände sig inte fridfull. Han försökte komma fram till ett mönster utifrån vad han hört i dag och det fanns ingen frid i det mönstret.

Angela kom när han dukade.

"Får jag lite vin?" sa hon väl ute i köket. Han hade hört hennes väska falla från hög höjd. "Mmmm. Det luktar gott."

Hon gick in till Elsa medan han hällde smörklicken i såsen. Det sista före sittning.

"Ja, varför inte?" sa Angela när hon kom tillbaka och såg de djupa tallrikarna med skaldjurssalladen. "Det är ju ändå torsdag."

"Elsa var ordentligt trött."

"Jag är mer hungrig än trött nu", sa hon "Och törstig." Hon tittade på vinet i glaset som hon höll upp mot ljuset. "Som husläkare här säger jag att det är nyttigt med vin efter en hård arbetsdag."

De satt vid bordet. Musiken var fortfarande Mingus, på glid från vardagsrummet nu.

"Du berättade väl inte för Elsa vad det är vi äter till varmrätt?" frågade hon.

Han skakade på huvudet.

"Det är ändå väldigt gott. Allt är gott."

"Bättre än Bistro 1965?"

"Det finns frågor man inte kan svara ja eller nej på", svarade hon.

Som har ni slutat slå ert barn? tänkte han.

21

MORGONMÖTET SKEDDE I LJUSETS TECKEN. Det brann två ljus i adventsstaken på bordet och det fanns hundratals likadana runt om i huset. Det stod kaffe och lussekatter på bordet, och pepparkakor som Halders knaprade på en efter en. Innan Winter hunnit säga något slogs dörren upp och Birgersson tittade in med ett egendomligt flin och vinkade:

"Kom får ni se."

De hörde sången därute. Och de såg lucia glida genom tegelkorridoren med sina tärnor, som änglar nedstigna till katakomberna. Winter kände igen lucian från receptionen, och en och annan av tärnorna. Sist gick två stjärngossar med samma egendomliga flin som Birgersson haft nyss, eller fortfarande hade när Winter nu tittade på honom i sidled. De två i strutar var erfarna gossar uppe från häktet. En var känd för sin våldsamma läggning.

Halders försökte lägga krokben för honom när de passerade. Kollegan svarade med en gest som var välkänd också internationellt.

"Den där kan du stoppa upp nånstans där solen aldrig skiner", log Halders och nickade mot stjärngossens stav.

"Det är väl var som helst i den här stan", mumlade Birgersson bredvid Halders. "Vid den här årstiden."

Följet drog vidare, Saaaankta luciiiia i tonarter som inte existerade, förstärkta av tegelakustiken. Bergenhem höll för öronen.

"Visste du att det var lucia i dag?" frågade Winter och vände sig mot Birgersson.

"Är inte jag chef här? Jag vet allt."

"Och nu får vi vänta till nästa år", sa Aneta Djanali, "ett helt år innan denna syn kommer tillbaka."

"Då kanske du är lucia", sa Halders. "Det vore väl modernt och politiskt korrekt med en svart lucia?"

"Ja, det vore en dröm för mig. En dröm som gick i uppfyllelse."

"Lucia kom ju dessutom från Afrika", sa Halders.

"Sicilien", sa Aneta Djanali. "Syditalien."

"Sydeuropa, Nordafrika, allt hänger ihop", sa Halders.

"Kaffet kallnar", sa Winter.

Ljusen brann på bordet men de hade tänt i taket. Slut på det mysiga, tänkte Aneta Djanali.

"Vi gör ett nytt försök i dag att prata med pojken", sa Ringmar.

"Hur många ord förstår han?" sa Halders. "Han är ju knappt fyra."

"Enligt föräldrarna pratar han bra", sa Ringmar. "Dessutom är han tvåspråkig."

"Det är mer än man kan säga om oss", sa Halders.

"Tala för dig själv", sa Aneta Djanali.

"Han är fortfarande i chocktillstånd men dom har inte hittat några skador på huvudet", sa Winter.

Talar vi om Halders här? tänkte Bergenhem.

"Rörelseförmågan har blivit bättre och han kommer sannolikt inte att få några men." Han såg upp. "Jag menar fysiska."

"Hur har det gått med dina slagningar?" sa Halders och tittade på Möllerström.

"Det finns många namn", sa Möllerström. "Pedofiler, barnmisshandlare, andra sexualförbrytare, ja ni vet. Listan är lång, om man säger."

"Vi tar oss sakta igenom den", sa Winter.

"Hittills har vi bara stött på alibin", sa Bergenhem. "Alla verkar ha skött sig."

"Får vi mer folk för dörrknackningarna?" frågade Halders.

"Kanske", sa Winter.

"Vad är det med Birgersson?" sa Halders. "Det här kunde lett till mord, för fan. Folk runt om kanske såg den jävla galningen när han plockade upp pojken."

"Vi får jobba med vad vi har", sa Winter.

"Varför har inte pojken utsatts för sexualbrott?" frågade Aneta Djanali. Hon såg sig om. "Jag har ju tänkt på det, ni har tänkt på det. Han är skadad men inte på det sättet. Varför? Vad vill den här gärningsmannen? Varför skadade han honom överhuvudtaget? Betyder just de här skadorna något? Hade han tänkt göra det från början? Skedde något där i bilen? Hade han egentligen tänkt våldta honom? Varför lämnade han honom som han gjorde?"

"Det är många frågor", sa Halders.

"Men vi måste ju ställa oss dom", sa Aneta Djanali.

"Naturligtvis", sa Winter. "Och det blir värre." Alla tittade upp. "Eller kanske bättre. Hör på nu. Det här är från senaste dygnet."

Han berättade mer om barnen som mött den främmande farbrorn. Ellen Sköld. Maja Bergort. Och Kalle Skarin, pojken i Bengt Josefssons minnesanteckning på Härlandastationen.

"Ja, vad ska man säga", sa Halders.

"Vad som helst", sa Winter. "Vi är en grupp och det här handlar om grupparbete och jag vill höra synpunkter nu."

"Finns det verkligen ett samband mellan dom här tre?" frågade Halders till ingen särskild.

"Det vet vi inte än", sa Winter. "Vi får prata med barnen."

Alla tittade på honom.

"Menar du det?" sa Sara Helander.

"Jag vet inte till hundra procent vad jag menar än", sa Winter. "Låt oss fortsätta med diskussionen."

"Samband", sa Aneta Djanali. "Vi pratade om samband. Hur kan det då se ut?"

"Tre barn, eller fyra med pojken Waggoner. En skillnad: dom tre andra fördes inte bort."

"Varför inte det?" frågade Sara Helander.

"Han var inte mogen då", sa Halders. Han tittade på Ringmar och Winter tvärs över bordet. "Det är enkel psykologi. Dåren var inte mogen dom första gångerna. Han testade och tog kanske ett litet steg till varje gång och sen slog det över. Men det behöver inte vara nåt sexuellt. Eller så kommer det."

"Snabbanalys", sa Aneta Djanali.

"Jag kommer att få rätt", sa Halders. Han tittade på Winter igen. "Och det betyder att det händer igen. Fy för helvete." Han rös. "Förutsatt förstås att det finns nåt samband. Och att nåt av allt detta verkligen hänt. Ja, grabben Waggoner känner vi till. Men det andra? Kan ju vara rena fantasier från ungarna."

"Kan vara", sa Winter.

"Fyra ganska små barn som alla kan kravla upp i en ful gubbes bil utan att nån märker det? Är det trovärdigt?" sa Sara Helander.

"Kanske inte en ful gubbe på det sättet", sa Halders. "Hörde du inte min analys nyss?"

"Är det trovärdigt?" upprepade Sara Helander. "Att ingen ur personalen märker nåt?"

"Vilken personal?" sa Halders.

"Va?"

"Det finns ju för fan ingen personal längre", sa Halders. "Det där håller till och med Erik med mig om, för att inte tala om alla stackare som ska föreställa personal men inte räcker till. Det är ju så det är. Allt större barngrupper och allt färre som ska se till dom."

"Så du menar alltså att det kunde hända? Att dom kunde försvinna, bara så där?"

"Tacka fan för det."

"Jag tvivlar", sa Sara Helander.

"Då tycker jag du ska ta det där tvivlet med dig till vilken lekplats som helst där det finns mycket barn och för en sekund fundera över om du själv skulle kunna ta med dig ett av dom", sa Halders. "Eller åtminstone få en liten privat stund tillsammans med nåt av dom."

"Jaha."

"You'd be surprised, Sara. Över hur lätt det är."

"Ska vi kolla in dom här platserna ordentligt?" frågade Bergenhem. "Lekplatserna och dagisgårdarna eller var det nu hände?" Han tittade på Winter. "Alltså bortsett från Plikta där Simon blev kidnappad."

"Det gäller också Ellen Sköld", sa Winter. "Enligt henne hände det också vid Plikta."

Winter såg Elsas ansikte i samma stund. Dottern i sving i gungan, mitt inne i lekplatsen, intill parkeringplatsen.

Rörde sig gärningsmannen där nu? Hade han redan varit där två gånger och lyckats i sitt uppsåt? Skulle det ske igen? Just där? Kanske. Kanske mer än kanske.

"Alltså", sa Bergenhem, "ska vi sätta resurser på det?"

"Ja", sa Winter, med Elsas ansikte framför sig, "men jag vet inte exakt hur än. Jag får tänka lite och prata med Sture."

"Gör det nu när han har kvar lucia i långtidsminnet", sa Halders, och Sara Helander fnissade till.

"Var det där roligt?" sa Halders med förvånat uttryck.

"Det är en sak till", sa Winter. "Tre av barnen saknar nåt efter kidnappningarna, eller vad vi ska kalla det. Maja Bergort har blivit av med en boll..."

"Herregud", sa Halders, "när blir inte barn av med bollar?"

"Får jag fortsätta?"

Halders nickade och höll tyst.

"Hennes favoritboll", sa Winter, "alltid haft den med sig. Ellen Sköld hade en liten silverberlock i form av en fågel inzippad i en overallficka. Borta. Och Simon Waggoner har blivit av med sin klocka." Han tittade upp. "Allt detta enligt föräldrarna, alltså."

"Det fjärde barnet då?" frågade Aneta Djanali. "Vad hette han?"

"Skarin. Kalle Skarin. Jag har inget att komma med där. Jag pratade kort med mamman i går och hon skulle titta och fundera", sa Winter.

"Hur ser den kronologiska ordningen ut här?" frågade Halders.

"Enligt anmälningarna började det med Skarin, sen Sköld, sen Bergort, sist Waggoner."

"Om han är sist", sa Halders.

"Finns det läkarrapporter?" frågade Aneta Djanali.

"I två fall. Waggoner förstås, och flickan Bergort."

"Och?"

"Inget sexuellt våld, om det är det du undrar. Waggoners skador känner vi ju till, och när det gäller Maja Bergort så finns det en misstanke om skador."

Alla tittade på honom.

"En kollega i Frölunda, Larissa Serimov, tog emot anmälan och var också med på sjukhuset dit föräldrarna tog barnet direkt efter hennes berättelse. Läkaren hittade några blåmärken. Serimov var hemma hos dom ett par dar senare och tyckte sig se fler."

"Då kanske det där inte alls hänger ihop med det här", sa Halders. "Dom slår sitt barn och kör in det till akuten med andan i halsen för att kolla skadorna och verka oskyldiga." Han tittade på Sara Helander. "Happens all the time."

"Men mammans historia stämmer nästan exakt med vad dom andra mammorna sagt", sa Winter.

"Varför är det bara mammor?" frågade Halders.

"Stämmer alltså överens", fortsatte Winter.

Ingen kommenterade det på en liten stund. Ljusen brann fortfarande medan dagen blev ljusare utanför fönstret. Winter kunde se rakt ut och han såg betongpelarna på Nya Ullevi långsamt få samma mjuka grådis som luften runt om. Allt var ett enda, allt såg ut att sväva i sig självt. Det fanns inga avgränsningar, inga linjer. Nu hörde han radiobilarna nedanför, en tätare trafik än vanligt. Luciamorgon och staden var en annan, tusentals ungdomar behövde hjälp efter nattens firande. Dom ligger i knippor på stan, som Halders sagt när han kom. Stationerna var fyllda av unga som sov fyllan av sig och skulle möta bakfyllan som var fruktansvärd också den, men inte lika dödlig.

"Jag försöker hitta nåt mönster i platserna", sa Winter. "Varför just där? Dom dagisen, eller dom lekplatserna?"

"Har du gjort nån karta?" frågade Aneta Djanali.

"Jag ska sätta mig med det nu på morgonen."

Det blir bara fler frågor av det, tänkte Halders, men han sa det inte. I stället sa han:

"Har du tänkt prata med föräldrarna?"

"Ja."

"Allihop?"

"Ja."

"Jag vill vara med i den där Bergortfamiljen ute i Önnered."

"Om du tar det lugnt", sa Winter.

"Du behöver mig", sa Halders.

Morgonen var inte över. Arbetet var inte över. Det var ju aldrig så att de arbetade med en enda isolerad fråga i taget. Det vore i den bästa av världar, men de levde inte i den. I den bästa av världar skulle de inte finnas alls, inte som yrkesgrupp. I paradiset fanns inga kriminalpoliser, inga ordningspoliser. Lag och ordning upprättade sig själv. Alla levde i landet av mjölk och honung.

Men vem fan vill klafsa runt i den sörjan? som Halders sagt en gång när ämnet kom på tal.

Fredrik försökte återvända till sin jargong men Winter såg skuggorna bakom hans ögon, djupare än Bertils.

Behöver du en paus? hade Winter sagt med lätt tonfall för inte så länge sedan. Halders hade tagit en paus men alltför kort. Jag lyssnar på mina barn, hade han sagt òch Winter hade kanske förstått. Fredrik hade slungats från ett ensamt liv, som ensam med delad vårdnad, till ett liv som ensam vuxen med två barn i skolåldern. Aneta? Han visste inte. Visste hon?

"Vår svarte medicinare är fortfarande förvunnen", sa Halders och tittade på Aneta Djanali. "Har du kollat på hemmafronten?"

"Dom håller utkik på alla savannerna mellan Kenya och Burkina Faso", svarade hon.

"Finns det savanner i Burkina Faso?" frågade Bergenhem som var intresserad av geografi.

"Nej", svarade Aneta Djanali. "Det är själva poängen."

"Det är en tolkningsfråga", sa Halders och log.

"Jag förstår nog inte", sa Bergenhem.

"Du är inte ensam", sa Aneta Djanali.

"Medan ni håller på har killen hunnit till Sydafrika", sa Winter.

"Då får vi hugga honom där", sa Halders.

"Kom igen nu, Fredrik."

Halders satte sig lite rakare. Winter kunde se hur det stramade i hans ansikte när det stramade i nacken.

"Vi högg Smedsberg sent i går innan han hann dra iväg till gödselsavannerna på Västgötaslätta. Killen bekräftade att han bråkat med ariern Kaite."

"Om vad."

"En brud."

"En brud?"

"Det var vad han sa. Kaite hade trott sig vara ihop med en tjej som trott sig vara ihop med Smedsberg."

"Vad hade Smedsberg trott då?" frågade Winter. Herregud.

"Han hade förhållit sig neutral, som han uttryckte det."

"Finns det nån tjej alls?"

"Det finns ett namn och ett telefonnummer men ingen adress." Halders gjorde en gest med armarna. "Vi ringde, men ingen svarade. Vi kollade adressen och åkte dit men ingen var hemma. Vi lyckades på nåt sätt som jag har förträngt ta oss in i lägenheten men katige Kaite var inte där och inte heller tjejen."

"Var du med på det här, Aneta?" frågade Winter och hon skakade på huvudet:

"Satt i bilen och passade radion."

Winter tittade på Halders.

"Lämnade du en lapp på hallbordet att hon skulle ringa till dig när hon kom hem igen?" sa Winter med syra i rösten.

"Tänkte inte på det!" sa Halders och sträckte ett finger högt mot taket.

"Tror du på Smedsberg?"

"Jag tror inte på nån", sa Halders, "men han gav oss ju namnet i alla fall. Josefin. Josefin Stenvång. Stenvång! Är det nån som vill gissa på att det är taget?"

"Smedsberg är den enda av dom här fyra killarna som inte blev skadad", sa Ringmar.

"Ser du ett samband där, Bertil?" sa Halders.

"Ehh... va?"

"Fyra studenter och tre skadade. Fyra barn och tre oskadade. Ser du ett samband?"

"Vad tog du till frukost, Fredrik?" frågade Ringmar. "Du verkar en liten gnutta uppvarvad."

"Går inte det här jobbet ut på att se samband?" sa Halders. "Ursäkta, men då har jag misstagit mig totalt."

"Fredrik", sa Winter.

Halders vände sig om.

Kanske kommer den riktigt stora jävligt överjävliga krisen just nu, tänkte Winter. Fredrik har hållit ut ända fram till nu. Dumt nog. Är hans ögon galna? Nej. Har han börjat hyperventilera? Inte än. Vad kan jag säga nu när jag har hans fulla uppmärksamhet? Gå ut härifrån?

"Låt Bertil fortsätta", sa Winter.

"Okej, okej", sa Halders.

"Vi har alltså Smedsberg", sa Ringmar. "Han undviker slaget, eller slagen. Han blir inte stämplad med ett märkjärn eller vad fan. Han har sett ett tidningsbud. Han har vuxit upp på en gård. Han antyder att såren kan avslöja ett nummer som kan leda till en gård, eller nåt bomärke som kan göra detsamma. Han har bott på samma studenthem som två av dom andra, Kaite och Stillman. Book också förresten. Han har hittills hävdat att han inte kände nån av dom, inte heller Book."

"Han är dessutom chalmerist", sa Halders.

"Men snälla Fredrik, håll inne dina kommentarer en enda gång", sa Sara Helander. Halders verkade inte höra.

"Vi nämnde Jens Book", fortsatte Ringmar. "Journalistikstuderande men inte just nu. Han ligger kvar på Sahlgrenska men rörligheten har ökat i högersidan. Senaste rapporten är positiv, mycket positiv egentligen eftersom killen sannolikt kommer att kunna gå."

"Stoppar smällen honom från journalistjobbet framöver är rapporten mycket mycket positiv", sa Halders. Han vände sig mot Sara Helander. "Jag tycker inte om journalister, serru."

"Jens Book hade sällskap med sin vän Krister Peters knappt en halvtimme innan han blev nedslagen vid Linnéplatsen utanför Marilyn, videobutiken."

"Sin homosexuelle vän", sa Halders.

"Har du problem med det, Fredrik?" Ringmar hade lyft blicken från pärmen.

"Inte alls. Det vara bara för tydlighets skull."

"Peters är homosexuell", sa Bergenhem. "Jag har träffat honom, som ni vet. Han smyger inte med det."

"Varför smög han med träffen med Book då?" frågade Aneta Djanali.

"Det var inte Peters som smög. Det var Book själv", sa Ringmar. "Vi fick dra det ur honom. Det tog tid."

"Inget ovanligt beteende", sa Bergenhem. "Om han inte vill säga det till nån så vill han inte. Eller hur? Det finns många som inte vill. Det har vi pratat om förr." Bergenhem såg att Halders ville säga något men tystnade. "Har du nån kommentar till det, Fredrik?"

Halders skakade på huvudet.

"Så Books eventuella förhållande med Peters behöver inte hänga ihop med det här", fortsatte Bergenhem.

"Men Peters har inget alibi", konstaterade Ringmar.

"Samtidigt är det ju faktiskt så att Book är den vi har bäst koll på", sa Bergenhem. "Alltså när det gäller vad dom här fyra killarna gjorde innan dom fick stryk. Om vi tror på Peters så vet vi i stort sett vad Book gjorde hela kvällen, bortsett från minuterna före smällen."

"Ja", sa Winter som varit tyst en längre stund och lyssnat och gjort några anteckningar.

"Men det är annorlunda med Kaite, till exempel. Vad gjorde han timmarna innan han fick ta emot slagen på Kapellplatsen?"

Ingen svarade.

"Kaite svävar runt med det svaret och nu har han svävat iväg gudvetvart", sa Bergenhem. "Han har dessutom bråkat med Smedsberg som bodde i huset intill. Där har du ett samband, Fredrik." Halders ryckte till. Som om han vaknat upp ur en kort koma, tänkte Winter.

"Och vår vän juristen Jakob Stillman är inte längre så stilla, men han har inget gott minne, han heller", fortsatte Bergenhem. "Om det inte är så att slagen ställt till det i huvet. Vilket jag inte tror. Jag tror att han var nånstans som han inte vill avslöja för oss och sen gick han över Doktor Fries Torg och fick samma typ av slag."

"Vad ledde honom just till Doktor Fries Torg?" sa Aneta Djanali.

"Vad ledde Kaite till Kapellplatsen?" sa Bergenhem.

"Finns det ett samband?" sa Halders.

"Kanske inte mer än att dom båda var på väg hem", sa Winter.

"På väg till samma punkt men från olika håll", sa Ringmar.

"Vid olika tidpunkt", sa Bergenhem.

"Stillman verkar ju vara en fullblödande heterosexuell", sa Halders, "åtminstone om man får tro Bertils dotters kompis." Han tittade på Bergenhem. "På tal om ickesamband."

"Sambandet här är att tre av dom råkat ut för samma gärningsman", sa Ringmar, "eller fyra egentligen eftersom Smedsberg skulle åkt på samma behandling."

"Om vi kan tro honom", sa Halders.

"Han gjorde en anmälan", sa Aneta Djanali.

"Det gjorde familjen ute i Önnered också", sa Halders. "Kanske av samma skäl som Gustav Smedsberg." Halders tittade på Winter. "By the way. Ska vi inte åka ut nu?"

"Snart."

"På tal om åka kanske vi skulle ta en sväng till Smedsbergs fädernegård", sa Bergenhem. "Ute på Västgötaslätta, som Fredrik sa."

"Varför då?"

"Vapnet. Brännjärnet. Om vi ska fullfölja hypotesen att alla agerar tvärs emot vad dom säger, så är det Gustav Smedsberg som har klubbat ner dom andra killarna, och han gjorde det med just ett sånt brännjärn som han berättat om och logiskt sett ska det ligga hemma på gården, eller ett likadant."

"Men hörnu", sa Aneta Djanali, "om vi nu inom kort får fram nåt ppk-nummer eller vad det heter, och utifrån det kan hitta en gård som vapnet kommer ifrån... tja, om Smedsberg slår folk halvt ihjäl med ett vapen som kan spåras till honom... och han sen sätter oss på spåren... ni förstår vad jag menar."

"Du menar att vi ska förutsätta att människors handlingar är rationella och utförs utifrån sund logik", sa Halders. "Att vi ska utgå från det. Men den dag vi gör det kan vi lika gärna sluta här och börja sälja varma mandlar i Slottsskogen." Han tittade på Bergenhem. "Varma mandlar! Var fick jag det ifrån!?"

"Vi får se", sa Winter, "det är möjligt att vi får ge oss ut på slätten."

"Det slog mig att Kaite kanske finns där", sa Bergenhem. "Och flickan kanske." Han tittade på Halders. "Med tanke på vad du just sa om logik. Smedsberg och Kaite kan vara ovänner och vad är då naturligare än att Kaite kopplar av hemma hos Smedsberg?"

"Exakt", sa Halders. "Men i dom knallhattentrakterna lär han inte kunna hålla sig undan för oss."

"Vem har sagt att han håller sig undan för oss?" sa Ringmar.

"Han smet när vi ville snacka med honom, eller hur? Vi var där och då stack han."

"Mhm."

"Vart vill du komma, Bertil?"

"Han kanske är mer rädd för nåt annat än för dig, Fredrik."

Halders svarade inte.

"Dig som polis."

"Ja, jag fattar. Ja. Du kan ha en poäng där."

"Hur länge var han borta?" frågade Ringmar. "När ni satt och väntade i hans rum?"

"Han har fortfarande inte kommit tillbaka", sa Aneta Djanali och log.

"Jag omformulerar genast min korkade fråga", sa Ringmar.

"Vi förstår den ändå", sa Halders. "Vi väntade i tio minuter och sen började det gå upp för oss att han inte skulle jalla-jalla på muggen och då var han gone with the wind. Gone with the monsoon." Halders pekade mot fönstret där morgonens bleka klarhet övergått i aggressivt vinterregn. "Hör. Visst fan har vi fått en nordlig monsun häruppe i utkanten av världsalltet."

"Har ni hört alla som bor i korridoren?" frågade Bergenhem.

"Svar ja. Och vi gav oss inte iväg därifrån förrän vi kollat i alla rum."

"Det är en sak..." sa Aneta Djanali.

Alla väntade.

"Vi har väntat på att såren på killarnas kroppar skulle läka så pass att vi kunde se nåt märke av nåt slag. Men det har inte funkat när det gäller Stillman och Book. Skorpan har fallit av men vi har inte sett nåt. Vi väntade på Kaite, eller vad man ska säga." Hon tittade på ingen särskild. "Var det nån annan som också väntade? Eller som inte kunde vänta?"

22

HAN STEKTE TVÅ ÄGG och la dem på en tallrik och satt och tittade på dem och insåg att han inte var hungrig längre. Han reste sig och skrapade ner dem i soppåsen och förstod att han skulle få gå ut och slänga den senare.

Han hade plockat ägg och burit dem i tröjan in till köket. Det var då. Det hade funnits en särskild lukt från dem, som om den trängt igenom skalen. Lägg dom i skålen, hade gubben sagt. Du kunde haft sönder dom när du bar dom sådär.

Lukten som försvann i skålen. Ett av äggen hade gått sönder fast han försökte lägga dem så försiktigt han kunde.

Vad gör du unge!? Kom hit. Kom hit sa jag!

Dig skulle man skicka iväg dit du kom ifrån.

Han öppnade skåpdörren igen och luktade ner i påsen. Stekta ägg luktade inte som råa ägg på landet, ånej. Det verkade som om dom fortfarande var varma och det gjorde lukten starkare.

Han slängde påsen i sopnedkastet och lyssnade efter dunsen som var mjuk, vilket betydde att de skulle tömma soprummet inom kort.

Därute var det sol.

Han gick tillbaka och tog på sig jackan och gick ut i solskenet som var svagare än det hade sett ut genom fönstret. Solen var bakom de högsta husen, den orkade inte högt den här årstiden.

På fälten var det annorlunda. Där fanns inga höghus som solen kunde gömma sig bakom. Granngårdarna låg så långt borta att de såg ut att vara en del av marken på håll. Det kunde vara ett hav han stod mitt i. Det fanns ingen ände. Slätten var oändlig som oceanen och han stod på den intill ön som han levde på, och det var en öde ö som han längtade bort ifrån men det kom inga skepp som kunde ta honom därifrån. Han kunde simma men inte så långt. Han var inte så stor. När han blev stor.

Han gick runt höghuset och såg solen som han kunde stirra in i utan att bli blind, den var som en svag lampa uppe i sin höjd.

Därnere gick en spårvagn förbi. Han lyfte handen till hälsning, kanske kördes vagnen av någon han kände som kunde se honom och känna igen honom.

Vagnen stannade längre bort och folk gick av med kassar och paket som var julklappar. Paket med roligt, färgglatt papper. Kunde det vara något annat än julklappar?

Han skakade på huvudet.

Gubben hade skakat järnet framför honom. Skakat, skakat. Han hade känt lukten av det svedda håret, och något mer. Stekt kött.

Det här är grejer, hade gubben sagt. Se upp! hade han sagt och järnet hade kommit nära.

Det brann i kon. En brinnande ko till.

När det där läker kan ingen säga att hon inte är vår. Gubben hade hållit upp järnet igen. Ska vi ta dig med på samma gång, pöjk? Så du inte irrar bort och ingen vet var du hör hemma. Så har det ju vatt förut. Eller va? Ska vi ändra på det va? Kom hit. Han hade backat och känt en räfsa under högerfoten. Kom hit sa jag! Därute böljade havet. Han rusade ut på vattnet.

Winter körde. Ringmar läste på vägskyltarna. De stod som vimplar i sträv blåst, på regelbundet avstånd. Slätten var svart och insvept i fuktig vind. En traktor på ett avlångt fält brukades till gudvetvad.

"Kanske sår dom", sa Ringmar och pekade. "Våren verkar komma före vintern den här säsongen."

Det var en annan värld. Det var därför Winter ville komma hit en stund. Han såg horisontlinjer som man annars bara såg från skepp.

Jag borde komma bort från stan oftare. Man går på gatorna och åren går. Det är ju inte långt hit och ändå är det något annat.

"Här är det inte lätt att gömma sig", sa Ringmar.

"Det finns hus", sa Winter.

"Alla vet allt om alla", sa Ringmar.

"Det vore ju bra för oss."

"Du ska ta av därborta", sa Ringmar.

Avtagsvägen syntes först när de var där. En skylt men den var tunn som luften som kom från alla håll. Det fanns ingen allé till något hus.

"Var är gården?" sa Ringmar.

De körde rakt fram. Marken krökte sig och de såg huset.

En hund skällde när de körde upp på gårdsplanen.

En man vände sig om från ett fordon av något slag.

De steg ur bilen.

"Goddag", sa Ringmar och presenterade sig och Winter. Mannen var över sextio och klädd i regnställ och kraftiga stövlar. Winter kände regnet nu, som mjukt grus. Mannen sa "Smedsberg" och torkade av händerna på en trasa på huven på fordonet som kunde vara en motorgräsklippare men troligen var något annat. Winter såg upp mot huset som hade två våningar, med vindskupor. Han såg ingen svensk kenyan kika fram från något fönster.

"Vi letar efter en person", sa Ringmar.

Bland annat, tänkte Winter.

"Är det nåt med Gustav?" sa mannen med en dialekt som talades på de här slätterna.

"Har han inte berättat?" frågade Ringmar.

"Berättat vad?"

Det satt två katter bredvid järnspisen som eldades med ved. Bonden öppnade en lucka och la in två vedträn. Det stod en modern spis bredvid. Det luktade av ett slags gammaldags värme som Winter inte hade några egna minnen av men omedelbart kände igen. Han kunde se på Bertil att han mindes sådant här.

Det låg trasmattor på golvet. Winter och Ringmar hade inte fått ta av sig skorna. Bonden, Georg Smedsberg, hade bytt stövlarna mot några innetofflor som verkade hemslöjdade.

Det hängde bonader på två av väggarna: Egen härd är guld värd. Gud är sanningen och ljuset. Denna jord är av Den Gode Guden. Ära din Fader och din Moder.

Finns det en fru Smedsberg? tänkte Winter.

De hade berättat om pojkarnas öde.

"En kunde ju önskat att han sagt nåt", sa Smedsberg och satte fram kokkaffet i pannan som verkade vara från krigstid. "Men inte för att det hände nåt, eller va? Han klarade sig, eller va?"

"Han fick inga skador", sa Winter och drack det asfaltsvarta kaffet som också det var från en annan värld. Det skulle slå ut alla bakterier i hans mage, de onda med de goda.

"Gott kaffe", sa Ringmar.

"Det är så jag vill ha det", sa Smedsberg.

Att be om mjölk hade varit ett misstag. Winter smuttade på hettan, inte mer. Den som ville skapa en surrealistisk scen kunde ställa en espressomaskin i detta kök.

"Ni har inte haft besök av nån kamrat till Gustav nyligen?" frågade han.

"När skulle det ha vatt?"

"Senaste två dygnen."

"Nej."

"Före det då?"

"Här har inte vatt nån på besök sen Gustav var hemma senast."

Smedsberg skrapade sig över hakan som var renrakad och blank och inte passade ihop med hans klädsel och övriga framtoning. De hade inte anmält sin ankomst. Kanske visste han ändå. Här höll alla koll på alla, som Bertil sagt. En främmande bil från stan. Mercedes. Ett samtal till sonen. Eller röksignaler. Kanske grabben ändå ringt och berättat. Även lantbrukare av Guds goda jord kunde ljuga.

"När var det?" frågade Ringmar.

"Få se... nu är det snart jul... det var la vid potatisen."

"Vid potatisen?" frågade Ringmar.

"När vi tog in potatisen, sent. Det var la början av oktober."

Mer än två månader sedan, tänkte Winter. Tja. Hur ofta träffade han sin mor? Det gick direktflyg från Göteborg till Malaga nästan varje timme för alla pensionärer och golfspelare och de som var en kombination av båda vilket var de flesta.

Det stod ett inramat porträtt på en chiffonjé på andra sidan köksbordet. En medelålders kvinna i permanent log ett försiktigt svartvitt leende. Smedsberg såg Winters blick.

"Det är min fru", sa han. "Gustavs mamma. Hon lämnade oss."

"Lämnade er?"

"Jag är änkling", sa mannen och reste sig. Han gick till järnspisen och stoppade in några björkträn igen. Det fräste när det torra trät mötte elden. Winter kände doften igen.

"Har Gustav haft med sig nån kamrat från Göteborg?" frågade Ringmar.

"När skulle det vatt?"

"När som helst. Sen han började studera på Chalmers."

"Ja", sa Smedsberg som stod kvar vid spisen och värmde sina krokiga och missfärgade nävar på de varma spisringarna. "När han var här och hjälpte till med potatisen så hade han med en kamrat." Smedsberg verkade le, eller om han bara grimascerade av värmen som måste kännas i handflatorna nu. "Det var en svart en det." Han tog bort händerna och blåste i dem. "Svart som jorden därute."

"Hans kamrat var alltså svart?" upprepade Ringmar.

"En redi neger", sa Smedsberg och nu log han. "Det var första gången för mig."

Min första neger, tänkte Winter. Det finns en första gång för allt.

"Man kunne haft han till att skrämma in djuren med", sa Smedsberg.

"Hette han Aris Kaite?" frågade Winter.

"Jag kommer inte ihåg nåt namn", sa Smedsberg. "Jag vet inte om jag ens hörde nåt namn."

"Är det han?" frågade Winter och lämnade över en kopia på ett foto av Kaite som de tagit med sig från hans studentrum.

Smedsberg tittade på kortet och sedan på Winter:

"Hur i herrans namn ska man kunna se nån skillnad på dom?"

"Ni känner inte igen honom?"

"Nej", svarade han och lämnade tillbaka kortet.

"Har han varit här efter det?"

"Nej. Jag har inte sett han nån annan gång, det skulle jag min själ ha kommit ihåg." Han såg från Winter till Ringmar. "Varför frågar ni allt detta? Är han försvunnen eller nåt?"

"Ja", svarade Winter.

"Är han en av dom andra som råkat illa ut?"

"Varför frågar ni det?"

"Ja... varför skulle ni annars komma hit?"

"Han är en av dom", sa Winter.

"Varför vill nån ge sig på Gustav och den här svartingen då?" sa Smedsberg.

"Det är det vi försöker ta reda på", sa Winter.

"Dom kanske var värda det", sa Smedsberg.

"Förlåt?"

"Dom kanske inte var värda mer", sa Smedsberg.

"Hur menar ni då?" frågade Ringmar och såg på Winter.

"Vad hade dom ihop?" sa Smedsberg.

"Vad menar ni med *det*?" frågade Ringmar.

"Nåt måste det väl ha vatt. Kan det vara en tillfällighet att nån ger sig på dom båda?"

"Det skedde inte vid samma tillfälle", sa Winter.

"Men ändå", sa Smedsberg.

"Och Gustav har inte sagt nåt om detta till er?"

"Han har ju inte vatt här sen i oktobers, som ja sa."

"Det finns telefon", sa Winter. Det fanns telefon också i det här huset. Winter hade sett den i hallen. Snurrskiva, naturligtvis.

"Vi har inte pratats vid på en månad", sa Smedsberg och Winter såg hur ansiktet förändrades, mörknade.

Ringmar böjde sig fram.

"Har ni några fler barn, herr Smedsberg?"

"Nej."

"Ni bor ensam här?"

"Sen min Gerd gick bort, ja."

"Bodde inte Gustav hemma då?"

"Jo." Smedsberg verkade se ut i fjärran. "Han var liten och sen blev han stor. Han gjorde lumpen också. Sen... sen flyttade han till Göteborg och började med sitt studium."

"Så han ville inte ta över gården?" sa Ringmar.

"Det finns inget att ta över", sa Smedsberg. "Jag kan knappt hålla mig levandes här och när jag är borta så får kråkorna ta över."

De kommenterade det inte.

"Ska jag sätta på mer kaffe?" frågade Smedsberg.

"Ja, tack", sa Ringmar och Winter tittade på honom. Bertil vill lämna oss, den här världen vi kallar vår. Det blir ett smärtsamt avsked. "Om det finns tid."

"Jag bara löser upp sumpen", sa Smedsberg och gick mot spisen och Winter gjorde tummen upp till Ringmar.

"Gustav berättade en annan sak för oss", sa Winter när Smedsberg återvänt. "Dom här skadorna som pojkarna har fått kan ha åsamkats med ett järn av nåt slag. Det var Gustavs idé. Ett märkjärn av nåt slag som används vid djurskötsel."

"Ett brännjärn? Skulle vi haft ett brännjärn här?"

"Det tror jag inte han sa. Men pojkarna kan ha blivit misshandlade med ett sånt järn."

"Det har jag aldrig hört talas om", sa Smedsberg.

"Vilket?" frågade Winter.

"Att nån klubbar ner folk med såna järn. Aldrig hört talas om."

"Det var det Gustav sa."

"Var fick han det ifrån? Vi har aldrig haft sånt här."

"Men han kan väl känna till sånt ändå?" frågade Ringmar.

"Det kan han väl", sa Smedsberg. "Jag und..." men han fortsatte inte. Kaffekitteln tjöt på spisen. Han reste sig och hämtade kaffet och kom tillbaka.

"Nej, tack", sa Winter. Smedsberg satte sig.

"Här har jag alltid använt öronbrickor till korna", sa han. "Om jag ens behövt märka. Men förr hade vi föreningsnummer från

Hushållsföreningen som vi märkte med."

"Vad menas med det?" frågade Winter.

"Som jag sa. Vi märkte med nummer för det här området."

"För området? Inte för gården?" frågade Winter.

"Nej. För ett större område."

"Men det finns ju särskilda produktionsplatsnummer, har vi lärt oss."

"Det där kom senare, nittifem, med EU."

"Och dom är för varje gård?"

"Ja."

"Så då finns det ett också för er gård?"

"Ja. Men jag har inga kor nu. Inga djur alls för tillfället, mer än hundarna och katterna och hönsen. Jag kanske köper lite grisar."

"Finns numret kvar ändå?

"Det läggs alltid vilande. Det följer gården."

Winter såg Ringmar dricka av kaffet och hans ansikte klövs plötsligt och en svart flod av kokkaffe vällde ur ög... nej, men han gjorde en diskret grimas.

"Men ni har aldrig haft ett sånt där märkjärn... brännjärn... på den här gården?"

"Nej. Det är väldans ovanligt. Det är väl i Amerikat där man har större arealer och brännmärker djuren för att lättare kunna se bomärkena på håll." Han log. "Kan väl tänka mig att dom stjäl boskap där också." Han drack en djup klunk asfalt. "Dom brännmärker visst hästar i Tyskland också."

"Men inte här?"

"Hästar? Det finns inga hästar i denna här bygden."

"Känner ni till nån som kan ha använt sig av den metoden?" frågade Winter.

Smedsberg svarade inte omedelbart, han verkade skåda ner i kaffemuggen efter svaret och tittade upp igen. Han såg över rummet, genom fönstret där regnet skymde utsikten.

"Nånstans där Gustav kan ha sett det?" fortsatte Winter.

"Har ni inte frågat honom?"

"Inte direkt", svarade Winter, men det var inte riktigt sant. Gustav Smedsberg kunde inte minnas, hade han sagt. "Det har liksom blivit mer aktuellt nu."

"Blivit hetare?" Ett leende blänkte i Smedsbergs vänsteröga. En bonde med humor, svart som hans kaffe och natten därute inom några timmar.

"Ni har aldrig sett ett sånt järn?" frågade Winter.

"Hmh... det finns en gård i den övre socknen, som vi säger." Smedsberg såg Winter i ögonen. "Jag är ju inte härifrån från början, men det var min Gerd, och hon kom från den socknen. När hennes föräldrar fortfarande levde var vi ju dit ibland."

Han skrapade sig över högerkinden igen, och på pannan, som för att massera minnet.

"Det var en gård... jag vet inte om den är kvar nu... han som drev den var lite egendomlig. Hade sina egna metoder, om man säger." Smedsberg masserade mer. "Det var i grannbyn. Vi hade nåt ärende dit nån gång och jag tror att han... att han märkte några djur på det sättet. När jag tänker på det." Han tittade ut från sina minnen, vände blicken mot dem. "Jag minns lukten, faktiskt. Ett ljud också. Ja. När vi åkte tillbaka frågade jag Gerd och hon sa... hon sa att han brände in sitt bomärke i djuren."

"Det här numret från Hushållningsföreningen?" frågade Ringmar.

"Nej... han hade sitt eget. Jag vet att jag frågade och Gerd sa det."

"Ni kommer ihåg mycket, herr Smedsberg", sa Winter.

"Det är... lukten", sa han. "Det är underligt, va? Man känner en lukt och då kommer man ihåg en massa. Men man kan tydligen bara börja tänka på en lukt och då kommer minnet också."

Slås upp som vidöppna portar, tänkte Winter.

"Vad hette den här bonden med dom egna metoderna?"

"Det kommer jag inte ihåg, det kan jag säga direkt. Det räcker inte minnet till för." Det lät som om han skrockade till. "Nån gräns får det väl ändå finnas."

"Kommer ni ihåg var gården låg då? Eller ligger?"

"Det är nästa socken."

"För oss kan det lika väl vara nästa landskap", sa Winter.

"Det är faktiskt ett annat landskap", sa Smedsberg.
"Skulle ni kunna visa oss stället?" frågade Ringmar.
"Menar ni nu?"
"Är det långt?"
"Ja... det är över fyra mil, tror jag. Beror lite på hur man tar sig dit."
Winter var på vippen att säga "fågelvägen" men sa i stället:
"Har ni tid att visa oss nu? Vi kan åka med en gång. Vi skjutsar tillbaka er direkt förstås."

Smedsberg bytte ut överdragsbyxorna som han burit under hela samtalet. Han steg tveksamt in i Winters Mercedes. Winter såg Escorten som stilla rostade intill den större ladan.
Vägen genom fälten var rak. Svarta fåglar kretsade över dem, följde dem som sjöfåglar efter ett fartyg. Ljuset sjönk igen, ner i jorden och över utspridda gårdar där det började glimma i fönstren. De körde genom en liten by med en grå kyrka och en gård intill där det stod ett tiotal bilar.
"Adventskaffe", sa Smedsberg.
"Skulle det smaka med en kopp?" sa Winter till Ringmar som inte svarade.
"Det hinner vi väl inte?" sa Smedsberg.
De mötte två flickor som kom ridande på hästar som såg stora ut som hus. Det fanns alltså ändå hästar här. Winter höll ut så långt han vågade i det lösa gruset och flickorna vinkade. I backspegeln såg hästarna ännu större ut. Det var en annan sorts liv härute.
"Nu börjar det närma sig", sa Smedsberg.
Han dirigerade dem åt vänster i en liten vägkorsning. Vägbeläggningen bestod av ojämnt och fläckigt oljegrus som verkade ha upplevt båda de senaste världskrigen. Det hängde sneda gärdsgårdar runt fälten, som om bygden blivit övergiven. Vilket ju stämmer, tänkte Winter. De körde förbi två nedsläckta gårdar. Avfolkningsbygd, som allt som inte var stor stad på tillväxt.
"Här har folk börjat lämna", sa Smedsberg som en kommentar till Winters tankar. "I dom där två gårdarna fanns mycket ungar

förr."

De kom till en ny korsning.

"Vänster", sa Smedsberg igen. Vägen blev grus nu. Smedsberg pekade. "Där kom min Gerd ifrån."

Winter och Ringmar såg huset som var av trä, fortfarande rött i den sista dagern, en lada, en mindre stuga, ett staket. Inget elektriskt sken.

"Hennes brorsbarn har det som sommarställe men dom är inte där så ofta", sa Smedsberg. "Dom är inte där nu, till exempel."

Skogen blev större och tätare. De kom till en glänta, en ny skog, en glänta igen. Ett dystert litet stockhus stod intill vägen.

"Det där var nån slags handelsbod en gång i tiden", sa Smedsberg.

"Här är det sannerligen avfolkat", sa Ringmar.

Plötsligt öppnade sig skogen och de körde genom ett fält som tycktes oändligt jämfört med det slutna landskapet nyss. Det låg ett stort hus på andra sidan, femtio meter från vägen.

"Där är det", sa Smedsberg och pekade. "Det var det huset."

Det lyste i fönstren.

23

"Hur ska vi förklara det här?" frågade Ringmar när de gick mot huset. Smedsberg satt kvar i bilen på egen begäran.

"Vi behöver inte förklara nåt", sa Winter.

Vindarna strök i cirklar runt huset. På avstånd kunde Winter se ett enda ljus, som en fyr i randen av slätten. Det blev snabbt mörkare. Det kändes också kyligare, som om vintern ändå var på intåg. Skulle han komma tillbaka hit om en månad kanske allt skulle vara vitt runt omkring, verkligen se ut som hav. Det skulle vara ännu svårare då att se skillnaden mellan himlen och jorden.

När han höjde handen för att bulta på dörren kände han att han skulle komma tillbaka hit. Det var en känsla som inte gick att förklara. Men den hade tidigare fört honom långt ner i mörker. Det var en föraning som förebådade fasansfulla ting. När den väl infunnit sig försvann den inte.

Allt hänger ihop.

Han höll handen lyftad. Vinden i cirkel, ett vilset sus i öronen. Ett dimmigt ljus i fönstret till vänster. En kärv doft av jord. Hans egen andedräkt som röksignaler, Bertils andedräkt. En annan lukt, obestämd. Han tänkte på ett barn som svingade sig i en gunga, han såg det. Barnet vände sitt ansikte mot honom och skrattade, och det var Elsa. En hand gungade gungan och där fanns ett annat ansikte och det vändes mot honom och det var inte han själv. Han kände inte igen det.

"Ska du inte knacka?" frågade Ringmar.

Efter tredje bultningen hörde de att någon rörde sig därinne och en röst:

"Vad är det om?"

Ja, vad var det om? Ringmar tittade på Winter. Två korkade kommissarier i dyrbara rockar bultar på ett ensamt hus i mitten av ingenstans. I baksätet i vår bil sitter en hillbilly som lurat oss hit med sin rövarhistoria. Innanför väntar hans psykopatiske bror med älgstudsaren. Våra kroppar kommer att sjunka genom svinskiten, aldrig återfinnas. Rockarna kommer att värma bröderna i sina traktorer.

You've got me covered, Erik?

Uh... sorry, no, Bertil Boy.

"Det är från polisen", sa Winter. "Får vi komma in och ställa ett par frågor?"

"Om vadå?"

Rösten var sträv och som i olika lager, en gammelmansröst.

"Får vi komma in?" upprepade Winter.

"Hur vet jag att ni inte är tjuvar?" hördes rösten, dämpad av dörren som såg bräcklig ut men måste vara tjock.

"Jag har min legitimation i handen", sa Winter.

De hörde ett mummel och ett skrammel i låskolven. Dörren öppnades och mannen därinne syntes som en silhuett, upplyst av ett lågoktanigt ljus från hallen och kanske köket. Winter sträckte fram legitimationen. Mannen sköt fram ansiktet och synade text och foto med hopknipna ögon och tittade sedan på Winter och nickade mot Ringmar.

"Vem är han då?"

Ringmar presenterade sig och visade sin legitimation.

"Vad är det om?" upprepade mannen som var lätt böjd men ändå av medellängd, kortklippt intill svålen, klädd i vitaktig skjorta, hängslen, byxor av obestämt fabrikat och grova raggsockor. Klassisk landsbygdsdesign från topp till tå. Winter kände lukten av eld och aska och mat som nyss tillagats. Fläsk. Det fanns en fuktig kyla i hallen där de stod och den kom inte enbart utifrån.

"Vi har bara ett par frågor", upprepade Winter.

"Har ni kommit vilse?" sa mannen. Han verkade peka genom taket: "Stora vägen ligger åt det hållet."

"Vi skulle vilja fråga några saker", sa Winter. "Vi letar efter en person." Bäst att börja där.

"Skallgång?"

"Nej. Det är bara vi."

"Hur var namnet?" frågade Ringmar.

"Jag heter Carlström", svarade mannen utan att ta i hand. "Natanael Carlström."

"Kan vi sätta oss en liten stund, herr Carlström?"

Han gav ifrån sig ett suckande ljud och visade in dem i köket som påminde om Georg Smedsbergs men var mindre och mörkare och definitivt skitigare. Winter tänkte på Smedsberg därute i baksätet i den allt kallare bilen och ångrade att de lämnat honom. Det fick bli kort.

"Vi letar efter den här grabben", sa Ringmar och lämnade över fotot på Aris Kaite. Det var ett enkelt kort, antagligen taget i en automat. Kaites ansikte såg sotat ut mot den sjabbiga väggen. Ändå har han gjort sig besväret att förstora det och sätta det i ram i sitt rum, hade Winter tänkt tidigare.

"Ni får allt leta fort för snart är det mörkt därute och då lär ni inte se han", sa Carlström och suckandet avlöstes av ett rosslande andetag som kanske var ett skratt.

"Ni har inte sett honom?" frågade Winter.

"En neger på slätta? Det vore en syn."

"Han har inte synts till här?"

"Aldrig. Vem är det?"

"Ingen annan ni känner som har pratat om honom?" frågade Winter.

"Vem skulle det vatt?"

"Jag frågar er."

"Här finns inga andra", sa Carlström. "Ni såg väl själva? Såg ni nåra hus härutanför?"

"Så ni har inte pratat med nån om en främling i trakten?"

"Dom enda främlingar jag sett på länge är ni kommissarier", sa Carlström.

"Känner ni Gustav Smedsberg?" frågade Ringmar.

"Vasa?"

"Känner ni nån som heter Gustav Smedsberg?"

"Nej."

"Hans mamma växte upp här i trakten", sa Winter. "Gerd." Han hade inte frågat Smedsberg därute om hennes flicknamn. "Hon gifte sig med Georg Smedsberg från grannsocknen". Men det var knappast grannsocknen, tänkte Winter. Det var för stort avstånd.

"Aldrig hört talas om", sa Carlström.

"Pojken Smedsberg är bekant med den försvunne Aris Kaite", sa Ringmar.

"Jaha?"

"Och dom här pojkarna har utsatts för våld", sa Winter. "Och det är därför vi är här."

Han försökte berätta om märkjärnen. De var mest nyfikna på hur ett sådant kunde se ut. De hade hört att han kanske hade ett sådant. Det skulle hjälpa dem att avgöra rimligheten.

"Rimligheten i vad?"

"I antagandet att det använts som vapen."

Carlström såg ut som om han tvivlade starkt på det.

"Vem har sagt att jag märker djuren med järn?"

"Vi frågade runt i bygden lite..."

"Var det Smedsberg?"

Menar han den yngre eller den äldre? Ringmar och Winter tittade på varandra. Han kom ihåg namnet han aldrig hört förut.

"Georg Smedsberg tyckte att han såg er använda ett sånt järn för länge sen", sa Winter.

"Är det han ute i bilen?"

Gubben ser mer än man tror. Winter höll nästan på att vända sig om och stirra ut genom fönstret för att se om Smedsbergs silhuett syntes i bilen.

"Varför kommer han inte in?" sa Carlström.

"Han visade oss bara vägen", sa Winter.

Carlström mumlade något som de inte kunde uppfatta.

"Förlåt?" sa Winter.

"Ja, det kan väl hända", sa Carlström.

"Hända vad?" frågade Winter.

"Att jag brännade nåra ök." Han tittade upp, rakt på Winter. "Det var inte olagligt." Han gjorde en rörelse med handen. "Nu gillas det inte, men det var ingen som sa nåt då."

"Nej, nej, vi ville bara se hu..."

"Jag har inte kvar järnet", sa Carlström. "Jag hade två en gång men jag har inte kvar dom."

"Har ni sålt dom?"

"Det ena sålde jag för tjugefem år sen till nån auktionsknalle, så det kan ni ju försöka leta reda på." Det lyste till i hans ena öga, som om tanken roade honom.

"Det andra då?"

"Tjuvat."

"Tjuvat?" sa Winter. "Har det blivit stulet?"

"I denna höst", sa Carlström. "Det var också därför jag var lite försiktiger nyss i dörra. Jag tänkte fråga er direkt om det var därför ni har var här, men sen tänkte jag att man får allt vara lite försiktiger."

"Vad hände?" frågade Ringmar. "Stölden."

"Jag vet inte. Jag kom ut tidigt på mörra och då var det verktyg borta från boden."

"Flera verktyg?"

"En del. Gamla och nya."

"Bland annat ert märkjärn?"

"Vem vill ha det?"

"Märkjärnet stals alltså?"

"Sa jag inte det?"

"När skedde detta exakt?"

"I höstas som jag sa."

"Vet ni vilken dag?"

"Det gör jag nog... inte. Jag skulle in till byn den dan tror jag och det sker inte varje dag..."

De väntade.

"Jag är inte säker", sa Carlström. "Jag får fundera på det."

"Har ni haft inbrott förut?" frågade Winter.

"Aldri."

"Gjorde ni nån polisanmälan."

"För några gamla verktyg?" Carlström såg förvånad ut, eller bara uttråkad.

"Hur många var det?"

"Inte många."

"Vet ni exakt?"

"Vill ni ha en lista?"

"Nej", sa Winter. "Det behövs inte än." Ringmar tittade på honom men sa ingenting.

"Har ni hört om nån annan blivit bestulen?" frågade Ringmar.

"Nej", svarade Carlström.

Vi får väl kolla grannarna, tänkte Winter. Problemet är att det inte finns några grannar.

"Bor ni ensam här, herr Carlström?"

"Det ser ni väl?"

"Vi kan ju inte veta", sa Ringmar.

"Helt ensammer."

"Har ni några barn?"

"Vafalls?"

"Har ni några barn?" upprepade Winter.

"Nej."

"Har ni varit gift?"

"Aldri. Varför frågar ni om det?"

"Då får vi tacka er för att ni tog er tid, herr Carlström", sa Winter och reste sig.

"Är det slut på frågandet?"

"Tack för hjälpen", sa Winter. "Hör ni nåt om era verktyg vill jag gärna att ni tar kontakt med oss." Han räckte fram ett visitkort. "Numren står där."

Carlström tog emot det som man tar emot tusenårigt porslin.

"Speciellt om ni får reda på nåt om det där brännjärnet", sa Winter.

Carlström nickade. Winter tog sin sista fråga, han hade väntat.

"Har ni nån kopia på ert märke, förresten?" sa han i lätt ton. "Det där bomärket, eller om det var en sifferkombination."

"Vadå?"

"Hur såg ert märke ut?" frågade Winter.

"Har ingen kopia om ni vill se en sån", sa Carlström.

"Ni kommer väl ihåg hur det såg ut?"

"Ja, det är klart."

"Skulle ni kunna rita det åt oss?"

"Varför det?"

"Om det kommer tillrätta."

"Kommer det tillrätta så är det hit", sa Carlström.

"Skulle ni ändå kunna hjälpa oss?" fortsatte Ringmar. "Då skulle vi kunna utesluta ert märkjärn om vi hittar ett som använts vid överfallen."

"Varför i hundan skulle mitt järn ha använts?" frågade Carlström.

"Det vet vi inget om", sa Winter, "och det tror vi naturligtvis inte. Men det skulle ändå vara en hjälp."

"Ja, ja", sa Carlström, "det är en fyrkant med en ring inuti och ett c inuti ringen." Han tittade på Winter. "C står för Carlström."

"Skulle ni kunna rita det åt oss?"

Carlström gav ifrån sig det egendomliga suckande ljudet igen men reste sig och gick därifrån utan ett ord. Han kom tillbaka efter en minut med en skiss som han gav Ringmar.

"Har ni haft det länge?" frågade Ringmar.

"Så länge jag kan minnas. Det var min fars."

"Tack för all er hjälp", sa Winter.

De gick tillbaka genom hallen och stod på trappan. Mörkret var kompakt nu, himlen var utan stjärnor eller måne. Det enda ljus Winter kunde se var fyren vid horisonten, starkare nu.

"Vad är det där borta?" frågade han och pekade. "Ljuset."

"Tevemast", sa Carlström. "Radio, teve, såna däringa datatorer, jag vet inte. Den har funnits ett tag."

"Tack då", sa Ringmar och de gick tillbaka till bilen och satte sig. Carlström stod kvar på trappan, en hukande silhuett.

"Fryser ni?" sa Winter medan han startade bilen.

"Nej. Det tog inte så lång tid", svarade Smedsberg ur mörkret.

"Det blev längre än vi tänkt."

Winter vände bilen och körde ut mot den större vägen.

"Stod vi kvar tillräckligt länge på verandan för att ni skulle känna igen honom?" frågade Winter när de svängt till höger.

"Det har gått några år men man har ju sett honom några gånger", sa Smedsberg. "Medan jag satt här kom jag dessutom på namnet. Carlström. Natanael Carlström. Sånt borde man ju komma ihåg."

"Är han religiös?" frågade Ringmar. "Eller snarare hans föräldrar?"

"Det vet jag inte", sa Smedsberg. "Men det fanns en del gudfruktiga här runt förr så det är ju inte omöjligt."

De körde under tystnad. Winter kände inte igen vägen. Allt var mörker och smala vägar och träd upplysta av hans starka lyktor. Dystra hus kom och gick men de kunde vara andra än dem han sett tidigare i eftermiddags.

Slätten kom, moderslätten. Flämtande ljus som ensliga stjärnor fastsurrade vid jorden. Ännu en korsning. Inga möten.

"Han hade en pojk", sa Smedsberg plötsligt från sitt mörka baksäte.

"Förlåt?" sa Winter och svängde vänster in mot Smedsbergs gård.

"Carlström. Han hade en pojk på gården några år. Jag kom ihåg det nu. Det hör väl inte hit, men jag kom ihåg det precis nu när vi svängde in."

"Vad menar ni med 'några år' "? frågade Ringmar.

"En fosterpojk. Det bodde en fosterpojk hos honom. Jag såg han inte men Gerd sa nåt ett par gånger."

"Var hon säker på det?" sa Ringmar.

"Hon sa det."

Inga barn, tänkte Winter. Carlström hade svarat nej på om han hade några barn men han kanske inte räknade ett fosterbarn.

"Hon sa att han var le vid pojken", sa Smedsberg. De var framme. Smedsbergs hus var mörkt. "Gubben var le vid pojken och sen växte han och kom väl aldrig tillbaka."

"Le?" frågade Winter. "Menar du elak?"

"Ja."

"Vad hette han?" frågade Ringmar. "Pojken?"

"Det sa hon aldrig. Jag tror inte hon visste det."

De körde hem på vägar som var bredare än dem de letat sig fram på tidigare den här dagen.

"Intressant", sa Ringmar.

"Det är en annan värld", sa Winter.

De fortsatte under en stunds tystnad. Det var nästan en sensation att se upplysta hus och samhällen och städer passera utanför, möta bilar, långtradare. En annan värld.

"Gubben ljög", sa Ringmar.

"Du menar Carlström?"

"Jag menar Natanael Carlström."

"Det är dagens underdrift", sa Winter.

"Ljög nåt förbannat."

"Nu kommer du närmare sanningen", sa Winter och Ringmar skrattade till.

"Men det är inte roligt", sa Ringmar.

"Jag fick inga goda vibrationer därute", sa Winter.

"Vi har en hemlighet här", sa Ringmar. "Kanske fler."

"Vi får kolla eventuella stölder i trakten."

"Men är det värt det?" frågade Ringmar. De närmade sig stan. Himlen var brandgul och genomskinlig, upplyst underifrån.

"Ja", svarade Winter. Han glömde inte känslan när han förde näven mot gubbens dörr. Det fanns en hemlighet. Han hade känt den. Han hade känt mörker som var djupare än himlen som föll över jorden runt det stora huset.

24

De var innanför stadsgränsen. Winter kände fortfarande naturens ruttna lukt som dröjde sig kvar i bilen. Hade han tur skulle den följa med ända upp till Angela och Elsa. Eller otur. Angela skulle säga nåt om huset på landet. Eller tur. Kanske hade hon rätt.

Coltrane blåste från cd-spelaren. En pickup körd av en man i tomtemössa passerade i höjd med Gasklockan. Coltrane sjönk i sitt solo, vibrationer genom Mercedesen och genom Winters huvud. Ytterligare en person i tomtemössa körde förbi.

"Vad i helvete?" sa Ringmar.

"Tomtarnas parad", sa Winter.

"Har du inga julsånger?" frågade Ringmar och nickade mot cd-spelaren.

"Sjung med om du vill", svarade Winter, "använd dina egna ord."

"Räven raskar över isen", sjöng Ringmar till Traneing In. "Och får vi lov, och får vi lov, att sjunga krimmarnas visa."

Han tystnade.

"Sjung då", sa Winter.

"Jag kom inte på hur vi gör", sa Ringmar, "var vi går, var vi sitter och var vi står."

"Just nu sitter vi i min bil och du sjunger julsånger", sa Winter.

"Och ändå är det inte ens jul än", sa Ringmar.

Winter stannande för rött. Operan lyste som sitt eget solsystem. Älven bakom var röd i det självsäkra skenet. Välklädda människor på övergångsstället framför honom var på väg till någon opera han inte visste namnet på. Inte hans musik.

"Det blir inte nån rolig jul", sa Ringmar tyst när de körde vidare.

Winter tittade snabbt på honom. Ringmar stirrade framåt, som efter fler tomtenissar som kunde få honom på bättre och godare tankar.

"Är det Martin du tänker på?"

"Vad annars?" Ringmar såg ut över vattnet som förlorat glansen från operahuset nu och i stället speglade de döda varvskranarna på andra sidan som reste sig som de skelett de var. "Man är ju inte mer än människa."

"Jag ska prata med Moa", sa Winter. "Det har jag sagt förut men det får bli av nu."

"Låt bli", sa Ringmar.

"Jag menar att jag indirekt ska prata med Martin. Först Moa och sen kanske Martin."

"Det är mellan honom och mig, Erik."

"Snarare från honom till dig", sa Winter.

Ringmar gjorde ett ljud som kunde vara en hastig inandning.

"Jag ligger ibland vaken och funderar på den enskilda händelse som gjorde att det blev som det blev", sa han. "När hände den? Vad utlöste den? Vad gjorde jag?"

Winter väntade på att han skulle fortsätta. Han svängde av motorleden för att köra hem Ringmar. Mariaplan var samma småstadstorg som alltid. Ungdomar hängde kring korvkiosken. Spårvagnar kom och gick. Apoteket låg där som alltid, fotoaffären, bokhandeln där han kunde stanna på väg ut mot Långedrag och impulsköpa böcker till Lotta och flickorna.

Det hade varit Winters eget stadstorg under barn- och ungdomstiden i Hagen, i samma hus där systern nu bodde med sina barn.

"Jag hittar den inte", fortsatte Ringmar nu. "Den där händelsen."

"Det är för att den inte finns", sa Winter. "Den har aldrig funnits."

"Jag tror du har fel. Det finns alltid nåt. Ett barn glömmer inte, eller en ungdom. Den vuxne kan glömma, eller betrakta det där som nåt helt annat än det var. Åtminstone i barnets ögon."

Winter tänkte på sitt eget barn. Åren som låg framför dem. De enskilda händelserna.

De körde upp framför Ringmars hus. Det lystes upp av grannens julararrangemang på samma sätt som älven tidigare brunnit som fotogen i glansen från Operan.

Ringmar tittade på Winter vars ansikte såg ut att ha träffats av skarpa strålkastare.

"Är det inte vackert?" frågade Ringmar med ett tunt leende.

"Mycket. Och nu förstår jag också rätta orsaken till varför du ligger vaken."

Ringmar skrattade till.

"Känner du honom väl?" frågade Winter.

"Inte tillräckligt för att gå in i hans trädgård med SigSauern och mörklägga stället och veta att han skulle förstå."

"Ska jag göra det?"

"Du ska redan göra tillräckligt för mig", sa Ringmar och steg ur bilen. "Vi ses i morrn." Han vevade till med näven och gick uppför gången som var upplyst av den självlysande skogen utanför grannhuset. Här får man all ljusterapi man behöver, tänkte Winter. Han tänkte ljusterapi en gång till. Tio dar eller vad det var och de skulle sitta i den spanska trädgården med de tre palmerna, under Vita berget, och lyssna till den rytmiska musiken från lilla mamma som mixade eftermiddagens andra Tanqueray & Tonic inne i barköket. Några tapas på bordet, *gambas a la plancha*, och *jamón serrano*, ett fat *boquerones fritos*, kanske *un fino* till Angela och kanske också till honom. Ett litet moln i utkanten av ögonvinkeln men inget att oroa sig för.

I den bästa av världar, tänkte han och passerade Slottsskogsvallen på väg hem. Jag vet inte om det är den här, just nu. Jag vill sitta på planet innan jag tror nånting alls.

Han körde ut på leden. I förmiddags hade han kört i motsatt riktning, herregud det var bara i förmiddags, han och Halders som varit tyst och stirrat i körriktningen.

"Hur är det, Fredrik?"

"Bättre än förra julen. Den var inte rolig."

Winter hade lagt märke till att Bertil använt samma ord som Fredrik: rolig. Ja, kanske. När det var bra var det roligt.

Förra julen hade Fredrik Halders varit tillsammans med sina två barn, Hannes och Magda, ett halvår efter det att Margareta körts ihjäl.

Aneta Djanali hade varit hos Halders några timmar den julaftonen. Winter hade aldrig pratat med Fredrik om det, men Aneta hade kommit hem till honom, Winter, en höstdag ungefär som den här, fast en månad tidigare. Hon hade inte kommit dit för att få hans välsignelse men hon ville ändå prata.

De hade pratat länge då. Han var glad att han hade henne i det team som han alltid ville ha närmast sig. Han var glad att han hade Fredrik Halders, och han trodde att Aneta och Fredrik var glada att de hade varandra, även om han inte visste hur.

"Är ni hemma i år?" Winter hade kört genom de nya rondellerna öster om Frölunda Torg. Trafiken var lugn och gles, en paus.

"Vad?"

"Firar ni jul i stan?"

Halders hade inte svarat. Kanske hade han inte hört, inte velat.

De hade kört utmed havsvegetationen som stelnat i gult och brunt, vassruggar som spretiga streck. Fåglar hade kretsat, på spaning efter föda. Det hade inte funnits många människor på fälten eller på gatorna. De hade inte mött många bilar.

Senare samma dag skulle Winter jämföra detta landskap med den glesare ensamheten utanför stan, den mer utplattade.

"Har du köpt julgran?" hade Halders plötsligt frågat.

"Nej."

"Inte jag heller", hade Halders sagt. "Det känns som ett helt företag, bara det." Han hade tittat upp från sina tankar. "Men ungarna vill ju ha en gran."

"Elsa också", hade Winter sagt.

"Du själv då? Och Angela?"

"Om den är liten", hade Winter svarat.

"Dom barrar så förbannat", hade Halders sagt. "Jag får alltid granar som barrar som djävulen. På annandan är det ett grönt fält i vardagsrummet. Det är bara att ställa upp tjugotvå man och blåsa till spel."

"Såg du Lazio i går?" hade Winter frågat och kört av till höger ovanför bryggan. Husen hade varit som uthuggna i klippan. Det var längesedan han körde där.

"Nej, men jag såg Roma."

Winter hade lett.

"Lazio är ett gammalt fascistgäng med en ny fascistklack", hade Halders sagt. "För min del kan dom fara åt helvete."

"Här är det", hade Winter sagt. Parhuset låg som det näst sista vid en återvändsgata. Det fanns en julgran med belysning på tomten. Ljusen var inte tända. Berget låg alldeles bakom. Familjen Bergart, hade Winter tänkt. Bergort, hade Halders sagt när de kommit till Önnered. Är det taget eller är det taget?

"Huset till höger", hade Winter sagt.

"Ser hur trevligt ut som helst. Är lilla pappa hemma nu då?"

"Ta det lugnt därinne, Fredrik."

"Vadå? Jag kan vara good cop och du kan vara bad."

Magnus Bergort hade hälsat, varmt och fast. Det hade funnits ett nyfiket förtroende i hans ögon, som om han sett fram emot det här besöket. Ögonen hade varit blå, den genomskinliga varianten. Sinnessjuk, hade Halders tänkt. Snart gör han en motorsåg av matberedarens delar och tillrättavisar sin familj.

Bergort hade burit svart kostym, mörkt blå sidenslips, skor som sken värre än hushållsstålet. Håret hade varit rakt och blont, i knivskarp bena. Führerstyle, hade Halders tänkt och sagt:

"Tack för att ni kunde ta er tid till att träffa oss en stund."

"Det går bra", hade Bergort svarat, "det räcker att jag är på kontoret vid halv elva."

Köket hade verkat nyskrubbat och luktat svagt av parfymerat rengöringsmedel. En sjöfågel hade kretsat utanför fönstret som delvis måste ha varit öppet. Det hade hängt kastruller och knivar

och andra köksredskap på krokar utefter väggarna. Hushålls-
stål.

Flickan hade varit på dagis. Winter hade sagt att det var bäst
att de kom då, just nu.

"Vad arbetar ni med, herr Bergort?" hade Halders frågat.

"Jag är... ekonom. Analytiker."

"Vardå?"

"Eh... på bank. SEB." Han drog handen genom håret utan att
frisyren ändrades. "Säg Magnus, förresten. Säg du."

"Du ger folk råd om hur dom ska sköta sina pengar, Magnus?"
hade Halders frågat.

"Inte direkt. Jag jobbar mer med, tja... långsiktig finansiell stra-
tegi för banken."

"Hur ni själva ska sköta era pengar?" hade Halders frågat. Win-
ter hade tittat på Halders.

"Ja... ha ha... det kan man kanske säga."

"Finns det nån annan strategi för en bank än finansiell?" hade
Halders frågat.

"Eh... ha ha... bra fråga, det är klart att det handlar mycket om
pengar."

"Det där är ett problem för mig", hade Halders sagt. "Pengar.
Innan man har tid att sätta sig ner i lugn och ro och analysera sina
finanser så är dom borta. Putz weck. Verschwunden."

"Ja..."

"Du har inga standardtips, Magnus? Hur fasen man behåller
stålarna innan dom är verschwundna?"

"Uh... jag kan säkert förs..."

"Vi kanske ska vänta lite med just det", sa Winter. "Magnus mås-
te tillbaka till sitt jobb och vi ska tillbaka också." Winter tyckte sig
se en lättnad hos Bergort. Vänta bara. "Det gäller alltså vad som
kan ha hänt Maja."

"Ja, det är en märklig historia", hade Bergort svarat omedelbart.

"Hur ser ni på den?" hade Winter frågat.

Är Magnus Führer medveten om vad vi egentligen pratar om
här? hade Halders tänkt.

Mannen hade tittat på sin fru. Kristina Bergort hade sett ut som om hon nu för första gången skulle förklara. Förklara vad?

"Kristina berättade ju för mig och vi... tja, jag har ju pratat med Maja och hon säger att hon satt i en bil med en farbror."

"Vad tror ni själv då?"

"Jag vet faktiskt inte."

"Har flickan livlig fantasi?" hade Halders frågat.

"Ja..." hade Bergort svarat, "det har väl alla barn."

"Har hon sagt nåt sånt här förut?"

Bergort hade tittat på sin fru.

"Nej", hade Kristina Bergort svarat, "inget sånt här."

"Nåt liknande?" hade Winter frågat.

"Vad menar du då?" hade Magnus Bergort frågat.

"Om hon träffat nån främmande i nåt annat sammanhang?" hade Halders frågat.

"Nej", hade Kristina Bergort svarat. "Hon berättar allt som hänt och det hade hon sagt i så fall."

Allt, hade Halders tänkt. Hon berättar allt.

"Hon hade blivit av med en boll?" hade Winter sagt.

"Ja", hade Kristina Bergort svarat, "hennes favoritboll som varit med gud vet hur länge."

"När försvann den?"

"Samma dag som hon... berättade det där."

"Hur gick det till?"

"Vilket då?"

"Hur gick det till när hon blev av med bollen?"

"Hon sa att den här... farbrorn skulle kasta den till henne från bilen men att han inte gjorde det. Han sa att han skulle kasta den."

"Vad gjorde han då?"

"Körde iväg med den, vad jag förstår."

"Vad säger hon nu då? Pratar hon om den här bollen?" hade Winter frågat.

"Ja. Varje dag, nästan. Det var ju inte så längsen."

Halders hade suttit på en stol och sett ut som om han tittat ut genom fönstret och sedan hade han vänt sig mot henne.

"Ni bestämde er snabbt för att åka ner till Frölunda sjukhus."

"Ja?"

"Vad fick er att fatta det beslutet?"

Han hade sett henne kasta en snabb blick på mannen, Magnus Heydrich som såg ut att stå i givakt borta vid dörren. Heydrich hade inte satt sig ner en enda gång under samtalet. Han hade tittat på klockan flera gånger.

"Vi tyckte det var bäst", hade mannen sagt.

"Verkade hon skadad?"

"Inte... vad vi kunde se."

"Sa hon att nån slagit henne?"

"Nej", hade Kristina Bergort svarat.

"Ni vet att vi arbetar med ett fall där en främling tagit med sig ett barn som han senare skadat?"

"Ja. Ni... du... förklarade det när du ringde i går", hade Kristina Bergort sagt.

"Jag har inte läst om det", hade Magnus Bergort sagt. "Eller hört nåt om det."

"Det har stått om det, men inte exakt vad som hände. Ni förstår? Det här är ett samtal i förtroende. Vi har pratat med ett annat föräldrapar som också varit med om nåt... liknande."

"Vad betyder det?" hade Kristina Bergort frågat.

"Det är det vi ännu inte vet. Det är därför vi frågar."

"Fanns det några skador på Maja?" hade Halders frågat, nästan i munnen på Winter.

"Nej..." hade Kristina Bergort svarat.

"Fanns det inte ett par blåmärken?"

"Hur vet ni det? Om ni visste skulle ni ju inte behöva fråga, förresten."

"Polisinspektören som var med er har berättat det för oss. Men vi vill höra vad ni säger själva om det."

"Ja, just. Blåmärken, ja. Hon föll av gungan en gång. På armen, ja." Kristina Bergort hade hållit upp sin egen arm som om den var ett bevis på vad hon sagt. "Det är läkt nu."

"Det kan inte höra ihop med det här... mötet med främlingen?"

hade Winter frågat.

"Nej."

"Hur kan ni vara säker på det?"

"Jag sa ju att det var gungan." Hon hade suttit kvar på stolen men nätt och jämnt. "Jag har ju sagt det." Hon hade tittat på sin man som nickat och ännu en gång tittat på klockan. Han stod kvar borta vid dörren, som en tennsoldat i kostym. "Hon ramlade av gungan." Kristina Bergort hade hållit upp sin hand igen. "Ramlade!"

Något är definitivt fel här, hade Winter tänkt.

25

MINNEN SOM SPIKAR som träffade skallen. Bang, bang, bang, rätt in och gjorde det inte ont? GJORDE DET INTE ONT!?

På slätten fanns det inga drömmar. Allt var tomhet och vind. Han ville inte titta mot himlen men vart skulle han annars se, den skitiga kupan täckte allt som fanns däruppe och på sidorna.

Det är annorlunda här. Jag kan se utan att saker spricker i mitt huvud.

Han låg i sin säng. Han såg upp mot taket där han målat två bilder som täckte var sin sida. Tittade han till vänster fanns stjärnhimlen där, strålande. Han hade målat stjärnbilderna utifrån sina minnen.Tittade han till höger lyste solen från en blå himmel som var den vackraste han sett. Han hade gjort den själv, eller hur?

Ibland drog han fram ett draperi som löpte i ett fäste mitt i taket. Han kunde gå från natten till dagen, fram och tillbaka.

Han kände en stöt i huvudet, en till. Minnena igen. "Det där kan väl inte ha gjort ont!?" Skuggan över honom, ett skratt. Flera skuggor, en cirkel runt honom. Han såg bara jord. Det regnade. Där fanns stövlar framför ansiktet. "Vill du komma upp?" En stövel. "Han vill komma upp."

Fanns det någon mer där? Han kunde inte minnas.

Nu reste han sig och gick in i det andra rummet och letade fram de nya minnena som inte gjorde ont när han rörde vid dem: bilen, bollen, berlocken och klockan. Han höll upp klockan mot ljuset från gatubelysningen eftersom det var mörkt i rummet. Klockan stod stilla nu också och han försökte vrida upp den igen men ingenting rörde sig i tavlan. Den hade varit stilla redan då. Den hade slitits av från pojkens arm och hamnat mot något hårt.

Hur hade den slitits av?

Nej, nej, det var inga bra minnen, och han ville inte se sådana bilder inne i huvudet där det redan fanns sår från allt det andra.

Pojken hade inte varit som han skulle. Det var så, han hade inte varit som de andra som han hade visat saker och som förstod och som var snälla och ville att han skulle vara snäll mot dem. Pojken tillhörde inte dem och han kände en besvikelse när han förstod det. Det kunde han tänka på och komma ihåg. Besvikelsen.

Han snurrade smycket i handen. Rullade bollen på golvet. Körde bilen mellan fåtöljen och soffbordet. Ett varv runt bordsbenet.

Det räckte inte. Han släppte bilen och reste sig.

Det räckte inte.

Framför teveskärmen kände han lättnaden, han bar den i sin hand, rörde den, för ett ögonblick fanns det inga minnen. Han blundade, eller hade blundat.

Han såg nu. Barnen rörde sig fram och tillbaka utan att veta att de filmades. Tänk om de hade vetat. Det hade varit annorlunda då. Inte varit bra.

Han såg flickans ansikte, zoomen på kameran fungerade. Hon verkade titta rakt in i kameran men hon kunde inte veta.

Han visste var hon bodde. Han hade väntat och sett när de hämtade henne. Han tyckte inte om dem. Vilka var de? Tillhörde flickan dem? Han trodde inte det. Han skulle fråga henne. Han skulle... Hans grepp blev hårdare kring fjärrkontrollen. Han skulle... och han började sjunga en visa för att hålla borta tanken på vad han skulle vilja göra nästa gång. Det var en gång en liten flicka, tra la la la, en liten pojke, da da da da.

Det skulle bli en nästa gång och det skulle bli... större då, större.

Den här gången skulle han göra vad han hade velat göra från början men inte varit... modig nog att göra. Fegis. Fegis!

Man kunde hålla i handen. Det kunde räcka.

Han blundade, tittade, blundade. Nu var alla barnen där, som på en befallning från de två fröknarna som stod på var sin sida som militärer. Han log. Som militärer!

De tittade åt hans håll, rakt in i kameran som de inte kunde se. Ingen kunde se den eller honom. Han hade gått ur bilen och stod gömd på samma sätt som allt annat var försvunnet i sig självt bland buskar och skog och träd. Gräs. Stenar, klippor, allt det som fanns där. Jord.

Barnen gick, en lång svans. Han följde efter. Här i soffan kunde han se hur han skakade på handen när han gick ut från buskarna, där kom en gren svepande mot objektivet.

De var på gatan. Han var på gatan. Han var långt ifrån dem men det här var en bra kamera. En av fröknarna vände sig om och såg in i den.

Han lutade sig fram. Hon fortsatte att titta in i kameran. Han hade zoomat in lite närmare. Hon vände sig om. Hon vände sig tillbaka igen.

Hus i bilden nu. Tråkiga hus som bara växte och växte uppåt och åt sidorna. Bilar framför bilden som gjorde den suddig.

Han hade riktat bort kameran för att slippa det där stirrandet in i bilden. Det var inte *hennes* stirrande han ville ha. Varför var hon där?

Bort med husen nu. Han var någon annanstans. Han visste var. Det fanns klippor bakom huset. Flickan gungade. Någon stod bakom. Flickan gungade högre, högre. Han följde med upp och ner, upp och ner.

Han satt och följde med med huvudet. Gungan, flickan, händerna som sköt på bakom flickan. Det såg så roligt ut.

Någon annanstans. En familj, och han hade följt efter dem tills de blev mindre och mindre och inga zoomar i världen hjälpte längre.

Timmar senare, vem visste hur många. Han körde förbi alla de bekanta platserna. Allt var detsamma men med ett skarpare ljus som stack i ögonen, kunde inte vara bara hans. Granar som om skogen vandrat in och lämnat en öde slätt efter sig. Sedan, när allt är över, finns det ingen skog kvar någonstans. Bara fälten där man inte kommer undan. Ingenstans att gömma sig då.

Där har vi den parken och där är den. Han kände dem så väl. Allt blev välbekant.

"Kan jag få ett månadskort?"

En kvinna som stötte in ansiktet som om hon ville pressa in sin feta kropp genom glaset och trycka ut honom genom fönstret på andra sidan. Det skulle inte förvåna honom. De är likadana allihop. Trycker, pressar sina stora feta kroppar mot mig, PRESSAR sig mot mig, sina stora kropp...

"Har ni inte månadskort?" frågade hon.

"Eh... ja, det blir hundratjugo kronor."

"Hundratjugo? I pressbyrån kostar dom hundra."

Men köp där då, försvinn härifrån och köp där. Pressbyrån. Han ville inte ha henne här, på sin vagn. Hon pressade. En man bakom pressade. De ville in här, in till honom. De vil...

"Varför skulle jag betala hundratjugo?" frågade hon.

"Det kostar hundratjugo."

"Men varf..."

"Jag måste köra nu. Ska du ha ett kort? Jag måste köra, din fitthora."

"V... va.... vad sa du?"

"Jag måste köra nu."

"Va... vad kallade du mig?"

"Jag har inte kallat dig nåt. Jag sa att jag måste köra nu för jag har en tid att passa fram till Vittora."

"Vittora?"

"Vittoragatan."

"Viktoriagatan?"

"Vittoragatan."

"Ge mig det där månadskortet. Jag kan inte stå här längre."

"Hundratjugo kronor."

"Här."

Han kom äntligen igång igen. Fitthoran hade försvunnit bakåt i vagnen. Han kunde fortfarande känna lukten. Det var så man ville kräkas. Tänk om hon hade barn? Nej, nej, nej.

Han skulle just sätta sig i bilen
   "Har du en sekund, Jerner?"
   Den är redan gången, tänkte han. Jag hade den men nu är den borta.
   Han satte sig i bilen utan att svara.
   "Jerner?"
   Vad ville han – en sekund till? Här var den, ut genom fönstret, borta den också.
   "Stäng av motorn lite, Jerner. Vad i helvete är det med dig? Hörde du inte att jag ville byta ett par ord?"
   Byta ett par ord. Vad vill du byta med, vilket ord ska vi byta först? Vad sägs om rövh...
   "Du kan få problem om du inte lyssnar nu", sa mannen som hängde kvar utanför fönstret. Han hade stängt av motorn. Men ändå var han där som kallade sig chef kvar. Vad ville han, han pratade. "... kvinnan ringde direkt på sin mobil till ledningscentralen och dom skickade hit det, sa att du kallat henne otäckheter och uppträtt förvirrat."
   Otäckheter. Vem hade varit otäck?
   Han körde iväg, brydde sig inte om att glo i backspegeln.

26

WINTER TRAMPADE AV SIG SKORNA och släppte rocken där han stod. Angela såg på.

"Plocka upp!" sa han och gjorde en gest mot plagget.

"Inte så högt. Elsa sover. Hon hade lite ont i magen och var kinkig." Angela såg på rocken och på honom. "Du saknar det rätta översittartonfallet."

Han gick mot köket.

"Finns det några rester?"

"Du får väl spana i skafferiet", sa hon.

"Vi har inget skafferi."

De satt vid köksbordet, den eviga platsen. Winter tänkte på Smedsbergs kök, för att inte tala om Carlströms kombivariant: stall och kokutrymme.

"Hur var det på slätta?"

"Platt."

"Blev du överraskad?"

"Ja, faktiskt. Ibland var det som ett hav."

"Det finns en sjukdom folk kan få som lever sitt liv på vidderna", sa Angela. "Just av att leva där."

Winter tänkte på männen de träffat i dag.

"Kan jag tänka mig."

"I USA har den ett namn: the Sickness."

"Inte dumt. Borde man inte kalla alla sjukdomar för nåt så enkelt?"

"Folk blir galna i stater som Wyoming och Montana. Ute på

dom enorma vidderna finns inga referenspunkter. Man ser ingenting mer än platt yta och horisont."

"Som ett hav som jag sa."

Angela hällde upp mer te.

"Det finns ingenting att fästa blicken på, inga träd, inga hus, inga vägar med bilar eller bussar. Folk tappar kompassriktning. Tappar vettet till slut."

"Det skulle alltså räcka med ett utomhusdass inom synhåll för att hålla sig frisk?" sa Winter.

"Det räcker alla gånger."

"Nog verkar folk underliga på slätta men ett och annat dass finns det ju", sa Winter.

"Hittade ni killen? Medicinaren."

"Nej. Och det var det väl ingen som trodde."

"Varför åkte ni dit då?"

Han svarade inte, hällde upp te, bredde smör på ännu ett rågbröd, la en skiva Stilton på, skar en skiva ur äpplet.

"Behövde ni bara komma iväg?" frågade Angela.

"Det har hänt nåt därute", sa Winter.

"Vad menar du?"

Han drack av teet, tog en tugga av smörgåsen. Radion på bänken malde sena vädernyheter, kyligare, klarare, utsikt till snö i jul.

"Det har hänt nåt därute", upprepade Winter allvarligt. "Jag fick en egendomlig känsla hos en av dom vi besökte."

"Vad baserar du den känslan på?"

"The Sickness", sa han och flinade över tekoppen.

"Sitter du och driver med mig?"

"Svar ja!"

Men han drev inte med någon. Angela hade sett det, och sedan hade han sagt det, mycket senare, efter att de hade legat med varandra och han gått upp för att hämta två glas Ramlösa och längtat efter en Corps men inte orkat gå ut på balkongen.

"Du vet att jag har en... förmåga", hade han sagt. "Du vet."

"Vad var det då?"

"När Bertil och jag körde hem pratade vi om att en av dom där äldre männen, den äldste, ljugit som en väderkvarn. Sånt ser man ju. Det är ju vårt jobb att avgöra om folk talar sanning eller ljuger."

"Spelar det alltid nån roll då?"

"Hur menar du?"

"Folk ljuger av olika anledningar. Jag kan ju själv se det. En del bara ljuger, utan att veta i förväg att det skulle bli så. Men det förändrar ju inget. Det gör dom inte till brottslingar. Det behöver inte betyda att dom döljer nåt fasansfullt."

"Men det var precis den känslan jag fick därute. Att det fanns nåt... stort som doldes. Nåt förjävligt som hänt. Förstår du? Gubben vi pratade med hade nåt i sitt förflutna som han inte ville släppa fram." Winter drack en klunk av mineralvattnet. "Men jag tror också att den andre, grabben Smedsbergs far, ljög. Jag vet inte vad jag ska säga... jag vet inte ens om det hör hit. Antagligen inte."

"Han blev väl nervös när det kommer två snobbiga kommissarier från storstan."

"Vi är inte snobbiga."

"Jaså? Hade ni dragit på blåställen?"

"Köpte dom i handelsboden."

Hon drack ur sitt glas, han kunde se hennes profil.

"Hade han den här pojken Kaite undanstoppad, tror du?"

"Undangömd? Nej."

"Vad är det då?"

"Jag vet inte, som sagt. Däremot vet jag att jag behöver prata med den andre igen, Carlström. Men först behöver jag prata med unge Smedsberg."

Han kunde se henne nicka svagt.

"Samtidigt behöver vi prata med dom där barnen, och mer med deras föräldrar."

"Det är otäckt", sa hon.

"Det kan vara ännu värre än vi tror", sa han.

Hon svarade inte.

"Jag har försökt tänka på det här, tittat på ett eventuellt mönster som kanske kan bli klarare om vi får mer fakta, minnesbilder. Bilder. Ting. Saker. Finns det ett mönster här så lär det inte bli enklare. Och om det blir mer komplicerat så blir det också... ohyggligare." Han sträckte ut handen mot henne, rörde vid axeln som var mjuk och fast. "Förstår du hur jag tänker?"

"Att det blir värre", sa hon.

"Ja."

"Att det kan komma att fortsätta."

"Ja."

"Vad kan man göra då?" frågade hon. "Låsa in barnen? Ha beväpnade vakter på dagis och fritids och i skolorna?"

"Det kan räcka med mer personal."

"Ha!"

"Men det finns inget hundraprocentigt skydd mot nån som vill göra nån illa."

"Så ni kan bara vänta?"

"Absolut inte."

"Vad skulle hända om det kom ut i pressen att det finns nån... därute. Som väntar. Eller förbereder sig."

"Det skulle ju inte vara bra", sa han.

"Tänk om ni måste, då? Tänk om ni faktiskt måste upplysa allmänheten?"

"Det finns olika sätt att göra det på."

"Jag har ju sett den där lille killen, Waggoner." Han hörde henne andas. "Hur är det möjligt? Va? Vad får nån att göra nåt sånt?"

Hur ska man svara rationellt och klart på det? tänkte han.

"Jag vet att det inte finns nåt rationellt och klart svar på en sån fråga, men den måste ju ställas, eller hur?" sa hon. Nu såg han att hon tittade på honom. Han såg ett blänk i ett öga. "Eller hur? Varför? Man måste ju fråga sig varför?"

"Det är svaret på den frågan vi letar efter hela tiden", sa han.

"Räcker det?"

"Att hitta ett varför? Det vet jag inte. Ibland finns det ju inget."

"Finns inget skäl, menar du?"

"Ja... vad är skälet till att nån begår en grov brottshandling?

Finns det bara *ett* skäl? Är det en serie olika skäl? Hänger dom ihop? Går dom överhuvudtaget att analysera logiskt? Bör man ens tänka logiskt om brottet, eller brotten, styrs av ologik och slump? Eller kalkylerat kaos, om det finns nåt sånt." Han såg på henne igen. "Det kan vara så mycket. Det kan vara ren galenskap, grav sinnessjukdom. Svåra minnen. Hämnd."

"Är det vanligt? Hämnd?"

"Ja. Hämnd mot nån som gjort en illa. Direkt. Eller indirekt. Ja, visst är det vanligt. Det kan gå långt tillbaka."

"Långt tillbaka i tiden?"

"Långt tillbaka", upprepade Winter. "Det förflutna kastar skuggor. Det vet du ju. Det är så många gånger. För att finna svaren nu får man söka ett *då*. Det som sker nu har sitt ursprung."

"Så kan det väl vara den här gången också? Med den där misshandeln av studenterna? Och med misshandeln av pojken?"

"Javisst."

"Det är två olika saker men ändå."

"Mhm."

"Är det inte två olika saker?"

"Jo..."

"Du drar på det."

"Nej, jag tänkte på det här med sökandet bakåt. Grävandet. Leta efter svar."

"Ni är som undersökande journalister?"

"Nej... mer som arkeologer. Brottets arkeologer."

27

DE FICK MÅNGA SVAR PÅ EFTERLYSNINGEN av Aris Kaite men inget tips förde dem till honom, eller honom till dem.

"Har du fått nåt nytt från dom afrikanska klubbarna?" frågade Fredrik Halders när de körde uppför de östra backarna mot hans hus.

"Nej", svarade Aneta Djanali. "Han är inte medlem. Dom kände till honom förstås men han hade inte medlemskap."

"Är du medlem?"

"Exakt i vad skulle jag vara medlem?"

"Ougadougou-klubben."

"Tänk om jag skulle ta med dig till Ougadougou, Fredrik? Ibland tror jag att du drömmer om Ougadougou. Du pratat sannerligen ofta om stället."

"Gör inte alla det?" sa Halders.

Aneta Djanali var född på Östra sjukhuset i Göteborg av afrikanska föräldrar, invandrare från Burkina Faso, som lämnat landet när det fortfarande hette Övre Volta. Hennes far hade utbildat sig till ingenjör och de hade återvänt när Aneta var på gränsen till vuxen. Hon valde att stanna i Sverige. Förstås. Hennes far levde nu ensam i ett litet hus i huvudstaden och huset hade samma utfrätta soltorra färg som sanden runt staden. Allt var varm vass luft där, eller blått frusen, och människorna bar alltid samma drömmar om vatten som aldrig kom. Aneta Djanali hade varit... tillbaka, om hon kunde kalla det så. Landet var främmande. Hon hade omedelbart känt sig hemma, men inte mer, som om talesättet borta bra men hemma bäst förlorat sin mening. Hon visste att hon inte skulle kunna leva där men det skulle alltid vara ett hemma.

Hon parkerade framför Halders hus där en adventsstake lyste i ett av fönstren.

"Om du vill kan jag hämta Hannes och Magda", sa hon när han var på väg ut.

"Hade du inte en massa ärenden?"

"Det kan vänta." Hon gav till ett kort skratt. "Det var ändå mest tapiokarötter och torkade bananer och dom tar inte slut."

"Tänk om klubben ska ha fest i kväll?"

"Vad händer när folk tar dina rasistiska skämt på allvar, Fredrik?"

"Jag vågar inte tänka på det", svarade han.

"Ska jag hämta dom då?"

"Ja, väldigt gärna. Jag kan göra middag." Han vände sig om på gatan med bildörren halvöppen. "Jag har sandbul..."

"Ja, ja", sa Aneta Djanali och körde iväg.

Winter satt i Birgerssons rum. Rotelchefen rökte i halvdunklet från fönstret.

Stagen som höll upp Ullevi spretade bakom honom, mot en klar kvällshimmel. Winter kunde se en stjärna.

"Vad gör du i jul, Erik?"

"Spanien. Costa del Sol. Om jag kommer iväg."

"Jag hoppas du inte gör det."

"Jag förstår hur du menar men ändå inte."

Birgersson grymtade och askade.

"När tar ni in barnen för förhör?" frågade han.

"Vi börjar i morgon."

"Det är svårt."

Winter svarade inte. Han lutade sig fram och tände en Corps med en tändsticka som han lät brinna ett par extra sekunder. Birgersson log.

"Tack för julstämningen", sa han.

"Dom pratar rätt bra", sa Winter och lät rök sila uppåt. " I stort sett som vuxna."

Birgersson grymtade igen.

"Det finns ändå en del att gå på", fortsatte Winter.

"På den gamla tiden, som var nyss, sa man att ett barn är sönderhört efter en gång", sa Birgersson. "Sen går det inte att få fram nåt." Han studerade röken från Winters cigarill. "Men nu låter vi minnena mogna. Bilderna."

"Mhm."

"Låt oss här för en stund förutsätta att det har hänt", sa Birgersson. "Det barnen säger är sant. Det har faktiskt hänt."

"Simon Waggoner säger ingenting", sa Winter.

"Men där vet vi", sa Birgersson, "där är det ju ingen tvekan."

Winter tänkte.

"Han har nåt som lockar dom", sa han.

"Är det en enda? En och samma?"

"Vi förutsätter det för en stund", sa Winter.

"Fortsätt."

"Och dom har nåt som han vill ha."

"Hur menar du då?"

"Han söker nåt från de här barnen. En sak. Ett minne som han kan ta med sig."

"Han vill ha dom själva också? Han vill ha... barnen."

"Vi väntar med det", sa Winter. Han rökte igen. Han kunde fortfarande se stjärnan, och en till. Det var som om hans syn skärptes när han tänkte som han tänkte nu. "Han plockar med sig nåt. Han vill ha det hemma hos sig. Eller med sig."

"Varför?" frågade Birgersson.

"Det har att göra med... honom själv. Den han var."

"Den han var?"

"När han var som dom. När han var barn."

"Vi vet vad han har tagit", sa Birgersson." En klocka, en boll och ett slags smycke."

"Och kanske nåt från pojken Skarin. Troligtvis."

"Är det troféer, Erik?"

"Jag vet inte. Nej. Inte på det sättet."

"Liknar dom här sakerna nåt han själv har?" sa Birgersson och la ifrån sig cigarretten och gungade till på snurrstolen som gav ifrån sig ett kvidande.

"Det är en mycket bra fråga", sa Winter.

"Som nån kunde besvara om det fanns nån", sa Birgersson.

"Barnen finns."

"Ja. Men jag tänkte på andra vuxna. Vuxna vittnen." Han granskade Winter, Winters Corps, skjortan som var uppknäppt i halsen, slipsen som en snara. "Är det ens en vuxen vi har att göra med här, Erik?"

"Det är en bra fråga."

"Ett barn i en vuxen kropp", sa Birgersson.

"Så enkelt är det inte", sa Winter.

"Vem har sagt att det är enkelt? Det är förbannat komplicerat", sa Birgersson. Han vände sig plötsligt om, som om han kände strålarna i nacken från de två stjärnorna som verkade fästade på pålar över Lunden bakom Ullevi. Han vände sig tillbaka.

"Det är jävligt... ruggigt", sa han. "Du vet att jag tycker att det är oprofessionellt med såna uttryck, men här använder jag det." Han tände en ny cigarrett och pekade med den mot Winter. "Hugg honom innan det händer nåt ännu jävligare."

28

ANGELA RINGDE NÄR WINTER GICK UT från Birgerssons rum.
Han såg sitt hemnummer på displayen.
"Ja?"
"Erik, förståndaren på dagis hörde av sig nyss. Vårt dagis alltså."
"Är Elsa hemma?"
"Ja, ja, herregud."
"Vad var det om?"
"Dom hade sett nån... nån mystisk person."
"Okej, har du ett nummer tillgängligt där?"
Han ringde direkt på mobilen, fortfarande halvvägs till sitt rum.

Han satt i hennes tjänsterum som var klätt med barnteckningar
som förebådade julen. Det var inte första gången för honom i det
här rummet, men första gången i det här ärendet. De enda som
rörde sig i daghemmet var städpersonalen. Tystnaden var egen-
domlig, på något sätt onaturlig i rum som annars alltid ljöd av
barnröster. Han hade varit här andra kvällar på föräldramöten
men tystnaden då hade varit annorlunda, ett vuxet mummel.
"Nån som filmade", upprepade Winter.
"En försenad reaktion, får man väl säga. Lisbeth började tänka
på det när en av papporna som hämtade i kväll började videofil-
ma."
"Var var det exakt?"
"När dom gick över bollplanen. Åtminstone när dom kom över
till andra sidan."
"Var stod han?"

Han hörde en försiktig knackning på dörren bakom sig.

"Hon kommer här själv tror jag", sa föreståndaren som hette Lena Meyer. "Kom in!"

Lisbeth Augustsson öppnade dörren. Hon nickade mot Winter som hon talat med många gånger men bara några ord. Hon var kanske tjugotvå, kanske tjugofem, håret i tjocka bruna flätor, röda band. Hon satte sig på stolen bredvid Winter.

"Var stod han och filmade?" frågade Winter.

Hon försökte beskriva platsen.

"Han följde efter också", sa hon.

"Filmade han er?"

"Ja... det verkade så."

"Kände du igen honom?"

"Nej."

"Hur kan du vara säker?"

"Ja... det kan jag ju inte, förstås. Det var inte lång tid jag såg honom heller. Och han hade en kamera för ansiktet." Hon log.

"Ingen du sett förut?" frågade Winter.

"Nej."

"Vad fick dig att prata med Lena här?" frågade Winter och nickade mot föreståndaren.

"Ja... det är ju det här med flickan som sa att hon... pratat med nån. Ellen Sköld. Man blir ju lite misstänksam." Hon tittade på Lena Meyer. "Och man är ju alltid försiktig."

Hon visste ingenting om de andra barnen. Inte mycket om Simon Waggoner, inte än. Snart kunde inte Winter och hans medarbetare hålla det hemligt.

"Har du sett nån förut som filmat er?" frågade Winter. "När ni är på utflykt. Eller på gården?"

"Neeej, det kan jag inte säga. Det var liksom nu. I dag."

"Berätta så noga du kan vad som hände", sa Winter.

"Det är inte så mycket. Jag tittade bort en gång och såg honom utan att tänka så mycket på det. Man ser ju liksom folk med videokameror rätt ofta, typ. Men sen tittade jag en gång till och då stod han kvar och filmade... mot oss liksom." Hon gjorde en gest uppåt.

"Och när han verkade se att jag såg, att jag alltså tittade in i kameran, så flyttade han den och låtsades filma husen på andra sidan vägen eller vad det var."

"Det kanske han gjorde", sa Winter.

"Vilket då?"

"Filmade husen. Han kanske inte låtsades."

"Det verkade så."

"Vad hände sen?" frågade Winter. "Stod du kvar och iakttog honom?"

"Ja... jag tittade väl en liten stund till, men vi hade ju barnen... och han vände sig om efter bara några sekunder och gick därifrån."

"Åt vilket håll?"

"Tillbaka mot Linnéplatsen."

"Såg du honom från sidan. Eller bakifrån?"

"Bakifrån, tror jag... jag tittade nog inte länge. Glömde det väl, eller vad man ska säga. Vi hade ju annat, liksom. Och sen tänkte jag på det nu här, senare."

"Kan du beskriva hans utseende?" frågade Winter.

"Ja... han såg väl normal ut... kameran var ju i vägen så man såg inte ansiktet, jacka som var blå tror jag, byxor antar jag..." hon skrattade till, "han hade inte kjol, det skulle jag kommit ihåg, jaaaaa, det är väl det." Hon tänkte, Winter hade suttit så här tusentals gånger med vittnen som försökte minnas. Allt de sa kunde stämma, men det kunde också vara fullständigt missvisande. Absolut gröna färger kunde vara gula, tvåmetersmän kunde vara dvärgar, kvinnor vara män, män kvinnor, byxor kunde vara... kjolar. Bilar kunde vara mopeder och kanonsäkra hundar kunde vara kameler. Nej. Kameler hade inte förekommit ännu i något av hans fall.

Barn kunde vara barn. Upphöra att vara det, borta. Upphöra att vara. Eller aldrig mer bli barn, aldrig bli hela personer.

"Han hade en keps!" sa hon nu.

"Du sa förut att han hade kameran framför huvudet."

"Framför ansiktet. Jag sa framför ansiktet. Och inte hela tiden medan jag såg honom. Jag kommer ihåg nu att kepsen stack upp över kameran. Och jag såg den också när han vände sig om och filmade husen på andra sidan, om han nu gjorde det."

"Vad var det för keps?"

"Ja.... det var ingen Nikekepa i alla fall. Ingen sån där baseboll-variant."

Winter tänkte på Fredrik Halders, han hade rätt ofta baseboll-keps över den snaggade skallen. Nikekepa, eller Kangol.

"Det var nog en gubbkeps", sa hon.

"Gubbkeps?" upprepade Winter.

"Ja... en sån där grå eller beige grej som gubbar alltid har."

Winter nickade.

"En sån", sa hon. "Grå, tror jag, fast det vet jag inte. Nåt grått mönster liksom."

"Var det en äldre man?" Winter pekade på sig själv. "Som jag?"

Hon log igen, stora tänder som var perfekt formade, vita, nordiska om man kunde säga så.

"Jag kan inte avgöra det", sa hon, "men han kanske var ungefär i din ålder. Trots kepsen. Han gick... normalt, var inte tjock eller så, verkade inte... gammal. Inte som en gubbe."

"Skulle du känna igen om honom?"

"Jag vet inte. Men är han klädd på samma sätt... och har en videokamera... så är det ju möjligt."

"Har du pratat med nån annan om det här?" frågade Winter. "Mer än med Lena här." Han nickade mot Lena Meyer.

"Nej."

"Hur många personal var ute i eftermiddags med barnen?"

"Eh... tre med mig."

"Och dom andra märkte inget?"

"Det vet jag inte. Som jag sa så glömde jag liksom bort det sen. Tills nu."

Winter reste sig, tänkte. Han såg gruppen framför sig, den gick över bollplanen. Fröknar först, i mitten och sist. En sådan syn hade han sett rätt många gånger. Vad gjorde dom? Stannade, strulade, gick vidare. Det var december nu. De sista dagarna före ledighet. Alla var i en särskild stämning. Det fanns nåt att fira. Ledighet åt alla. På ett sätt hade den redan börjat. Vad gör man när det är lite festlig stämning? Sjunger. Dansar. Trivs. Man kanske vill spara den här stunden, eller stämningen. Spara den. Titta på den igen. Spara den. Hålla kvar den.

Han tittade på Lisbeth Augustsson.

"Ni hade inte själva med er nån filmkamera på utflykten?"

"Eh... nej."

"Nån vanlig kamera?"

"Eh... va?"

Han såg att hon svarade så för att hon tänkte.

"Hade ni nån kamera med er ut?"

Lisbeth Augustsson tittade nu på Winter med ett särskilt uttryck i ansiktet.

"Ja, jäkl... Anette hade ju med sig sin kamera! En vanlig enkel instamatic eller nåt. Hon kanske tog bilder när vi var där på bollplanen! Hon sa att hon skulle göra det men jag tittade ju åt andra hållet." Lisbeth Augustsson såg på sin chef och på Winter igen. "Det kanske finns en bild på honom!"

"Kanske", sa Winter.

"Att du kom på det", sa hon.

"Vi hade ändå fått veta det när vi pratade med dom andra", sa Winter. "Var kan jag få tag på Anette?"

Ringmar väntade på Gustav Smedsberg. Utifrån korridoren hörde han röster, någon som försökte sjunga en stump julsång. Ekot var inte till fördel för någon. Ett skratt därutifrån, en kvinnoröst. Kriminalare som varvade ner inför helgen.

Men här varvar vi inte ner, vi varvar upp, upp, upp.

Han ringde hem men fick inget svar. Birgitta borde vara hemma nu. Han behövde fråga om inköpen på Saluhallen.

Han ringde Moas mobil: "Abonnenten du söker kan inte nås för tillfället..."

Han hade gärna ringt Martin om han vetat vad han skulle säga. Men problemet var akademiskt, om man sa så.

Samtalet kom från vakten. Akademikern Smedsberg väntade nere i den gemytliga foajén, "charmgrytan", som Halders kallade mottagningsutrymmena. En första stimulerande kontakt med polismyndigheten, allmänhetens eget ombudsmannaskap.

Gustav Smedsberg såg tunn ut där han stod utanför säkerhetsdörren, tunt klädd, en mössa som mest verkade vara prydnad. Om man såg den så. Jeansjacka, tunn tröja under. Han var bar i halsen. Grabbens ansikte uttryckte ingenting, möjligen var han uttråkad. Ringmar viftade in honom.

"Den här vägen", sa han.

Smedsberg huttrade till i hissen upp.

"Kallt ute", sa Ringmar.

"Började i går", sa Smedsberg. "En jävla vind."

"Du har inte hunnit rota fram vinterkläderna?"

"Det här är mina vinterkläder", sa Smedsberg medan han studerade hissknapparna. Han huttrade till igen, och igen, som plötsliga tics.

"Jag trodde du var van vid kyliga vindar hemifrån slätten", sa Ringmar. "Och hur man skyddar sig mot dom."

Smedsberg svarade inte.

De gick från hissen. Teglet på väggarna fungerade väl för den som ville sänka sin julstämning. Ringmar hade tänkt på det i morse. Eller om det berodde på att han redan kände sig sänkt. Birgitta hade varit tyst när han gick upp. Han visste att hon var vaken, det var hon alltid. Tyst. Han hade sagt ett par ord men hon hade rullat över på andra sidan.

"Varsågod", sa han och visade in Smedsberg i sitt rum.

Smedsberg blev stående innanför dörren. Ringmar såg hans profil, en näsa som var böjd på samma sätt som faderns. Kanske fanns det något i kroppshållningen som påminde också. Och i dialekten, även om grabbens var modernare.

"Varsågod och sitt."

Smedsberg satte sig, tvekande, som om han var på väg att gå.

"Tar det här lång tid?" frågade han.

"Nej."

"Vad är det om då?"

"Det vi har pratat om förut", sa Ringmar.

"Jag vet inget mer om det", sa Smedsberg. "Han bråkade om Josefin och det var vad det var."

"Vem menar du? Vem är 'han'?"

"Aris förstås. Är det inte han vi har snackat om hela tiden?"

"Det är andra inblandade", sa Ringmar.

"Jag känner dom inte har jag sagt."

"Jakob Stillman bodde i samma hus som du."

"Det gjorde hundra andra. Tusen."

"Du sa förut att du inte kände Aris Kaite."

"Ja ja." Smedsberg gjorde ett slags avvärjande rörelse med huvudet.

"Vad betyder det?"

"Vilket då?"

"Ja ja. Vad betyder det?"

"Det vet jag inte."

"SKÄRP DIG", sa Ringmar med skärpa i rösten.

"Vad är det?" sa Smedsberg, mer alert nu, men fortfarande med en avlägset uttråkad min som inte så lätt skulle försvinna.

"Vi utreder svåra våldsbrott här och vi behöver hjälp", sa Ringmar. "Den som ljuger för oss hjälper oss inte."

"Har jag begått nåt brott?" frågade Smedsberg.

"Varför sa du att du inte kände Aris Kaite?"

"Jag trodde inte det betydde nåt." Han tittade på Ringmar som såg ett slags kall intelligens i hans ögon.

"Vad tror du nu då?" frågade Ringmar.

Smedsberg ryckte på axlarna.

"Varför ville du inte säga att du kände nån som råkat ut för nåt som du själv var nära att råka ut för?"

"Jag trodde inte det var så viktigt. Och jag tror fortfarande att det är tillfälligheter."

"Jaha?"

"Mitt och Aris bråk hade inte med nåt sånt... här att göra."

"Vad *hade* det med att göra?"

"Jag har sagt det förut. Han hade missuppfattat en sak."

"Vad var det han hade missuppfattat?"

"Hörrnu, varför ska jag svara på det här?"

"Vad var det han hade missuppfattat?" upprepade Ringmar.

"Eh... att han var ihop med... Josefin." Gustav Smedsberg verkade le, eller ge ifrån sig ett kort flin. "Men han hade inte frågat henne."

"Var kommer du in i det här då?"

"Hon ville vara ihop med mig."

"Och vad ville du då?"

"Jag ville vara fri."

"Vad fanns det då att bråka med Kaite om?" frågade Ringmar.

"Ingen aning. Ni får nog fråga honom."

"Vi kan inte göra det, eller hur? Han är ju försvunnen."

"Javisst, ja."

"Flickan är också försvunnen. Josefin Stenvång."

"Ja, det är konstigt."

"Du verkar inte särskilt orolig."

Smedsberg svarade inte. Hans ansikte röjde ingenting. Ringmar hörde en röst ute i hallen, en han inte kände igen.

"Du och Kaite var ju så goda vänner att ni åkte hem till dig för att jobba med potatisskörden", sa Ringmar.

Smedsberg svarade fortfarande inte.

"Eller hur?" sa Ringmar.

"Så ni har vatt hemma", sa Smedsberg. Jag behöver bara nämna Die Heimat, tänkte Ringmar, och killen är hemma igen på den där gudsförgätna slätten.

"Eller hur?" upprepade Ringmar.

"Om du säger det så", sa Smedsberg.

"Vad fanns det för anledning att hålla inne med din bekantskap med Aris Kaite?" frågade Ringmar.

Smedsberg svarade inte.

"Vad tyckte din pappa om honom?" frågade Ringmar.

"Lämna gubben utanför det här."

"Varför det?"

"Lämna honom bara utanför."

"Han är redan inne", sa Ringmar. "Och jag måste fråga dig om ytterligare en sak som hänger ihop med det här."

Ringmar frågade om Natanael Carlströms fosterson.

"Ja, det fanns visst en", sa Smedsberg.

"Känner du honom?"

"Nej. Han flyttade innan jag var... vuxen."

"Har du sett honom?"

"Nej. Vadå?"

Ringmar märkte att killen inte längre såg uttråkad ut. Hans kroppsspråk hade förändrats. Kroppen hade spänts hårdare.

"Vet du vad han heter?"

"Nej. Ni får väl fråga gubben Carlström."

Ringmar reste sig. Smedsberg reste sig också.

"Sitt kvar, tack. Jag ska bara sträcka ut på benet en sekund. Det verkar ha somnat." Ringmar satte sig igen. "Det var du som nämnde dom där brännjärnen. Märkjärnen. Vi har faktiskt tittat lite på det, men kom inte nån vart förrän vi åkte ut till Carlström."

"Varför åkte ni dit?" frågade Smedsberg.

"Det var din pappa som trodde att Carlström kanske hade ett sånt järn."

"Jaha."

"Vilket han också hade."

"Jaha."

"Har ni haft nåt på er gård?"

"Inte vad jag har sett."

"Du sa det förut."

"Gjorde jag?"

"Hittade du på det?" frågade Ringmar.

"Nej. Vadå?"

"Du sa att ni hade såna järn."

"Då måste jag ha sagt fel", sa Gustav Smedsberg.

"Hur ska du ha det?"

"Jag måste ha sagt fel. Jag måste ha menat att jag hört talas om såna."

Vi får återkomma till det, tänkte Ringmar. Jag vet inte vad jag ska tro och jag vet inte om killen vet det heller. Han får komma tillbaka.

"Carlström hade ett", sa Ringmar. "Eller kanske två."

"Jaha."

"Du verkar intresserad."

"Vad ska jag säga?"

Ringmar lutade sig fram.

"Det har blivit stulet."

Smedsberg var på väg mot ännu ett "jaha" men höll tyst.

"Nu är det borta", sa Ringmar, "precis som Aris Kaite är borta. Och han har ett sår som kanske kommer från ett sånt... vapen. Och det såret kanske kan avslöja nåt."

"Vad skulle det vara?" frågade Smedsberg.

"Svaret på den frågan har du ju själv gett oss", svarade Ringmar.

"Är det inte lite långsökt att ni träffar på en gubbe som fått ett sånt här järn stulet och att det skulle vara just det som har använts?" sa Smedsberg.

"Det är vad vi också frågar oss", sa Ringmar. "Och det är precis där du kommer in, Gustav." Ringmar reste sig igen och Smedsberg satt kvar. "Hade det inte varit för dig hade vi inte varit ute på den där slätten alls."

"Jag hade inte behövt säga nåt alls om nåt märkjärn", sa Smedsberg.

"Men du gjorde det."

"Ska jag ha fan för det då?"

Ringmar svarade inte.

"Jag går gärna med i en skallgång efter Aris om det är det ni behöver hjälp med", sa Smedsberg.

"Varför just skallgång?"

"Vadå?"

"Varför skulle vi gå skallgång efter Aris?"

"Inte vet jag."

"Men du sa ju det."

"Vafan, det är ju nåt man säger. Vadå, skallgång, herrejesses, kalla det vad som helst när man letar efter nån."

"Skallgång funkar inte i storstäder", sa Ringmar.

"Nehej."

"Funkar bättre på landet", sa Ringmar.

"Jaha."

"Är han på landet, Gustav?"

"Jag har inte den blekaste."

"Var är han, Gustav?"

"Herreje... jag vet inte."

"Vad har hänt med honom?"

Smedsberg reste sig.

"Nu vill jag gå. Det här är ju inte klokt."

Ringmar tittade på pojken som fortfarande såg ut att frysa i sina tunna kläder. Ringmar kunde hålla honom kvar över natten men det var för tidigt. Eller kanske för sent. I vilket fall var det för... tunt. Han reste sig.

"Jag följer dig ner, Gustav."

29

WINTER RINGDE DIREKT TILL ANETTE, från föreståndarens rum. Hon var hemma och Winter hörde köksfläktens sus i bakgrunden, eller hårtorkens. Suset försvann.

Kameran? Ja, vadå? Ja, hon hade den där. Filmen var inte slu... ja, han kunde få hämt...

Winter skickade en bil hem till Anette. Kameran var verkligen mycket enkel. Ett av tekniska rotelns labb hade filmen framkallad och kopierad efter det att Winter återvänt till sitt tjänsterum.

Han hade korten på bordet nu. De var inte tagna av någon van fotograf, men det spelade ingen roll med den kameran. Allt var överexponerat och skärpan var dålig. Motiven var barn, de flesta i en miljö som Winter kände igen, gårdsplanen på Elsas dagis. Några bilder föreställde personal som han kände igen.

Parken, bollplanen. Barn i långt led.

En man med videokamera syntes i bakgrunden, kanske trettio meter bakom barnen. Kameran dolde hans ansikte. Just den här bilden var egendomligt skarp, som om det plötsligt var en annan fotograf.

En keps täckte mannens huvud. Winter kunde inte avgöra vilka färger kepsen hade.

Mannen bar en jacka som man kunde se på äldre män som köpte sina kläder i Arbetarboden. Det var omöjligt att avgöra vad han hade för byxor. Det krävdes noggrannare kopiering, nya förstoringar.

Anette hade tagit två bilder där mannen syntes i bakgrunden, men inte efter varandra.

På den andra hade han vänt ryggen till och var uppenbarligen på väg därifrån. Nu syntes jackan tydligare. Den kunde vara sydd på 50-talet.

Kanske också byxorna. Det gick inte att se skorna, gräset nådde till vaderna. Winter kunde inte se videokameran.

"Har han den fortfarande framför nyllet?" sa Halders som satt med fotot framför sig. "Videokameran?"

De höll mötet i det mindre överläggningsrummet: Winter, Ringmar, Halders, Aneta Djanali.

"Den syns inte i alla fall", sa Winter.

"Han klär sig som en gubbe men han är ingen gubbe", sa Aneta Djanali.

"Vad exakt karaktäriserar en gubbe?" frågade Halders.

"Du får mig inte att slänga käft om det", svarade Aneta Djanali.

"Men på allvar?" frågade Ringmar.

"Det här är inte en gubbes hållning", sa Aneta Djanali. "Han har bara valt att klä sig som en åldring."

"Kläderna gör mannen", sa Halders.

"Frågan är vad den här har gjort", sa Ringmar och tittade på bilden som kanske fångat deras gärningsman före dem. Han kände en egendomlig upphetsning.

"Han filmade barnen", sa Winter.

"Det är inget brott." Ringmar gnuggade sig över ena ögat. Winter såg en stram linje över hans ansikte, skarpare än vanligt. "Det finns normala människor som filmar det mesta inom synhåll." Ringmar tittade upp med en rodnad över ögat. "Han behöver inte vara pederast eller barnarövare eller barnmisshandlare."

"Men han kan också vara det", sa Aneta Djanali. "Ett brott. Och det kan vara han."

"Vi får jobba med bilden", sa Winter. "Bilderna. Kanske är det nån vi känner igen från arkiven."

"Kameran ser ny ut. Den stämmer inte med dresskoden", sa Halders.

Ingen var säker på om han var allvarlig eller inte.

*

Det var nästan svårt att flytta fötterna i trängseln. Så fruktansvärt mycket folk, och han svettades och hade det inte varit för kvinnan med sittvagnen tio meter fram hade han inte varit här alls, nej nej. Han hade varit hemma, ensam.

Barnet hade sett ut som om det sov när de var utanför Nordstan. Sedan hade de gett sig in i det svarta havet av människor som gick, gick, gick, köpte, köpte, köpte.

Dan före dan före dan före dan! skrek någon, eller något sådant, men vad brydde han sig om julen? Personligen? Julen var barnens högtid. Han var inget barn. Han hade varit barn och han visste.

Det var en bra idé. Den hade funnits hos honom förut och nu var den starkare. Julen var barnens högtid. Han var ensam och han var inget barn. Men han visste vad barn tyckte om när det var jul. Han var snäll och han kunde göra allt som gjorde en jul riktigt rolig för ett barn. Riktigt rolig!

Han var inte säker på att kvinnan framför honom kunde det. Han trodde inte att barnet som sov i en obekväm ställning i vagnen tyckte att hon var rolig. Hon såg inte rolig ut. Han hade sett henne förut, någon gång när hon kom till daghemmet och han hade stått och tittat, eller bara gått förbi. Faktiskt hade han sett henne några gånger.

Han hade sett pojken. Han hade sett en man som kanske var pojkens pappa.

Han hade filmat pojken.

Han hade filmat dem allihop.

Kvinnan hade rökt utanför Nordstan. Han tyckte inte om det. Hon hade knyckt med huvudet och sett ut som om hon druckit röken. Han trodde inte att hon levde med det här barnet. Kanske var det hennes pojke, men han var inte säker.

Någon stötte till honom, ytterligare någon. Han kunde inte se vagnen men nu såg han den igen. Han brydde sig inte om kvinnan alls egentligen.

När de kom från daghemmet hade han följt efter. Han kunde hämta bilen senare.

Det hade varit kyligare i luften men han hade inte frusit. Han trodde att pojken frös, kvinnan hade inte stoppat om honom ordentligt.

Nu gjorde det inte så mycket, det var varmt därinne. Hon stod utanför ett av varuhusen som sålde allt som gick att sälja. Portarna var öppna och breda som dammluckor och folk vällde ut som svart vatten, ut och in, ut och in.

Han såg skulpturen som han beundrade. Det såg så... fritt ut. Kropparna svävade ner från himlen. De hade en frihet. De flög.

Han såg sig om nu och såg att hon ställde vagnen där dom sålde parfym och hårvatten och läppstift allt vad det var, eller kanske kläder, men han kontrollerade inte så noga. Jo, det var kläder. Parfym var längre bort. Det visste han ju.

Han kunde se pojkens fötter sticka ut, eller en av dem. Hon verkade stå och titta på pojken, eller om det var något på golvet bredvid vagnen. Kanske spelade det ingen roll för henne. Han flyttade sig åt sidan när folk vällde in och ut. Han stod tio meter ifrån henne. Hon såg honom inte. Hon drog vagnen lite närmare en av diskarna. Hon såg sig om. Han förstod inte vad hon gjorde.

Hon gick. Han såg henne gå bort mot en annan disk och sedan såg han henne inte mer. Han väntade. Han såg vagnen och det var det ingen annan som gjorde. Han höll uppsikt medan kvinnan var iväg och gjorde gudvetvad.

Han vakade. Folk som gick förbi trodde väl att vagnen tillhörde någon som stod vid diskarna i närheten. Kanske någon som jobbade där. Han såg sig om men kvinnan var inte där. Han tittade på klockan men han visste ju inte när hon gått så han visste inte hur länge hon varit borta.

Han tog några steg mot sittvagnen och några till.

När Ringmar kom hem kände han att något var oerhört fel, redan när han tog av sig skorna i hallen var tystnaden av ett tyngre slag. Han hade inte hört en sådan tystnad förut därinne. Eller hade han det?

"Birgitta?"

Inget svar, och ingen var där när han gick ut i köket, uppför trappan, genom rummen. Han tände inte på övervåningen eftersom grannens ljusspel lyste upp väggarna i ett gult skarpt dan före dan före dan-sken.

Därnere ringde han sin dotters mobiltelefon. Hon svarade efter andra signalen.

"Hej Moa, det är pappa."

Hon svarade inte. Kanske nickar hon, tänkte han.

"Vet du var mamma är?"

"Ja..."

"Jag har försökt ringa och när jag kom hem var det tomt."

"Ja..."

"Var är hon då? Är ni på stan och handlar?"

Ringmar hörde hennes snabba inandning.

"Hon har rest bort ett litet tag."

"Va?"

"Hon har rest bort ett litet tag, sa jag. Jag fick själv veta det nu i förmiddags."

"Rest bort? Vart då? Varför det? Vad är det som händer?"

Det var många frågor och hon svarade på en av dem:

"Jag vet inte."

"Vet inte vadå?"

"Vart hon har åkt."

"Sa hon inte det?"

"Nej."

"Vad i helvete är detta?!" sa Ringmar. Snart får jag sätta mig, tänkte han. "Jag förstår inte ett jävla skit", sa han. "Gör du, Moa?"

Hon svarade inte.

"Moa?" Han hörde ljud i bakgrunden, som om något rörde sig snabbt. "Moa? Var är du?"

"Jag är på spårvagnen", svarade hon. "Jag är på väg hem."

Tack och lov för det, tänkte han.

"Vi får prata när jag kommer", sa hon.

Han väntade rastlöst i köket, öppnade en öl som han inte drack. De tusen lamporna i grannens trädgård började plötsligt blinka. Vad i helvete, tänkte han. Dom blinkar som tusen gula fasettögon, som stjärnor som lämnar budskap till jorden. Snart går jag över och överlämnar ett tydligt budskap till den jäveln.

Dörren öppnades ute i hallen. Han gick dit.

"Det behöver inte vara så illa", var det första hans dotter sa. Hon krängde av sig kappan.

"Är det här en mardröm?" frågade Ringmar.

"Vi går in i rummet", sa hon.

Han lunkade efter. De satte sig i soffan.

"Martin ringde", sa Moa.

"Jag förstår", sa han.

"Gör du?"

"Varför pratade hon inte med mig först?"

"Vad är det du förstår, pappa?"

"Det är väl uppenbart? Han vill träffa henne men han vill absolut inte träffa mig." Han skakade på huvudet. "Och hon fick lova att inte säga nåt till mig."

"Det vet jag inte", sa Moa.

"När kommer hon tillbaka då?"

"I morgon, tror jag."

"Så han är inte längre bort?" sa Ringmar.

Hon svarade inte. Han kunde inte se hennes ansikte, bara håret som fläckades av det prickiga, pumpande ljuset från idiotens trädgård.

"Han är alltså inte längre bort?" upprepade Ringmar.

"Hon ska inte träffa honom", sa Moa till sist.

"Förlåt så mycket?"

"Mamma ska inte träffa Martin", sa Moa.

"Vad är det du vet här som jag inte vet", sa han.

"Inte mycket mer än du", svarade hon. "Mamma ringde mig och sa att Martin hade hört av sig och att hon måste åka bort ett litet tag."

"Men vad i helvete sa han då? Han måste ju ha sagt nåt som fick henne att sticka!?"

"Jag vet inte."

"Det här är sånt som händer andra", sa han.

Hon svarade inte.

"Är du inte orolig?" sa han.

Hon reste sig.

"Vart ska du gå?" frågade han.

"Upp till mitt rum. Vadå?"

"Det är nåt mer", sa han, "jag kan se det på dig."

"Nej", svarade hon, "och jag måste gå upp nu. Vanna skulle ringa."

Han reste sig och gick ut i köket och hämtade ölflaskan och gick tillbaka och satte sig i soffan igen. Birgitta hade ingen mobiltelefon, annars kunde han ha lämnat ett meddelande, sagt något, gjort något. Det här är något jag aldrig upplevt. Är det en dröm? Eller är det något jag sagt? Något jag gjort? Vad har jag gjort?

Varför hade Martin ringt? Vad hade han sagt? Vad hade han sagt som fått Birgitta att resa sig och gå? Utan något meddelande.

Han drack och ljusspelet därute fortsatte. Han såg ut genom fönstret och någon sorts portal illuminerade grannens ytterdörr, ytterligare en nyhet. Han höll flaskan hårt i handen och reste sig. Han kunde se grannen komma ut och vända sig om och beundra sin ljusgård. Ringmar hörde en telefonsignal och Moas röst när hon svarade. Han väntade på att hon skulle ropa ner till honon men hon fortsatte att prata. Vanna väl, kursaren med blommiga skjortan. Skulle göra sig bra i rätten.

Han fortsatte att stirra på grannfan. Det verkade som om den jäveln höll på att montera ett par nya strålkastare i en av lönnarna. Ringmar vräkte ner flaskan på glasbordet med en elak smäll och gick ut på verandan som vette mot ljuset. Han kände inte frosten under strumporna.

"Vad är det frågan om nu då?" ropade han tvärs över den blinkande Karlavagnen och Lilla björn och Stora björn och Fan och hans mormor.

Grannens missfärgade och sinneslösa ansikte vändes åt hans håll.

"VAD GÖR DU?!" röt Ringmar och medan han gjorde det visste han att man inte gjorde så, man tog inte ut sin egen frustration eller oro på andra människor, han visste detta, men just nu sket han ett stort stycke i denna kunskap.

"Vad är det om?" frågade grannen som Ringmar visste var något slags administratör inom något slags vård. En riktig slaktare med andra ord, som Winters Angela skulle ha sagt. Jag ger mig fan på att den jäveln administrerar ljusterapin på sjukhuset, tänkte Ringmar nu.

"Jag behöver inga fler av dina lampor i nyllet", sa Ringmar och tänkte på Halders. Jag har inte använt ordet nylle på fyrti år.

Grannen stirrade tillbaka med sitt dumma nylle. Hur kan någon sådan person tillåtas leva? Var är Gud?

"Hela mitt hus därinne badar i ljus hela nätterna från din förbannade trädgård och det blir bara värre", sa Ringmar med något högre röst än normalt, bara så att administratören skulle höra. "Tack gode gud att julen snart är över." Han vände sig om och gick tillbaka in igen och dängde igen altandörren efter sig. Han darrade lätt. Jag klarade det ändå rätt bra. Ingen blev skadad.

Han väcktes vid midnatt, i en dröm som var kraftigt upplyst.

"Bertil, det är Erik. Jag behöver din hjälp. Det är sent men det kan inte hjälpas."

Han kunde se att det lyste i Winters fönster när han gick över parkeringsplatsen. Det var det enda som lyste på polishusets norra vägg.

En man satt i stolen mitt emot Winter.

"Det här är Bengt Johansson", sa Winter. "Han kom precis."

Ringmar hälsade. Mannen svarade inte.

"Har du varit därnere?" frågade Ringmar och vände sig till Winter. "I Nordstan?"

"Ja", svarade Winter. "Och jag är inte den ende som letar. Men stället är tomt."

"Herregud", sa Bengt Johansson.

"Berätta en gång till", sa Winter och satte sig.

"Det är inte första gången", sa Johansson. "Det har hänt en gång förut. Dom ringde från kiosken. Det hade bara gått ett par minuter den gången."

Ringmar tittade på Winter.

"Berätta om i dag", upprepade Winter.

"Hon skulle hämta Micke", sa Johansson. "Och det gjorde hon ju också. Ha! Vi hade bestämt att dom skulle gå en timme och handla nån julklapp och sen skulle hon komma hem till mig med honom." Han tittade på Ringmar. "Men dom kom inte." Han tittade på Winter. "Jag ringde hem till henne men fick inget svar. Jag väntade och ringde igen. Jag visste ju inte vart dom skulle gå."

Winter nickade.

"Sen ringde jag runt till några jag... vi känner... och sen ringde jag till sjukhusen." Han höll handen som man håller en telefon. "Och sen... ja, sen ringde jag hit. Krimjou... jouren eller vad det hette dit jag kom."

"Dom ringde mig", sa Winter och tittade på Ringmar. "Mamman... Carolin... hade lämnat barnet på H&M nära entrén och gått sin väg."

"Och gått sin väg?" upprepade Ringmar.

"Nån gång strax före sex. Mycket folk. Dom stängde åtta."

Winter tittade på Bengt Johansson. Mannen såg ut att ha skådat fasan i en dröm som måste ha varit värre än något Ringmar drömt på sistone.

"Bengt här började ringa när dom inte dök upp. Och kom fram hit, som sagt."

"Var är pojken?" frågade Ringmar.

"Vi vet inte", sa Winter på utandning. Bengt Johansson gav ifrån sig en snyftning.

"Var är mamman?" frågade Ringmar. "Är inte pojken med henne?"

"Nej", sa Winter. "Bengt här nämnde ett par ställen dit han inte hade ringt än, och på ett av dom var hon."

"Vadå för ställen?"

Winter svarade inte.

"Pubar? Restauranger?"

"Nåt ditåt. Vi hittade henne och identifierade henne men pojken var inte där."

"Vad säger hon då?"

"Ingenting som kan hjälpa oss just nu", sa Winter.

Bengt Johansson rörde på sig.

"Vad ska jag göra nu?" frågade han.

"Har du nån som kan hålla dig sällskap den närmaste tiden?" frågade Winter.

"Eh... ja... min syster..."

"En av våra kolleger skjutsar hem dig", sa Winter. "Du ska inte vara ensam."

Bengt Johansson svarade inte.

"Jag skulle vilja att du åker hem och väntar", sa Winter. "Vi hör av oss." Nån annan kanske hör av sig också, tänkte han. "Kan du ringa Helander och Börjesson, Bertil?"

"Vad i herrans namn är detta?" frågade Ringmar. De satt kvar i Winters rum. Winter hade försökt nå Hanne Östergaard, polisprästen, men hon var utomlands på julledighet.

"Ett familjedrama av den svåra sorten", sa Winter. "Mamman lämnar pojken och hoppas att nån vänlig själ ur personalen vaktar honom. Eller nån annan barmhärtig."

"Vilket alltså kan ha hänt", sa Ringmar.

"Det verkar så."

"Och nu är han alltså försvunnen", sa Ringmar. "Fyra år gammal."

Winter nickade och gjorde en cirkel med fingret på bordsskivan, och en cirkel ovanpå den.

"Var är mamman nu?"

"Hemma, med två från sociala. Kanske på väg till Östra just nu, jag får väl besked med det snaraste. Hon hade druckit på krogen men inte så mycket. Hon är förtvivlad och djupt ångerfull, om man säger så."

"Om man säger så", upprepade Ringmar.

"Hon gick tillbaka efter ett tag, hon kunde inte säga efter hur lång tid, och pojken var borta och hon trodde att han tagits om hand av myndigheterna."

"Kollade hon med jourbyrån?"

"Nej."

"Och hon ringde aldrig mannen? Bengt Johansson?"

Winter skakade på huvudet.

"Dom är separerade", sa han. "Han har vårdnaden."

"Varför gjorde hon det?" sa Ringmar.

Winter höjde armarna en bit i luften.

"Hon kan inte säga det", sa han. "Inte just nu i alla fall."

"Tror du på henne?" frågade Ringmar.

"Att hon lämnade pojken? Ja... vad är alternativet?"

"Ännu värre", sa Ringmar.

"Vi får jobba med alla alternativ", sa Winter. "Även kolla pappans alibi. "Det som gäller nu är att barnet är borta. Det är ju det primära."

"Har du varit hemma hos dom? Johanssons? Pappan?"

"Ja", sa Winter. "Och vi håller på att få fram alla som jobbade på det där våningsplanet i Nordstan just då. Första."

"Nån kan alltså ha tagit barnet?" sa Ringmar.

"Ja."

"Är detta nåt vi känner igen?" sa Ringmar.

"Ja."

"Just", sa Ringmar. "Men det stämmer inte med det andra. De andra."

"Det kanske det gör", sa Winter. "Pojken här... Micke... gick på ett dagis i centrum. Inte så långt från dom andra som är aktuella... inklusive mitt eget, eller Elsas snarare."

"Jaha?"

"Om nån bevakar daghemmen då och då... håller dom under uppsikt... så är det väl inte omöjligt att vederbörande också skulle kunna följa efter när nån hämtar ett barn."

"Varför?"

"Se var dom bor."

"Varför?"

"Han eller hon är intresserad av barnet."

"Varför?"

"Av samma anledning som i de tidigare fallen."

"Ta det lugnt nu, Erik."

"Jag tar det lugnt."

"Vilken är anledningen?" frågade Ringmar.

"Det vet vi inte än."

Ringmar tog en paus i tjugo frågor. Han kände Winters allvar och sitt eget.

"Det är kanske lättare att ta ett barn som man haft uppsikt över ett längre tag", sa Ringmar.

"Kanske."

"I stället för att bara gå fram och börja dra vagnen. Mamman kan ju stå bredvid."

Winter nickade. Han försökte se bilden framför sig men lyckades dåligt. Det var för många människor i vägen.

"Fy fan, Erik, vi kan ha ett bortrövat barn här." Ringmar gnuggade ögat, en hård cirkelrörelse. "Eller om kanske pojken vaknade upp och knallade iväg?" Han tittade fram ur sitt gnuggande. "Det är en möjlighet."

"Vi har många ute och letar", sa Winter.

"Vid kanalen?"

"Där med."

"Har du nån bild på pojken?"

Winter nickade ner mot bordsskivan där ett litet fotografi måste ha legat hela tiden.

"Vi håller på att köra fram kopior nu", sa Winter. "Vi har skrivit en text."

"Du vet vad det innebär när efterlysningen kommer ut?" sa Ringmar.

"Hemlighållandet är över", sa Winter.

"Och då kommer resten som på beställning", sa Ringmar.

"Det kanske är lika bra", sa Winter.

"Pressen kommer att ge oss ett helvete", sa Ringmar. "Eller medierna som det ska heta nu."

"Kan inte hjälpas."

"Det verkar nästan som om du... ser fram emot det, Erik."

Winter svarade inte.

"Vilken jul", sa Ringmar. "Är du inte på väg till Spanien?"

"Jag var. Angela och Elsa flyger ner i morgon. Jag kommer när jag kommer."

"Jaha."

"Vad skulle du ha gjort, Bertil?"

"Beror väl på vad vi misstänker att detta är. Är det det värsta så är det ju inget att tveka om", sa Ringmar.

"Vi behöver höra barnen igen", sa Winter.

30

VÅNINGEN HEMSÖKTES AV TOM JOADS ANDE när Winter stod i hallen med rocken halvvägs av och hörde ljudet av Elsas fötter på väg mot honom. Angela tappade något hårt i golvet i sovrummet och volymen var hög och ilsken: The highway is alive tonight, where it's headed everybody knows, en smäll till i sovrummet, Elsas lysande ansikte, han själv på knä.

Det hade snöat därute, börjat alldeles nyligen. Flingor smälte fortfarande på hans axlar.

"Vill du följa med ut och se på snön, Elsa?"

"Ja, ja, ja, ja!"

Trottoaren var vit, och parken.

"Vi gör snögubbe", sa Elsa.

De försökte och det blev en liten en. Det var inte den bästa kramsnön.

"Ha morot till näsa", sa Elsa.

"Det skulle vara en liten då."

"Kan pappa hämta?"

"Vi tar den här pinnen."

"Gubben går sönder!" sa hon när han tryckte in kvisten mitt i det runda ansiktet.

"Vi får göra ett nytt huvud", sa han.

De var tillbaka hemma efter en halvtimme. Elsas kinder var röda som äpplen. Angela kom ut i hallen. Springsteen sjöng på repeat om mänskligt mörker, fortfarande högt, it was a small town bank it was a mess, well I had a gun you know the rest, Angelas sånger som också blivit hans.

"Snö!" ropade Elsa och sprang in till sig för att rita en snö-gubbe ur levande livet.

"Och detta ska jag ta ifrån henne", sa Angela och såg på honom med ett vagt leende. "I morgon reser vi från den första vita julen i hennes liv."

"Det är borta redan i natt", sa han.

"Jag vet inte om det där var pessimistiskt eller optimistiskt", sa hon.

"Allt beror på sammanhanget, eller hur? Positivt, negativt."

Han hängde upp rocken och strök bort lite vatten över halsen. Han knäppte upp en knapp till i skjortan.

"Var har du slipsen?" sa hon.

"En kille därute lånade den", sa han och stack tummen åt park-hållet till.

"Sidenslips. Måste vara stans bäst klädda snögubbe."

"Kläderna gör mannen", sa Winter och gick ut i köket och hällde upp en whisky.

"Vill du ha?"

Hon skakade på huvudet.

"Du behöver ju inte åka", sa han. "Ni kan vara hemma. Det är ju inte så att jag tvingar iväg er."

"I eftermiddags tänkte jag så också", sa hon. "Men sen tänkte jag på din mamma. Bland annat."

"Hon kan faktiskt komma hit."

"Inte den här julen, Erik."

"Förstår du mig?" sa han.

"Vad ska jag säga?"

"Förstår du varför jag inte kan resa nu?"

"Ja", sa hon. "Men du är inte den ende som kan hålla förhör i stan. Eller leda en utredning."

"Det har jag aldrig påstått."

"Men du måste ändå stanna?"

"Det handlar om att... slutföra nåt. Och det har precis börjat. Jag vet inte vad det är. Men jag måste följa det till... slutet. Ingen annan kan göra det."

"Du är inte ensam."

"Jag menar inte så. Jag talar inte om mig själv som nån ensamvarg. Men släpper jag arbetet nu så... kommer jag inte tillbaka. Jag... förlorar det."

"Och vad innebär det? Vad är det du förlorar?"

"Jag vet inte..."

Hon såg mot fönstret som träffades av snöflingor som kastades mot rutan av ett starkt vinddrag. Springsteen sjöng, igen och igen, I threw my robe on in the morning.

"Det kan ha hänt nåt fruktansvärt", sa Winter.

"Har ni gått ut med efterlysningen?"

"Ja."

"Ja, just det, din... kontakt eller vad man ska kalla honom, på GT, Bülow, har ringt."

"Jag förstår det, han ringer säkert igen."

"Hör du några signaler? Svaret är nej. Och tystnaden beror på att jag dragit ur jacken."

"Jag hör Ghost of Tom Joad", sa han.

"Så bra." Hon gjorde en gest. "Ska det här fallet ta all din tid under hela julhelgen?"

"Det är ju därför jag stannar, Angela." Han drack av whiskyn nu, en kall värme ner genom strupen. "Jag kan inte säga mer om det. Du känner ju mig. Eller hur? Jag kan göra jobbet eller jag kan låta bli. Antingen eller. Jag kan inte göra det till hälften."

"Varför överhuvudtaget planera för semester då? Det är ju meningslöst. Bättre att alltid jobba, arton timmar om dygnet, året runt, år efter år. Alltid. Nåt annat är ju halvt, som du säger."

"Det är inte det jag säger."

"Okej, okej. Jag förstår att du... måste fortsätta nu. Att det händer saker hela tiden nu. Att det som hänt den lilla pojken kan vara fruktansvärt. Eller är fruktansvärt." Hon tittade fortfarande på snön på fönstret. "Men det tar ju aldrig slut, Erik." Hon vände på huvudet. "Det händer ju alltid nya fruktansvärda saker. Och du är alltid mitt inne i det. Det tar inte slut, det gör inte det."

Han svarade inte.

Jag var ändå barnledig ett halvår, tänkte han. Kanske var det min bästa tid. Den enda av riktigt värde.

"Jag har sett fram emot resan", sa hon nu.

Vad skulle han säga? Mister vi en jul tillsammans står det oss tusen åter? Vad kände han själv? Vad betydde det att inte tillbringa de dagarna med Angela? Och Elsa?

Hur många dagar talade vi om här?

"Jag kanske är nere dan efter", sa han.

"Dan efter dan?"

"Stanna, Angela. Vi sticker ner direkt när det här är över."

"Ibland när jag tänker på dig och ditt jobb är det som om du är nån slags... fri konstnär", sa hon. "Inga regelbundna tider, du väljer själv när och hur du jobbar, du liksom... styr arbetet. Förstår du, Erik? Det är som om du... skapar det själv."

Han svarade inte. Det fanns något i det hon sa. Det gick inte att förklara, ingen kunde det. Men där fanns något. Det var en skrämmande tanke.

"Jag kan inte förklara det", sa hon.

"Det går inte", sa han. "Men jag förstår vad du menar."

"Ja."

"Det är klart att ni stannar hemma över jul", upprepade han.

"Låt mig tänka en stund", sa hon. "Kanske är det bra för alla om vi åker ner, Elsa och jag."

Fem dagar, tänkte han plötsligt. Allt är över om fem dagar. På annandagen är det över.

Han visste redan att det inte var något att se fram emot. Oavsett vad som skedde kände han att det väntade en fasa på andra sidan helgen, eller under den. Han visste att han skulle bli överraskad, finna frågor och svar som han inte hade formulerat. Han skulle lämnas med obesvarade frågor. Se plötsliga öppningar som tidigare varit igensvetsade. Och nya murar. Men han skulle vara på väg hela tiden, verkligen på väg, och denna stund vid detta bord var den sista av frid. När skulle han återvända hit, till detta? Till friden?

"Vill du gifta dig med mig, Angela?" sa han.

*

Telefonen ringde omedelbart när han pluggade in den igen. Klockan var över midnatt. Inget nytt på mobilen, och numret till den hade ingen som han inte gett det till. Dit hörde inte Hans Bülow.

"Vad är det som händer, Erik?" frågade Bülow.

"Vad är det du vill veta?"

"Ni har gått ut med en efterlysning på en fyraårig pojke som heter Micke Johansson?"

"Det stämmer."

"Vad är det som har hänt?"

"Vi vet inte. Pojken är försvunnen."

"I Nordstan? Mitt under julruschen?"

"Just då och just där brukar sånt hända."

"Har det hänt fler gånger?" frågade Bülow.

"Jag menade i allmänhet. Barn kommer bort där det är mycket folk."

"Men det här har inte kommit tillbaka?"

"Nej."

"Det har gått ett dygn nästan."

Winter svarade inte. Bülow och hans kolleger kunde följa visarna på en urtavla lika bra som han.

Angela rörde på sig i sängen. Han la på och gick snabbt ut i köket och tog telefonluren från väggen. Reportern var kvar.

"Nån har alltså kidnappat barnet?" frågade Bülow.

"Jag skulle inte använda den termen."

"Vilken term skulle du använda då?"

"Vi vet alltså inte ännu vad som hänt", upprepade Winter.

"Letar ni efter pojken?" frågade Bülow.

"Vad tror du?"

"Han är alltså försvunnen." Winter hörde röster i bakgrunden. Någon skrattade. Dom borde gråta, tänkte han. "Det här låter som en jävligt allvarlig sak", fortsatte Bülow.

"Det kan jag hålla med om", sa Winter.

"Och sen har vi misshandeln av den där engelske killen." Winter hörde prassel av papper i närheten av Bülows telefonlur. "Waggoner. Simon Waggoner. Tydligen kidnappades han också och misshandlades och lämnades sen ensam."

"Inga kommentarer", sa Winter.

"Kom igen, Erik. Jag har hjälpt dig förr. Du borde veta vid det här laget, efter all kontakt med medierna, att fakta är bättre än rykten."

Winter kunde inte hålla inne ett skratt.

"Var det där ett ironiskt skratt?" frågade Bülow.

"Varför tror du det?"

"Du vet att jag har rätt."

"Påståendet är sant men budbäraren är falsk", sa Winter. "Jag är i faktabranschen, du är i ryktesbranschen."

"Så kan det bli nån gång när vi inte får några fakta att arbeta med", sa Bülow.

"Så arbeta inte då."

"Vad menar du?"

"Skriv inte nåt förrän ni vet vad ni skriver om."

"Jobbar du på samma sätt?" frågade Bülow.

"Förlåt?"

"Sitter overksam tills du har en liten pusselbit?"

"Jag skulle inte ha nån liten pusselbit om jag satt overksam", sa Winter.

"Vilket för oss tillbaka till syftet med det här samtalet", sa Bülow, "eftersom jag alltså gör nåt för att hitta en pusselbit som jag kan skriva om."

"Återkom i morgon kväll", sa Winter.

"Jag måste skriva om det här nu", sa Bülow, "i kväll. Det måste till och med du förstå."

"Mhm."

"Vi har redan fakta i fallet Waggoner."

"Varför har ni väntat med det då?" frågade Winter.

Winter hörde Bülows tvekan inför svaret. Skulle han säga "inga kommentarer"?

"Det har kommit fram precis nu", svarade reportern. "I samband med efterlysningen av den andra pojken."

"Jaha."

"Ser ni ett samband, Erik?"

"Säger jag det och du skriver det, så blir det svårt att överblicka följderna", sa Winter.

"Här är det ingen som vill skapa panik", sa Bülow.

Winter var på väg att skratta igen.

"Det är bara lös ryktesspridning som skapar panik och jag är ute efter fakta", sa Bülow.

"Har vi inte haft ett samtal om just det nån gång förut?" sa Winter.

"Finns det ett samband?" upprepade Bülow.

"Jag vet inte, Hans. Jag är helt ärlig. Jag vet kanske mer i morgon, eller i övermorgon."

"Då är det julafton."

"Ja?"

"Jobbar du på julafton?" frågade Bülow.

"Gör inte du?" frågade Winter.

"Det beror på. Bland annat på dig." Winter hörde röster igen i bakgrunden. Det lät som om någon ställde en fråga till Bülow. Han sa något Winter inte kunde uppfatta och återkom. "Du vill alltså inte säga nåt om nåt samband?"

"Jag vill att du utelämnar det just nu, Hans. Det skulle kunna förstöra mycket. Förstår du vad jag menar?"

"Jag vet inte. Det blir ännu en tjänst i så fall. Och jag kan inte bestämma allt själv här i huset", sa Bülow.

"Du är en god människa. Du förstår."

Väckarklockan väckte honom ur en dröm där han hade rullat en snöboll som växt till ett hus som rullat, och rullat. Ett flygplan hade passerat över honom och han hade suttit på toppen av snöbollshuset och vinkat till Elsa som vinkat med små gester från sitt flygplansfönster. Han hade inte sett Angela. Han hade hört musik som han aldrig hört förut. Han hade tittat neråt och sett barn försöka rulla den enorma snöbollen men ingenting hade rört sig, inte heller Elsas händer eftersom planet passerat och försvunnit i en himmel där alla färger han tidigare sett nu blandats samman till ett grått. Han hade tänkt att när allt det lysande blandas med sig självt blir resultatet bara grått, och det var då han vaknade.

Angela satt redan i köket.

"Snön är borta", sa hon. "Det blev som du sa."

"Det kommer mer."

"Inte där vi är."

"Så du har bestämt dig?"

"Jag vill ha sol." Hon tittade på Winter, höll upp en av de bara armarna. "Jag vill fasen ha lite sol på den här bleka huden. Lite sol i huvet."

"Jag kommer ner på annandan."

"Hur kan du vara säker på det?"

"Eller dan efter."

"Ska vi stanna över nyår?"

"Minst."

"Har du pratat med Siv?"

"Jag ska ringa nu. Jag ville ju veta hur du skulle göra."

Hon lutade sig över bordet. Det stod en tekopp framför henne. P1 mumlade i sitt hörn, ord fyllda av fakta.

"Erik? Var du allvarlig i går? Eller var du bara beredd att göra vad som helst för att få vara hemma och tänka ensam över julhelgen?"

"Jag var så allvarlig jag kan bli."

"Jag vet inte hur jag ska tolka det."

"Säg ett datum. Jag är trött på att kalla dig sambo eller fästmö", sa han.

"Jag har inte tackat ja än", svarade hon.

Winters mobil ringde när han rakade sig. Angela räckte den till honom.

"Den där kepsen har dykt upp igen", sa Ringmar.

"Var?"

"Vi har fått fram tre vittnen under natten som tror att dom såg en man köra iväg en sittvagn från H&M eller liknande med ett barn, och han hade rutig keps. Inga ledande frågor."

"Hur kommer det sig att dom uppmärksammade det?"

"En kvinna arbetade i kläddisken tvärs över där mamman ställde vagnen, och hon såg att den stod för sig själv en stund och att en man kom fram och körde iväg med den efter ett tag."

"Utan att reagera?"

"Tja... det är väl rätt naturligt. Men hon kom att tänka på det när vi frågade runt."

"Herregud, Bertil, är det som hon säger har vi nåt här."

"Inte för att det gör mig lycklig precis."

"Dom andra vittnena då?"

"Oberoende av varandra har dom sett kepsen inne i Nordstan."

"Ingen utanför?"

Han kunde höra Bertils suck. Bertil hade haft en natt utan sömn. Winter själv hade inte kunnat stanna kvar, det hade inte gått. Det hade varit nödvändigt att diskutera helgen med Angela. Och att rulla snö med Elsa.

"Vi har dom vanliga stollarna som sett allt man begär. Nu är det fler än nånsin, men det har väl med julen att göra", sa Ringmar.

Winter frågade inte vad han menade med det.

"Har du gjort fler kopior av fotot?" sa han.

"Hundratals."

"Jag kommer in om en halvtimme."

"Jag har inte hunnit köra ett varv till med föräldrarna", sa Ringmar. "Jag menar alltså inte pojken Johanssons."

"Jag hörde att pappan blev inlagd i går kväll", sa Winter.

"Ja, jag har sällan sett en mer chockad person", sa Ringmar. "Allt kom efteråt som en lavin."

"Inget nytt från mamman? Carolin?"

"Hon har berättat sin story", sa Ringmar. "Hon har inte iscensatt nån kidnappning, jag tror inte det. Men vi får ju höra henne igen."

"Jag har tänkt göra ett nytt försök med Simon Waggoner nu på förmiddan", sa Winter.

"Hemma hos familjen? Eller här i huset?"

"Hemma. Har du videokameran?"

"Den väntar här på mitt bord."

"Hur går det med kollen av dagispersonalen?" frågade Winter.

"Den rör sig framåt. Det tar tid, som du vet."

"Vi måste kolla *alla* som jobbar, och har jobbat, på dom där ställena. Möllerström har väl förstått det? Om vi så måste gå tio år tillbaka i tiden, eller längre."

Han höll om Elsa och viskade saker i hennes öra som fick henne att fnissa. Väskorna var packade.

"Vi skulle haft nån slags lilljulafton i går kväll", sa Angela.

"Vi tar igen det om några dar", sa han.

"Försök inte lura dig själv bara", sa hon.

Han svarade inte.

"Vi har gömt en julklapp var till dig nånstans i våningen", sa hon.

"Du hittar ALDRIG min!" sa Elsa.

"Fågel, fisk, eller mittemellan?" sa han.

"Fisk!" ropade Elsa.

"Det är en hemlighet, Elsa!" sa Angela.

"Är det lätt att hitta paketen?" frågade Winter.

"Det ligger ett brev i köket med ledtrådar", sa Angela.

Taxin väntade utanför. Snön var borta men solen var där, lågt placerad i det blå.

"Pappa också komma", sa Elsa på väg in i taxin. Hon såg ledsen ut.

Vad håller jag på med? tänkte Winter.

Chauffören baxade in väskorna i bagageutrymmet. Han gav Winter en snabb blick. Han hade hört.

Winters mobil ringde i rockens innerficka, två och tre signaler.

"Ska du inte svara?" sa Angela från baksätet genom den öppna dörren.

Han såg "privat nummer" på displayen och svarade. Det var Paul Waggoner, Simons far:

"Jag ville bara kontrollera tiden när du kommer", sa han.

Winter växlade några ord med honom och tryckte av.

"Jag kör er", sa han och gick till bagageutrymmet och började plocka ur väskorna igen.

"God jul", sa chauffören innan han körde iväg i den tomma taxin.

Winter och Elsa sjöng dansa-runt-granen-sånger ut till Landvetter.

Kön till check in-disken var kortare än han väntat.

Angela log och vinkade i rulltrappan upp till terminalen. Han behövde det. Hon var en god människa. Hon förstod.

Frågan är vad hon förstår, tänkte han i bilen tillbaka. Han hörde om sin egen verklighet i radionyheterna under körningen tillbaka. Nu var den hans hela värld.

31

Winter körde i Linnéplatsens rondell, fortsatte ut på leden och svängde av mot Änggården.

Familjen Waggoner bodde i ett av de engelska radhusen. Naturligtvis. Den här raden låg skyddad av bergen. Det stod en julgran utanför Waggoners port. Det låg fortfarande snö på tomten, en tunn fyrkantig driva som kunde vara en före detta snögubbe. Winter tyckte att han såg en morot glimma brandgult när han ringde på dörren. Han ringde på dörren igen. Han bar sin utrustning själv.

Simon Waggoner hade inte talat, inte ritat, inte sagt något om vad som hänt. Det hade inte fungerat i rummet de ställt i ordning i polishuset. De visste vad de gjorde men det hade inte fungerat. Kanske skulle det fungera nu.

När ett barn är omkring ett kommunicerar det i ettordssatser, vid ungefär arton månader går det över till tvåordsmeningar, därefter till treordssatser. Det visste han från de förhör han hållit med barn, och från litteraturen, Christianson, Engelberg, Holmberg, Avancerad förhörs- och intervjumetodik.

Och han visste efter sina samtal med Elsa.

Han visste att språket exploderade mellan två och fyra år.

Efter två år är ett barn medvetet om att det är en egen individ.

Barnet kan börja knyta sina erfarenheter till ett självbegrepp och kan prata med andra om vad det varit med om. Det finns ett minne. Det är möjligt att finna det, finna vägarna dit. Glömskan försvinner när språket kommer.

Fyraåringar kan berätta om händelser de varit med om.

Simon Waggoner var fyra och ett halvt. Winter såg honom inte när han stod i hallen och hälsade på föräldrarna, Paul och Barbara. Det doftade av julkryddor därinne men på ett annat sätt, ett tyngre. Kanske en julpudding som sakta fick koka ett dygn till.

"Simon är mycket spänd", sa Paul Waggoner.

"Jag förstår det", sa Winter.

"Vad vi förstår har han berättat en del för sin nalle", sa Barbara Waggoner. "Han anförtror sig till nallen." Hon tittade på sin man. "Jag vet inte hur vi ska tolka det."

"Nalle får vara med på förhöret", sa Winter. "Vad heter han?"

"Billy."

Billy får berätta, tänkte Winter. Billy berättar via Simon.

"Vi har gjort i ordning gästrummet", sa Barbara Waggoner. "Vi flyttade några av möblerna."

"Är Simon van vid rummet?"

"Jadå. Han är där varje dag. Han tycker om att sitta och rita där."

"Bra."

"Det är den här vägen."

Rummet låg på första våningen. De gick genom köket som var stort och ljust med fönster mot öster. Något kokade mycket riktigt i en stor kastrull och det var inte en skinka. Det låg tidningar och ritpapper och kritor på köksbordet, olika små formar, omslagspapper, en lackstång. Två ljus brann i två korta ljusstakar. Det stod en adventsstake i fönstret, tre ljus brunna i trappsteg. Det fjärde om två dagar, julafton. Men den här familjen firade antagligen juldagsmorgon. Fyllda strumpor.

Radion mumlade på bänken, här som hemma hos Winter, och han kände igen BBC-rösten, torr, vederhäftig, klar. Fakta, inga rykten.

Han önskade att familjen Waggoner skulle slippa hamna i tidningarna, slippa ryktesspridningen.

Rummet var bra, avskilt, inga röster från andra håll. Inga distraherande leksaker spridda på golv eller bord, inga julattribut.

"Bra", sa Winter igen.

"Var ska jag ställa stativet?" frågade Paul Waggoner.

"Vi ska ha kameran så långt bort från Simon som möjligt", sa Winter. "Men den måste vara synlig för honom."

De ställde den vid den norra väggen, i mitten, så att den syntes. Winter skulle sköta den själv med fjärrkontrollen.

Bilden måste hela tiden visa både honom och Simon, det var ett samspel som måste dokumenteras, han måste kunna återvända till inspelningen för att se om något han gjorde, någon rörelse, påverkade pojken.

Och han måste fånga Simons ansikte, hans kroppsrörelser. Tekniken hjälpte dem, han hade det hittills senaste som innebar att han kunde fokusera på Simons ansikte i en separat bild.

"Det är klart", sa Winter. "Jag är klar."

Han gick ut från rummet och stod i den lilla hallen som ledde till en trappa. Det fanns ett fönster på väggen bakom och han kunde inte riktigt uppfatta Simons ansikte när pojken kom nedför trappan i motljuset med sin mamma vid handen.

Det var inte första gången Winter träffade Simon, kanske tredje, eller fjärde.

Han satte sig på huk för att hälsa på Simon i ögonhöjd.

"Hej Simon."

Pojken svarade inte. Han höll sin mamma i handen, tog ett steg åt sidan, snett bakåt.

Winter satte sig på golvet som var av slipat och lackat trä, kanske gran. Det var mjukt.

Simon satte sig i Barbara Waggoners knä. Efter en liten stund gled han ner på golvet.

Han höll Billy upptryckt i armhålan. Nallens svarta ögon var riktade mot Winter.

"Jag heter Erik", sa Winter, "och vi har ju sagt hej förut."

Simon svarade inte, höll sin nalle.

"Vad heter din nalle?" frågade Winter.

Pojken tittade på sin mamma som nickade och log.

"Jag hade en nalle som hette Bulle", sa Winter. Det var alldeles sant. Plötsligt tänkte han på Bulle som fanns dokumenterad i ett familjealbum på ett fotografi där han själv satt i någon form av sparkdräkt med Bulle i vänsterhandsgrepp och tittade upp mot något utanför bilden. När hade han tittat på den senast? Varför hade han inte visat den för Elsa än?

Simon tittade på Winter.

"Min hette Bulle", upprepade Winter och såg på Simons kompis.

"Billy", sa Simon.

Det var det första ord Winter hört pojken säga.

"Hej, Billy", sa Winter.

Simon lyfte fram Billy med sin oskadade arm.

"Jag är polis", sa Winter till sina båda förhörspersoner och sedan tittade han på Simon: "Mitt jobb är att ta reda på saker. Saker som har hänt." Han ändrade försiktigt ställning på golvet. "Jag vill fråga dig om det."

Winter visste hur viktigt det var att först ge en inramning till förhöret. Han måste försöka avdramatisera men ändå vara tydlig, naturlig, inge trygghet. Han måste använda enkla ord, korta meningar, närma sig Simons eget språk. Han måste närma sig utifrån stora cirklar. Kanske skulle han aldrig komma in i den innersta. Kanske skulle det gå oerhört fort.

"Jag vill prata med dig en liten stund", sa Winter.

Simon tittade på sin mamma.

"Du måste inte svara, Simon", sa Winter.

Han rörde sig igen, kände en första träsmak i baken.

"Erik ska prata med dig i gästrummet", sa Barbara Waggoner.

Winter nickade.

"Varför då?" frågade Simon.

"Jag har en kamera där som filmar oss", sa Winter. "Den spelar in."

"En kamera?"

"Den filmar oss", sa Winter. "När jag trycker på en knapp."

"Vi har också filmkamera", sa Simon och tittade på sin mamma.

"Den är utlånad till mormor", sa Barbara Waggoner. "Du minns när vi var där med den, Simon? Eller hur?"

Pojken nickade.

"Vill du se min kamera?" frågade Winter.

Pojken verkade tveka men nickade sedan.

Winter reste sig och gick före in i rummet. Det var viktigt. Simon kom in med sin mamma. Normalt brukade man inte ha anhöriga vid förhör, men det här var inte normalt. Winter visste att Simon skulle vara tyst om han inte kunde se sin mamma.

"Den var inte stor", sa Simon.

"Jag ska visa dig", sa Winter och nickade mot Barbara Waggoner som lyfte upp Simon medan Winter satte sig på stolen som Simon skulle sitta på. Simon tittade i kameran.

"Ser du mig?" frågade Winter.

Simon svarade inte.

"Ser du när jag rör handen nu?" frågade Winter.

"Ja", sa Simon.

De satt på sina platser. Kameran rullade. Winter började sin stora cirkelrörelse inåt, han måste inleda med neutrala ämnen, då kunde han också få en uppfattning om hur bra Simon talade, vad han kunde tala om, hans språkliga förmåga, fantasi, beteende. Hans förmåga att avgöra tid i förhållande till händelser.

"Har du gjort nån snögubbe, Simon?"

Simon nickade.

"Gjorde du den i vinter?"

Pojken svarade inte.

"Var är snögubben nu?"

"Därute", sa Simon och pekade mot fönstret.

"Ute på gräsmattan?"

"Den är sönder", sa Simon och gjorde en gest med den friska handen.

Winter nickade.

"Den har smultit", sa Simon.

"Jag såg näsan när jag kom nyss", sa Winter.

"Jag satte fast näsan", sa Simon.

Winter nickade igen.

"Har du gjort nån snögubbe på dagis, Simon?" frågade han.

Pojken nickade.

"Har du gjort många?"

"Det har inte vart snö."

"Leker du inne då?"

Simon svarade inte. Han höll fortfarande i nallen Billy, men med ett lösare grepp. Han tittade inte lika ofta mot kameran, eller mot sin mamma.

Under de första minuterna hade Winter varit rädd att det varit ett misstag att hon var med därinne, men nu trodde han inte det längre.

"Leker du inomhus när det inte snöar, Simon?"

"Nää. Leker ute."

"Berätta vad ni leker."

Pojken såg ut att tänka på vad han skulle säga. Winter försökte få honom att börja berätta mer. Det var kanske för tidigt.

"Leker ni kurragömma."

"Ja."

"Leker ni tafatt?"

Simon svarade inte. Kanske visste han inte vad "tafatt" var.

"Leker ni att ni fångar varandra?"

"Ja."

"Gungar ni?"

"Jaadå. Och rutschkanan."

"Tycker du om rutschkanan?"

"Jaadå. Och tåget."

"Har ni ett tåg på dagis?"

Simon svarade inte. Winter tänkte. Plötsligt var de vid lekplatsen där Simon försvunnit, randen av den stora parken. Ett vanligt utflyktsmål för daghemmet. Där fanns ett tåg i trä, så nära naturlig storlek det kunde bli för ett barn. Lok och vagnar, i utkanten av den stora platsen som alltid var fylld av barn.

Plötsligt var de där, han och Simon. Skulle han föra dem tillbaka till tryggheten nyss, tillbaka hit till hemmet, och till daghemmet, fortsätta den stora cirkelrörelsen? Eller skulle de stanna här och närma sig pojkens trauma, fortsätta in mot mörkret? Winter visste att om han gick för snabbt fram skulle han kanske inte kunna återvända till ett läge där pojken berättade vad som verkligen hänt. Tystnaden skulle återkomma och de skulle inte få veta någonting.

"Körde du tåget?"

"Ja."

"Var körde du tåget, Simon?"

"På... lekplatsen."

"Gjorde ni en utflykt dit med dagis?"

Simon nickade.

"Kört många gånger", sa Simon och rörde sig på stolen.

Snart bryter vi för saft och bullar och kaffe och cig... nej, inte det sista. Men han kände suget, det ökade när han själv kände en ökad spänning.

"Brukar du köra tåget?"

"Ja!"

"Är det många som åker med?"

"Ja!"

"Vilka åker med dig, Simon?"

"Arvid och Valle och Oskar och Valter och Manfred och... och..." sa han och Winter hann tänka att tiderna förändras sannerligen, namnen går igen, åldringarna går i barndom, hundraåriga namn blir populära igen; för tjugo år sedan hade Simon inte beskrivit något annat än ett pensionärsfölje uppkrupet i ett leksakståg.

"Åkte Billy med?" frågade Winter.

"Nää."

"Var var Billy då?"

Simon såg förvirrad ut. Det var en svår fråga.

"Var Billy hemma?" frågade Winter.

Simon såg fortfarande förbryllad ut. Vad var det? Vad gör jag för fel? tänkte Winter.

"Var Billy på dagis?" frågade han.

Simon tittade på Billy och böjde sig närmare nallens lilla ansikte som var vänt inåt nu, som om han inte längre orkade lyssna på det här samtalet. Simon viskade något till Billy, men mycket tyst. Han tittade upp igen.

"Kan Billy säga var han var då?" frågade Winter.

"Billy på tåget", sa Simon. "Billy åkte."

"Billy åkte när du körde?"

Simon nickade igen.

"Billy åkte med hela tiden på tåget?"

Simon nickade.

"Inte bilen", sa Simon plötsligt och böjde sig mot Billy igen, som om han ville dölja sitt eget ansikte i nallens. Winter kunde se att spänningen hade ökat i pojkens kropp, från tydligt lugn till en plötslig oro.

Herregud, tänkte Winter. Det går för fort. Jag har tagit oss hit men har det gått för fort? Men Simon sa det ju själv.

"Åkte inte bilen", sa Simon.

Han börjar berätta, tänkte Winter. Men vad menar han? Vi vet att han fördes bort. Var det inte en bil?

"Berätta om bilen, Simon."

Vad Winter nu måste göra var att låta Simon berätta i sin egen takt, på sitt eget sätt. Han hoppades att Simon nu kände sig tillräckligt trygg för att orka *börja* sin berättelse. Mer kunde han inte begära.

Han mindes vad han själv läst och förmedlat till andra kolleger:

Överför kontrollen till barnet och låt barnet själv välja vilka personer som ska beskrivas. Låt barnet bestämma scenariot. Det är viktigt att utfrågaren visar att han eller hon är okunnig om vad som hänt.

Han skulle försöka bryta ner Simons motstånd mot att berätta.

Han måste ge Simon tid.

Plötsligt kände han ett behov av att göra en anteckning men avstod. Han hade inte sagt något om anteckningar före förhöret. Nu skulle det bara distrahera Simon, kanske förstöra något.

"Berätta om bilen, Simon."

Simon anförtrodde sig åt Billy igen. Han viskade något som Winter inte kunde höra.

Nu är det dags för Billy. Winter sa Billys namn och sedan Simons. Simon tittade upp.

"Har du berättat för Billy om bilen?" frågade Winter.

Simon nickade.

"Tror du han skulle kunna berätta för mig?"

Simon böjde sig mot Billy igen och Winter väntade medan de två samtalade.

"Billy vill höra frågan", sa Simon.

"Jag vill att Billy säger vad du sa till honom om bilen", sa Winter.

"Du måste fråga", upprepade Simon.

"Stod bilen vid tåget?" frågade Winter.

"Simon säger att den stod i skogen", sa Simon med ett mörkare tonfall, knappt märkbart men ändå där, som om han stigit ur sin egen kropp och in i Billys lilla bruna, som han nu fört upp i ansiktshöjd och höll fram som en övertydlig buktalare. Winter kände en rysning, en till. Jag har använt barns gosedjur förut men det här är annorlunda, tänkte han. Han såg på Barbara Waggoner. Hon såg skrämd ut.

"Berätta om bilen, Billy", sa Winter.

Simon höll Billy framför ansiktet och sänkte sedan nallen en liten bit.

"Det var en stor stor bil i en stor stor skog", mässade Simon med sin förändrade röst, som om han började berätta en saga, eller en spökhistoria. "Pojken gick i den stora stora skogen och bilen körde i skogen."

Simon tittade inte på Winter nu, inte på sin mamma, inte in i kameran, och inte på Billy. Winter rörde sig inte. Barbara Waggoner försökte att inte röra sig.

"Farbrorn hade godis och det fanns godis i bilen", sa Billy. "Brrrrrrmmm, brrrrrrrrm, bilen körde med godis!"

Billy tystnade. Simon tittade upp.

"Billy åkte bilen", sa Simon.

Winter nickade.

"Ja, han berättade", sa han.

"Nej, nej, Billy åkte inte bilen!" sa Simon. Han tittade på Winter och sedan på sin mamma.

"Nej, nej, *Billy* åkte tåget. Billy åkte bilen!"

"Åkte Billy både tåget och bilen?" frågade Winter.

"Nej, nej."

Simon rörde sig oroligt nu på stolen. De närmade sig händelsen.

"Det var en Billy som åkte med bilen?" frågade Winter.

"Ja, ja!"

"Men det var inte din Billy? Billy som sitter här?"

"Nej, nej!"

"Var det en nalle som åkte med bilen?" frågade Winter.

"Nej!"

"Vad var det?"

"Billy, Billy. Billy Boy!" nästan ropade Simon nu, med ytterligare en annan röst, som om han kraxade. "Billy Billy Boy!"

"Hade farbrorn en Billy?" frågade Winter.

Simon satte upp sin nalle igen, återvände till nallens röst:

"Farbrorn hade gojan i spegeln."

"Gojan?" frågade Winter.

Simon tog ner nallen och kraxade:

"Gojan, gojan! Billy Billy Boy!"

Vackra gojan, tänkte Winter. Kraxelikrax.

"Hade farbrorn en papegoja?"

Simon satte åter upp nallen framför sig och sa:

"Ja, ja. Billy gojan!"

Gojan i spegeln. Farbrorn hade gojan i spegeln. En fågel som hänger från backspegeln.

Jesus, vi är på väg.

32

Aneta Djanali hade låtit möblera förhörsrummet med fåtöljer att krypa upp i, och färger som var varma. Allt som Ellen Sköld kunde betrakta som leksaker var borta. Flickans intresse skulle vara riktat mot Aneta Djanali.

Hon hade gått in först i rummet. Nu höll hon videons fjärrkontroll i handen. Ellen hade redan bekantat sig med kameran.

Lena Sköld väntade utanför. Aneta Djanali ville pröva med det. Vi får se hur länge flickan sitter stilla.

Ellen var glad och nyfiken. Aneta Djanali betraktade henne när hon testade olika sitt- och liggställningar i fåtöljen.

Det här är inte ett traumatiserat barn. Jag får försöka tänka på det när frågorna ställs och svaren kommer. Om dom gör det.

De hade pratat en liten stund. Ellen lekte med sina fingrar medan hon svarade på Aneta Djanalis frågor. Eller snarare *kommenterar* dom, tänkte kriminalinspektören.

"Din mamma berättade att du hade födelsedag för en månad sen, Ellen."

Flickan nickade, upp och ner, upp och ner, men sa ingenting.

"Hur mycket fyllde du?"

"Fyyyra", svarade Ellen och höll upp ett knippe fingrar i luften.

"Oj", sa Aneta Djanali.

Ellen nickade med eftertryck.

"Hade du en rolig födelsedagsfest?" frågade Aneta Djanali.

"Ja!"

"Berätta om den!"

Ellen såg ut som om hon ville berätta men inte kunde välja

bland allt roligt som inträffat på födelsedagen.

"Pappa kom", sa hon när Aneta Djanali skulle ställa sin följdfråga. "Pappa kom och gav presenter."

Aneta Djanali tänkte på den ensamstående mamman på stolen utanför rummet. Lena Sköld hade ensam vårdnad, så mycket visste hon. Men det fanns ändå en frånvarande pappa som kom till sin fyraåriga dotters födelsedag med presenter. Alla ensamstående barn upplevde inte det. Barnen är lika ensamstående som sina föräldrar, tänkte hon nu.

"Vad fick du för presenter?"

"Av pappa?" frågade flickan.

"Ja", svarade Aneta Djanali. Det här är en skarp tjej, tänkte hon.

"Jag fick en docka som heter Victoria. Och så fick jag en bil som dockan kan åka i." Hon tittade på Aneta Djanali med viktig min. "Victoria har körkort. Faaaktiskt." Hon tittade mot dörren, bredvid kameran. "Mamma har inte körkort." Hon tittade på Aneta Djanali. "Har du körkort?"

"Ja."

"Jag har inte körkort."

"Det är mest dom stora som har körkort", sa Aneta Djanali.

Flickan nickade. Aneta Djanali såg henne framför sig i ett framsäte med en stor som hade körkort. Hade flickan haft Victoria med sig i bilen? Hade de någon notering om det? Victoria var inte med nu. Men om Victoria varit med i bilen kanske hon hade sett något som Ellen inte sett. Victoria hade ju faktiskt körkort.

"Tycker du om att åka bil, Ellen?"

Ellen skakade på huvudet och det var som om hennes ansikte drogs samman, knappt märkbart men ändå. Jag får se på inspelningen efteråt, tänkte Aneta Djanali.

"Har du och din mamma en bil, Ellen?"

"Nej. Min mamma har inte körkort sa jag ju!"

"Ja, det sa du ju. Jag glömde. Ha! Så hos er är det bara Victoria som har bil och körkort, då?"

Flickan nickade, upp och ner, upp och ner.

"Var är Victoria nu?"

"Hon är sjuk", svarade Ellen.

"Oj då."

"Mamma och jag ska köpa medicin till henne."

"Vad är det för fel med henne?"

"Jag tror hon är förkyld", svarade Ellen och såg bekymrad ut för ett ögonblick.

"Har doktorn varit hemma och tittat på henne?"

Hon nickade.

"Var det en snäll doktor?" frågade Aneta Djanali.

"Det var jag!" ropade Ellen och fnittrade till.

Aneta Djanali tittade på henne och nickade. Hon tittade på kamerans öga som kanske såg allt. Hon undrade hur länge Lena Sköld därute kunde vänta. Victoria skulle ha sin medicin. Julen skulle komma. Dan före dan nu. Hon hade inte köpt alla paket, inte till Hannes och inte till Magda, men däremot två platta till Fredrik som var plattor med Richard Buckner och Kasey Chambers, för det var vad Fredrik ville ha, bland annat. Hon hade själv skrivit en önskelista. Hon skulle äta julmat hemma hos familjen Halders, återstoden av den, och kanske testa den egendomliga supernordiska traditionen att doppa i grytan, och kanske inte behöva lyssna på något skämt från Fredrik om att de tyvärr inte hade grundstött tapiokagröt just i dag. Hon skulle öppna klappar som legat under granen.

Hon tittade på flickan som hade rest sig ur fåtöljen nu. Ett under nästan att hon suttit där så länge.

Skulle pappan komma till familjen Sköld, till återstoden av den?

"Du berättade för mamma att du åkte med en farbror", sa Aneta Djanali.

"Inte åkte", svarade Ellen.

"Åkte du inte med en farbror?"

"Åkte inte", svarade Ellen igen, "stod stilla."

"Stod bilen stilla?"

Hon nickade.

"Var stod bilen?" frågade Aneta Djanali.

"I skogen."

"Var det en stor skog?"

"Nej! Vid lekplatsen!"

"Var det skogen vid lekplatsen?"

"Ja."

"Var Victoria med när du satt i bilen?"

Ellen nickade igen.

"Ville Victoria köra bilen?"

"Nej, nej." Ellen skrattade till. "Bilen var stor!"

"Var farbrorn stor?"

Flickan nickade.

"Berätta när du träffade farbrorn!" sa Aneta Djanali till Ellen som nu stod bredvid fåtöljen i glad färg. Det hade öppnats en bredare glipa i molntäcket som legat som grått omslagspapper över staden i väntan på julen, och glipan släppte nu igenom ett solljus som sken in genom fönstret på fåtöljens rygg. Ellen ropade till och petade med ett par fingrar efter solkatten som var där, och plötsligt inte, när molnen slöts igen.

"Berätta när du träffade farbrorn med bilen", upprepade Aneta Djanali.

"Han hade godis", svarade Ellen.

"Fick du godis?"

Hon nickade.

"Var det gott?"

Hon nickade.

"Vad var det för godis?"

"Godis", svarade hon med självklart tonfall. Godis var godis.

"Åt du upp allt godiset?"

Hon nickade igen. De hade letat på platsen efter godispapper och naturligtvis omedelbart insett att det var som att leta efter ett höstrå i en höstack. Det här var en lekplats, en park, barn, föräldrar, godis...

"Vad sa farbrorn?"

Ellen hade börjat trippa runt i rummet, göra ett par steg som en balettdansös. Hon svarade inte. Det var en svår fråga.

"Vad sa farbrorn när han gav dig godiset?"

Hon tittade upp.

"Vill du ha godis!"

Aneta Djanali nickade, väntade. Ellen gjorde en liten piruett.

"Frågade han nåt mer?"

Ellen tittade upp igen.

"Få-få-få-få", sa hon.

Aneta Djanali väntade.

"Go-go-go-go", sa Ellen.

Dags för en paus, tänkte Aneta Djanali. Egentligen mer än så.
Flickan är trött på det här. Men hon hade tänkt att Ellen skulle få
titta på några av killarna i huset, en 20-åring, en 30-åring, en 40-
åring, en 50-åring och en 60-åring, och peka på den som såg ut att
vara lika gammal som farbrorn. Om det var möjligt. I det där få-
fänga gänget ville 50-åringen vara 40-åring och 40-åringen hade
sett både ledsen och förbannad ut när hon gissat hans rätta ålder.
Bara 20-åringen och 60-åringen var obekymrade. Det betydde
något. Kanske mest för män. Män var också människor. Hon mås-
te komma ihåg det.

Hon hade också tänkt att Ellen skulle teckna, bland annat en bil
i en skog.

"Pa-pa-pa-pa-pa", sa Ellen nu och svängde ett varv till på golvet.

"Pratar du om pappa?" frågade Aneta Djanali. "Ellen? Pratar du
om pappa?"

Flickan skakade på huvudet och sa "pa-PA-PA-PA!"

"Sa farbrorn att han var din pappa?"

Hon skakade på huvudet igen.

"Vi-vi-vi-vi", sa hon nu.

Aneta Djanali tittade in i kameran, som efter hjälp.

"Varför säger du så?" frågade hon.

Flickan förstod inte frågan, eller om Aneta Djanali inte förstod
om hon förstod.

"Ko-ko-ko-ko", sa Ellen.

Aneta Djanali sa inget. Hon försökte tänka.

"Fabrorn hade radio", sa flickan nu. Hon hade gått närmare
Aneta Djanali.

"Hade farbrorn en radio?"

Ellen nickade.

"Hade farbrorn en radio i bilen?"

Ellen nickade igen.

"Spelade radion?"

Ellen nickade igen.

"Spelade radion en sång?"

Ellen svarade inte.

"Var det nån som sjöng i radion?" frågade Aneta Djanali.

"Fabrorn sa fula ord", sa Ellen. Hon stod nära Aneta Djanali nu som satt sig på golvet som var kallare än det såg ut.

"Sa farbrorn fula ord till dig?"

Ellen skakade på huvudet. Men hennes ansikte var allvarligt.

"Vem sa fula ord?" frågade Aneta Djanali.

"Radion", svarade Ellen.

"Sa radion fula ord?"

Ellen nickade, allvarligt.

"Sa en farbror i radion fula ord?"

Ellen nickade igen. Så *gör* man inte.

En farbror i radion säger fula ord, tänkte Aneta Djanali. Det är eftermiddag. Någon sitter i en radiostudio och säger fula ord. Sker det varje dag? Kan vi hitta programmet? Och vad är fula ord för ett barn? Ofta detsamma som för oss. Men barnen är... fan så mycket bättre på att uppfatta dem. Men jag ska inte fråga henne nu vad det var för ord.

"Höll för öronen på Victoria", sa Ellen.

"Så Victoria hörde inget?" frågade Aneta Djanali.

Ellen skakade på huvudet.

"Hon har inte sagt nåt till dig?"

Hon skakade på huvudet igen, kraftigare nu.

Aneta Djanali nickade.

"*Ful*a ord", sa Ellen.

"Vad sa farbrorn i bilen om dom fula orden?" frågade Aneta Djanali.

Ellen svarade inte.

"Tyckte farbrorn också att det var fula ord?"

Ellen svarade inte. Det är något i frågan som är för subtilt, tänkte Aneta Djanali. Eller i hennes icke-svar. Hon svarar inte eftersom farbrorn inte kommenterade de fula orden. Han hörde dem inte.

"Bi-bi-bi-bi-bi", sa Ellen.

Han gjorde i ordning en kopp choklad till pojken på det riktiga sättet: först blandar man kakao med mjölk och socker och sedan häller man på den varma mjölken och rör runt med en sked. Nu hade han ansträngt sig extra mycket och blandat kakaon och sockret med grädde!

Men pojken ville inte ha. Vem kunde förstå sånt? Han måste vara både hungrig och törstig men han drack inte, han åt inte, han skrek och han hade ropat och det hade varit nödvändigt att tala om för honom att han måste vara tyst för grannarna behövde sova.

"So-so-so-so", sa han och en gång till: "so-so-sova. Du måste sova."

Han pekade på chokladen som fortfarande var varm.

"Cho-cho-cho-choklad."

Han hörde sin egen röst. Det hörde samman med... upphetsningen. Att han kände som en het kraft genom kroppen.

Pojken hade sovit när han bar in honom i huset och sedan i lägenheten. Han hade kört runt med honom på lederna och genom tunnlarna tills han sov och ingenting kunde väcka honom.

Sittvagnen låg i bagageutrymmet. Där var den skyddad, precis som pojken är skyddad här, tänkte han och nickade mot chokladen igen och nu kände han sig plötsligt lugnare, som om han fann frid i den här stunden och som om han visste vad som skulle hända nu, inte nu kanske, men inom en stund.

Han visste att pojken hette Micke.

"Micke Johansson", hade han sagt med mycket bra uttal.

"Drick nu, Mick", sa han själv och tänkte på att det rimmade. Drick, Mick.

"Jag heter Micke", sa pojken.

Han nickade.

"Vill åka hem till pappa."

"Är det inte fint här?"

"Vill åka hem till PAPPA."

"Pappa är inte hemma."

"Jag vill åka hem till PAPPA", upprepade pojken igen.

"Det är inte bra att vara hemma med pappa", sa han nu. Han undrade om pojken förstod. "Det är inte bra alls."

"Var är mamma?" sa Micke nu.

"Inte bra."

"Mamma och pappa", sa Micke.

"Inte bra", upprepade han för han visste vad han talade om.

Pojken sov. Han hade bäddat åt honom i soffan. Han hade en julgran som han klädde nu. Den var av plast, vilket var bra eftersom den inte barrade. Han längtade efter att pojken skulle vakna så att han skulle kunna visa honom den fina granen.

Han hade ringt in och anmält sig sjuk. Just nu kom han inte ihåg vad han hade sagt att han haft för sjukdom, men personen som tog emot samtalet sa bara "krya på dig", som om det inte betydde något om han jobbade eller inte.

Han hade visat pojken hur man kör spårvagn, ritat spåren, och den väg som han var mest van vid.

Det var dit han återvände när han ville prata med barnen och ta hand om dem. Han hade sett platserna från sitt förarfönster och tänkt att hit, hit vill jag återvända.

Precis som han återvände till Nordstan när det var mycket människor där, de festligt upplysta affärerna, familjerna, mammorna och papporna med barn i barnvagnar som DE INTE TOG HAND OM utan lämnade vind för våg, LÄMNADE VIND FÖR VÅG, som på ett hav, och vad skulle kunna hända om han inte fanns där då? Som nu? Vad hade hänt med Micke här?

Sådant vågade man knappt tänka på.

När det mesta av julen var över skulle Micke och han gå därinne också, som alla andra, Micke i sin vagn och han skulle köra den. Han hade visat Micke sin Billy Boy.

Presskonferensen var som vanligt ett kaos, men värre nu: Winter kände stanken av ångest som skulle följa när idio... journalisterna som samlats här publicerat sina texter.

Här fanns hederligt folk. Men vad skulle de göra? Minuten efter det att de lämnade det här rummet skulle deras inflytande vara över. Det var förresten över redan innan de kom in här.

Han såg Bülow två rader ner. Bülow hade hittills uppträtt hederligt. I sitt eget skrå kanske Bülow skulle uppfattas som en förrädare, men hans kompromissvilja hade gjort hans artiklar bättre än andras, och sannare, om ett sådant uttryck fortfarande existerade.

Winter bländades av tre fotoblixtar som brände av samtidigt.

Ännu en gång på scenen. The show must go on.

Birgersson hade backat ut i sista minuten. Ett stort möte hos polismästaren. Parallellt med presskonferensen. Jag undrar vad det betyder.

"Vad har ni för spår efter pojken", frågade en kvinna som alltid ställde de första frågorna vid dessa shower och alltid skrev artiklar utan ett uns sanning, ett *gram* fakta och trovärdighet.

"Vi bearbetar just nu information från allmänheten", svarade Winter. "Efterlysningen har fått många att höra av sig."

Alldeles för många, tänkte han. Tusentals som sett män med små pojkar i sittvagnar, i bilar, på väg in och ut ur hus, in och ut ur affärer, varuhus, bilar, spårvagnar, bussar, mer nu än någonsin när alla var på benen inför den stora högtiden.

"Har ni nån misstänkt?" frågade samma kvinna och någon i presskåren flinade till på samma cyniska sätt som Halders kunde göra.

"Nej", svarade Winter.

"Ni måste väl ha stora register över pedofiler och andra som förgriper sig på barn", fortsatte kvinnan. "Som rövar bort barn."

"Vi vet inte om... Micke är bortrövad", svarade Winter.

"Var är han då?"

"Vi vet inte det."

"Så han skulle rest sig ur vagnen och gått iväg själv?"

"Vi vet inte."

"Vad vet ni egentligen?"

"Vi vet att vi gör allt vi kan för att den här pojken ska komma hem igen", svarade Winter.

"Så att mamman kan överge honom igen?" frågade en manlig journalist som satt bredvid Hans Bülow.

Winter svarade inte.

"Om hon inte lämnat pojken hade det här ju aldrig hänt, eller hur?"

"Inga kommentarer", svarade Winter.

"Var är hon nu?"

"Några fler frågor?" sa Winter utan att titta på mannen.

"Hur ska ni nånsin kunna hitta den här pojken?" frågade en kvinna som var ung och hade håret i råttsvansar. Längesen jag såg råttsvansar, tänkte Winter. Det får alla att se yngre ut.

"Vi gör som sagt allt vi kan", svarade han.

En man i fjärde bänkraden höjde sin hand. Nu kommer det, tänkte Winter. Fram tills nu har det varit en hemlighet för offentligheten men inte längre. Jag ser det i hans ansikte. Han vet.

"Vilket samband har det här... försvinnandet med att andra barn blivit antastade av en främmande man under den senaste månaden?" frågade mannen och flera huvuden vändes åt hans håll.

"Jag förstår inte vad du menar", svarade Winter.

"Har inte barn blivit kontaktade av en man på lekplatser runt om i Göteborg?"

"Det har in..."

"I ett av fallen kidnappades till och med en liten flicka och återfanns senare med skador", sa mannen.

Pojke, tänkte Winter. Inte flicka.

Winter hade inte svarat.

"Varför svarar du inte på frågan?"

"Jag uppfattade det mer som ett påstående", svarade Winter.

"Då kommer frågan en gång till: Har barn blivit upplockade av en man på lekplatser? Eller bara kontaktade? Känner polisen till såna fall?"

"Av utredningstekniska skäl kan jag inte svara på det just nu", svarade Winter.

"Det är ju ett rätt tydligt svar det, eller hur?" Den manlige reportern tittade på Winter. Han hade skinnjacka och långt svart hår och en svart mustasch och ett uttryck i hela sin person som Winter rätt ofta såg hos just reportrar, en sorts sorgsen arrogans som sa att sanningen inte gjorde någon lyckligare, precis som lögnen inte gjorde människor särskilt mycket mer olyckliga. Kanske var till och med lögnen bättre att ha med sig på en resa som inte var något speciellt, livet var inte något speciellt.

"Det finns alltså ett samband?" fortsatte reportern.

"Inga kommentarer", svarade Winter.

"Har barn blivit kidnappade från daghem här i stan?" frågade en annan reporter, en kvinna som Winter inte kände igen som individ men tydligt som typ.

Winter skakade på huvudet.

"Vad är detta för jävla cover-up", ropade en ung man som verkade ha klivit in direkt från en film, stora gester, han rörde sig mot scenen där Winter hittills varit ensam estradör: "Vad är det ni försöker dölja för allmänheten?"

"Vi döljer ingenting", svarade Winter.

"Hade ni lagt korten på bordet från första början kanske Micke Johansson inte blivit kidnappad", sa den unge reportern som nu stod en meter från Winter och tittade upp. Winter såg att hans ögon var rödsprängda och det kanske inte var av upphetsning.

"Korten på bordet? Det här är inget kortspel", svarade Winter.

Det här är inget jävla Svarte Petter, tänkte han. Eller så är det det.

Han tänkte också på mannen i den rutiga kepsen som filmat barnen på väg över bollplanen. De hade bra förstoringar nu, men han hade väntat med att offentliggöra bilderna. Var det ett misstag? Hittills hade han inte trott det. Floden av tips skulle bli ännu bredare och mer oöverblickbar, rinna över åt alla håll. Vilka skulle kunna fånga in allt detta, sortera det, filtrera det? Han hade inte det folket, så många. Kanske kunde de låna det här stora gänget framför honom, en punktinsats. Nej. Han hade inte tid att lära ut.

"Då förklarar jag den här presskonferensen avslutad", sa han och vände ryggen till den stora mängd frågor som alltid kommer när tillfället är över.

33

Winter försökte tala med Bengt Johansson. Det fanns en bild på Micke i en ram på skrivbordet, där det också stod en PC.

Micke klättrade på en klätterställning med en min som sa att han ville upp, upp, upp. Det fanns vind i hans hår och i träden bakom honom. Han bar en overall som var blå, eller svart. Hans tunga syntes mellan de små läpparna.

Bengt Johansson satt på snurrstolen och rörde sig fram och tillbaka, fram och tillbaka som om han var en del i ett invecklat balanssystem. Vilket han också är, tänkte Winter. Han snurrar på den där stolen för att hålla kvar balansen, för vad det nu var värt.

Johansson var nyss hemkommen från sjukhuset. Det hade inte varit lätt att prata med honom där men det hade varit nödvändigt. Nu krävdes mer.

Johansson tittade plötsligt upp.

"Är det sant att det här har hänt förut?" sa han.

"Hur menar du?"

"Att... Micke inte är den förste."

Han har glömt, tänkte Winter. Förträngt.

"Jag berättade för dig på sjukhuset om en annan pojke. Simon Waggoner. Och om våra misstankar mot en man som kontaktar barn."

"Hmh."

"Jag frågade dig om du sett eller hört nåt som du kanske inte reflekterade över *då* men som... fanns kvar. Nåt misstänkt."

"Ja, ja." Det sas med stor trötthet, "ja, ja".

Nu har han sett tidningarna. Winter såg en tidning på golvet, ihopvikt, eller snarare *ihopknölad* bakom Bengt Johansson. Pressens ord är tyngre än mina. Det blir tydligare när det står skrivet.

"Och nu vill jag fråga dig igen", sa Winter. "Är det nåt du kommit att tänka på?"

Öppna frågor. Han kände att han delvis befann sig i samma för-hörssituation som med ett barn. Bengt Johansson var traumatise-rad, ett eget helvete som fallit över honom.

"Vad skulle det vara?" frågade Johansson.

"Om du till exempel sett nån främling prata med Micke. Eller försökt prata med honom."

"Ni får väl fråga på dagis."

"Det har vi gjort."

"Ja?"

"Nej. Inget som nån sett."

"Jag är mest med Micke annars", sa Johansson. "Det är han och... jag." Han tittade upp. "Den som ni ska prata med är väl Car... Caro-lin. Min före detta fru." Han kastade en blick på fotografiet igen. "Herrejesus." Händerna kom upp över ansiktet. "Om jag bara hade vetat... om jag bara hade förstått... herregud..."

"Vetat vad?" frågade Winter.

"Vad hon... vad hon tänkte göra." Han tittade upp igen på Win-ter, ögonvitor som var blodsprängda. "Att hon tänkt... att hon vill..." och han brast i gråt. Axlarna började skaka, först svagt, se-dan allt kraftigare.

Winter reste sig och gick de få stegen och sjönk ner på knä och höll om mannen med så stor omfamning han kunde, och det räck-te. Han kände mannens rörelser genom sin egen kropp, hans spas-mer, hans ljud tätt intill sitt eget ansikte. Han kände mannens tårar på sin egen kind. Det är en del av jobbet. Det är detta arbete jag valt. Det här är en av de bättre stunderna. Det är inte till stor tröst men det är en medmänsklig handling.

Bengt Johanssons rörelser stillnade. Winter höll kvar sitt grepp, livtag, omvänt, halvnelson, vafan, han behövde ingen maskulin ursäkt. Mannen drog in snor genom näsan och det lät lika ljudligt som det var genom Winters öron.

Ingen av dem sa något. Winter hörde trafiken. Det fanns en belysning över gatan och något hade gått sönder och ljuset klickade sig in i intervaller genom fönstret där persiennerna var öppna.

Johansson lösgjorde sig från Winters grepp.

"För... förlåt", sa han.

"För vad?" sa Winter och tog sig upp från knästående. "Vill du ha nåt att dricka?"

Johansson nickade.

Winter gick ut i köket som gränsade till sovrummet de suttit i: Johanssons 120-breda säng, skrivbordet, PC:n, fotot på Micke.

Winter tog ett glas från diskstället och lät kranen rinna vattnet kallt och fyllde glaset och bar in det till Johansson som drack och höll glaset och sa:

"Jag tror inte jag klarar det här."

"Jag förstår att det är ett helvete", sa Winter.

"Hur kan du förstå det? Ingen kan förstå." Johansson skakade på huvudet. "Hur kan du förstå?"

Winter drog högerhanden över högersidan av huvudet. Håret kändes svalt, som något som var en trygg del av honom. Något sådant. Han såg Angelas ansikte sekunderna efter det att de *huggit* sig in den där fruktansvärda lägenheten. Hans tankar när hon var försvunnen, hans tankar om hennes tankar när hon var där. Att inte veta hur hon känt då, hur hon tänkt. Det hade varit det värsta av allt.

"Jag har varit med om det", svarade han.

Det var Halders som tog samtalet via Möllerström.

"Ni letar visst efter mig", hördes Aris Kaites röst i telefon.

"Det var en helvetes lång pisspaus du tog där, grabben", sa Halders. "Tre dar."

Kaite mumlade något.

"Kan du avslöja var du är" frågade Halders. "Eller står du fortfarande och klämmer?"

"Jag är hos... Josefin." Halders hörde en röst i bakgrunden. "Josefin Stenv..."

"Stanna där", sa Halders. "Jag kommer."

"Det är nå... nåt annat också", sa Kaite.

"Ja?"

"Jag har ett märk... märke i huvet. Jag trodde det var ett ärr bara men Josefin säger att det liknar nåt."

"Stanna kvar, annars jävlar", sa Halders.

Aneta försökte förhöra ett barn, Bergenhem försökte förhöra ett barn, Winter försökte förhöra ett försvunnet barns far. Halders och Ringmar körde. Himlen hade slutit sig igen, eller öppnat sig om man såg det så: regnet piskades ner av en nordlig vind.

"Det här är också vad jag kallar en jävla lång pisspaus", sa Halders och nickade mot regnet som sveptes åt sidorna av vindrutetorkarna.

"Paus?" sa Ringmar.

"Ha ha."

Ringmar tog fram ett papper ur innerfickan. Halders såg något som såg ut som en primitiv teckning, vilket det var: Natanael Carlströms försöka att skissa sitt bomärke.

"Tror du det går att se nån likhet?"

Ringmar ryckte på axlarna. Halders såg på honom, på de flytande gatorna, på Ringmar igen.

"Hur är det, Bertil?"

"Vad?"

"Hur mår du?"

Ringmar svarade inte. Han verkade läsa anteckningar men Halders såg inga anteckningar när han tittade på papperen.

"Du verkar bära på stora bekymmer", sa Halders.

"Kör rakt igenom rondellen och inte åt höger", sa Ringmar. "Det går snabbare."

Halders koncentrerade sig på att köra. Han fortsatte söderut efter rondellen. De såg hyreshusen på kullen. Josefin Stenvång bodde i ett av dem.

"Han kanske har hållit till där hela tiden", sa Ringmar.

"Nej", sa Halders. "Flickan har också varit oanträffbar. Det vet du ju."

"Det är bara för att vi inte orkat leta", sa Ringmar.

"Orkat leta?" sa Halders. "Jag har orkat leta."

"Jag har inte orkat", sa Ringmar.

"För helvete, Bertil. Vad är det?"

Ringmar stoppade ner papperen igen i innerfickan.

"Birgitta har stuckit", sa han.

"Stuckit? Hurdå stuckit?"

"Jag vet inte", sa Ringmar. Vet Fredrik om Martin? tänkte han. Vad spelar det för roll. "Jag får koka skinkan själv."

Halders brast ut i ett kort och skarpt skratt.

"Förlåt mig, Bertil."

"Nej, nej. Jag tycker också att det är komiskt. Och jag har inte ens köpt den än."

"Då kan du nog koppla av", sa Halders. "Alla goda exemplar är slut. Man måste beställa ett halvår i förväg."

De stod på den långsmala parkeringsplatsen. Ringmar knäppte av säkerhetsbältet.

"Då kan jag koppla av", sa han.

Aris Kaites ansikte var skuggat av rädsla, om det nu är möjligt i ett sånt ansikte, tänkte Halders. Det fanns några märken efter såret i hans nacke. Varför skulle det inte finnas det? Det finns alltid märken efter sår. Det här kunde vara ett bomärke men det kunde också vara en helt naturlig läkningsprocess, vad gällde Halders. Pia Fröberg får titta på det. Kanske kommer vapnet från Carlströms gård, kanske inte. Men Kaite har varit därute i gudförgätmigland. Kanske gubben inte gillar svartingar och inte heller såna som umgås med svartingar, och så flög han in på en kvast till Göteborg och dök från skyn och brände dom jävlarna med sitt sigill. Det låter logiskt, eller hur? Även om vi plockar bort kvasten.

Det finns ett samband mellan dessa ystra studenter, hade Halders tänkt i bilen på väg dit. Än en gång hade han tänkt det.

Josefin Stenvång satt bredvid Kaite och såg skyldig ut, ännu skyldigare.

"Det är ett BROTT att undanhålla sig förhör", sa Halders utan att fila för jävla mycket på formuleringarna.

Kaite svarade inte.

"Varför?" frågade Ringmar som stod bredvid Halders som satt.

"Jag är ju här nu", sa Kaite. Han tittade upp. "Jag ringde ju."

"Varför?" frågade Halders.

"Va?"

"Varför ringde du? Varför hörde du av dig?"

"Det var dom här märkena, Josefin såg att de..."

"I HELVETE det var för några märken i nacken eller huvvet eller i RÖVEN", sa Halders. "Du kanske vet att vi arbetar med ett fall just nu som handlar om ett barns försvinnande och VI HAR INTE TID att sitta här och lyssna på ditt förbannade SKITPRAT." Han reste sig. Josefin ryggade, och Kaite. "Så jag vill veta HÄR och NU varför du försvann."

Kaite svarade inte.

"Okej", sa Halders. "Då åker vi hem till oss."

"He... hem till er?"

"Häktet", sa Halders. "På med mössan och vantarna." Han gick mot dörren. "Kissa innan för säkerhets skull." Han vände sig om och såg på flickan som såg på Kaite. "Det gäller dig med, fröken. Du kommer med."

Det var hon som svarade på den stora frågan VARFÖR:

"Han var rädd", sa hon.

"Josefin!"

Kaite reste sig halvvägs ur stolen. Ringmar tog ett steg framåt. Josefin Stenvång tittade på Halders. Halders såg någon som bestämt sig. Hon tittade tillbaka på Kaite.

"Ska du eller jag säga nåt?" sa hon.

"Jag vill inte skylla på nån", sa han.

"Du är bara dum nu", sa hon. "Du gör det bara värre för dig."

"Det är... privat", sa Kaite nu. "Det handlar inte om DET."

"Kan nån av er två säga vad det handlar om?" sa Halders. "Om inte åker vi."

Kaite tittade upp, någonstans mellan Halders och Ringmar.

"Jag var... därute", sa han. "Hemma hos... Gustav."

"Det vet vi", sa Ringmar.

"V... va? Vet ni det?"

Han såg genuint överraskad ut.

"Vi har varit där", sa Ringmar. "Vi har pratat med Gustavs far."

Kaite såg fortfarande lika överraskad ut. Varför ser han ut så? tänkte Ringmar. Vad är så överraskande med att vi pratat med gubben Smedsberg? Eller handlar det om att vi har pratat med Smedsberg men fortfarande inte *vet?* Vad är det vi inte vet?

"Han berättade att du och Gustav varit därute och hälsat på. Och jobbat med potatisupptagningen."

Kaite nickade, ett annat uttryck i ansiktet nu.

"Var det där du var nu när du höll dig borta?" frågade Ringmar.

Katie tittade upp, ännu ett uttryck: Hur i helvete kan du tro det?

"Handlar det här om Gustav?" frågade Ringmar.

Kaite svarade inte.

"Är det han som hotat dig?"

Kaite nickade.

"Har du känt dig hotad av Gustav Smedsberg?"

Kaite nickade igen.

"Jag vill höra ett svar", sa Ringmar.

"Ja", svarade Kaite.

Ringmar kunde se en lättnad i hans ansikte nu. Det var en reaktion som han ofta sett. Men ansiktet avslöjade inte bara lättnad. Där fanns också något annat. Han kunde inte riktigt se vad det var. Han kände igen det men han måste tänka mer på vad det stod för.

"Är det därför du hållit dig undan?"

"Va?"

"Varför höll du dig undan? Varför gömde du dig?"

"Han var ju RÄDD", sa Josefin Stenvång. "Han har ju sagt det."

"Jag frågar Aris här", sa Ringmar med lugnt tonfall. Halders glodde flickan till tystnad. "Varför höll du dig undan i tre dagar fast du visste att vi sökte dig, Aris?"

"Jag var... rädd", sa han.

"Var du rädd för Gustav?"

"Ja..."

"Varför då?" frågade Ringmar.

"Det... hände en sak därute", sa Kaite.

"Därute? Menar du hemma hos Gustav? På gården?" Snacka om ledande frågor, tänkte Ringmar.

Kaite nickade.

"Vad hände därute?" frågade Ringmar. Nu kommer det, tänkte han. Nu löser vi det här, eller delar av det.

"Han... slog honom", sa Kaite. "Han slog honom."

"Vad säger du? Vem slog vem?"

"Gustavs pappa... slog Gustav", sa Kaite. "Jag såg det."

"Du såg att Gustav blev slagen av sin far?"

"Ja."

"Hur?"

"Vadå?"

"Vad hände?"

"Han... slog honom bara. I huvet. Jag såg det." Han tittade upp, på Halders och Ringmar och sedan på flickan. "Han såg att jag såg det."

"Vem såg det?"

"Gustav."

"Gustav?"

Kaite mumlade något de inte kunde höra.

"Vad sa du?" frågade Ringmar.

"Jag vet inte om pappan... såg det", sa Kaite.

"Varför känner du dig hotad av Gustav då, Aris?"

"Han ville inte att det skulle... komma ut."

"Komma ut? Att han fick stryk av farsan?"

Kaite nickade.

"Varför fick det inte komma ut?"

"Jag vet inte", sa Kaite.

"Och det ska vi tro på? Att du känner dig så hotad av honom att du försvinner?"

"Det är så", sa Kaite.

"Det är inte så att Gustav har slagit dig?" frågade Ringmar.

"Va?"

"Du hörde frågan."

"Nej", sa Kaite.

"Nej vadå?"

"Gustav har inte slagit."

"Han slog inte ner dig på Kapellplatsen?"

"Nej." Kaite tittade upp. "Jag vet inte... vem det var."

"Du hade inte sällskap med Gustav då?"

"Nej, nej."

"Eller hans far?" sa Ringmar.

"Va?" Det förvånade uttrycket igen. Och något annat. Vad är det? tänkte Ringmar.

"Har Gustavs far slagit dig också, Aris?"

"Jag vet inte vad du menar", sa Kaite.

"Vi tar en sak i taget", sa Ringmar. "När du såg att Gustav blev misshandlad hemma på gården. *Du* blev inte misshandlad då också?"

"Nej."

"Du har aldrig blivit misshandlad av Gustavs far?"

"Nej."

"Men Gustav vill inte att du berättar nåt för nån?"

"Nej."

"Varför?"

"Ni får väl... fråga honom."

"Det ska vi göra", sa Ringmar. "Det ska vi verkligen göra." Han tittade på Halders. "Ska vi ringa då?" Han tittade på Kaite igen. "Du behöver inte följa med till nåt häkte, men vi väntar tills det kommer en bil som kör dig till vår läkare så att hon får ta en titt på det där såret."

Ringmar och Halders åkte tillbaka mot centrum. Regnet hade upphört men det var fortfarande lika mörkt.

"Han håller inne med nåt", sa Halders.

"Naturligtvis", sa Ringmar.

"Du kunde pressat honom mer."

"Jag tyckte jag gjorde ett rätt bra jobb", sa Ringmar.

"Visst."

"Vi plockar in honom i morgon", sa Ringmar. "Han kan fundera lite på vad han sagt. Vad han satt igång."

"Du har ju träffat gubben Smedsberg i hans rätta gödselelement", sa Halders. "Vad tror du?"

"Ingenting", sa Ringmar. "Jag tror ingenting."

"Det finns ingenting att tro på", sa Halders.

"Var det där en filosofisk kommentar?" frågade Ringmar.

"Nej", sa Halders. "Det handlar om det här fallet. Man vet inte vad man ska tro."

Ringmar tog fram ett papper igen, läste något, stoppade undan det.

"Det var en sak du inte frågade om", sa Halders.

"Märkte du det?"

"Förolämpa mig inte."

"Jag bara skojade, Fredrik."

"Varför höll du inne med det?"

"Jag sa ju att jag tycker att han ska tänka lite först på vad han redan sagt."

Halders tänkte på de andra pojkarna. Om det fanns ett samband så hade det varit läge att fråga Kaite om det nu, när han verkade sårbar. Men Bertil hade väntat. Han hade inte frågat om dem. Han hade inte pressat tjejen, Josefin. Han hade inte velat gå vidare. Det fanns framför allt en orsak:

"Vår svarte arier ljuger som en ko skiter", sa Halders.

Ringmar nickade någonstans ifrån. Han satt djupt försjunken i tankar.

"Tror du han känner sig lättad nu?" frågade Halders.

"Lättad!" ropade Ringmar, vaken igen.

Halders körde nedför Per Dubbsgatan. Sjukhuset glimmade dovt, tiotusen fönster med adventsstakar på en rödsvart mur.

"Vad?" sa Halders. "Vad menar du?"

"När jag frågade killen om Gustav Smedsberg hotat honom och

han till slut svarade ja såg han lättad ut!" sa Ringmar.

"Han kanske hade det i sig och måste få ut det", sa Halders. "Kanske är det faktiskt sant. Eller delvis sant. Eller bara delvis en lögn."

"Kanske har han inte blivit hotad av Gustav", sa Ringmar.

"Ariern hotades av gubben i stället?"

"Killen uttryckte nån sorts lättnad men också nåt annat", sa Ringmar. "Där var nåt annat."

"Han kanske var pissnödig", sa Halders och Ringmar skrattade högt.

"Var det så roligt?"

"Jag behövde det", sa Ringmar. Han skrattade till igen.

"Du får väl göra en volta till ut på slätten", sa Halders.

"Om det räcker med en", sa Ringmar.

"Nu ska vi knäcka det här", sa Halders. "Vi fixar det snabbt och sen har vi annat att tänka på."

"Vi har annat att tänka på samtidigt", sa Ringmar.

"Jag ska hugga unge herr Smedsberg med en gång" sa Halders. "Unge herr mjölnare. Unge herr bonnlurk."

"Låter som Svarte Petter", sa Ringmar.

"Det här är inget kortspel, som Winter sa på presskonferensen."

"Ja, att dom tog med det", sa Ringmar.

"Det visar hur tunt det är i spalterna", sa Halders.

"Kanske för tunt", sa Ringmar, "för lite info från oss."

"Aldrig."

Halders var på väg mot korsningen.

"Kan du köra hemom en minut, Fredrik?"

"Eh... javisst."

"Vänster här."

De körde ner från leden och upp förbi Slottsskogsvallen. Skymningen föll under de sex minuter det tog Halders att nå Ringmars hus. Ljusprakten på granntomten var magnifik.

"Nu har jag sett allt", sa Halders.

"Han är sinnessjuk", sa Ringmar och steg ur bilen.

"Du behöver inte ha nåt lyse på inne, Bertil." Halders såg deltagande ut. "Se det så."

Men Ringmar fick tända inne i hallen som låg i vardagsrums-skugga. Det hjälpte inte. Inget meddelande på telefonsvararen på hallbordet. Inget meddelande med posten som han dragit upp ur brevlådan därute. Han släppte skiten på golvet. Allt var tystnad därinne. Ingen köksfläkt på fullt ös. Ingen röst därifrån. Ingen skinka som kokade.

34

PIA E:SON FRÖBERG hade en rynka mellan ögonbrynen som verkade djupna ju längre hon betraktade skadan på Kaites huvud. Det fanns någonting där som hon betraktade mellan sina utspärrade händer.

Kaite verkade drömma sig bort, ut genom fönstret, med huvudet på sned.

"Hmh", sa Pia E:son Fröberg.

"Ja?" sa Ringmar.

"Tja... man kan se nåt men man kan också välja att inte göra det."

"Tack för det."

"Men Bertil. Jag kan inte just nu och just här tala om för dig om detta är ett speciellt märke eller om det bara är ett... märke. Ett ärr. Ett sår som håller på att läka. Ett po..."

"Tack, tack, jag är med, Pia."

"Men det skulle kunna vara ett... avtryck."

"Som i så fall föreställer nåt?" sa Ringmar.

"I så fall ja."

"Som föreställer det här?" sa Ringmar och höll upp en kopia på Carlströms teckning.

"Kan göra det. Det går inte att säga nu och här."

"Ska vi åka?" sa Halders.

De gick mot dörren.

"Vad ska jag göra då?" sa Kaite och rätade upp huvudet.

"Inte vet jag", sa Halders utan att vända sig om.

"Ska jag inte följa med er?"

"Vill du det?" sa Halders och vände sig om.

"Ne... nej, nej."

"Åk hem och ta det lugnt", sa Ringmar som också vänt sig om. "Vi hör av oss."

"Vad händer med det här då?" sa Kaite till Pia E:son Fröberg och gjorde en rörelse mot huvudet. "Kommer det att... sitta kvar?"

"Kan göra det."

"Herregud."

"Det går inte att säga än", sa Pia E:son Fröberg som kände med- lidande med honom.

De körde genom stan som tätnade mot centrum. Ljusen blev fler, och lyktorna och de glittrande girlangerna som hängde över gatorna.

"Ring grabben Smedsberg och kolla om han är hemma nu", sa Ringmar.

Halders fick svar på tredje signalen.

"Det här är kriminalinspektör Fredrik Halders."

Smedsberg kom upp till Ringmars rum efter den timme det tagit honom att ta sig dit. Han smiter inte, hade Halders sagt.

"Varsågod och sitt", sa Ringmar.

Smedsberg satte sig på den enkla stolen.

"Skulle vi inte byta rum?" sa Halders.

"Visstja", sa Ringmar. "Varsågod och följ med, Gustav."

"Vad är det här om?" sa Gustav Smedsberg.

"Vadå?" sa Halders.

"Jag förstår in..."

"Sitter du fortfarande?" sa Halders.

"Det är bara två våningar ner", sa Ringmar.

Ingen av de två poliserna sa något i hissen. Smedsberg såg ut som om han var på väg till elektriska stolen. Eller så är han bara ännu en typ med sorgset utseende, tänkte Halders.

Det var inte ett bekvämt rum. Det var motsatsen till de förhörs- rum som ställs i ordning för att till exempel barn ska känna sig trygga. Det fanns en elak lampa på skrivbordet och en ännu värre i taket. Det fanns ett fönster men ingen hade glädje av utsikten över ventilationskanalen. Rummet verkade inrett för sitt syfte men allt var en tillfällighet, ett fönster som hamnat fel, en ventilationstrumma på fel plats.

"Varsågod och sitt", sa Ringmar.

Smedsberg satte sig, men försiktigt, som om han väntade på kontraorder från Halders som han tittade på nu. Halders nickade vänligt.

Ringmar knäppte på bandspelaren på bordet. Halders pysslade med stativet till videokameran som surrade med ett ljud som var det mest hemtrevliga i rummet.

"Firar du jul hemma i år, Gustav?" frågade Ringmar.

"Eh... va?"

"Blir det julfirande hemma på gården med pappa?"

"Eh... nej."

"Jaså?"

"Vad spelar det för roll för er?" frågade Smedsberg.

"Bara vanlig intervjuteknik", svarade Halders som stod kvar vid kameran men lutade sig över skrivbordet. "Man börjar med nåt allmänt och vänligt och fortsätter sen med the heavy stuff."

"Eh... jaha?"

"Varför har du hotat Aris Kaite?" frågade Ringmar.

"The heavy stuff", sa Halders med en förklarande gest mot Ringmar.

"Eh..."

"Du verkar ha ett begränsat ordförråd för att vara student", sa Halders.

"Vi har uppgifter om att du hotat Aris Kaite", sa Ringmar.

"V... va?"

"Hur kommenterar du uppgiften om att du hotat honom?"

"Jag har inte hotat nån", sa Gustav Smedsberg.

"Vi har uppgifter om det."

"Från vem?"

"Vem tror du?"

"Han skulle aldrig vå..."

Ringmar tittade på honom.

"Vad tänkte du säga, Gustav?"

"Ingenting."

"Vad är det som hänt dig och Aris, Gustav?"

"Jag förstår inte."

"Det är nåt som har hänt er. Vi vill veta vad det är. Vi kanske kan hjälpa er."

Gustav Smedsberg såg ut som om han log, kanske till och med cyniskt. Kunde det vara möjligt? Ringmar såg leendet komma och gå inom sekunddelar. Kameran såg det. Vad betydde det? Var Smedsberg och Kaite och kanske nån annan bortom hjälp?

"Vad är det som hänt mellan dig och Aris egentligen, Gustav?"

"Det har jag ju sagt en gång för hundra år sen. Det var en tjej."

"Josefin Stenvång", sa Halders.

"Eh... ja."

"Men det är inte allt, eller hur?" Ringmar nickade mot Smedsberg. "Det finns andra orsaker också, eller hur?"

"Jag vet inte vad han har sagt till er men vad han än sagt så är det... fel", sa Smedsberg.

"Du kan ju inte veta vad han sagt?"

"Det är fel i alla fall", sa Smedsberg.

"Var är det som är sanning då?"

Smedsberg svarade inte. Ringmar kunde se något i hans ansikte som han kanske kände igen. Det var inte lättnad. Det var i andra änden av känsloregistret, i den mörka delen.

"Det är bättre för dig om du berättar det."

Det där leendet igen, som en blixtrande cynism, tillsammans med mörkret i killens ögon. Vad har han varit med om? Ringmar visste inte, kunde inte ana.

"Gustav", sa Ringmar, "den där historien du berättade för oss om när du blev överfallen på Mossen... den är inte sann, eller hur?"

Smedsberg sa ingenting. Han hade inga leenden nu.

"Du blev aldrig överfallen, eller hur?"

"Det blev jag visst."

"Det är okej om du ändrar dig."

"Det blev jag visst", upprepade Smedsberg.

En gång till: "Det blev jag visst."

Talar vi om samma sak? tänkte Ringmar.

"Blev du överfallen av din far, Gustav?" frågade Ringmar.

Smedsberg svarade inte. Det var ett svar.

"Var det din far som överföll dig på Mossen, Gustav?" frågade Ringmar.

"Nej."

"Överföll han dig hemma, Gustav?"

"Det spelar ingen roll vad han sagt."

"Vem, Gustav? Vem har sagt vad?"

Smedsberg svarade inte. Ringmar kunde se att killen inte mådde bra nu, inte bra alls. Vad i helvete var det han dolde? Är det något som ligger långt utanför det här? Något värre?

Ringmar tittade på Halders och blinkade.

"Den där historien om märkjärn som du drog för oss när vi träffades första gången. Det var bara påhitt, eller hur?"

"Jaså?" svarade Smedsberg.

"Det är ju ingen som använder sånt, eller hur?"

"Inte nu kanske", sa Smedsberg.

"Och aldrig hemma på din gård", sa Halders.

En speciell blick i Smedsbergs ögon igen, något annorlunda nu. Är det ett spel han spelar med oss? tänkte Ringmar. Nej, det är något annat, eller kanske ett spel, men inte hans.

"Hur kom du på det här med märkjärnet, Gustav?"

"Därför att det LIKNADE DET."

Hoppsan, tänkte Ringmar.

Halders såg ut att vänta på något mer.

"Ni har väl kunnat kolla?" frågade Smedsberg.

"Kollat vad?" sa Halders.

"Järnet, för helvete!"

"Var skulle vi kunna kolla det?"

Smedsberg tittade på Halders med ett nytt uttryck i ögonen. Kanske var det tvivel den här gången, och osäkerhet.

"Måste jag tala om allt för er?" sa han.

"Han har ju inte talat om ett skit", sa Halders när de passerade Pellerins Margarinfabrik.

"Eller allt", sa Ringmar.

"Vi borde ha grillat dom andra två studentynglen också direkt", sa Halders.

"Du talar om misshandlade människor", sa Ringmar, "en av dom till och med på gränsen till invaliditet."

"Han klarar sig", sa Halders. "Han blir bra."

"Men ändå", sa Ringmar.

"Han skulle kunna spela i Blåvitt om ett halvår", sa Halders. Han log: "Halt eller inte. Ingen skulle se skillnaden i det gänget."

"Du blandar ihop ÖIS och Blåvitt", sa Ringmar.

"Jag tror det viktigaste nu är att åka ut igen", sa Winter från baksätet.

Han såg staden förändras och försvinna. Skogar och eviga sjösystem nu. Pendeltåg.

Han hade suttit med utskrifterna av förhören med barnen och försökt skapa sig en bild av mannen som hade talat med dem, gjort andra saker. Han hade letat, letat. Där fanns något som han kunde använda. *Han* hade en papegoja som kanske hette Billy. Winter hade kommit tillbaka till Simon Waggoner med tio leksakspapegojor i tio olika färger och Simon hade pekat ut den gröna.

Simon hade också pekat på den röda.

Mannen kanske var i 40-årsåldern, kanske en sliten 30-åring, kanske fräsch 50-åring. Winter hade pratat med Aneta Djanali när Halders och Ringmar kom upp från förhöret med Smedsberg.

"Vi skickade hem honom", hade Ringmar sagt.

"Mhm", hade Winter sagt.

"Jag tror det är det bästa för tillfället."

De hade bestämt sig för att åka.

"Jag följer med", hade Winter sagt. "Jag har varit där förut och jag kan tänka på det här... andra i bilen."

Han satt med powerbooken i baksätet. Sjöar och skog och berg blev slätter.

"Där är det", sa Ringmar vid korsningen.

"Kör direkt till gubben Carlström", sa Winter.

Ringmar nickade och passerade hundra meter från Smedsbergs hus. De såg ingen traktor, inget livstecken.

"Det är ju som ett hav", sa Halders.

Ringmar nickade igen och trummade på ratten.

"En annan värld", sa Halders. "När man ser det här börjar man förstå ett och annat."

"Vad menar du?" frågade Winter och lutade sig fram.

"Smedsberg är en underlig figur, eller hur? När man ser det här blir det lättare att förstå." De mötte en man på traktor som höjde handen. Traktorn hade kommit ut från en sidoväg hundra meter fram, från en liten dunge. Som en stridsvagn ur ett kamouflerande buskage. "En annan värld", upprepade Halders. De såg två ryttare i det som verkade vara fjärran.

De följdes av fåglar. En liten tromb visslade över ett litet fält, en virvel av döda löv. Ringmar körde förbi samma hus som förut. Skogen var plötsligt där, skuggorna. Så blev skogen fält igen. De såg Smedsbergs hustrus fädernegård. Gerd.

De var framme.

De klev ur bilen och gick mot huset. Ingen kom ut och öppnade en välkomnande famn.

"Hur ska vi förklara det den här gången?" sa Ringmar.

"Vi behöver inte förklara nåt den här gången heller", sa Winter.

Vindarna strök i cirklar runt huset. Allt var som den förra gången. På avstånd kunde Winter se konstruktionen han sett förut, som en fyr. Det blev snabbt mörkare. Det kändes kyligare här än någon annanstans. Förra gången hade han tänkt att om han kom tillbaka hit snart så skulle allt vara vitt runt om, verkligen se ut som ett vinterhav.

När han höjde handen tänkte han på känslan som han fått förut när han stått så här: att han skulle komma tillbaka, och att det inte hade gått att förklara den känslan. Men den hade handlat om mörker. Det var en föraning som hade förebådat något fasansfullt. När den väl infunnit sig försvann den inte, så hade han tänkt. Han kände det igen. Det var därför han hade velat följa med dit ut, för att känna om det fortfarande fanns något att känna. Ja. Det fanns en hemlighet. Och något hade fört honom hit igen och det hörde inte ihop med misshandeln av pojkarna, med det här fallet. Vad var det? Det måste ju hänga samman med detta. Men när han tänkte så tänkte han samtidigt på att han måste minnas detta igen, minnas att allt inte var vad han såg eller trodde, att det fanns något annat därute.

Varför tänker jag så?

Efter tredje bultningen hörde de att något rörde sig därinne och en röst:

"Vad är det om?"

"Det är vi igen", sa Winter. "Från Länskriminalen. Får vi komma in och ställa ett par frågor till?"

"Om vadå?"

Rösten var sträv som förut och som i olika lager, en gammelmansröst. Livet är en upprepning, tänkte Ringmar. I bästa fall.

"Får vi komma in?" upprepade Winter.

De hörde samma mummel, och skrammel i låskolven. Dörren öppnades och mannen därinne syntes som en silhuett igen, upplyst igen av ett lågoktanigt ljus från hallen och kanske köket. Winter sträckte fram legitimationen. Gubben tittade inte på den, men nickade mot Halders.

"Vem är han då?"

Halders presenterade sig och visade sin legitimation.

"Vad är det om nu då?" upprepade Carlström som verkade krummare än förra gången. Han var fortfarande kortklippt intill svålen, klädd i möjligen samma vitaktiga skjorta, hängslen, byxor av obestämt fabrikat och grova raggsockor. Han övergav inte sin klassiska landsbygdsdesign.

Tala om varandras kontraster, tänkte Halders om de två männen mitt emot varandra. Winters vita skjorta fick gubbens att se svart ut.

Halders kände lukten av eld och aska och mat som nyss tillagats. Fläsk. Det fanns en fuktig kyla där de stod på tröskeln med öppen dörr, och kylan kom inte bara utifrån.

"Det är ett par saker till vi måste få klarlagda", sa Winter.

Gubben utstötte ett slags suckande ljud och öppnade dörren mer.

"Ja, stig in då."

Han visade in dem i köket som verkade ha krympt sedan förra gången, precis som han själv blivit ännu mer böjd.

Det här är en av dom ensamma, tänkte Winter plötsligt. En av dom ensammaste människorna på jorden.

Det brann i vedspisen. Luften i köket hade en torr och tydlig värme som var en stor kontrast till den råa fukten i hallen.

Carlström bjöd dem att sitta med en gest. Han bjöd inte på kaffe. Köket tycktes överfullt av de fyra männen, som om ett nytt rekord för litet lantkök just höll på att sättas för Guinness årsbok, tänkte Halders.

"Kommer ni ihåg att vi talade om märken efter brännjärn förra gången?" frågade Winter.

"Jag är inte senil", sa Carlström.

"Vi har hittat ett", sa Winter. "Som ser ut som ett. På en av pojkarna."

"Jaha?"

"Det ser ut som ert märke, Carlström."

"Jaha?"

"Tänk om det är ert märke?"

"Vad ska jag göra åt det?"

"Hur kan det ha hamnat på huden hos en pojke i Göteborg?" frågade Ringmar.

"Jag vet inte", sa Carlström.

"Vi vet inte heller", sa Winter. "Det är ett mysterium för oss."

"Jag kan inte hjälpa till", sa Carlström. "Ni hade kunnat spara resan."

"Har inget av det stulna kommit tillbaka?" frågade Winter.

"Innan stulet gods kommer tillbaka lär grisar kunna flyga härifrån till Skara", sa Carlström.

Winter tänkte på sin egen teckning, den flygande grisen. Det kändes mycket längesen.

"Ni förstår varför jag frågar, eller hur?"

"Jag är inte dum", sa Carlström.

"Nån kan ha stulit järnet här och använt det."

"Det är möjligt", sa Carlström i sin hukande ställning.

Halders stötte till en liten järngaffel som låg på spisen och den föll till marken med ett ihåligt klingelklang och Natanael Carlström ryckte till och vände sig snabbt om. Med vighet, tänkte Winter. Hans rygg hade rätats ut för en sekund. Winter såg på Halders som böjde sig ner och mötte hans blick. Halders var inte dum.

"Jag måste fråga er igen om ni inte har misstänkt nån", sa Winter.

"Inte en själ", sa Carlström.

"Ni såg inte nåt misstänkt?"

"När skulle detta ha vatt?"

"Vid tiden för stölden", sa Winter. "Ni sa förra gången att ni upptäckte stölden rätt omgående."

"Sa jag det?"

"Ja."

"Det minns jag inte."

Winter sa ingenting. Carlström tittade på Ringmar som var tyst.

"Ni hade redskap därute som stals."

"Ja, så var det kanske."

"Ni har inte hittat nåt annat.. redskap eller så sen sist med det där bomärket ni har?" frågade Winter.

"Jo", sa Carlström.

"Ni har hittat ett sånt?"

"Jo, sa jag ju."

Winter tittade på Ringmar.

"Vad är det?" frågade Winter.

"Det är ett litet järn", sa Carlström. "Det låg i den gamla boden."

Gamla boden, tänkte Halders. Vilken är då den nya?

35

Natanael Carlström hämtade sin... tingest. Något för mycket små varelser, tänkte Winter.

"Det här är alltså ert märke?" sa Ringmar och höll upp plattan som var fäst i det korta handtaget. Allt var litet men solitt, som gjutet i ett stycke.

Vilken jävla grej, tänkte Halders.

Carlström nickade som svar på Ringmars fråga.

"Har du använt den här?"

"Det var längesen."

"Hur längesen?"

Carlström gjorde en gest som kunde innefatta de senaste tvåtusen åren.

"Och det här blev inte stulet?"

"Det vet ju inte jag. Nån kan ha tatt det och lagt tillbaks det."

"Hade du inte märkt det i så fall?"

"Jo det hade jag väl."

"Vi skulle vilja låna det här... järnet av er", sa Winter.

"Vassego", sa Carlström.

Undrar vad han tänker, tänkte Halders. Om att vi står här i hans skeva hus som håller på att blåsa bort över slätten som grisar i riktning Skara.

"För att kunna göra jämförelser", sa Winter. Vi behöver egentligen inte förklara nåt, tänkte han. Men ibland blir det enklare.

"Jag skulle också vilja ha lite information om er fosterson", sa Winter.

Han kunde se hur gubben ryckte till.

"Vafalls?" sa Carlström.

"Er fosterson", upprepade Winter.

Carlström vände sig om, som en mycket gammal man, och lyfte på luckan på spisen och böjde sig försiktigt ner och kisade mot elden därinne som ännu inte börjat dö.

"Hörde ni vad jag frågade?" sa Winter.

"Jag hörde han", sa Carlström och rätade sakta på sig. Antingen åldrades han av vad jag sa eller så försöker han tänka. Winter såg gubben stänga luckan och titta på honom. "Jag är inte döv." Han liksom sneglade på de andra två inkräktarna och såg sedan tillbaka mot Winter. "Vem har sagt nåt om en fosterson?"

Måste *alla* behålla alla sina hemligheter för sig själva i den här världen? tänkte Halders som hade satt sig på en av pinnstolarna. De såg sköra ut men den här kändes stabil under hans tyngd.

"Har ni inte en fosterson, herr Carlström?"

"Vad är det med han?"

"Har ni en fosterson?"

"Ja, ja, ja. Vad är med han nu?"

"Vad heter han?" frågade Winter.

"Vad är det med han nu?" upprepade Carlström.

Nu, tänkte Winter. Vad har det varit tidigare?

"Ingenting vad vi vet", sa Winter. "Men eftersom vi har varit här förut och diskuterat dom här sakerna som stulits från gården så ka..."

"Mats har inte tatt nåt", sa Carlström.

"Nehej?"

"Varför skulle han göra det? Han är inte intresserad."

"Mats?" sa Winter.

"Ja, Mats. Det var det namn han hade när han kom hit och det var det namn han hade när han åkte."

"Förra gången vi frågade er så sa ni att ni inte hade några barn", sa Winter.

"Ja?"

"Det var inte riktigt korrekt, eller hur?"

"Det har väl ändå inget med dom hära stölderna att göra", sa

332

Carlström, "eller dom där nedslagningarna eller vad det var." Han vände sig om igen och böjde sig ner och tog upp ett vedträ som han petade in i spisen. Winter kunde se lågorna och gnistorna där han stod. "Dessutom är han ju inte min son."

"Men han levde med er?"

"Ett tag."

"Hur länge då?"

"Vad spelar det för roll?"

Ja. Vad spelade det för roll? Jag vet inte varför jag frågar. Jag vet bara att jag måste fråga. Det är som knackningen därute.

"Hur länge?"

Carlström verkade sucka, som om han kände sig nödgad att acceptera alla stolliga frågor så att stadsmänniskorna kunde fara bort över fälten igen och ge honom frid.

"Nåra år. Fyra var det väl."

"När var det?"

"Det var längesen. Det var många år sen."

"Vilket årtionde?"

"Sextitalet måste det ha vatt."

"Hur gammal är... Mats?"

"Han var åtta när han kom", sa Carlström. "Tie kanske det var, elva."

"När var det?"

"Sextitalet som jag sa."

"Vilket år?"

"Hundans... det minns jag inte. Mitten var det väl. Sextifem eller nåt."

"Har han varit tillbaka mycket sen han flyttade?" frågade Winter.

"Nej."

"Hur ofta?"

"Han ville inte komma tillbaka hit." Carlström tittade ner och upp igen. Det fanns ett nytt uttryck i hans ögon. Kanske var det ett uttryck av smärta. Det kunde också säga: han ville inte komma tillbaka hit och jag klandrar honom inte.

"Vad heter han i efternamn?"

"Jerner."

"Han heter alltså Mats Jerner?"

"Mats är hans förnamn, det sa jag ju."

Winter tänkte: Har denne Mats Jerner varit här och snott ett vapen för att kasta skulden på denne man? Är fostersonen så självsäker att han vet att han kan komma undan själv?

Är något av detta sannolikt?

Har det hänt nåt på denna slätt som inbegriper familjen Smedsberg och gubben Carlström?

Smedsbergs fru växte upp här i närheten. Vad hette hon? Gerd. Hon kände till Natanael Carlström.

Hur kunde han bli fosterförälder? Var han en annan då? Han kanske varit trevlig en gång i tiden. Det kanske inte spelade någon roll. Mycket underligt hände då mellan barn och vuxna, precis som nu, tänkte Winter.

"När var Mats här senast?" frågade Winter.

"Det är konstigt", sa Carlström. Han verkade studera väggen bakom Winter.

"Förlåt?" sa Winter.

"Han var här för en månad sen", sa Carlström.

Winter väntade. Ringmar stod böjd vid vedspisen, på väg att öppna luckan. Halders såg ut att studera Carlströms profil.

"Han kom och hälsade på. Eller vad man ska säga."

"En månad sen?" frågade Winter.

"Eller om det var två. Det var nu i höstas i alla fall."

"Vad ville han?" frågade Halders.

Carlström vände sig åt hans håll.

"Vasa?"

"Vad hade Mats för ärende?"

"Han hade inget ärende", sa Carlström.

"Kan han ha tagit dina brännjärn?" frågade Winter.

"Nej", sa Carlström.

"Varför inte?"

Carlström svarade inte.

"Varför inte?" upprepade Winter.

Carlström svarade fortfarande inte.

"Ska vi tro att han tagit dom?" frågade Halders. "Det kan vi ju frestas att göra."

"Han skulle inte gå nära dom", sa Carlström.

"Inte gå nära dom?" ekade Winter.

"Det hände en... olycka en gång", sa Carlström.

"Vad hände?"

"Han... brände sig."

"Hur?"

"Han kom... i vägen för järnet." Carlström tittade upp igen. Hans huvud tyngdes ner alltmer medan förhöret fortgick och till slut tvingades han räta upp sig, men snart började han åter hänga med huvudet. "Det var en olycka. Men han blev rädder för... järnet. Det satt i."

"Satt i?"

"Rädslan satt i", sa Carlström.

"Han är en vuxen man nu", sa Halders. "Han vet att dom här... redskapen inte kan bränna honom."

Winter såg något tydligt i Carlströms ansikte: ett tvivel på vad Halders sagt, eller en vetskap.

"Vad sa Mats när han var här?" frågade Winter.

"Han sa inget."

"Varför var han här då?"

"Inte vet jag."

"Var bor han?" frågade Winter.

"I stan."

"Vilken stad?"

"Den stora stan. Göteborg."

Det förvånade Winter: Göteborg refererades till som "stan". Han hade trott att gubben menade någon av de mindre städerna som låg norrut som små taggiga utväxter på den enorma plattheten. Kanske var Göteborg det enda av riktigt värde eftersom de unga lämnade den här tomheten för Göteborg. Det fanns inte så många alternativ.

"Var bor han i Göteborg?" frågade Winter.

"Det vet jag inte."

"Vad gör han?"

"Det vet jag inte heller."

Winter kunde inte avgöra om Carlström ljög eller talade ett slags sanning. Det kanske inte spelade någon roll. Men Winter kunde känna smärtan igen hos den gamle mannen. Vad bestod den i? Var det längtan, eller ånger, eller... skam? Vad hade hänt mellan mannen och pojken? Smedsberg hade sagt att pojken farit illa. Hur hade han hamnat här från början? Var kom han ifrån? Plötsligt ville Winter veta.

"Berätta om Mats", sa han.

Öppna frågor.

"Vad ska jag berätta?"

Som slöt sig snabbt.

"Hur kom det sig att ni fick ta hand om honom?"

"Det ska du väl inte fråga mig?"

"Ni fick ett erbjudande om att ta hand om honom?"

Vi går över till ledande frågor.

"Det var väl så."

Som fungerar väl och därmed är lika värdelösa som alltid.

"Var kom han ifrån?"

Carlström svarade inte. Winter såg ögonblicket av smärta i hans ögon igen.

"Hade han inga föräldrar?" frågade Winter.

"Nej", sa Carlström.

"Vad hade hänt?"

"Dom var inte värdiga att vara hans föräldrar", sa Carlström.

Det var ett mycket speciellt uttalande för att komma från denne man.

"Inte om man ska tro frun från barnavården", fortsatte Carlström.

Som anförtrodde en ung pojke i en ensam mans vård, tänkte Winter. Kanske en skadad och vettskrämd pojke.

"Har ni alltid levt ensam, Carlström?"

"Vasa?"

"Levde ni utan någon kvinna när Mats var här?"

Carlström tittade på honom.

"Jag har inte vatt gift", sa han.

"Det var inte det jag frågade om", sa Winter.

"Det bodde en kvinna hos mig", sa Carlström.

"När då? När Mats var här?"

Carlström nickade.

"Hela tiden?"

"I början", sa han.

Winter väntade med följdfrågan. Carlström väntade. Winter tog en annan fråga: "Vad hade Mats råkat ut för?"

"Jag vet inga... såna detaljer."

"Vad sa kvinnan från barnavårdsnämnden?"

"Nån hade våldfört sig på... honom."

"Vem? Hans far?"

"Jag vill inte prata om det", sa Carlström.

"Det ka..."

"JAG VILL INTE PRATA OM DET."

Det knäppte till i vedspisen, ett kvisthuvud i en björkklabb, ljudet gav eftertryck åt Carlströms ord.

Winter såg på Ringmar som skakade nästan omärkligt på huvudet.

"Råkade... Mats ut för nåt medan han var här?" frågade Winter och såg hur Carlström ryckte till igen, verkligen ryckte till som man gör när man vill göra allt för att undvika det. "Jag menar om nån i bygden gjorde honom illa. Jävlades med honom på nåt sätt."

"Jag vet inte", sa Carlström.

"Nånting. Vad som helst."

"Och nu håller han på att hämnas, va? Slår ner folk i Göteborg? Är det vad du säger?"

"Nej", sa Winter.

"Eller som ni tänker då."

"Pojkarna som slagits ner var inte födda när Mats var liten", sa Winter.

"Nej, just det", sa Carlström.

Men det var du, tänkte Winter. Och Georg Smedsberg.

Ingen öppnade hos Smedsberg. Huset var tomt, svart. Det stod som en vittrad fästning på detta fält norr om Carlströms gård.

"Han kanske spelar bridge", sa Halders.

"Var?" sa Ringmar.

Det fanns bara mörker omkring dem, en himmel med bleka stjärnor som verkade överdragen av mörka slöjor som bara släppte igenom ett litet tunt ljus. De hörde ett sus genom vinden som kunde vara trafik från långt avstånd eller Smedsbergs fläktsystem eller bara vinden själv som inte stötte på något motstånd därute.

De gick tillbaka till Halders bil och vände åt söder. Strålkastarna klöv fälten, lyste upp i himlen när Halders körde uppför en liten kulle som var den enda. Alla i bilen var tysta, i sina tankar. Winter kände sig kall, framför allt av samtalet med Natanael Carlström som hade sett på dem utan att vinka när de körde iväg.

Halders rotade bland cd-skivorna i ljuset från instrumentpanelen och tryckte in en skiva. Winter hörde en kvinnokör, en kvinnoröst, en basgång, takten på baskaggen, do-do-do-do-do, gitarrer som började ringa som i en lufttrumma, Ooh baby, do you know what that's worth, Ooh heaven is a place on earth, They say in heaven love comes first, We'll make heaven a place on earth, Ooh Heaven is a place on earth.

"Heaven is a place on earth", sa Halders. "Det är en klassiker."

Musiken följde dem som ett soundtrack genom mörkret.

"I vilken klass då?" frågade Ringmar efter ett litet tag.

"Klassisk pop", svarade Halders. "Det är sånt som renar en."

Winter lyssnade: We'll make heaven a place on earth, Ooh heaven is a place on earth.

Himlen är en plats på jorden.

"Vem är det som sjunger", sa han.

"Belinda Carlisle", sa Halders. "En av världens snyggaste heroinister." Han justerade diskanten. "Men det var då." Han justerade basen. "När hon var med i the Go-Go's."

"Aha", sa Ringmar.

"Dom skulle du höra", sa Halders.

"Ja, det här ger sannerligen mersmak", sa Ringmar och nickade mot cd-spelaren.

"Jag visste det", sa Halders.

"Carlisle är Englands sämsta professionella fotbollslag", sa Ringmar.

"Inte den här Carlisle", sa Halders.

Låten slutade, tonade bort: ... place on earth... place on earth...

"Kör den igen", sa Winter från sitt osynliga baksäte.

Halders tryckte på spelaren.

Ooh baby, do you know what that's worth.

Det här känns nästan surrealistiskt, tänkte Winter. Jag känner mig trygg här. Jag vill stanna här i det här baksätet mellan himmel och jord. Det är för jävligt därute.

When the night falls down, I wait for you, And you come around, And the world's alive, With the sound of kids, On the streets outside, When you walk into the room, You pull me close and we start to move, And we're spinning with the stars above, And you lift me up in a wave of love, Ooh baby, do you know what that's worth? Ooh heaven is a place on earth, They say in heaven love comes first, We'll make heaven a place on earth, Ooh heaven is a place on earth.

"Det är vår uppgift", sa Halders, "att göra jorden till ett himmelrike."

"Det är tvärtom", sa Winter, "himlen till ett jordarike."

"Du kan inte vara allvarlig. Erik."

Winter såg flingor från himlen genom fönstret.

"Det har börjat snöa", sa han.

"Dan före dan", sa Halders.

"Det är julafton om två timmar", sa Ringmar.

"God jul, gubbar", sa Halders.

Han parkerade nedanför polishuset som hade adventsstakar i vartannat fönster.

"Det är verkligen ett illustrativt sätt att visa hålen i budgeten", som Halders sagt när de åkt och det redan var mörkt. "Snyggt och prydligt och symmetriskt men hål lik förbannat."

Nu körde han hem, mot Lunden. De såg baklyktorna försvinna i snöfallet.

Winter tittade på Ringmar.

"Låt bilen stå, Bertil. Jag kör dig hem."

Hem, tänkte Ringmar.

De åkte under tystnad. Winter väntade när Ringmar gick in till sitt. Bertil såg ut att vara klädd i guld i det vansinniga skenet från grannens lampor. Winter såg honom stänga efter sig och han gick ur bilen i samma stund och uppför the yellow brick road och ringde på dörren.

Ringmar öppnade omedelbart.

"Är du ensam hemma, Bertil?"

Ringmar skrattade till, som om Winter sagt något roligt.

"Häng med hem i stället så snackar vi lite och tar en öl. Och firar jul. Jag har ett gästrum också, som du vet."

De gick tillbaka nedför Ringmars stensatta gång. Grannens ljusspel flög i vinden.

"Han har öppnat pärleporten", sa Ringmar och gjorde en gest mot granntomten.

"Heaven is a place on earth", sa Winter.

36

VÄGGKLOCKAN I KÖKET visade över midnatt, julafton nu. Midnatt råder.

"God jul, Erik."

"God jul, Bertil."

Ringmar höjde ölflaskan i skyn. Winter hade tryckt på Paul Simon i den lilla anläggningen i köket, she's so light, she's so free, I'm tight, well that's me, but I feeeeel so good with darling Lorraine. Ringmar rörde sakta huvudet fram och tillbaka till den helande musiken.

"Vill du verkligen höra om det?" sa Ringmar.

"Du firar jul utan familjen? Förolämpa mig inte, Bertil."

"Det gör du med."

"Det är en överenskommelse, eller vad det ska kallas. Jag sticker så fort det är över."

"När är det över?"

"Snart", sa Winter.

"Martin har fått för sig att jag har... gjort nåt", sa Ringmar.

Paul sjöng: It's cold, sometimes you can't catch your breath, it's cold. Sometimes we don't know who we are, sometimes force overpowers us and we cry.

Winter drack ur sin ölflaska och väntade.

"Hörde du vad jag sa?" sa Ringmar.

"Vad menar du, Bertil? Gjort nåt?"

"Anledningen till att han hållit sig borta sista halvåret."

"Vad säger han att du gjort?"

"Jag kan inte säga det", sa Ringmar. "Jag kan inte... uttala det."

"När fick du veta det du inte kan uttala?"

Var han brutal? Nej. Bertil stod honom för nära.

"I går. Birgitta ringde. Till slut."

"Och sa vad?"

Bertil sov, eller låg åtminstone i sängen i sovrummet. En timme tidigare hade han gråtit vid Winters köksbord. Winter rökte för öppen balkongdörr. Det fanns snö därnere. På morgonen skulle han inte försöka bygga någon snögubbe med Elsa.

Det var tyst överallt, som en from sömn inför julaftonens morgon när alla skulle vara snälla.

Winter stängde balkongdörren och gick tillbaka till skrivbordet och powerbooken. Paul Simon hade flyttat ut med honom till det stora rummet, We think it's easy, sometimes it's easy, but it's not easy, han stirrade på sina anteckningar som flöt i räta linjer som kunde symbolisera hjärtslag som slutat slå, de var raka, utan liv. Men ändå.

De hade pratat. Sedan hade Bertil kastat sig över fallet igen. Fallen. Vill du verkligen? hade Winter tänkt. Han hade sett på Bertil att det var nödvändigt.

"Det kan vara fostersonen", hade Ringmar sagt. "Han har råkat ut för nåt som har med nån av dom här studenterna att göra. Smedsberg. Eller egentligen gubben. Georg heter han väl?"

"Ja", hade Winter svarat.

"Ja till vad?" hade Ringmar sagt.

"Han heter Georg."

"Fostersonen... Mats... kan ha tagit järnet hos Carlström och använt det. Vi vet ju att han var där."

"Carlström kan själv ha gjort det", hade Winter sagt. "Han är ingen krympling."

"Och varför?"

"Den stora frågan."

"Alltid den stora frågan", hade Ringmar sagt. "Vi får prata med honom i morgon."

"Carlström?"

"Jerner. Fostergrabben."

"Om han är i stan", hade Winter sagt.

Han hade slagit upp namnet och adressen i telefonkatalogen och ringt direkt när de kom hem men inte fått något svar. I bilen in från slätterna hade han först tänkt ringa in till huset och be dem kolla och kanske skicka en bil dit, men det var för tidigt. Och för vad? Om de var nära någonting skulle det kunna ställa till med bekymmer för utredningen. Bättre att vara lite försiktig.

"Kvinnan", hade Ringmar så sagt. "Gerd. Smedsbergs fru. Vad hände med henne?"

"Hur djupt ska vi gräva ute på den där slätten, Bertil?"

"Vi kanske måste gräva djupt som fan", hade Ringmar svarat.

"Det är kanske bottenlöst", hade Winter sagt. "Lera till Kina."

"Följ med mig, Stina, i en lerbåt till Kina", hade Ringmar sagt.

Han ser tusenårig ut vid bordet, rynkig som en dynasti, hade Winter tänkt.

"Ska vi knyta oss, Bertil? Det blir en lång dag i morgon."

"Vi har inte pratat om det viktigaste", hade Ringmar sagt. "Gått igenom det igen."

"Jag ska prata med Maja Bergort i morgon bitti", hade Winter sagt. "Och pojken Waggoner igen."

"Jag tar banden direkt."

"Jag vill se dom också tidigt."

"Dom finns kvar", hade Ringmar sagt.

"Aneta gör ett nytt försök med pojken Skarin. Och flickan Sköld. Ellen."

"Den frånvarande fadern", hade Ringmar sagt.

"Det finns många att välja på", hade Winter sagt.

"Vad menar du med det?"

"Det finns många vi kan förhöra, misstänka, utreda."

"Det var inte bara det du tänkte på, Erik."

"Nej. Jag tänkte på mig själv också."

"Du tänkte på mig."

"Jag tänkte på mig och på dig."

Han stirrade in i skärmen som var den enda ljuskällan i rummet förutom golvlampan bredvid skinnfåtöljen som stod vid balkongdörren. Han tittade på armbandsklockan: två.

Paul Simon sjöng något som han inte uppfattade men det var vackert.

Han sträckte sig efter telefonen och slog numret.

Hans mor lät som en jazzsångerska efter två när hon svarade:

"Hal... hallå?"

"Hej mor, det är Erik."

"Er... Erik. Har det hänt nåt?"

"Nej. Men jag skulle vilja prata med Angela."

"Hon sover. Däruppe. Och Els..." och han hörde en röst i bakgrunden och moderns röst igen, "ja, du har väckt henne så hon kommer här."

"Vad är det, Erik?" frågade Angela.

"Det är ingenting... jag ville bara ringa..."

"Var är du?"

"Hemma förstås."

"Vad är det som låter?"

"Kan vara datorn, kan vara Paul Simon-skivan du köpte."

"Jag hör. Hmmmm."

Hon lät sömndrucken, lite hes, ljuvlig. Rösten på lågfrekvens, som halvt i en dröm.

"Hur har ni det?" frågade han.

"Bra. Solen skiner, stjärnorna tindrar."

"Vad gör Elsa?"

"Hon försökte bada men tyckte det var för kallt."

"Och mer?"

"Leker på gräsmattan. Och pekar på snön som finns på toppen av berget."

"Vita berget", sa Winter.

"Hon kan säga det på spanska. Skulle vi stanna ett halvår skulle hon vara tvåspråkig."

"Kanske inte så dum idé", sa Winter.

"Och vad ska du göra under tiden?"

"Jag ska vara där", sa han.

Ett halvår i Spanien. Eller ett år. Han hade råd.

Efter det här fallet. Vem kunde veta.

"I morgon är det julafton. Det är det enda Elsa pratar om. Feliz navidad.""

"I dag."

"Mhm. Var det för att påminna om det du ringde?"

"Nej."

"Är det fortfarande annandan som gäller?"

"Ja."

"Siv kunde inte tro det. Att du inte var med ner hit, alltså."

"Hon får kompensera dig för det."

"Hon? Hon behöver väl inte kompensera nåt?"

"Nej."

"Du låter väldigt trött, Erik."

"Ja."

"Blir det nåt gjort i morgon?"

"Ja."

"Undvik whiskyn i natt."

"Vi gömde flaskan så fort vi kom in."

"Ha ha." Sedan hörde han henne dra efter andan, svagt. "Vi?"

"Bertil är här. Han sover över."

"Varför då?"

"Han behöver det."

"Vad säger Birgitta om det?"

"Hon vet inte om det", sa Winter.

"Vad är det som pågår, Erik?"

Han försökte berätta vad som pågick. Det var därför han ringde, en av de två stora anledningarna. Han kunde inte bära runt på det här själv.

"Herregud", sa hon. "Bertil?"

"Det är inte meningen att man ska tro på det", sa Winter.

"Säger Bertil det?"

"Hur ska han kunna säga nåt om det?"

"Herregud", sa hon igen.

"Birgitta ringde från... stället där hon är. Hon ville inte säga var. Och Martin var visst där. Och Moa. Det är dot..."

"Jag vet vem hon är", sa Angela. "Vad gör dom där då allihop? Håller rådslag mot Bertil?"

"Jag tror dom försöker ta reda på vad sonen egentligen menar", sa Winter.

"Är det först nu han har sagt nåt? Martin, menar jag."

"Tydligen."

"Men vad har han sagt då?"

"Ja... Birgitta var... vag där. Men nåt om ett... övergrepp. Jag vet inte... vad. När han var liten."

"Herregud. Bertil. Det stämmer bara inte."

"Nej", sa Winter.

"Så varför säger han det då? Martin?"

"Jag är inte psykolog", sa Winter. "Men en gissning är att det hänger ihop med grabbens... sällskap. Hans grubblerier. Han har tydligen fastnat i nån sekt av nåt jävla slag när han varit borta."

"Men det måste väl finnas en orsak till att han stack från början?" sa Angela.

"Antagligen. Men den kan finnas enbart i hans eget huvud."

"Hur är det med Bertil?"

"Ja... vad ska man säga. Han försöker jobba. Hur han nu klarar det."

"Blir det... polisanmälan?"

"Jag vet inte", sa Winter. "I så fall vill jag vara tusen mil härifrån."

"Räcker med trehundra", sa hon. "På Solkusten."

"Jag vill inte åka av en sån anledning."

"Vill du verkligen åka alls?"

"Snälla Angela, du vet varför jag är här. Jag kommer ner så fort det går, fortare."

"Ja, förlåt, Erik. Vad ska du göra nu?"

"Försöka sova några timmar. Tankarna har fastnat nu. Somnat."

"Har du hittat julklapparna?"

"Jag ska leta i morgon bitti."

Han flög över slätten på ryggen på en fågel som upprepade hans namn och sedan en fyraordssats: Klara vill ha kaka, Klara vill ha kaka, Klara vill ha ka... tyst, jag hör inte var barnen tänker, barnen tänker därnere. Fyra unga män vandrade över slätten, en av dem log. Hans ansikte var svart. En traktor kom farande över fältet, Winter såg dammet sprida sig ända upp. Ringmar jagade en av pojkarna. Lögn! Ringmar skrek Lögn! Lögn! Winter stod i stan. Jul överallt, paket, affärer, ett torg. Det var inomhus. En man passerade med en sittvagn. Mannen hade en rutig keps. Han vände sig bakåt mot Winter. Du lyssnar inte! Du tittar inte! Du stannar men du ser inte. Ser inte. Nu spelade han gitarr. Winter följde efter honom. Vagnen var borta, flög uppåt. Det fanns en sol i himlen och stjärnor. Han stod däruppe på jorden och såg ner på himlen. Det var natt och dag. Upp var ner. Kepsen kom förbi igen med sittvagnen. Det fanns fötter i vagnen som inte rörde sig. Små fötter, stilla. Kepsen ringde i en klocka, skakade den uppåt, nedåt, riiiiiiiiiiiiing, riiiiiing.

Han vaknade i mörker. Väckarklockan skrällde på sju.

Ringmar satt i köket med en kopp kaffe framför sig. Mörkret utanför var ljusare på grund av snön som låg i ett tunt lager. Ringmar hade slagit upp tidningen framför sig.

"Du vaknade av dig själv", sa Winter.

"Jag somnade aldrig."

Det fanns kaffe kvar i bryggaren. Winter bredde en ostsmörgås. Han huttrade till i sin morgonrock.

"Ett forskargeni på psykologiska institutionen här i stan har kommit fram till att polisen måste tänka om när det gäller förhör", sa Ringmar med ögonen ner i tidningen.

"Låter intressant", sa Winter och tog en tugga.

"Han påstår att vi alltid trott att den som ljuger flackar med blicken, verkar nervös och har ett yvigt kroppsspråk." Ringmar skrattade till, högt och kort och elakt. "Denne vår räddare i nöden har nu kommit fram till att det inte är så en lögnare uppträder!" Ringmar tittade upp på Winter och citerade: "Lögnaren ser dig ofta rätt i ögonen och berättar stillsamt sina lögner."

"Tänk om vi hade vetat det", sa Winter. "Nu kommer förhörsmetodiken att revolutioneras."

"Hur många misstag har vi inte gjort", sa Ringmar.

"Tack gode gud för forskningen", sa Winter.

Ringmar fortsatte att läsa artikeln och skrattade till igen:

"Jag citerar: forskningen visar också att det är lättare att avslöja en lögn vid ett videoförhör än vid ett vanligt förhör!"

Winter skrattade, lika kort och elakt:

"Och vi som bara använt videon dom senaste fem åren."

"Och utan att veta vad vi skulle ha den till", sa Ringmar.

"Det här måste ut på intranätet illa kvickt", sa Winter.

"För säkerhets skull konstaterar han att de rättsvårdande instanserna är dåligt insatta i modern rättspsykologi och har lovat läsa på", sa Ringmar. "Halleluja."

"Men först måste han skriva böckerna", sa Winter.

"Undrar vad professor Christianson tycker om det här", sa Ringmar.

"Jag tror inte han behöver nån tröst", sa Winter.

"Yvigt kroppsspråk", sa Ringmar, "flackande blick."

"Låter som en film av Fritz Lang. Doktor Mabuse, M."

"Kanske har GP hittat den här forskarrapporten i ett gammalt arkiv?" sa Ringmar.

"Forskaren", sa Winter. "Dom hittade forskaren där."

Ringmar sökte ytterligare kunskap i artikeln.

"Det här kanske är intressant trots allt. Vår forskare har märkt att föräldrar är något bättre än andra på att avslöja lögner. Dom kan även avslöja när andras barn far med osanning. Vuxna som inte har barn är klart sämre på det." Ringmar tittade upp. "Där ligger vi bra till i alla fall, Erik." Sedan föll hans ansikte ihop och Winter förstod, trots sin dokumenterade brist på kunskap om människors beteende, vad Ringmar tänkte på i samma sekund.

Winters mobiltelefon ringde på köksbänken där den låg för laddning. Han kunde nå den utan att resa sig.

"Ja?"

"Hej, Lars här."

Bergenhems röst lät liten, som från en tunnel.

"Ja?"

"Carolin Johansson har tagit en överdos", sa Bergenhem. "Mickes mor. Tabletter av nåt jävla slag, dom vet inte än."

"Lever hon?"

"Nätt och jämnt."

"Lever hon eller inte?"

"Hon lever", sa Bergenhem.

"Det fanns ju inget skit hemma hos henne", sa Winter. "Vi skulle ju ha koll."

"Sömnmedel tror dom. Hon hade ju besök hemma", sa Bergenhem.

"Jag vill veta exakt vilka som var där", sa Winter.

"Det är inte så..."

"Jag vill veta det, Lars. Fixa det."

"Ja."

"Är hon på Östra?"

"Ja."

"Har vi nån där?"

"Sara."

"Okej. Hur är det med pappan? Var är han?"

"Han är där också."

"Vem passar hans telefon?"

"Två nya. Jag vet inte vad dom heter. Möllerström kan be..."

"Skit i det nu. Har du pratat med Bengt Johansson nu på morron?"

"Nej."

Lika bra, tänkte Winter. Jag får åka hem dit i eftermiddag om jag hinner. Om han kommer tillbaka själv.

Bertil hade förstått och reste sig.

"Dags för en dags arbete", sa han. "Ännu ett dagsverke. Julafton eller inte." Han tittade hastigt på Winter. "I USA jobbar dom på julafton."

"Hur mår du, Beril?"

"Utmärkt efter a good nights wake."

"Kommer inte Birgitta att söka dig?"

"Hur i helvete ska jag kunna veta det?"

"Du vet var du har mig, Bertil", sa Winter.

"Förlåt?"

"Jag tror dig", sa Winter.

"Hur kan du vara så säker, Erik? Bara för att jag vajar som en julgran i storm eller flackar med blicken som en fyr behöver det inte betyda att jag talar sanning."

Winter kunde inte låta bli att le.

"Du vajar inte och du flackar inte."

"Då är det ju för fan kört."

"Läs aldrig tidningarna", sa Winter.

"Jag visade dig inte ens förstasidan", sa Ringmar.

"Jag tror jag kan föreställa mig", sa Winter.

"Och det är inte ens en kvällsblaska", sa Ringmar.

Han gick ut i hallen.

"Jag sticker nu. God jul igen."

"Vi se…" ropade Winter men dörren hade redan stängts.

Han gick in till skrivbordet och kontrollerade telefonnumret som han fört in i de elektroniska anteckningarna. Han ringde.

"Ja, hallå?"

Rösten kunde tillhöra vem som helst, kanske ung, kanske halvgammal. Det fanns ett ljud i bakgrunden som han inte kunde identifiera.

"Jag söker Mats Jerner."

"Ve-ve-vem är det som frågar?"

"Är detta Mats Jerner?"

"Ja…"

"Mitt namn är Erik Winter. Jag är kommissarie vid Länskriminalen. Jag skulle vilja träffa dig. Helst i dag. I eftermiddag."

"De-det är julafton", sa Mats Jerner.

Det är julafton för mig med, tänkte Winter.

"Bara en kort stund", sa Winter.

"Vad gäller det?"

"Vi utreder en serie överfall och… ja, det är lite komplicerat att förklara, men ett av offren kommer från dina hemtrakter och vi försöker komma i kontakt med alla som har haft kont…"

"Hur vet ni var jag kommer ifrån?" frågade Jerner.

Winter märkte att han lät lugnare. Det var ofta så. Om man nämnde att man var polis, och särskilt kriminalkommissarie, blev de flesta till en början osäkra på rösten.

"Vi har pratat med din fosterfar", sa Winter.

Jerner sa ingenting.

"Herr Jerner?"

"Ja?"

"Jag skulle vilja träffa dig i dag."

En tystnad igen. Det där ljudet igen.

"Hallå? Jerner?"

"Jag kan komma dit i eftermiddag", sa Jerner.

"Menar du till polishuset."

"Är det inte där du jobbar?"

"Jo..." svarade Winter och såg ut över sin våning.

"När ska jag komma?"

Winter tittade på sin armbandsklocka.

"Fyra", svarade han.

"Det passar bra", sa Jerner. "Jag går ändå av halv."

"Går av?"

"Går av passet."

"Vad jobbar du med?"

"Jag kör spårvagn."

"Jaha. Det lät förut som om du ville ha julhelgen... fri."

"Det vara bara om... sam-samtalet", sa Jerner. "Att ni arbetar därborta på julafton. Ringer upp folk och ställer frågor och kommenderar in dom och så. Befaller eller vad man ska säga. Det var bara det jag blev förvånad över."

Det är ingen befallning, tänkte Winter.

"Hur ska jag göra då?" sa Jerner.

"Förlåt?"

"Jag måste väl veta vart jag ska gå, eller hur? Ska jag leta mig fram själv i huset?"

37

STAN VAR FORTFARANDE VIT när han körde söderut. Metheny och Haden spred lugn från cd:n, The Moon Is A Harsh Mistress.

Han förlorade synen för en sekund vid infarten till tunneln. Det fanns inget ljus. På väg mot mörkret i änden av tunneln, tänkte han. En jävla tanke.

Han kom på att han glömt leta efter Angelas och Elsas julklappar.

På fälten låg snö som kallt puder. Havet reste sig i en konkav spegel bortom fälten. Det rörde sig inte.

Familjen Bergorts parhus träffades av en första solstråle när han steg ur bilen. Det fanns adventsstakar i två av fönstren.

Det luktade nybryggt kaffe när han stod i hallen.

Kristina Bergort höll fram en galge.

"Förlåt att jag stör på julafton", sa Winter.

"Det är ju viktigt", sa hon. "Åh, det är ju förskräckligt."

Han såg den uppslagna tidningen på köksbordet: Vad har hänt Micke? Polisen utan spår.

Han kände den skarpa doften av julhyacint från gruppen på bordet. Det var kanske den tydligaste juldoften, fylld av minnen.

"Jag har just gjort kaffe..."

"Tack."

Winter satte sig. Han kunde se den tända julgranen genom dörren till vardagsrummet. Hade Elsa en julgran i Nueva Andalucía? Något måste hans mor ha tänkt på. Ljus i palmerna i trädgården? Det fick honom att tänka på Bertils granne. Vart var det Bertil skulle nu på morgonen?

Smedsberg. Dom andra killarna.

"Vad gör Maja?" frågade han.

"Hon ser på barnprogrammet."

"Var kan vi vara?"

"Ja... du ville ju inte att ni skulle sitta i hennes rum... så jag tänkte på Magnus rum. Det är som ett litet arbetsrum. Nån gång kan jag sitta där och sy också."

"Okej."

"Ska jag säga till Maja?"

"Ja, tack."

Rutinen, om den kunde kallas så, var densamma som alltid, och som hemma hos Simon Waggoner: Winter i små grodorna-läge, ett genuint intresse för barnet. En människa. God jul, Maja. Jag har en liten flicka som är ett år yngre än du som heter Elsa.

Hon tittade ner i backen. Hon hade sagt sitt namn mycket tyst när de presenterade sig.

Han gick först in i rummet.

"Jasså, det är här!" sa han.

Hon ville inte följa efter.

"Erik vill bara prata med dig lite därinne", sa Kristina Bergort till sin dotter.

Flickan skakade på huvudet. Hon studsade en liten boll som studsade snett och försvann in i rummet efter Winter.

"Ska du inte gå in efter bollen, Maja?"

Hon skakade på huvudet igen.

"Det är ju pappas arbetsrum", sa Kristina Bergort.

"Var är pappa?" frågade hon.

"Han var tvungen att åka till jobbet en liten stund, raring. Det sa jag ju i morse."

På julafton, tänkte Winter. Vem behöver åka iväg på jobb på jul-afton?

"Vill inte", sa Maja.

"Vi kan sitta i köket", sa han. "Kan du ta med dig lite ritpapper och kritor också, Maja?" Han ville ha hela hennes uppmärksamhet men han ville också ha något annat.

Han satte upp kameran vid dörren.

*

Hon satt på sin stol som en fågel. Doften av kaffe hade försvunnit men hyacinterna fanns kvar.

Hans frågor hade börjat kretsa kring mötet med främlingen.

Winter hade frågat Maja om hennes favoritfärger. De hade ritat med just dem, och sedan med dem som hon inte tyckte lika mycket om. Hon kunde sina färger, allihop.

"Har du tappat bollen, Maja?"

Hon tittade på bollen som låg på bordet mellan dem.

"Den andra bollen", fortsatte Winter. "Den gröna bollen."

"Den är borta", sa hon. "Jag tappade den gröna bollen."

"Var tappade du den?"

"I bilen", sa hon.

Vad var det för bil?"

"Farbrorns bil."

Winter nickade.

"Satt du i farbrorns bil?" frågade han.

"Ja."

"Vad hade bilen för färg, Maja?"

"Den var svart", sa hon men såg osäker ut.

"Så här?" frågade Winter och ritade två svarta streck.

"Neeej, inte så svart."

Han ritade ett blått.

"Neej..."

En annan blå.

"Ja!"

"Farbrorns bil hade den här färgen?"

"Ja! Blått!"

Kanske hade de träffat rätt. Men vittnens uppfattning om färg var bland det osäkraste som fanns, för att inte tala om bilmärken. Någon kunde svära på att det var en vit Volvo V70 som kört från platsen för ett brott, när det sedan visade sig att det var en röd Chryslerjeep. Typ. Det var svårare att skilja mellan bilmärken sedan bolagens kloningsmetoder blivit alltmer sofistikerade. Allt hade samma slicka design, samma undflyende former.

Han hade reflekterat över det, tvingats göra det.

De hade försökt visa barnen olika bilmodeller, men det hade inte gått att avgöra vilken det handlade om den här gången.

Han tog ett av papperen och ritade en bil med den blå kritan. Kanske en Volvo, eller en Chrysler. Den hade i vilket fall kaross och fyra hjul.

Maja skrattade till.

"Var det den här bilen?" frågade han.

"Nej, dummer", sa hon, fast mjukt, som under lugg.

"Kan du rita den?"

"Jag kan inte", sa hon.

Winter sköt över sin teckning.

"Vi kan hjälpas åt", sa han. "Du kan rita dig själv! Var du satt i bilen."

"Det är inte den bilen", sa Maja.

"Vi låtsas att det är farbrorns bil", sa Winter.

Hon tog en gul penna och ritade ett huvud i det främre fönstret. Hon tog en svart och ritade ett öga, en näsa och del av en mun. Ansiktet var i profil.

"Var satt farbrorn?" frågade Winter.

"Han syns inte", sa Maja.

"Hur hade han sett ut om vi kunde se honom?" frågade Winter.

Hon ritade ett huvud med svart krita och på toppen något som kunde vara en keps.

"Vad är det?" frågade Winter.

"Det är farbrorns mössa."

Innan Winter hunnit ställa nästa fråga ritade hon en grön prick framför sitt självporträtt inne i bilen.

Hennes boll, tänkte Winter. Den kanske låg på instrumentbrädan tills han tog den. Om den faktiskt försvann där. Om detta faktiskt hände.

Han frågade ändå, pekade på den gröna pricken:

"Vad är det, Maja?"

"Det är farbrorns pippi", sa hon.

*

Aneta Djanali hade sitt andra möte med Kalle Skarin. Det första hade kanske gett besked om att något tagits från Kalle, som var den yngste av barnen de hörde:

"Biilen", hade Kalle sagt.

De hade gått igenom vad som fanns hemma hos honom och vad han saknade.

"Han brukade ha den med sig", hade Berit Skarin sagt. "Jag hittar den inte så kanske..."

Nu körde Kalle med en ny bil på mattan. Aneta Djanali satt bredvid honom. Kalle hade visat sig vara bilexpert och kanske identifierat gärningsmannens bil som en japan, möjligen en Mitsubishi. Han hade pekat på Lancern som om han känt igen kombimodellen, men han hade varit osäkrare på färgerna.

Han hade inte hört några fula ord från någon radio.

"Hade farbrorn nån leksak, Kalle?" frågade Aneta Djanali.

"Kalle fick goooodis", sa pojken mitt i sitt brrruuummande med bilen som var en Chryslerjeep.

"Hade farbrorn godis?" frågade Aneta Djanali.

"Mycket godis", sa Kalle.

Hon frågade om sorten, utseende, smak. Egentligen skulle hon behöva genomföra den här delen av förhöret i stans bästa godisaffär för jämförelsens skull, men det kanske skulle vara alltför distraherande.

"Goodis!" sa Kalle som inte var nogräknad. Tyvärr.

"Fanns det nån leksak i farbrorns bil, Kalle?"

"Brrrrruuuuum."

Han körde bilen i cirklar, åttor. Hon såg hans lilla huvud och tänkte på den skadade Simon Waggoner och den försvunne Micke Johansson. Fanns det ett samband? De visste ännu inte så vad kunde de göra? De gjorde sitt bästa just nu.

Kalle Skarin kanske hade mött... samma person som Micke Johansson. Hon tänkte på det nu igen. Hans huvud böjt över bilen och den grå mattan som var tunn men mjuk.

Ett mycket kort möte. Varför? Vad ville han Kalle? Var Kalle en del i ett mönster? De andra barnen: Ellen, Maja, och sedan Simon. Fanns det ett mönster i de olika mötena? Byggde de mötena upp mot något? Förändrades *han*? Varför våldförde han sig på Simon? Var det ett steg på... vägen. Förberedde han sig? På vad? På... Micke Johansson? Hon ville inte tänka på det, inte nu, egentligen aldrig. De hade diskuterat det, hon och Erik, Fredrik, Lars och Bertil, Janne, Sara.

Erik hade pratat med rättspsykologen. Det fanns olika scenarier men alla var skrämmande.

Det finns ett mål och det är att hitta Micke Johansson. Hjälp mig, Kalle.

"Brrrruuuuumm", sa Kalle och tittade upp: "Pippi Bille."

"Vad sa du, Kalle?"

"Pippi Bille, sa Kalle."

"Hade farbrorn en pippi?"

"Pippi Bille", sa Kalle som parkerat bilen vid mattkanten.

"Hette pippin Bille?"

"Pippi Bille."

"Bille", upprepade hon.

"Sa Kalle. Pippi Bille sa Kalle!"

"Jag hörde att du sa pippi Bille", sa Aneta Djanali.

"Sa Kalle!"

Berit Skarin hade suttit i en fåtölj under förhöret. Kalle hade glömt henne, liksom Aneta Djanali. Hon hörde hennes röst nu:

"Jag tror han menar att den där pippin sa hans namn. Sa Kalle till honom."

Winter hade frågat Maja Bergort om farbrorns pippi. Hon kom inte ihåg något namn. Var det en papegoja? hade Winter frågat. Han fick inte ett svar som var hundraprocentigt. Vi får ta fram alla fågelbilder som finns, tänkte han. Börja med papegojorna. Var säljer dom såna i stan?

Den papegoja Maja Bergort talat om hängde från backspegeln, så mycket trodde han sig förstå efter att ha ställt följdfrågor. Om det verkligen var en papegoja. En papegoja kunde vara en Wunderbaum som hängde från backspegeln. Nej, inte nu, inte det här.

Maja knyckte till med armen.

"Har du ont i armen, Maja?"

Hon skakade på huvudet.

Winter hörde Kristina Bergort röra sig i huset. Han hade bett henne att inte vara i köket medan han talade med Maja. Han hörde henne igen, nära. Kanske lyssnade hon. Maja såg henne inte.

"Har du haft ont i armen, Maja?"

Flickan nickade allvarligt.

"Var farbrorn elak?" frågade Winter.

Hon svarade inte.

"Slog farbrorn dig?" frågade Winter.

Hon ritade cirklar med den svarta pennan nu, cirklar, cirklar på cirklar.

"Slog farbrorn dig, Maja? Farbrorn som du satt med i bilen? Den farbrorn som hade pippin?"

Hon nickade nu, upp och ner, utan att titta på Winter.

"Var det då du fick dom där märkena?" frågade Winter.

Han höll sin egen arm och tog på insidan.

Hon nickade utan att titta på honom.

Något var fel. Hennes cirklar var fler nu, ovanpå varandra, som ett svart hål där mitten blev mindre och mindre för varje varv. Mörkret i änden av tunneln, tänkte Winter igen. Samma jävla tanke.

Något var fel här.

"Vad sa farbrorn när han slog dig?" frågade Winter.

"Han sa att jag var elak", sa Maja.

"Det var dumt sagt", sa Winter.

Hon nickade allvarligt.

Han tänkte på skillnaden mellan sanning och lögn. Det fanns något undanglidande hos Maja nu. En lögn, även om han i så fall hade lett henne till den. Hade farbrorn slagit henne? Vilken farbror? Att barn inte berättar det de vet kan bero på mycket. Att de ljuger kan också bero på mycket. Men i de flesta fall känner de sig hotade, tänkte han medan Maja fyllde sin tunnel och började på en ny. Barn är rädda, de vill undvika bestraffning. De vill ibland skydda någon de är beroende av. Barn vill undvika skuld, förlägenhet eller skam. Det händer också att traumatiseringen leder till en oförmåga att skilja mellan verklighet, fantasi och dröm.

"Har farbrorn slagit dig flera gånger?" frågade Winter. Farbrorn hade blivit flera nu, eller två.

Hon svarade inte. Kritrörelsen hade stillnat i halvfärdigt tunnelbygge. Winter upprepade sin fråga.

Hon höll upp sin hand, långsamt. Winter såg tre fingrar spreta mot taket.

"Har han slagit dig tre gånger?" frågade Winter.

Hon nickade, oändligt allvarlig nu, tittade på honom. Han hörde en djup inandning bakom sig, vände sig om och såg Kristina Bergort som inte orkade gömma sig längre bakom den halvöppna dörren ut till köket.

I bilen tillbaka talade han med Bertil som satt i polishuset och gick igenom förhören som spretade åt alla håll, eller kanske delvis i samma riktning.

"Här är mycket lugnt", sa Ringmar. "Man hör sina steg i trappen."

"Har Aneta kommit tillbaka än?"

"Nej."

"Har hon klart för sig att hon måste vänta tills jag kommer?"

"Aneta är nog lika angelägen om att prata med dig som du med henne, Erik."

Han körde genom Näsetrondellen. En bil framför hade en julgran på taket. Det såg nästan desperat ut, något i sista stund.

"Jag tror Bergort slår sin dotter", sa Winter.

"Ska vi ta in honom?" sa Ringmar direkt.

"Jag vet fan inte, Bertil."

"Hur sannolikt är det?"

"Jag är egentligen helt säker. Flickan berättade mycket tydligt mellan orden. Med kroppsspråket."

"Vad säger mamman?"

"Hon vet. Eller misstänker i alla fall."

"Men har inte sagt nåt?"

"Du vet hur det är, Bertil."

Det blev tyst.

Herregud, tänkte Winter.

"Det var inte så jag menade, Bertil."

"Okej, okej."

"Jag försökte tala med henne men hon verkar skraj hon också. Eller vill skydda honom. Eller både och."

"Han verkar ju ha alibin som håller", sa Ringmar.

De hade kontrollerat alla inblandade föräldrar så långt det gick. Problemet med Bergort var hans relativt fria arbete.

Farbror, farbror, tänkte Winter. Skulle hon kalla pappan för farbror? Det var en fruktansvärd tanke. Var Magnus Himmler Bergort, som Halders kallat honom, bland annat, var han något annat utöver en möjlig barnmisshandlare?

"Ta in honom", sa Winter.

"Ska han vara på jobbet?"

"Ja."

"Okej."

"Jag åker hem till Waggoners nu", sa Winter.

De ringde av. Winter körde upp på leden som ledde till andra änden av Änggården. Här kommer jultomten, tänkte han. Finns det några snälla barn?

Trafiken var tätare än han trott. Normalt satt han med bra kaffe och en rejäl smörgås med nygriljerad skinka vid det här laget, åtminstone hade det varit så de senaste tre åren. Vi äter ju aldrig upp den, sa Angela alltid. Vi äter ju knappt alls. Det är den här första som gäller, sa han. Första skivan efter griljeringen.

Ingen skinka i år, inte här. Ingen julgran, åtminstone inte nu. Han såg fler desperata med granar på taket, en egendomlig syn för till exempel en förstagångsbesökare från Andalusien. Detta är Sverige: ta din gran och kör. Vart? Varför? Porqué? Plötsligt längtade han oerhört efter stillhet, lite mat, lite sprit, en cigarill, musik, sin kvinna, sitt barn, sitt.... liv, det andra. Han såg Majas ansikte, kortet på Micke hemma hos Bengt Johansson. Simon Waggoner. Och lika plötsligt var längtan borta, han var tillbaka i sitt arbete. Han var på väg, i rörelse. Man får aldrig stanna, som Birgersson brukat säga, men allt mer sällan nu. Aldrig vara stilla. Aldrig misströsta, aldrig tveka, aldrig låta det komma åt en, aldrig fly, aldrig gråta, aldrig lida. BULLshit, tänkte Winter. Birgersson hade också förstått, men senare.

Han svängde av vid Margretebergsmotet. De vackra trähusen verkade ha sin lyckligaste stund. Marschaller brann i det försiktiga dagsljuset. Det var en klar dag. Solen syntes här och där i fläckar på husen. Det fanns fortfarande ett tunt lager snö på gångar och gräsmattor. Gud log.

Winter såg barn som lekte på en lekplats i centrum. Där fanns många vuxna. Två män vände sig efter hans svarta Mercedes som sakta passerade: Vem är det och vad gör han här?

Han parkerade utanför Waggoners hus.

Det hängde en tistel på dörren.

Det luktade av exotiska kryddor i hallen.

"För oss är det ju i morgon som är den stora dagen", sa Paul Waggoner med sin engelska brytning när han tog Winters rock och hängde den på en galge. "Tomorrow's Christmas Daaaay."

"Är det puddingen som luktar?" frågade Winter.

"Vilken av dom?" frågade Waggoner. "Här gör vi ett par olika." Han gjorde en gest in mot huset. "Mina föräldrar har kommit över från England."

Jag ringer Steve när jag kommer hem, tänkte Winter. Eller redan från polishuset. God jul och allt det där, men han kanske kan tänka lite också, innan all pudding täpper till kärlen.

"Hur är det med Simon?"

"Rather well", sa Paul Waggoner. "Han kör helt med engelskan för tillfället, sen ett par dar. Det bara blev så. Kanske han ville förbereda sig inför sina grannies."

"Jag bör väl prata med honom på engelska då", sa Winter.

"Kanske", sa Waggoner. "Innebär det ett problem?"

"Jag vet inte. Kanske är det tvärtom."

Det var samma rum som förut. Simon verkade mer avslappnad, kände igen Winter.

"Will you get any Christmas gifts already this evening?" frågade Winter.

"Today *and* tomorrow", sa Simon.

"Wow."

"Grandpa doesn't really like it."

"And this is from me", sa Winter och räckte fram ett paket han haft i axelväskan.

Pojken tog emot det med sitt öppna ansikte. Det fanns ett sken i ögonen.

"Oh, thank you very much."

"You're welcome."

"Thank you", sa Simon igen.

Han öppnade paketet som var litet. Winter hade funderat på att ge pojken en klocka i stället för den som försvunnit. Han hade funderat fram och tillbaka. Till slut hade han avstått. Det kunde ha betraktats som en muta för att få information. Av Simon. Kanske var det också så.

Simon höll upp den målade bilen som var en av de senaste modellerna. Det var en dyr variant, många detaljer. Ordet POLIS stod målat på sidan. Han kunde inte gärna ge pojken en Mercedes-modell. Kriminalarmodellen.

Den målade bilen var möjlig att köra överallt där det inte fanns dörrtrösklar.

"Want to try it?" frågade Winter och räckte över kontrolldosan som knappt var större än en tändsticksask.

Simon satte ner bilen på golvet och Winter visade honom reglaget utan att själv ta i något. Bilen satte iväg, krockade med första bästa föremål. Winter gick bort och vände den rätt. Simon backade och körde framåt. Han tryckte igång sirenen som var ilsken för en sådan liten bil.

Undrar om han hörde den när han låg på marken? tänkte Winter. När dom hade hittat honom?

"Great", sa Simon och tittade upp och log.

"Let me try it", sa Winter nu.

Det var kul.

38

WINTER SATT PÅ GOLVET och körde polisbilen genom tunnlar som var stolar och bord och en soffa. Det fanns ett blått ljus som roterade i taket. Han slog på sirenen när bilen körde förbi dörren. Han stängde av den.

Simon hade gått med på att följa med till platsen där han hittats. Det var så Winter hade velat se det: gått med på att följa med. Det kändes viktigt för Winter.

Han visste att det oftast var alltför svårt för ett barn under sju år att återskapa en yttre miljö.

Han hade kört olika vägar, fram och tillbaka. Vart hade gärningsmannen varit på väg med Simon? Hem till sig? Blev han avbruten? Hände något? Såg han något? Någon? Såg någon honom? Slängde han av Simon i närheten av sitt hem?

Poliser hade knackat dörr, överallt, kändes det som. Återkommit till ställen där ingen öppnat första gången.

De hade frågat längs möjliga resrutter: bilmärken, tider, utseende på förare. Prydnadsföremål. Backspeglar. Föremål hängande i backspeglar. Grönt, kanske. Fågel, kanske. Kanske goja.

De hade kontaktat Svensk Bilprovning om det. Verkstäder. Försäljare. Fastighetsbolag, vaktmästare. Bemannade parkeringsdäck.

De hade kontrollerat alla bilar som ägdes av anställda vid daghemmen. Bilar som stått parkerade där, stod parkerade.

Simon hade försökt förklara något. De satt på golvet.

Winter försökte tyda det. Han visste att flera studier kunnat konstatera att barns minnen var mycket konsekventa och... trovärdiga när det handlade om situationer som väckt känslor och upplevts som stressande. Han visste detta, sedan fick forskare vid uni-

versiteten säga vad de ville om hans och hans kollegers okun-
nighet.

Från tre till fyra års ålder minns barn i synnerhet det som är
känsloladdat och centralt i en situation, medan de kan glömma
detaljer som har mindre betydelse i sammanhanget.

Barn som blivit kidnappade kunde ännu ett par år efter kid-
nappningen mycket exakt återge detaljer som var centrala i hän-
delseförloppet, men de misstog sig ofta när det gällde perifera de-
taljer.

Det betydde att de detaljer barnen faktiskt talade om betydde
något.

Men allt måste mötas med skepsis förstås, vägas noga. I ett fall
han hört om skulle en femårig pojke i förhör beskriva vad han sett
och upplevt hos gärningsmannen. Pojken gestikulerade och sa att
han sett "en sån där som det hänger en massa telefontrådar från".
Förhörsledaren tog honom på en åktur, kanske pojken skulle kun-
na peka ut vad han menade. Och han pekade till slut på en kraft-
ledningsstolpe med bred bas, avsmalnande uppåt.

Men han hade försökt beskriva något annat. Hemma hos gär-
ningsmannen hittade polisen en souvenir i form av Eiffeltornet.
Det var den pojken menat.

Simon hade inte pekat ut något, inte talat om något. Fanns det
något? Det var det Winter ville veta nu.

Han hade försökt komma in på den där hemska resan igen. Si-
mon hade dittills inte sagt något om den.

"Did you see anything from the window in the car?" frågade
Winter.

Simon hade inte svarat. Winter hade föreslagit att de skulle par-
kera bilen i parkeringsdäcket under en av stolarna.

"You're a good driver", sa Winter.

"Can I drive again?" frågade Simon.

"Yes, soon", sa Winter.

Simon satt på mattan, gjorde rörelser med fötterna, som torr-
sim.

"When you went with that man..." sa Winter. Han såg att Simon lyssnade. "Did you go for a long ride?"

Simon nickade nu. Nickade!

"Where did you go?"

"Everywhere", svarade Simon.

"Did you go out in the countryside?"

Simon skakade på huvudet.

"Did you go close to home?"

Simon skakade på huvudet igen.

"Do you think you could show me? If we went together in my car?"

Simon skakade inte på huvudet, nickade inte.

"Your mom and dad could go with us, Simon."

"Followed", sa Simon plötsligt, som om han inte hade hört Winter.

"What did you say, Simon?"

"He said follow", sa Simon.

"Did he say follow?"

"Yes."

"I don't quite understand", sa Winter.

Simon tittade på bilen igen, på Winter.

"We followed", sa Simon nu.

Winter väntade på en fortsättning som inte kom.

"What did you follow, Simon?"

"Follow the tracks", sa Simon.

"The tracks?" frågade Winter. "What tracks do you mean?"

Han satt framför en pojke som skulle översätta till engelska det någon annan sagt till honom på svenska. Om de talat svenska. Hade de talat engelska? Han kunde inte fråga just nu.

"Vilka spår var det, Simon?" frågade Winter nu, på svenska.

"Follow the TRACKS", upprepade Simon på sin distinkta engelska och Winter såg att pojkens upphetsning ökade, traumat kom tillbaka.

Plötsligt började Simon gråta.

Winter visste mycket väl att man inte skulle sätta ett gråtande barn i knät, inte hålla om det, inte beröra det under förhöret. Det var inte professionellt. Det gav han fan i nu och lyfte upp Simon i sitt knä. Precis som han i går försökt ge tröst åt Bengt Johansson, försökte han nu ge tröst åt Simon Waggoner.

Han visste att han inte skulle orka, inte hur många dagar som helst. Han skulle själv behöva tröst. Han såg sig själv på planet till Málaga, en framtidsbild i en tiondels sekund. I vilket tillstånd skulle han vara då?

Simons föräldrar sa ingenting anklagande när han gick, men han kände en stor skuld. Vad hade han gjort med pojken?

"Vi är lika angelägna som du", sa Barbara Waggoner. "Det kommer att bli bra."

Simon höjde ena handen när han gick, i den andra höll han bilen. En äldre man, farfar, studerade Winter med buskiga ögonbryn och mumlade sitt namn på dialekt när han räckte fram handen till Winter. Tweed, portvinsnäsa, slippers, sur otänd pipa. The works. Winter lade sin Zegnarock över armen, knäppte en knapp i kostymen, tog sina saker och gick ut till bilen. Han hade burit med sig videoutrustningen in men han hade inte använt den.

Hans mobil ringde innan han nått Linnéplatsen.

"Finns det nåt nytt?" sa Hans Bülow. "Vi skulle ju hjälpa varandra. På ett seriöst sätt."

"Kommer det några tidningar i morgon?" frågade Winter.

"GT kommer varje dag numera", sa Bülow. "Varje dag året om."

"Kan man inte lagstifta bort sånt?"

"Hur är det, Erik? Du låter lite... trött."

"Jag måste tänka", sa Winter. "Angående publicering. Jag ringer dig i eftermiddag."

"Gör du det då?"

"Det bör jag göra, eller hur? Du har fått mitt dyrbara professionella mobilnummer, eller hur? Du kan alltid nå mig, eller hur?"

"Ja, ja, ta det lugnt. Vi hörs."

I höjd med Handels ringde det igen. Winter trodde att han kände igen andningen innan personen sagt något.

"Vet ni nåt mer?" frågade Bengt Johansson.

"Var ringer du ifrån, Bengt?"

"He... hemifrån. Jag kom nyss." Han hörde andningen igen. "Det är ingen som har ringt." Andningen. "Finns det nåt mer? Nåt nytt?"

"Det kommer in tips hela tiden", svarade Winter.

"Finns det inga vittnen?" sa Bengt Johansson. "Där fanns ju massor med människor. Har ingen av dom hört av sig?"

"Det är många som hör av sig", svarade Winter.

"Ja?"

"Vi går igenom alla tips."

"Det kanske finns nåt där", sa Johansson. "Ni kan ju inte bara lägga det åt sidan."

"Vi lägger det inte åt sidan", sa Winter.

"Det kanske finns nåt där", upprepade Johansson.

"Hur mår Carolin?" frågade Winter.

"Hon lever", svarade Johansson. "Kommer att... överleva."

"Har du pratat med henne?"

"Hon vill inte prata. Jag vet inte om hon kan."

Winter hörde pausen. Det lät som om Bengt Johansson rökte. Winter hade inte rökt hittills i dag. Jag har inte rökt i dag. Det begäret försvann helt.

"Kan hon ha... gjort nåt?" frågade Bengt Johansson. "Kan det ändå ha varit hon?"

"Jag tror inte det, Bengt."

Nej. Carolin hade inte varit inblandad, tänkte han. De hade utgått från det som en möjlighet. Allt fasansfullt var möjligt. Men de hade inte hittat något som tydde på det, inte hos henne och inte i omständigheterna. Hennes skuldkänslor var stora men av annat slag.

Han körde genom Allén. Det fanns rester av snö på träden. Trafiken var tät, affärerna var fortfarande öppna. Servicen var god. Avenyn hade fler fotgängare än en vanlig vardag, med fler paket. Naturligtvis. Vi blir sakta ett folk av konsumenter i stället för medborgare, men i dag behöver du ju inte gnälla om det, Erik.

Han stod stilla för rött. Ett barn i tomteluva passerade med en kvinna och barnet vinkade till honom. Winter tittade på klockan. Två timmar till Kalle Anka. Skulle barnet framför honom hinna hem? Betydde det så mycket längre? Han skulle själv inte hinna hem. Elsa skulle se förra årets Kalle på farmors video. Han hade själv packat ner kassetten.

Fortfarande rött. Spårvagnen kom rasslande för flygande fanor. Många passagerare. Han följde den med blicken. En annan spårvagn kom från andra hållet, 4:an. Lite snö mellan spåren. De var inte avdelade här. De löpte mitt i gatan, möjliga för en bilist att köra in på och följ...

Spåren.

The tracks.

Var det de spåren Simon Waggoner hade talat om? Winter hade kanske formulerat den följdfrågan ifall deras samtal hade fortsatt, men pojken hade blivit ledsen och han hade avbrutit och inte fortsatt tankebanan då, tankespåret.

Han kunde ringa dit om en stund: Please ask Simon if...

Hade de åkt efter spårvagnsspåren, Simon och gärningsmannen? Efter en speciell spårvagn? Var det en lek? Betydde det något? Eller var "the tracks" något helt annat? Skivtracks? Järnvägsspår? Några andra spår? Sinnessjuka spår i gärningsmannens fantasi? Simons egna spår. Han ku...

Ilskna signaler från bilen bakom. Han tittade upp och såg grönljuset och körde.

Ett gäng spelade fotboll på Heden. Det såg roligt ut.

Han parkerade i sin ruta. Adventsstakarna lyste som vanligt i vartannat fönster i polishuset, budgetsymmetrin som Halders talat om.

Receptionen var tömd på sitt vanliga gäng av högt och lågt: ägare till stulna cyklar, poliser, offentliga försvarare och åklagare på väg in och ut till häktningsförhandlingar som på horisontell jo-jo, bilägare, biltjuvar, andra kriminella i varierande grad av professionalism, olika kategorier av offer.

Det ekade av jul i korridorerna, den ensamma varianten av jul. Ljusen i granen utanför krim hade slocknat. Winter petade till kontakten och det brann igen.

Han mötte Ringmar på väg ut från sitt rum.

"Hur är det, Bertil?"

"Inget nytt från de nära och kära, om du frågar mig."

"Jag frågade inte om det."

"Jag har försökt få tag på unge herr Smedsberg men inte lyckats", sa Ringmar.

"Kommer du med hem i kväll?" frågade Winter.

"Har du räknat med att komma hem?"

"Om det blir aktuellt, alltså."

"Hoppas inte det", sa Ringmar.

"Vill du hellre sova här?"

"Vem behöver sömn?"

"Du, att döma av hur du ser ut."

"Det är bara ni ungdomar som behöver sova jämt och ständigt", sa Ringmar. "Men vi kan ju hyra nån film och kura julaftonsskymning i ditt vardagsrum."

"Du får välja", sa Winter.

"Festen", sa Ringmar. "Skitbra film. Den handlar om en pa..."

"Jag vet vad den handlar om, Bertil. Lägg av för fan nu! Annars får vi ko..."

"Kanske ska jag väck omedelbart", sa Ringmar. "Kan du inte anmäla mig?"

"Borde jag göra det?" frågade Winter.

"Nej."

"Då gör jag det inte."

"Tack."

"Är Bergort inne?"

"Nej, herregud. Jag hann inte sä..."

"Var är han?"

"Ingen som vet."

"Finns det ingen på hans jobb?"

"Jo, faktiskt. Men han kom aldrig dit."

"Hemma då?"

"Inte kommit tillbaka, enligt frun."

"Helvete! Jag skulle inte ha låtit honom slippa undan. Men jag bad honom inte att vara hemma. Jag trodde att flickan skul..."

"Du gjorde rätt, Erik. Han hade stuckit ändå."

"Vi får lysa honom direkt."

"Men det är inte han", sa Ringmar.

"Han har slagit sitt barn", sa Winter. "Det räcker för mig för att efterlysa nån. När det gäller det andra får vi se."

"Ska vi ta en kaffe?" sa Ringmar. "Eller vad man ska kalla det."

Fikarummet var stilla, de var ensamma. Winter kunde se dagen vända utanför. En stor gran hade klätts på höjderna upp mot Lunden. Han tänkte på Halders och hans barn. Vad gjorde de nu? Kunde Halders koka skinka och sedan griljera den?

"Det är en annan sak som har dykt upp", sa Ringmar som kom med två rykande muggar.

"Mhm." Winter blåste på maskinkaffet som luktade för jävligt men skulle göra relativt gott.

"Beiers gäng har fått svaren på analysen av killarnas grejor, och hittat lite själva också."

De hade tejpat de skadade studenternas kläder och dammsugit skorna, som de gjorde när det gällde alla brottsoffer.

Barnens kläder hade noga undersökts på samma sätt, teknikerna hade hittat damm och hår och annat som kunde vara överallt ifrån ända tills de hade något att jämföra med.

"De har hittat nån lera", sa Ringmar nu.

"Lera?"

"Det finns spår av samma typ av lera på killarnas skor", sa Ringmar. "Nej, förresten, hos en av dom... Stillman tror jag, där var det nåt på brallorna också."

"När fick du det här?"

"För en timme sen. Beier är inte där men en ny kille kom ner. Strömkvist eller nåt. Jag har ha..."

"Och dom jobbade med det här?"

"Dom jobbar ju med barnens grejor på overtime men det här låg ändå där och drällde som han uttryckte det. Dom fick ju lägga det åt sidan lite när Waggonergrejen inträffade, och dråpet ute i Kortedala, men nu blev det en lucka."

"Nåt mer?"

"Njaee... det är ju upp till oss, som han också uttryckte det. För tillfället."

"Lera. Det finns ju lera överallt. Stan är full av lera. Göteborg är ju för fan *byggt* på lera."

"Jag vet", sa Ringmar.

"Det kan ju vara leran utanför Olofshöjds studenthem."

"Jag vet."

"Har dom inte börjat jämföra?"

"Jo, men dom får ta det i sin takt. Det andr..."

"Det finns ett snabbare sätt", sa Winter.

"Jaha?"

"Leran ute på slätten hos Georg Smedsberg."

"Du menar att de..."

"Bertil, Bertil. Dom var där allihop! Där har du sambandet! Gustav Smedsberg och Aris Kaite var där, det vet vi. Varför skulle dom andra inte ha varit där?"

"Varför har dom inte sagt nåt då?"

"Av samma anledning som Kaite är tyst. Eller ljuger. Eller delvis håller tyst."

"Vad finns det att ljuga om?" sa Ringmar.

"Just det", sa Winter.

"Vad hände därute?"

"Just det."

"Varför åkte dom ut tillsammans?"

"Just det."

"Blev dom vittnen till ett brott?"

"Just det."

"Är dom hotade?"

"Just det."

"Är det därför dom håller käften?"

"Just det."

"Är misshandeln en varning?"

"Just det."

"Nån får åka ut och gräva lite på slätta", sa Ringmar.

"Just det", sa Winter.

"Vad är det här?" sa Aneta Djanali som stod i dörröppningen till fikarummet.

39

"Nu ska du höra, Micke... jag måste åka iväg ett litet tag... jag vet inte om du kan vara så duktig att du... väntar som en snäll pojke tills jag kommer tillbaka?"

Pojkens ögon öppnades och stängdes igen men han visste inte om han hade hört, eller förstått.

"Jag vill att du nickar om du förstår vad jag säger."

Nicke, Micke, tänkte han.

Pojken verkade sova, nickade inte. Han hörde att han andades. Han hade noga kontrollerat att halsduken inte satt över näsan också. Då hade han ju inte kunnat andas!

Pojken hade sagt "ont" när han knöt upp halsduken för en stund sedan, och han försökte ta reda på var det gjorde ont men det var svårt. Han var ingen läkare. Pojken måste ju haft ont redan när han bestämde sig för att ta hand om honom. När ingen annan gjorde det. Hans mamma, eller vad hon var för nåt, hade inte skött honom.

"Det är det bästa jag kan göra."

"Ont", hade pojken sagt.

"Det kommer att gå över."

"Vill åka HEM."

Vad skulle han ha svarat på det?

"Vill åka HEM", hade pojken sagt igen.

"Och jag vill inte att du skriker."

Pojken hade mumlat något som han inte hört.

Han hade berättat för honom om hur han hade det. Saker som han aldrig berättat för någon förut.

Han hade rättat till pojkens armar som verkade ligga lite konstigt bakom honom. Det fanns inga märken eller så efter snöret som han bundit honom med, självklart inte. Det där var bara för att han tyckte att pojken behövde vila sig lite, han hade sprungit runt lite för mycket. Han behövde vila helt enkelt.

Micke hade det bra här.

Han hade visat honom taket, stjärnorna på ena sidan och himlen och solen på den andra.

"Jag har målat det själv", sa han. "Ser du? Inga moln!"

Det var hans himmel och nu var det också pojkens. De låg sida vid sida och tittade upp mot himlen. Ibland var det natt och ibland var det dag.

"När jag kommer tillbaka ska du få din julklapp", sa han till pojken som låg bra där han hade lagt honom. "Jag har inte glömt. Trodde du att jag hade glömt?"

Winter, Ringmar och Aneta Djanali såg videoinspelningarna, om och om igen. Barnen såg så små ut, mindre än någon av dem kom ihåg, och de själva såg ut som jättar. Det ser ibland nästan hotfullt ut, tänkte Winter. Det är svårt.

Ellen Skölds ansikte var i bild:

"Pa-pa-pa-pa-pa", sa hon och svängde ett varv på golvet som en ballerina.

"Pratar du om pappa?" frågade Aneta Djanali. "Ellen? Pratar du om pappa?"

Flickan skakade på huvudet och sa "pa-PA-PA-PA!"

"Sa farbrorn att han var din pappa?"

Hon skakade på huvudet igen.

"Vi-vi-vi-vi", sa hon.

Aneta Djanali tittade in i kameran, som efter hjälp.

"Det var väl det här tillfället jag tänkte på", sa hon och nickade mot sin egen bild. Hon vände sig mot Winter. "Hon säger så där flera gånger."

"Ko-ko-ko-ko", hördes Ellens röst från monitorn.

Winter sa ingenting, fortsatte att titta och lyssna. Ellen berättade att en farbror i radion sagt fula ord. Det syntes tydligt att hon inte tyckte om det.

Winter tänkte som Aneta Djanali hade gjort: gärningsmannen hade inte hört de fula orden. Men han hade haft radion på.

Maja Bergort hade också hört fula ord.

Simon Waggoner hade nickat. Kanske hade han hört dem.

"Han har en särskild tid", sa Winter nu. "Han gör sina utflykter vid samma tidpunkt."

Aneta Djanali kände en plötslig kyla av Winters ord.

Ringmar nickade.

"Beror det på jobbet?" sa Aneta Djanali. "Hans jobb?"

"Det är möjligt", sa Winter. "Det är dagtid... han får anpassa sig. Han jobbar skift. Eller han jobbar inte alls och har all tid i världen."

"Men ändå... sker det alltid vid samma tid?" sa Aneta Djanali.

"Det vet vi ju inte", sa Winter. "Det är bara jag som tänker högt."

"Vad är det för en farbror som svär i radion?" sa Aneta Djanali.

"Fred Gustavsson", sa Ringmar. "Han svär jämt." Han tittade på Aneta Djanali. "Radio Göteborg. Han har hängt med sen starten."

"Håller han fortfarande på?" frågade Winter.

"Jag vet inte", sa Ringmar. "Men om det är nån som säger fula ord i radion så är det han."

"Ta reda på om han fortfarande jobbar och när det i så fall sänds", sa Winter.

Ringmar nickade.

Aneta Djanali spolade tillbaka och satte igång bandet igen.

"Pa-pa-pa-pa-pa", sa Ellen Sköld.

Winter lyssnade inte den här gången, han försökte bara studera hennes ansikte, uttrycken. Det var framför allt detta de hade videon till. Hennes ansikte låg i separatbild nu.

Det var något där. I hennes ansikte. Med hennes mun. Hennes ögon.

"Hon härmar nån!" sa Winter. "Hon härmar nån."

"Ja", sa Aneta Djanali. "Det är inte hennes ansikte längre."

"Det är inte hennes ansikte när hon säger sina pa-pa-pa-pa-pa", sa Winter.

"Hon härmar *honom*", sa Ringmar.

"Bi-bi-bi-bi-bi", sa Winter.

"Ko-ko-ko-ko", sa Ringmar.

"Pa-pa-pa-pa-pa", sa Winter.

"Vad är det hon försöker säga?" frågade Ringmar.

"Det är inte vad *hon* försöker säga", sa Winter. "Det är vad han försöker säga till henne."

"Pa-pa-pa-pa-papegoja", sa Aneta Djanali.

Winter nickade.

"Han stammar", sa Aneta Djanali och tittade på Winter som nickade igen. "Han stammar när han pratar med barnen!"

De satt i Winters rum. Ringmar hade sänt efter thailändskt i snygga pappkartonger. Winter kände smaken av koriander och kokos med räkorna i röd chilipasta. Det var starkt och han kände svetten i pannan.

"Ja, god jul då", sa Aneta Djanali och viftade till med ätpinnarna.

"Inte är det rödkål och rullsylta", sa Ringmar.

"Tack och lov för det", sa Aneta Djanali.

"Äter du nåt från det traditionella svenska julbordet?" frågade Ringmar.

"Jag är född här i Göteborg", sa Aneta Djanali.

"Det vet jag. Men frågan kvarstår."

"Tror du att det är genetiskt eller nåt?" frågade hon och fiskade upp en räka med pinnarna.

"Inte fan vet jag", sa Ringmar. "Jag blev bara nyfiken."

"Janssons frestelse", sa hon. "Jag gillar Janssons."

"Lagade dina afrikanska föräldrar Janssons?" frågade Ringmar och tappade sin kycklingbit ner i kartongen igen.

"Thailändsk mat ska inte ätas med pinnar", sa Winter. "Det är nån slags anpassning. Kinesrestaurangernas fel. Thailändarna använder gaffel och sked."

"Tack för upplysningen, herr besserwisser", sa Ringmar, "men kunde du inte kläckt ur dig det lite tidigare?"

"Det var bara en reflektion", sa Winter. Ett försök till distraktion, tänkte han.

"Har du nån gaffel härinne?" frågade Ringmar.

"I Thailand stoppar de aldrig gaffeln i mun", sa Winter i överdrivet beskäftig ton, "Det är lika opassande som när vi stoppar kniven i mun."

"Inte undra på att dom är så små och tunna", sa Ringmar.

"Där tänker du fel, Bertil", sa Aneta Djanali. "Man får in mer mat i ansiktet med en sked, eller hur?"

"Har du nån sked härinne, Erik?" frågade Ringmar.

Det var skymning. Winter hade tänt lamporna i sitt rum. Han rökte vid fönstret, dagens första sena Corps. Efter maten gick det inte att undvika, även om chilin och koriandern inte riktigt passade med kryddorna i cigarillen.

Han kunde se stjärnor, mycket svagt. Det kanske skulle bli en klar julaftonskväll. Stjärnornas tysta och ensamma skönhet, tänkte han. The silent beauty in the sky. Han tänkte på Simon Waggoner. Han hade bestämt sig för att avstå från förhör på telefon. Det kunde göra pojken förvirrad, förstöra möjligheter.

Han rökte. Han hade haft en smak av rostad lök i munnen som försvann med röken, tack så mycket. Skala en lök, tänkte han. Det här jobbet är som att skala av lager efter lager på en lök. Vad finns längst in? Där har vi ett problem, eller hur Erik? Löken består av sina lager. När det sista är borta återstår ingenting. Men vi skalar.

Han hörde en spårvagn innan han såg den. Ett avlägset och dämpat slammer on the tracks.

De hade diskuterat det.

"Jaga runt efter en spårvagn?" hade Ringmar sagt.

"Follow the tracks", hade Aneta Djanali upprepat. "Varför tänker du överhuvudtaget på spårvagnsspår, Erik?"

"Kanske för att det var den första associationen", hade han svarat. "Jag stod i Allén och såg spårvagnen och spåren och då associerade jag till Simons ord."

Där var de nu. Han vände sig om.

"Var försiktig", sa Ringmar.

"Jag vet", svarade Winter. "Men det är ju bråttom. Man fångar en idé."

"Om vi tänker i andra banor då..." sa Aneta Djanali.

"Tänk", sa Ringmar.

"Hans egna spår", sa Aneta Djanali. "Han körde runt i sina egna spår tillsammans med Simon."

"En gärningsman korsar sitt spår", sa Ringmar.

"Vad är då hans egna spår?" sa Winter.

"Där han varit förut med barnen", sa Aneta Djanali.

"Då är frågan *varför* han var just *där*", sa Winter. "Om vi utgår från att det inte var tillfälligt valda platser... att det fanns ett syfte med att han gick just dit."

"Han kanske bor i närheten?" sa Aneta Djanali.

"I närheten av vad?" sa Ringmar. "Dom här lekplatserna och dagisen har en spridning på några kilometer i diameter."

"I närheten av nåt av dom", sa Aneta Djanali.

"Det där har vi tröskat igenom", sa Ringmar. "Vi försöker ju kolla upp bostadsområdena."

"Eller så bor han inte där alls", sa Winter. "Själva poängen är att han bor långt från nåt av ställena."

"Som ändå inte ligger *så* långt från varandra", sa Aneta Djanali med en blick på Ringmar. "Centralt. Bortsett från Marconigatan."

"Som man når på tio minuter med vagnen från Linnéplatsen", sa Ringmar.

Winter drog ett bloss till. Han kände kylan från det öppna fönstret.

"Säg det där igen, Bertil."

"Förlåt?"

"Det du just sa."

"Eh ja... Marconigatan, som man når på tio minuter med spårvagnen från Linnéplatsen. Eller från en massa andra håll också, antar jag."

"Spårvagnen", sa Winter.

"Var det inte meningen att vi skulle lämna den första tracksassociationen för en stund?" frågade Aneta Djanali.

"Var var vi då?" sa Winter.

"En gärningsman korsar sitt spår", sa Ringmar.

"Jag vill åka ut med Simon en gång till", sa Winter. "Det är nödvändigt. Kanske går det bättre den här gången."

"Kommer han ihåg vilken väg dom tog?"

"Jag vet inte", sa Winter. "Sannolikt inte. Men vi vet var han plockades upp och vi vet var han... lämnades av. Vi vet vad som finns däremellan, beroende på hur man kör. Men det går inte att köra *hur* många olika vägar som helst från A till B."

"Förutsatt att han körde direkt från A till B", sa Aneta Djanali.

"Det sa jag inte."

"Han kan ha kört i hur många cirklar som helst", fortsatte Aneta Djanali. "Tunnlar, rondeller."

"Han hade inte all tid i världen", sa Ringmar.

"Vi har ungefärlig tid när Simon försvann", sa Winter. "Ungefärlig tid när han upptäcktes."

"Det är inte detsamma som när han lämnades där", sa Aneta Djanali.

"Radioprogrammet", sa Ringmar.

"Jag ska försöka ta med honom ut i morgon", sa Winter.

"Var dom på väg hem till gärningsmannen?" sa Aneta Djanali mest till sig själv. "Men resan avbröts?"

"Frågan är vem som avbröt den", sa Ringmar.

"Bra", sa Winter.

"Var det nåt Simon sa eller gjorde?"

Winter nickade.

"Som gjorde gärningsmannen besviken?"

Winter nickade igen.

"Eller var det meningen från början?" sa Aneta Djanali. "Del i en plan? Eller en plan som inte höll?"

"Vad för plan?" sa Winter och tittade på Aneta Djanali.

"Planen som höll den här gången", svarade hon. "Micke Johansson."

"Han blev skraj när det gällde Simon", sa Ringmar. "Han vågade inte... fullfölja."

Fullfölja vad? tänkte Aneta Djanali och hon visste att de andra också tänkte så just nu.

"Men tillvägagångssättet är så annorlunda", sa hon i stället. "Det kanske överhuvudtaget inte är samma gärningsman."

"Du säger överhuvudtaget rätt ofta", sa Ringmar.

"Det ska du överhuvudtaget inte bry dig om."

"Det är inte annorlunda", sa Winter. "Behöver inte vara det. Han kan ha följt efter Carolin och Micke från dagis. Han kan ha stått utanför där i dagar och väntat på ett tillfälle. Där och på dom andra ställena."

"Och filmat", sa Ringmar.

"Eller så har han rört sig i Nordstan", sa Aneta Djanali. "Det är ingen tillfällighet att det skedde där, okej. Det var ingen slump. Lika väl som han kan ha stått i dagar utanför en lekplats eller ett dagis kan han ha rört sig i dagar i Nordstan. Till exempel. Kanske samma dagar, förmiddagar här, eftermiddagar där."

"Bra, Aneta", sa Winter.

"Han kan bo på landet", sa Ringmar och tittade på Winter. "Så långt bort som möjligt från Nordstan, som är själva den sinnessvaga sinnebilden av en storstad."

"Landet är stort", sa Winter.

"Hur mycket folk har vi nu som letar?" sa Aneta Djanali.

"Alldeles för lite", sa Ringmar. "Julhelgen innebär ju problem med övertiden också för ordningen. Och närpo."

"Det här går väl för helvete före julbordet?" sa Aneta Djanali. "Pojken är försvunnen, kidnappad, nån kidnappare har inte hört av sig. Det kan handla om timmar."

Kidnappning, tänkte Winter. Ett kid som nappas. Han tänkte på Bambi på hal is. Varför hade teve plockat bort det inslaget från julprogrammet? Han hade tyckt om det.

40

Ringmar hade fått ett samtal som han ville ta i sitt eget rum. Winter såg hans nervositet när han gick, och skuggorna under ögonen. Vad skulle han få höra nu? Vad skulle han säga?

"Jag åker hem till Ellen Sköld igen", sa Aneta Djanali. "Jag vet vad jag ska säga och hur jag ska säga det."

Winter tittade på klockan. Kalle Anka var över. Den långa natten hade fallit utanför fönstret. Det var för sent att åka ut på gatorna med Simon Waggoner för att följa spår.

"Ellen har nog sagt det vi behöver veta", sa Winter.

"Jag vill vara säker."

"Åk hem till ditt", sa Winter. "Fira lite jul."

"Det blir hos Fredrik", svarade hon.

Winter nickade och började plocka ihop några papper.

"Är du förvånad?" frågade Aneta Djanali.

"Varför skulle jag vara förvånad?"

"Tja... Fredrik och jag."

"Ett omaka par?" sa han och log. "Äh, kom igen, Aneta."

Hon dröjde i dörren.

"Du är välkommen också", sa hon.

"Förlåt?"

"Du kan hänga med en stund också. Vi äter lite senare, så julbordet väntar fortfarande." Hon log och himlade med ögonen. "Fredrik har gjort nåt med polenta. Det närmaste han kunde komma jamsgröt, sa han."

"Fredrik Halders, alltid lika angelägen om att överbrygga kulturklyftor", sa Winter.

Aneta Djanali skrattade till.

"Men tyvärr", sa Winter, "jag måste jobba."

"Var?"

"Här. Och hemma."

"Erik, det är julafton och du är ensam. Lite sällskap skadar inte."

"Jag får se", sa han.

"Du kan väl ringa lite senare i kväll, i vilket fall."

"Jag ringer", sa han. "Hälsa Fredrik. I vilket fall."

Hon log igen och gick. Han gick till cd-spelaren och tryckte igång den. Han ställde sig vid fönstret och tände en Corps och öppnade igen men bara en decimeter. Röken drogs iväg av en vind han inte sett förrän nu.

Rummet bakom honom fylldes av Trane's Slo Blues, Earl Mays bas och Arthur Taylors trummor, doom doom doom doom dooom dooom, sedan Coltranes tenorsaxofon, som skänkte både lugn och oro, på samma gång, den svåra enkelheten som han fortfarande inte funnit någon annanstans än i jazzen, även om han funnit annan musik som han tyckte om och som han kunde använda i sitt liv.

Lush Life nu, det vackra introt, som ett soundtrack till röken som steg i silverblänk från hans cigarill ut genom kvällen som lyste av guld från den uppklädda stan. Det var musik att drömma till men han drömde inte.

Hans mobil ringde på skrivbordet. Han sänkte musiken och tog luren med cigarillen i den andra näven.

"God jul, pappa!"

"God jul, gumman!"

"Vad gör du, pappa?"

"Jag stod här och tänkte att nu ska jag ta och ringa till Elsa", svarade han och lät en liten pelare aska falla i askfatet.

"Jag var först!"

"Du kommer alltid först, gumman", sa han och var glad att inte Angela hörde de orden. Vad gjorde han då här och de där? "Har du öppnat dina paket än?"

"Tomten inte kommit än", sa hon.

"Då blir det nog när som helst."

"Hitta du julklappen?!"

Herregud, tänkte han. Julklappen.

"Jag ska öppna den ikväll", sa han.

"När kommer du, pappa?"

"Snart, gumman."

"Du ska komma NU", sa hon och han hörde andra röster på linjen. Kanske hade alla samma budskap i kväll.

"Jag kommer innan julen är slut", sa han.

"Varar ända till PÅSKA", sa hon.

"Men det var inte sant men det var inte sant för däremellan kommer jag!" svarade han med sång.

"Kommer *fasta* heter det", sa hon och fnissade.

"Snart ska vi bada", sa han.

"Det är kallt", sa hon. "Det var *jättekallt*."

"Vad har du gjort mer?"

Öppna frågor, tänkte han.

"Lekt med en kisse", sa hon. "Hon heter Mjau."

"Det var ett bra namn på en katt."

"Hon är svart", sa Elsa.

Winter hörde ett eko och hennes röst försvann, sedan kom en annan röst:

"Hallå?"

"Hallå", svarade han.

"Det är Angela. Var är du?"

"I mitt rum på polishuset", svarade han.

"Det var tur för dig det", sa hon.

"God jul", sa han.

"Hur går det?"

"Kanske framåt."

"Hur mår du?"

"Det är... lite tungt. Det är ett tungt fall."

"Inget nytt om pojken?"

"Jag vet inte. Kanske kommer vi närmare. Men vi har inte hittat honom."

"Var försiktig, Erik."

"Det är... nära. Det känns så."

"Var försiktig", upprepade hon. "Jag vet att du måste vara försiktig med det här... fallet."

"Mhm."

"Du måste tänka på det hela tiden, Erik. Att vara försiktig."

"Jag lovar. Jag hörde från Elsa att de..."

Hans tjänstetelefon på skrivbordet ringde.

"Vänta en sekund, Angela."

Han svarade på andra signalen.

"Jaaa, hej Winter, det är Björck härnere i vakten. Du har besök. En Jerner, Mats Jerner."

Winter tittade på sin klocka. Jerner var en timme försenad. Han hade glömt honom, glömt honom helt. Hade något sådant hänt tidigare? Inte vad han kunde minnas. Han hann tänka på det innan han sa:

"Jag kommer ner."

Han talade i mobilen igen:

"Jag ringer lite senare, Angela. Hälsa mamma så länge."

"Jag hör att du jobbar."

"Det är inte förgäves", sa han. "Puss."

Besökaren stod kvar vid luckan. Han kunde vara i Winters ålder, lite äldre. Jag vet ju ungefär hur gammal han är. Carlström sa det.

Winter öppnade glasdörrarna ut till väntrummet.

"Mats Jerner? Erik Winter."

Jerner nickade och tog i hand genom dörröppningen. Hans hår var ljust och hans ögon blå. Han hade en brun Tensonjacka och blå jeans och grova skor som var bra för vädret därute. Han bar en portfölj under vänstra armen. Hans hand var kall. Winter såg handskarna som han bar i vänsterhanden. Jerners ögon hade en genomskinlig skärpa som gjorde att Winter nästan fick lust att vända sig om för att se vad mannen tittade på rakt genom hans huvud.

"Vi tar hissen upp", sa Winter.

Jerner stod bredvid honom utan att säga något. Hans ögon var vända bort från spegeln.

"Är det några passagerare alls så här på julaftons eftermiddag?" frågade Winter när de steg ur hissen.

Jerner nickade igen, rakt fram.

"Inga problem med snö på spåren?" frågade Winter.

"Nej."

De gick in i hans rum.

"Vill du ha kaffe eller nåt?" frågade Winter.

Jerner skakade på huvudet.

Winter gick runt skrivbordet och gjorde en gest mot stolen mitt emot. Han hade nyligen placerat en liten soffgrupp i ena hörnet men detta var bättre, just nu.

"Jaaa", sa Winter, "det är alltså så att vi försöker utreda en serie överfall på unga män här i stan."

Jerner nickade.

"Ja, vi talade om det förut", sa Winter.

Jerner nickade igen.

Hur ska jag säga? tänkte Winter. Du har möjligen inte snott ett märkjärn hemma hos din fosterfar, Jerner? Eller två?

"Det är så att... vapen som kan ha använts vid brotten har blivit stulna på din fosterfars gård. Natanael Carlström." Winter tittade på Jerner. "Det är din fosterfar?"

Jerner nickade och sa:

"En av dom."

"Har du haft många?" frågade Winter.

Jerner nickade.

"I det området?"

Jerner skakade på huvudet.

Han är en tystlåten man, tänkte Winter. Där ligger man i lä.

Han har inte med ett ord kommenterat att han är över en timme försenad till ett förhör på polishuset. Verkar inte vara medveten om det. En del är sådana. Lyckliga.

"Du har inte hört din... fosterfar prata om några stölder?"

"Nej."

Jerner bytte plats för benen, satte dem i kors igen, i kors igen åt andra hållet. Han hade lagt handskarna på bordet framför sig.

Något putade i jackans vänsterficka, kanske en huvudbonad.

Kanske får han rabatt på Tensonjackor, tänkte Winter. Tensonligan har hotat sig till en deal.

Tensonligan var folkets namn på Spårvägens kontrollanter, buttra och prövade män och kvinnor som trafikerade spårsystemen i gröna Tensonjackor i sökandet efter tjuvåkare. Halders hade åkt fast en gång och tillbringat hela eftermiddagen i telefon med överkontrollören för att övertyga honom om sin oskuld, tankspriddhet, uppdrag i tjänsten, nej inte det, lämna på dagis, lämna trasig bil i Mölndal, vad det var. Det funkade inte. Halders hade aldrig åkt spårvagn efter det.

"Såg du nåt av dom där märkjärnen nån gång?" frågade Winter.

Jerner skakade på huvudet.

"Du kände till dom?"

Jerner nickade.

Nu får vi ändra på det här, tänkte Winter. Han *vill* inte prata.

"När var du hemma senast?"

Jerner såg frågande ut.

"Jag menar hos Carlström."

"Ja-jag vet inte", sa Jerner.

"Vilken månad?"

"No-november, tror jag."

"Vad sa han om stölderna?"

Jerner ryckte på axlarna.

"Han sa till mig att han nämnde dom för dig."

"Kanske", sa Jerner. Bara det.

Winter reste sig och gick bort till de fula arkivskåpen som han försökte dölja bakom dörren. Han plockade fram en mapp och gick tillbaka och tog fram fotografierna.

"Känner du igen den här personen?" sa han och höll fram en bild av Aris Kaite.

Jerner skakade på huvudet.

"Han är en av dom som överfallits."

Jerner såg ointresserad ut, som om han faktiskt tittade på en främling.

"Han har också besökt din hembygd", sa Winter. "Han känner Gustav Smedsberg." Winter tittade på Jerner. "Känner du nån Smedsberg?"

Mannen såg ut att tänka efter. Han strök det tunna blonda håret åt sidan. Luggen var lång.

Han ser ut som om jag ställt en helt normal följdfråga, tänkte Winter. Inget "vem är Gustav Smedsberg?". Han känner till namnet, eller så orkar han inte bry sig. Det har varit en lång dag. För honom, för mig. Det här samtalet leder ingenvart. Han kan gå hem, jag kan gå hem. Han har inte med det här att göra. Eller så stal han järnen och då får vi fram det, kanske använde han dom. Nej. Inte han. Det enda konstiga är att han verkar kunna sitta här hur länge som helst utan att bli irriterad. Han var irriterad förut, retlig, i telefon. Inte nu. Nu skakar han på huvudet.

"Georg Smedsberg", sa Winter.

"Nej."

"En granne."

Jerners lugna ansikte fördes svagt åt sidan. Winter såg något i hans ögon, kanske en protest: Smedsberg är ingen granne. För långt bort.

"Gerd", sa Winter.

Mannen ryckte till. Han tittade på Winter, höjde ansiktet lite. Ögonen hade samma genomskinlighet.

"När träffade du Gerd?" frågade Winter.

"Vil-vilken Gerd?"

"Gerd var granne med er."

Vad har det med detta att göra? Han frågar inte det. Han säger inte det: Vem är Gerd? Hans ansikte är som förut igen. Dessa människor från slätten. Vi bryter nu. Jag måste ägna mig åt Micke Johansson.

"Jag ska inte besvära dig längre än nödvändigt så här på julafton", sa Winter. "Men jag kanske hör av mig igen om det är några mer detaljer."

Jerner reste sig och nickade.

"När ska du jobba igen?" frågade Winter.

Jerner öppnade munnen och såg ut att svälja luft, sedan stängde han den igen.

"När kör du nästa pass?" frågade Winter.

"I mo-mo-mo-morgon", sa Jerner.

Han *är* nervös. Nervös för något.

"Hela helgen?"

Jerner nickade.

"Tufft", sa Winter.

De gick ut i korridoren och tog hissen ner. Jerner hade vänsterhanden i jackfickan. Han bar handskarna i högerhanden, portföljen under vänsterarmen. Han tittade rakt på sin egen spegelbild. Winter såg sig själv bredvid Jerner men Jerner verkade inte se honom. Som om jag är en vampyr som inte kastar spegelbild. Men jag är ingen vampyr, jag finns där. Jag ser trött ut. Jerner ser piggare ut.

"Vad kör du för linje?" frågade Winter när de gick mot utgången.

Jerner höll upp tre fingrar i luften.

Det här är nästan komiskt, tänkte Winter.

"Trean", översatte han teckenspråket och Jerner nickade.

Ringmar kom ut ur sitt rum när Winter just stigit ur hissen. Han såg inte riktigt ut som förut.

"Jag åker nu", sa Ringmar.

"Vart?"

"Hem."

"Är det nån där?"

"Nej. Men jag måste ju kolla läget."

"Du kan komma över sen om du vill", sa Winter.

"Det räckte med i natt. Men tack."

"Bara kom om du ändrar dig."

Ringmar nickade. Han började gå.

"Fick du veta... nåt nytt?" frågade Winter.

"Det var Birgitta", sa han.

"Ja?"

"Hon vill i alla fall prata med mig nu."

"Om vad?"

"Du tar dig friheter, Erik."

"Om vad?" upprepade Winter.

"Om Martin, vad fan tror du?"

Winter sa ingenting. De hörde steg längre bort, ute i trapphuset. Hissen brummade igång i någon riktning.

"Det finns en ljusning", sa Ringmar.

"Kom med mig hem", sa Winter.

"Vi hörs", svarade Ringmar och drog på sig rocken medan han gick.

"Bilen är framme", sa Björck till honom nere i vakten.

Ringmar körde ut på leden i sin tjänstebil, på väg norrut. Han körde i tystnad, ingen radio, ingen Heaven Is a Place On Earth. Han visste inte om Smedsberg skulle vara hemma.

Winter släckte och gick. Hans steg ekade mer än någonsin mellan tegelväggarna. Mobilen ringde.

"Jag accepterar inte att du sitter ensam i kväll, Erik."

Hans syster. Hon hade inte accepterat att han var ensam. Hon hade ringt i går och dan före det. Och dan före den dan.

"Jag måste arbeta, Lotta."

"Du menar att du måste vara ensam för att kunna tänka, eller hur?"

"Du förstår ju."

"Du måste ha mat."

"Det är sant."

"Du måste ha sällskap."

"Jag kanske kommer lite senare", sa han.

"Tror jag inte på."

"Snälla Lotta, jag har inte valt det här frivilligt."

"Du är välkommen när du vill", sa hon och la på.

Det fanns ett lager is på bilrutorna. Han skrapade och rökte. Röken var som andedräkt.

Han var ensam på gatorna, den ende på väg vid den här tiden.

Inga bussar, inga spårvagnar, inga taxibilar, inga privatbilar, inga målade polisbilar, inga motorcyklar, inga fotgängare, ingenting.

Vasaplatsen var vit och tyst. Han stod i porten och andades in luften som kändes kall utan att vara rå.

I köket hällde han upp en Springbank och bar med sig den in i vardagsrummet där han la sig i soffan i mörkret med glaset på bröstet. Han blundade. Det enda ljud som hördes var det milda brummet från frysen. Han lutade huvudet framåt och drack av spriten.

Han satte sig upp och rev med handen genom håret. Han tänkte på lekplatser och daghem, parker, bilar, på torg som Doktor Fries Torg, på Linnéplatsen, Kapellplatsen, Mossen, på Plikta, på... spår. Spår åt alla möjliga hå-hå-hå-håll.

Allt detta tänkte han på samtidigt. Han kunde inte hålla isär det, allt kom samtidigt som om det hörde ihop. Men det hörde inte ihop.

Han strök sig över ansiktet. En dusch och lite mat och sen kan jag tänka igen. Jag har julklappar att leta efter också.

Han drog av sig kläderna på väg till badrummet. Jag tar ett bad. Whiskyn får hålla mig vaken.

Han sträckte sig ändå efter telefonen i hallen och ringde till England. Det var ett av flera samtal dit denna senhöst och vinter.

Steve svarade.

"Merry Christmas, Steve", sa Winter.

"Same to you, Erik. How are things?"

Winter berättade om sakernas tillstånd.

"Ni har väl kollat föräldrarna ordentligt?" frågade Macdonald. "Alla föräldrarna?"

Winter skulle minnas den frågan när allt var över.

41

HAN DROG PÅ SIG BADROCKEN och gick ut från badrummet som ångade. Dåsigheten lämnade honom medan han gick runt i våningen. Han tittade på whiskyflaskan i köket men lät den stå. Det fick räcka så länge med den centimeter han druckit. Han kanske behövde köra i kväll, i natt.

Han läste instruktionerna i köket och inledde spaning. Elsas julklapp var mycket riktigt placerad i fiskläge, i en platt box tejpad under dubbelsängen. Teckningar: hav, himlar, stränder. Snögubbar. Angelas klapp var gömd mittemellan, smart: en bok i bokhyllan. Nyupptäckta texter av Raymond Carver, Call If You Need Me.

Han satte sig i sovrummet och slog numret till Spanien.

"Siv Winter."

"Hej mor, Erik här."

"Erik. Vi undrade när du skulle ringa."

"Det är nu", sa han.

"Klockan är över nio. Elsa har nästan somnat."

"Får jag prata med henne. God jul förresten."

"Är du hemma hos Lotta?"

"Inte i kväll", sa Winter.

"Sitter du ensam på julafton, Erik?"

"Det är därför jag stannade kvar."

"Jag förstår inte", sa Siv Winter.

"Får jag prata med Elsa nu."

Han hörde hennes röst, hon var halvvägs in i en dröm. Han kände igen Angela i henne. Det var samma röst.

"Tack för dockan", sa hon. "Den var jättefin."

"Tack för dom fina teckningarna."

"Du hitta dom!"

"Snögubben såg ut att ha det skönt på stranden."

"Han har semester", sa hon.

"Skönt."

"När kommer du, pappa?"

"Snart. När jag kommer ska vi ha en julafton till!" sa han.

Hon fnissade till, men som i ultrarapid.

"Är du sömnig, Elsa?"

"Neej", sa hon, "farmor sagt jag får vara uppe *precis* så länge jag vill."

"Har hon sagt det så."

"Så läänge jag vill", sa Elsa som lät som om hon skulle tappa luren vilken sekund som helst och lägga sig tillrätta på marmorgolvet.

"Ha det så roligt i kväll, gumman", sa Winter. "Pappa älskar dig."

"Puss, puss, pappa."

"Kan du be mamma komma till telefonen, gumman?"

Han hörde "maaaaaama" från halvdistans och sedan Angelas röst:

"Är du kvar på jobbet?"

"Nej. Jag är väl kvar *i* jobbet men inte *på* det."

"Du låter trött."

"Dåsig mest, men det börjar släppa nu. Jag tog ett bad."

"Bra tänkt."

"Jag tänkte inte mycket just då."

"Nåt nytt sen sist?"

"Jag hittade boken och ringde direkt."

Han hörde henne fnissa till, som Elsa nyss.

"Jag tänkte faktiskt fråga dig en sak", sa han. "Vet du nån som stammar på dagis? Nån vuxen. Personal eller förälder."

"Stammar? Som i st-st-stammar?"

"Ja."

"Nej. Det har jag aldrig hört. Varför frågar du det?"

"Eller Lena Sköld. När du pratade med henne. Sa hon nåt om nån som stammade då?"

"Neej, det kan jag inte komma ihåg. Vad är det, Erik?"

"Vi tror att den person som Ellen träffade stammar. Jag tror att hon försöker tala om det för oss. Eller redan har gjort det."

"Vad har det med dagis att göra?"

"Du vet att vi kollar alla med anknytning dit."

"Jag tänkte på det här i dag", sa Angela. "Tänk om det trots allt bara är fantasier barnen kommer med."

"För Simon Waggoner är det ingen fantasi."

"Nej. Men dom andra."

"Tre föräldrar har anmält samma sak", sa Winter.

"Har du talat med dom?" frågade hon. "Om stamningen?"

"Nej. Vi kom på det sent i eftermiddags. Jag ska höra med dom."

"I kväll?"

"Ja."

"Det börjar bli sent", sa hon.

"Alla inser allvaret i det här", sa han. "Helgkväll eller inte."

"Inga nya tips om pojken? Micke Johansson?"

"Hela tiden. Det sitter extrafolk nere i växeln hela helgen."

"Går ni skallgång? Fast det är väl fel uttryck."

Winter tänkte på Natanael Carlström när hon sa "skallgång". Han hade sagt "skallgång" det första han sa. Ett komplicerat ord.

"Det är mycket folk ute", sa han. "Så många det är möjligt. Men det här är en stor stad."

"Vad säger dina närpoliser då?"

"Hur menar du?"

"Dom som tog emot anmälningarna första gången. Säger dom nåt om nån stamning, eller andra detaljer?"

"Talar jag med kommissarie Angela Winter?"

"Vad säger dom?" upprepade hon. "Och det är kommissarie Angela Hoffman."

"Jag vet inte än. Jag har sökt dom två i Härlanda och Linnéstaden men dom är lediga och inte hemma."

Han ringde hem till familjen Bergort som fortfarande var reducerad. Larissa Serimov svarade. När Magnus Bergort försvunnit hade Winter ringt henne och frågat henne, rakt av. Han hade ingen rätt och hon ingen skyldighet. Hon var inte i tjänst.

"Jag gör ändå inget särskilt i kväll", hade hon sagt och han tyckte att han hörde att hon log.

"Det är en ensam familj", hade Winter sagt. "Kristina Bergort har ingen som kan komma hem till henne och flickan i kväll."

"Om han kommer hem då?" hade hon sagt. "Han kanske blir våldsam."

Vad skulle han säga? Använd din SigSauer.

"Jag kan ju alltid skjuta honom", hade hon sagt då.

"Han kommer inte hem", hade Winter sagt. "Var försiktig men han kommer inte hem."

"Har han gjort av med sig, tror du?"

"Ja."

Han hade väntat rapport om någon som kört in i en bergvägg på motornätet österut, eller in i ett träd. Ingenting om det ännu. Men han trodde att Magnus Bergort var borta, eller snart skulle vara borta från den här världen.

Nu svarade hon:

"Hos Bergorts."

"Det är Erik Winter här."

"Hej och god jul", sa Larissa Serimov.

"Sover Maja?"

"Hon har nyss somnat."

"Får jag prata med mamman."

Kristina Bergort lät trött och... lugn. Kanske är det en lättnad, tänkte han. Oavsett hur det går.

"Har det hänt Magnus nåt?" frågade hon.

"Vi vet fortfarande inte var han är", sa Winter.

"Maja frågar efter honom", sa Kristina Bergort.

Winter såg henne framför sig, när hon inte ville gå in i pappans arbetsrum.

"Har hon sagt nånting till dig om att mannen som hon satt med i bilen stammade?" frågade Winter.

"Neeej, hon har aldrig sagt nåt om det."

"Okej."

"Ska du... fråga henne om det?"

"Jag tror det."

"När? Nu?"

"Kanske i morgon. Om det går bra?"

"Jaaa, det gör det väl. Allt är så..." och han hörde henne förlora lugnet i rösten, inte mycket, men han förstod att samtalet måste sluta nu.

Mobilen surrade. För en sekund visste han inte var den var. Han hittade den i rockens innerficka ute i hallen.

"Du ringde aldrig."

"Det har inte funnits tid, Bülow."

"Det gör det aldrig."

"Jag är mitt uppe i det just nu", sa Winter.

"Samma här. Jag stirrar på en tom datorskärm."

Winter hade gått in i arbetsrummet. Powerbooken glödde tomt på skrivbordet.

"Läget är mycket känsligt just nu", sa Winter.

"Nattchefen har skickat ut folk till Önnered", sa Bülow.

"Vad i helvete säger du!?"

"Till Bergorts. Sen ni gick ut med efterly..."

Winter tryckte av så hårt han kunde på den röda symbolen. Problemet med mobiltelefoner var att det inte fanns någon telefonlur att slänga ner med kraft. Det fick i så fall bli hela skiten.

Det ringde igen. Winter kände igen numret.

"Vi ha..."

"Det är inte mitt fel", sa Bülow, "jag gillar det inte heller." Winter hörde röster i bakgrunden, en slinga musik som kunde vara en julsång eller vad fan som helst spelad för avskummet på redaktionen. "Gillar *du* alltid ditt jobb, Winter?"

"Om jag får sköta det", svarade han.

"Carolin Johansson intervjuas i morgonens tidning", fortsatte Bülow.

"Jag är stum", sa Winter.

"Du ser? Det blir bara värre."

"Vem kommer sen? Simon?"

"Vem är det?" frågade Bülow. "Vad har hänt honom?"

"Det var bara ett exempel", sa Winter.

"Tror jag inte."

"Ska du skicka folk dit nu?" frågade Winter.

"Jag är inte nattchef", svarade Bülow.

"Hur länge jobbar du i kväll?"

"Jag jobbar till fyra i morgon bitti. Det är min jul det."

"Jag ringer", sa Winter.

"Det har jag hört förut."

"Jag ringer", upprepade Winter och tryckte av för andra gången och la mobilen på skrivbordet och lyfte telefonluren.

En patrullbil tjöt förbi därnere. Han hade inte hört något ljud tidigare utifrån. Han kunde se toppen av julgranen på Vasaplatsen, en ensam stjärna.

Det var upptaget hos Bergorts. Han funderade på att ringa Frölundastationen, men vad kunde de göra? Han ringde Larissa Serimovs mobilnummer men fick ingen kontakt.

Han ringde hem till Ringmar men fick inget svar. Han ringde Ringmars mobil. Ingen kontakt.

Han kände sig manisk där han stod mitt i det tysta och mörka rummet med fingret nervigt tryckande på sifferknapparna. Han slog ett nummer som han slagit upp i sin adressbok.

Han väntade, tre signaler, fyra. Världen gjorde sig oanträffbar i kväll. Femte signalen, ett slammer, ett andetag.

"Car-Carlström."

Winter presenterade sig. Carlström lät oändligt trött när han mumlade något.

"Väckte jag er?" sa Winter.

"Ja."

"Förlåt. Men jag har några frågor om Mats."

Winter hörde ett ljud från någonstans i Carlströms närhet. Det kunde vara ett vedträ som sprätte i spisen. Hade Carlström haft telefonen i köket? Han hade inte tänkt på det när de var där.

"Vad är det med Mats?" frågade Carlström.

"Jag träffade honom i... dag", sa Winter medan han tittade på klockan. Inte midnatt än.

"Jaha?"

"Känner han Georg Smedsberg?" frågade Winter.

"Smedsberg?"

"Ni vet vem det är."

"Tror inte han känner han."

"Dom kan inte ha haft nån kontakt?"

"Vad har det för betydelse för nåt alls?"

"Smedsbergs son är en av dom som blivit överfallna", sa Winter.

"Vem har sagt det?" sa Carlström.

"Förlåt?"

"Han har sagt det själv, eller hur?" sa Carlström.

"Jag har tänkt på just det", sa Winter.

"Kanske inte tillräckligt mycket", sa Carlström.

"Vad betyder det?"

"Jag säger inget mer", sa Carlström.

"Hade Mats nån kontakt med Georg Smedsberg?" frågade Winter igen.

"Det vet jag inget om."

"Ingen som helst?" fortsatte Winter.

"Och om han hade det då?"

Det beror på vad som hände, tänkte Winter.

"Hur hade Mats det hos er?" frågade Winter. Det här har jag frågat förut. "Hur kom han överens med andra?"

Carlström svarade inte.

"Hade han många vänner?"

Det lät som om Carlström skrattade till.

"Förlåt?" sa Winter.

"Han hade inga vänner", sa Carlström.

"Inga alls?"

"Dom som var här var lea ve han", sa Carlström med tjockare röst, tyngre av dialekt. "Lea ve han."

"Blev han misshandlad nån gång?"

Det där skrattet igen, kallt och tomt.

"Dom gjorde han till åtlöje", sa Carlström. "Han kanske hade kunnat vara kvar men..."

"Han gav sig iväg?"

"Dom hatade han och han hatade dom."

"Varför var han hatad?"

"Det kan jag inte svara på. Vem kan svara på sånt?"

"Var... Smedsberg en av dom som gjorde honom illa?"

"Kanske det var", sa Carlström. "Vem kan hålla reda på det?"

"Vad tyckte hans fru?"

"Vem?"

"Gerd. Hans fru."

"Jag vet inte."

"Vad betyder det?" frågade Winter.

"Det jag just sa."

"Hur kände ni Gerd?" frågade Winter.

Carlström svarade inte. Winter upprepade sin fråga. Carlström hostade. Winter insåg att han inte skulle kommentera Gerd mer, just nu.

"Skulle Mats ha kunnat skada dom där pojkarna?" frågade han. "Som nån slags... hämnd. En indirekt hämnd. För vad andra gjort mot honom?"

"Det låter ju stolligt", sa Carlström.

"Han har aldrig sagt nåt sånt? Att han ville ge tillbaka?"

"Han har aldrig sagt mycket", sa Carlström och Winter hörde en ömhet i rösten. Eller om det var trötthet. "Han ville inte säga mycket. Undvek det som var svårt. Han var sån redan när han kom hit."

"Har ni talat med honom i jul?" frågade Winter.

"Nej."

Winter sa adjö. Han tittade på klockan igen. Nästan midnatt nu. Han hörde fortfarande Carlströms röst i huvudet.

Han kan ha gjort det själv, tänkte Winter. Han kan ha hämnats på Smedsberg, till exempel, och allt som hade med honom att göra. För något som Smedsberg gjort mot Mats. Eller mot honom själv.

Det var något annat som Carlström hade sagt nyss. Winter hade inte tänkt på det då men nu, minuten efter, gick han igenom samtalet igen inne i sitt huvud. Nej. Det var inget konstigt.

Han ville inte säga mycket, hade Carlström sagt om sin foster-son. Han var sån redan när han kom. Det var något mer. *Undvek det som var svårt.* Vad var det som var svårt?

Winter slog Carlströms nummer igen och lyssnade på signaler-na. Den här gången svarade ingen i huset på slätten.

Winter la ner luren och tänkte. Han lyfte den igen och ringde Mats Jerners nummer och lyssnade på signalerna som han nyss lyssnat på signalerna som ekade hemma hos fosterfadern.

Han la på och gick ut i köket och gjorde i ordning en kopp dub-bel espresso. Han drack drogen stående vid köksfönstret. Gården därnere lyste av tunn snö och frost. Termometern på fönstrets ut-sida visade minus fyra. Granen på gården var tänd och kastade ljus ända dit upp. Han tänkte på Bertils granne, den galne illuminören, och på Bertil. Han tog med sig koppen tillbaka in i arbetsrummet och ringde Bertils nummer igen, men inget svar någonstans. Han talade in ett meddelande till hans mobil. Han ringde ledningscen-tralen men de hade inget besked om Ringmar. De hade inga andra besked heller. Ingen bergvägg, ingen pojke, ingen gärningsman.

Han hörde sin mage. Lite thaicurry för en vecka sedan eller vad det var, och efter det bara whisky och kaffe. Han gick tillbaka till köket och gjorde i ordning en omelett med hackade tomater, lök och snabbrostad paprika. Telefonen ringde medan han åt. Han kunde nå köksapparaten från bordet och svarade med mat i mun-nen.

”Är det Winter? Erik Winter?”

”Ohlm... mm... ja.”

Winter hörde motorljud, som om samtalet kom från en bil.

”Ja, godkvä... godnatt... Janne Alinder här. Närpo Lin...”

”Hej, Janne.”

”Ja... vi kom ut från skogen nyss. Ingen mobil i världen når till stugan. Jag såg här att du hade sökt mig.”

”Bra att du ringde.”

”Ingen orsak. Det har hänt nåt med elen i stugan så vi fick ge oss iväg till slut. Jag är inte fullständigt nykter men det är frugan, som tur är."

"Kan du minnas om Lena Sköld berättade nåt om att hennes flicka sagt att farbrorn stammade?" sa Winter.

"Stammade? Näää, det minns jag inte på rak arm."

"Eller om hon pratade om en papegoja?"

"En vad?"

"En papegoja. Vi har precis gått ut med det till stationerna. Vi tror att gärningsmannen haft en... maskot eller nåt hängande från backspegeln. En... papegoja. Åtminstone en fågel. Grön, eller grön och röd."

"En papegoja? Nej. Har vittnen sett nåt sånt?"

"Barnen har sett det", sa Winter.

"Hmh."

"Det... känns trovärdigt", sa Winter.

"Ja, du lägger ju sannerligen ner tid", sa Alinder.

"Du med", sa Winter, "just nu, och kanske lite till. Om du vill."

"Arbetstid? Ja, för fan, jag vet ju vad som gäller." Winter hörde en dragning på de hårda vokalerna, men Alinder hade inte druckit bort något vett. "Vad vill du att jag ska göra?"

"Kolla dom där minnesanteckningarna en gång till."

"Har du hört med nån annan?"

"Jag har sökt Josefsson på Härlanda men inte fått tag på honom än."

"När vill du ha det här gjort då?"

"Så fort som möjligt."

"Jag kan dirigera min chaufför till Tredje Långgatan. Hittar inte jag så hittar hon."

Tystnaden efter samtalet var som en kort paus som man överraskas av. Han reste sig och skyfflade ner resterna av den baskiska omeletten som varit hans julbord i soppåsen. Det var över midnatt nu. Han tryckte igång en av Angelas skivor som också blivit hans och hamnade på random någonstans mitt i. Han öppnade balkongdörren och andades in nattluften och såg granen och stjärnan som verkade kasta stans reflexer omkring sig. När juldagsmorgon glimmar jag vill till stallet gå. Han tänkte på Carlström, hans lada, och tände en cigarill, musiken från U2 bakom honom, spröda synthesizers, orden, Heaven on Earth, we need it now, I'm sick of all this hanging around, sick of sorrow, sick of pain, sick of hearing again and again, that there's gonna be Peace on Earth.

Telefonen ringde.

42

Winter kände igen Natanael Carlströms andning, hörde draget i vedspisen, vinden runt det gudsförgätna huset, all ensam tystnad.

"Förlåt att en stör så sent", sa Carlström.

"Jag är uppe", sa Winter. "Jag sökte själv dig för en stund sen. Ingen svarade."

Carlström svarade inte nu heller. Winter väntade.

"Det är... Mats", sa Carlström till sist.

"Ja?"

"Han ringde här... nyssens."

"Ringde Mats till dig?" frågade Winter. Han hörde att Carlström nickade. Winter hade anslutit sig till du-reformen. "Vad gällde det?"

"Det var... ingenting", sa Carlström. "Men han var upprörd."

"Upprörd? Sa han varför?"

"Det var ingen... mening med vad han sa", svarade Carlström. "Han pratade om... himlen och annat som jag inte förstod. Jag blev... väldigt oroliger."

Det lät som om han sa det med förvåning, tänkte Winter.

Inte förstod, hade Carlström sagt.

"När jag sökte dig igen var det för nåt du sa om Mats tidigare i kväll. Du sa att han undvek det som var svårt. Vad menade du med det? Vad var det han undvek?"

"Jaaa... det var liksom allt som var svårt för han att säga. Och det blev svårare när han var upprörder. Som nu när han ringde."

Winter såg Mats Jerner framför sig i sitt rum på polishuset, lugnet, ett par sekunders osäkerhet, vilket alltid var naturligt. Intrycket av att han hade all tid i världen på en mycket främmande plats på julaftons kväll.

"Menar du att han hade svårt att uttala orden?"

"Ja."

"Att han stammade?"

"Han stammade då och han stammade nu, nyssens när han ringde."

"Var ringde han ifrån?" frågade Winter.

"Var... det måste välan ha varit hemifrån?"

"Kan du försöka minnas vad han sa. Så exakt som möjligt."

"Det gick inte att få ut nåt av det."

"Orden", sa Winter. "Säg orden bara. Bry dig inte om ordningen."

Ringmar ställde bilen i skydd under en dunge på en av de små grova vägarna som drog gränser över fälten. Det flög svarta skepnader i himlen, som läderlappar. Han gick som på fruset hav. Slätten var vit och svart i månskenet. Han kände vinden blåsa genom kroppen. Vinden var det enda ljudet.

Det fanns ett ljus och det kom från Smedsbergs gård. Det flämtade som en andning, rörde sig fram och tillbaka av vinden. Det växte när han kom närmare, fick konturer och blev ett fönster. Han gick närmare, men inte förrän han grävt upp en handfull lera och lagt den i en dubbel plastpåse som han stoppade i rockfickan.

Han stod bredvid en buske fem meter från fönstret som satt i hans ögonhöjd. Han hörde mobilen vibrera i innerfickan men rörde den inte.

Han kände igen köket, en senmedeltida variant av gubben Carlströms järnåldersutrymmen. Georg Smedsberg stod lutad över sin son som satt med nedböjt huvud, som i väntan på ett slag. Faderns mun rörde sig som om han skrek. Hela hans kropp var ett hot. Gustav Smedsberg höjde en arm, som till skydd. För Ringmar var det en scen som sa allt, som bekräftade det som lett honom hit, Georg Smedsbergs ord den första gången, "dom kanske inte var värda mer".

Han kom ihåg vad Gustav sagt i det första förhöret:

"Kanske vill han inte alls ta livet av… oss. Av offren. Han kanske vill visa att han… äger."

Ringmar kände plötsligt den värsta kylan i sitt 54-åriga liv. Han stod som fastfrusen i havet.

Sedan kunde han röra sig, mot huset.

Winter ringde Mats Jerners nummer igen.

Nej nej, det kunde inte vara så.

Men allt flöt i vartannat, han hade ändå kommit fram till Jerners namn. Jerner hade slagit ner pojkarna. Hans fosterfar hade slagit ner dom. Båda hade gjort det. Ingen av dom hade gjort det. Jo. Det hade funnits ett hat eller en förtvivlan, och en hämnd. Det fanns flera personer i denna långdans: Georg Smedsberg, hans son Gustav, modern Gerd (var hon modern?), Natanael Carlström, hans fosterson Mats Jerner (det stämde, Winter hade läst delar av Jerners dystra curriculum vitae), de andra studenterna: Book, Stillman, Kaite.

Jerner svarade inte. Winter tittade på klockan. Hade han gått tillbaka till jobbet? Ett nytt övertidspass för den ensamme? Inga spårvagnar gick väl nu?

Han lyssnade nedåt mot Vasaplatsen. Han la på luren och gick genom hallen till vardagsrummet och såg ner på gatan. Det fanns ingen trafik och inga som väntade på sin resa. En taxibil kom sakta ner från Aschebergsgatan, som på försiktig jakt. Stjärnan på granens topp log mot honom.

Han ringde ledningscentralen och bad dem söka någon som visste. Han hade inga tabeller.

"Jag vill prata med nån från deras personalavdelning också", sa han.

"Nu?"

"Vad är det för fel på nu?"

"Det finns ingen där."

"Jag förstår det. Men det finns nån hemma, eller hur?"

"Okej okej, Winter, vi hör av oss."

*

Han lossade lite på pojkens band, även om den lille inte hade bett honom om det.

Det hade varit så tyst därinifrån så länge.

Han kände sig lugnare nu.

Han hade ringt gubben när han kom hem från den där överlägsne polisen som hade allt på den här jorden. Han hade varit arg! Se på polisens kläder! Som på väg till bal på slottet! Men polisen hade inte rakat sig! Han skulle inte ha blivit insläppt på slottet!

Polisen hade allt och han hade ändå suttit *där*, på julafton, i sitt fula kontorsrum, med en stol som var värre än de hade i kafferummet vid Svingeln.

Bodde polisen där, i sitt kontorsrum? Varför var polisen inte hemma hos sin... hos sin familj? Polisen hade familj, det hade han kunnat se på honom. Överlägsen. Jag har och du har inte. Det var vad den överlägsne hade menat och visat faktiskt.

Det hade funnits något bekant hos polisen. Han hade tänkt på det när han skyndat hem. Han hade fått bråttom plötsligt när han kommit ut från polisens hus.

Pojken rörde sig inte men han lät snöret sitta kvar. Maten han ställt fram hade pojken inte rört, men när han var därinne kom han på att det inte var lätt att nå fatet. Det hade kanske inte gått.

Micke. Micke Nicke. När han hade tagit av halsduken som satt så fint och mjukt över hans mun hade Micke försökt skrika igen och det hade varit som med den där lille som hade skrikit på engelska till honom. Som om han trodde att han inte förstod! Som om han var dum!

Det var den lille som var dum. Alla var dumma. Den där lille med engelskan hade varit elak mot honom precis som alla de andra.

Och nu började Micke också vara dum mot honom.

När han försökte säga något till honom nu ville han inte svara. Antingen skrika eller inte svara alls. Så fick man inte göra.

Han hade ju kört med bilen nere på mattan precis där Micke låg.

Brrrrmmm! Det var bara en sak han hade gjort. Han hade alla de andra leksakerna som barnen tyckte om, som var deras bästa saker. Han hade lånat dem för Mickes skull. Lånat och lånat... han kunde ge dem till Micke och de skulle bli hans bästa saker också. Allt detta gjorde han för honom. Han hade studsat bollen som studsat dåligt på mattan och därför hade han rest sig och studsat på golvet och det hade varit mycket bättre. Höööööögt! Micke hade fått den lilla fågeln som glänste som silver. Kanske var det silver. Den hängde i Mickes skjorta. Han kände att det luktade lite illa från skjortan när han fäste fågeln, så han gjorde det fort. Klockan låg på bordet bredvid sängen. Den engelska klockan, som han sagt när han gett den till Micke. Den kanske går en timme före!

Han bar ut honom till finrummet nu.

De tittade på film. Titta där är du, Micke!

Han berättade hur han kunde veta att han hette Micke. Enkelt. Det stod i din jacka! En liten lapp ditsydd.

Men han hade vetat det ändå. Han hade hört både pappan och mamman säga "Micke". Det syntes att de sa det på videofilmen och de gjorde det just nu. Det var för långt bort för att man skulle höra men det syntes på läpparna. Han hade zoomat in och det syntes.

"Titta nu sitter du i vagnen, Micke!"

Den stod ute i hallen, samma vagn. Han skulle visa den för honom sedan om han undrade.

Han visade ett par andra inspelningar från ett annat daghem. En flicka, och en flicka till. De var med i flera av scenerna. Den första flickan, och den andra. Och pojken som han hade filmat senare.

Vill du ha syskon, Micke? Vi har plats för det.

Han tittade på den första flickan. Han såg någon komma och hämta henne, en man, en rygg, en rock. De gick in i huset och kom ut. Det var långt bort och han hade använt zoomen.

Han kände igen mannen i rocken. Kände igen honom.

Nu kände han sig inte lugn längre, han ville känna sig lugn. Han önskade att inte också Micke skulle vara så dum mot honom.

Winter stod med en kopp espresso till, mitt i det största rummet. Han kände sig stel men ögonen var fortfarande öppna.

Det var i natt. En förtrollad natt.

Han vred upp volymen på skivan som snurrat lågt på repeat, under kvällen, U2:s All That You Can't Leave Behind, högre, en penna på ett papper på soffbordet började darra, högre, walk on, walk on, *högre*, what you got they can't steal it, no they can't even feel it, *högre*, walk on, walk on... stay safe tonight, han stod mitt i den enorma volymen och såg den röda signalen på mobiltelefonen på skrivbordet i hörnet och tryckte av musiken och hörde signalerna.

Han gick dit med suset i öronen, som en våldsam tystnad.

"Ja?"

"Str... klrk... prr..."

Ett brus, högre än i hans öron.

"Hallå?" sa han.

"...ra sak..."

Det lät som Bertil.

"Var i helvete är du, Bertil? Var har du varit?"

Ringmars röst kom och gick.

"Jag hör inte", ropade Winter.

"Sme... hrrlg... poj... bllrra... het..."

"Jag hör inte, Bertil. Det är för dålig mottagning."

"J... klr... hö... di..."

"Hör du mig? Äh. Kom hem till mig så fort du kan. Jag upprepar: så fort du kan."

Han tryckte av och slog omedelbart Ringmars mobilnummer både från sin egen mobil och apparaten på bordet men fick ingen kontakt. Han upprepade vad han nyss sagt till svarsservicen.

Det ringde igen, för tusende gången. Så länge det ringer finns det hopp.

"Jag kopplar över en sur personalman", sa kollegan på centralen.

"Det var ju det du ville, eller hur?"

"Hallå? Hallå? Hallå för helv..." hörde Winter nu.

"Kommissarie Erik Winter här."

"Hallå? Vem?"

"Det är jag som sökt er", sa Winter. "Vi håller på med ett fall och jag behöver en upplysning."

"Nu?!"

"Ni har en spårvagnsförare som heter Mats Jerner. Jag vill veta vilken linje han kör och hans arbetstider."

"Va!?"

Winter upprepade lugnt sin fråga.

"Vad i helv... vad är detta?"

"Vi håller på med ett allvarligt fall och jag VILL HA LITE HJÄLP", sa Winter, ganska lugnt men högre. "Kan du hjälpa mig?"

"Hur var namnet igen?"

"Jerner. Mats Jerner."

"Jag är en av... jag kan inte hålla reda på alla namn. Jerner? Var det inte han med olyckan?"

"Olyckan?"

"Det var nån smäll. Han stängdes väl av. Jag kommer faktiskt inte ihåg. Eller om han är sjukskriven. Han sjukskrev sig sen, tror jag. Jag är inte säker." Winter hörde ett skrapande och något som föll och sprack. "Helvete!"

"Hur kan jag få reda på det?" frågade Winter.

"Varför inte fråga honom själv!?"

"Han är inte hemma."

"Nähä."

"Han har jobbat i eftermiddag och ska jobba i morgon", sa Winter.

"Det vet jag inget om", sa tjänstemannen som Winter fortfarande inte visste namnet på.

"Vem vet då?" frågade Winter.

Winter fick två telefonnummer, tydligen nyligen ändrade, efter att luren varit avlagd en stund och han hört dämpade svordomar i bakgrunden.

Innan han hann ringa igen ringde det åter i telefonen på bordet.

"Det är Janne Alinder här."

"Hej."

"Jag är kvar på stationen... ursäkta att det blev lite sent. Jag hade lag..."

"Skit i det. Har du hittat nåt?"

"Jag såg dina meddelanden på intranätet och ett par PM. Jag har ju varit borta nåra dar."

"Hittade du nåt i anmälan från Lena Sköld?"

"Nej. Men jag hittade nåt annat."

"Ja?"

"Jag vet inte vad det betyder. Men jag har en sak."

"Ja? Ja?"

"Vi hade en smäll på Järntorget tjugosjunde november. Spårvagn och personbilar. Inga dödsfall eller så, men ett fyllo som stått vid förarhytten hade studsat in i vindrutan och fått skallen krossad. Det var en jävla soppa. Och föraren var lite... egen."

"Hur menar du?"

"Han körde mot stoppsignalen men det var väl inte helt hans fel... men, ja... han var egen. Han var ju nykter och så där. Men apropå vad du frågade innan. Han stammade alltså."

Alinder hade samtalet på band, hade nyss hört det:

"Vi kan hjälpa dig."

""H-h-h-h-h-h."

"Förlåt?"

"Hu-hu-hu-hu-hur?"

"Rätt stressad", sa Alinder till Winter. "Inte så konstigt kanske, men han blev liksom egendomligt... nervös. Jag vet inte. Han var egen, som sagt."

Winter hörde papper vändas i den andra änden.

"Det är väl vad jag har att komma med på stamningsfronten", fortsatte Alinder.

"Vad hette föraren?" frågade Winter.

Mera papperssprattel.

"Han heter... Mats Jerner", sa Alinder.

Winter kände en rörelse i håret, en vind genom rummet där han stod.

"Kan du upprepa det där?"

"Hans namn? Mats Jerner. Med J."

"Han förekommer i en annan utredning", sa Winter. "Jag förhörde honom i dag. I går."

"Jaha."

"Vad var det för linje?" frågade Winter.

"Vänta lite." Alinder kom tillbaka. "Trean."

"Var kom den ifrån när det smällde?"

"Hmm... från väster. Masthugget."

"Okej."

"Det är faktiskt en grej till", sa Alinder.

"Vad?"

"Det gör det hela ännu konstigare."

"Ja?"

"Jag har ingen anteckning om det eller så. Jag kom inte ihåg det i bilen i kväll när jag ringde eller när vi körde ner hit. Jag kom på det när jag läste rapporterna från olyckan och förhöret i pärmarna."

Han mindes det så här:

Han hade varit den förste upp i vagnen när han väl fått föraren att kvickna till så pass att han kunde öppna dörrarna. Han hade sett sig om: den blödande mannen därframme, en kvinna som grät högt med ett tjutande ljud, några barn som trängdes på en stol bredvid en man som fortfarande höll armarna om barnen som ett skydd mot smällen som redan skett. Två yngre män, en vit och en svart.

Föraren hade suttit stilla och sett rakt fram. Han hade sakta vänt ansiktet mot honom. Han hade verkat lugn, och oskadd. Han hade lyft upp sin portfölj på knäna och låtit den vila där. Alinder hade inte sett något speciellt i förarutrymmet men han visste ju inte hur det såg ut i vanliga fall.

På en knapp bakom föraren hade det hängt något i ett snöre. Alinder hade sett att det var ett leksaksdjur, litet, *en fågel kanske i en grön färg* som inte skilde sig mycket från väggen därinne. Näbb hade den. Kanske fanns det lite rött på den också. Hade sett ut som en maskot.

Föraren hade snurrat lite på stolen och höjt vänsterhanden och lyft ner grejen och stoppat den i portföljen. Jaha, hade Alinder tänkt. Maskot. Alla behöver vi nåt slags sällskap. Eller beskydd kanske. Hjälp för skrockfulla. Men inte hade det där fjäderfät hjälpt den här gossen, hade han tänkt.

En liten fågel i en grön färg.

43

Jerner hade haft med sig en brun portfölj som såg ut att vara jämnårig med honom. Winter hade ju sett den. Han hade haft den med sig under armen. Winter hade sett den stå lutad bredvid Jerners stol när de reste sig upp.

Herre min Gud.

Winter kände att han inte riktigt kunde kontrollera sin hand som fortfarande höll i den förbannade telefonluren som nästan vuxit fast vid honom denna kväll och natt.

Hörde han inte ljud utanför? Hade morgontrafiken börjat? Var det så tidigt, eller sent?

Ta det nu LUGNT, Winter.

Det fanns en sak han måste göra, omedelbart. Han tryckte numret till ledningscentralen, luren höll han redan i handen.

"Ja, hej Peder, det är Winter igen. Skicka en bil omedelbart till den här adressen:"

Han lyssnade på kollegan.

"Det är till en person som heter Mats Jerner", sa han. "Nej, jag vet inte vilken våning, jag har inte varit där. Men närmsta gäng måste dit fort som FAN. Vad? Nej, vänta utanför. Utanför dörren till lägenheten, i svalen, ja. Dom ska vänta på mig. Jag är på väg." Han behövde harkla sig. "Begär dit en låssmed också. Och fort det också."

Hur gick linje tre? Centrum, västerut, österut. Söderut? Jerner kanske inte alltid körde den. Hade den inte bytt sträcka nyss? Den hade slutat gå förbi här nedanför, göra stopp på Vasaplatsen. Sedan hade den kommit tillbaka. Tydligen har jag gjort den iakttagelsen.

Han drog en tröja över huvudet och klev i stövlarna och krängde på sig skinnjackan och tog i dörren samtidigt som det ringde från andra sidan.

Han öppnade och där stod Ringmar.

"Är du på väg ut, Erik?"

"Var har du bilen?"

"Alldeles utanför porten därnere."

"Bra. Jag kan köra", sa Winter. "Häng med nu, jag förklarar på vägen."

De tog hissen, Ringmar hade lämnat gallerdörrarna halvöppna.

"Det är Smedsberg", sa Ringmar när de började rassla nedåt.

"Vad?"

"Gubben Smedsberg. Georg Smedsberg. Det var han som gav sig på studenterna."

"Var har du varit, Bertil?"

Ringmars ansikte var blått i det röda ljuset i hissen, som svärtat i sina linjer. Det brann något i hans ögon. Winter kände en lukt från honom han inte känt förut.

"Sonen visste det hela tiden, förstås", sa Ringmar. "Eller nästan hela tiden."

"Har du varit DÄRUTE, Bertil?" Winter såg åt sidan på Ringmar som tittade rakt fram. "Körde du upp dit ENSAM?" Han höll kvar blicken. "För helvete, Bertil. Jag försökte få tag på dig."

Ringmar nickade och fortsatte att berätta sin historia som om han inte hört Winters fråga.

"Dom har varit därute allihop. Alla killarna. Jag har ett halvkilo lera i fickan som bekräftar det, men vi klarar oss utan teknisk bevisning här."

"Har han erkänt?" frågade Winter.

Ringmar svarade inte på det, fortsatte sin berättelse:

"Jag kom in när han var på väg att göra gudvetvad med pojken. Sonen. Sen var det bara att lyssna. Han ville berätta. Hade väntat på oss, sa han."

De var nere. Winter öppnade dörren och Ringmar följde med, nästan dröjande, fortfarande kvar i sin berättelse. Deras steg ekade genom portvalvet. Ringmars röst ekade:

"Det var sonens idé. Gustavs. Han visste att fadern ville straffa dom andra... eller varna dom snarare, varna på allvar så att dom inte skulle säga nåt... att han redan hade gjort det... och skulle göra det igen... så Gustav kom till oss med sin saga."

De stod på trottoaren. Ringmars tjänstebil var varm när Winter tog på motorhuven.

"Jag kör", sa han. "Hit med nycklarna."

"Men det var ju ingen riktig saga, eller hur?" sa Ringmar i bilen. "Det *fanns* ju såna där brännjärn och vi kollade upp det. Och kom fram till Carlström. Och därifrån till gubben Smedsberg. Eller om det var tvärtom." Ringmar strök sig över näsan och drog in luft. "Pojken hade hoppats att vi skulle komma fram till farsan." Ringmar tittade på Winter. "Han vågade inte säga nåt själv. Han var alltför rädd. Han visste att han aldrig skulle komma undan honom."

"Har han sagt det till dig?" frågade Winter och körde mot rött i den ensliga Allén. Trafiksignalerna fungerade inte.

"Han åkte med mig hem", sa Ringmar.

"Herregud. Var är han nu då?"

"Hemma hos sig."

"Är du säker?"

Ringmar nickade.

"Du tror på alltihop?"

"Ja." Ringmar vände sig mot Winter. "Du var inte där, Erik. Du skulle förstått."

"Var är gubben Smedsberg då?"

"Hos kollegerna i Skövde vid det här laget", sa Ringmar och tittade på klockan. "Fan, är den så mycket?" Han tittade på Winter igen. "Dom var därute, killarna, och såg gubben ge sig på sonen. Jag har inte detaljerna klara men dom överraskade den jäveln. Pojken, Gustav, måste ha varit som... lam. Förlamad. Pappan förgrep sig på honom." Ringmar rev sig i ansiktet. "Det måste ha pågått länge." Han rev sig igen, det skrapade från vass stubb över hakan. "Förstörd, förstås. Förstörd." Han rev, rev. "Det märks inte förstås men det finns därinne. Förstörd av sin far. Det kom..."

"Bertil."

Ringmar ryckte till, som om han vaknade upp ur något annat, en annan dimension. Winter fick ordet i huvudet, dimension. Vi rör oss i olika dimensioner här, en, två, tre. Himmel, hav, jord, ut och in, ner och upp. Drömmar, lögner.

Han körde mot ständiga rödljus i ett system som verkade slutet i julens glada färg, svängde i en halvcirkel förbi gamla Ullevi, GP, Centralstationen. Det var tidig morgon men fortfarande svart natt. Det stod mörka taxibilar vid sidan av järnvägsspåren. Follow the tracks, tänkte Winter.

"Han gav sig in till stan och besökte dom", fortsatte Ringmar. "Tja... resten vet vi."

"Det var alltså han som stal järnen hemma hos Carlström?" sa Winter.

"Ja."

"Det är inte enda kopplingen dit", sa Winter.

"Vad menar du då?"

"Smedsberg var gift med Gerd som tidigare varit granne med Carlström. Kommer du ihåg det?"

"Javisst. Vi har ju kollat upp giftermålet."

"Jag tror att Carlström och Gerd Smedsberg hade ett förhållande."

"Vad får det dig att tro det?"

"Gå tillbaka och läs handlingarna, Bertil. Tänk efter hur folk har agerat. Du kommer att se det."

"Spelar det nån roll?" frågade Ringmar.

"Carlströms fosterson, Mats Jerner, var inte okänd för Smedsberg", sa Winter. "Det såg jag från första början. Det var uppenbart."

"Och?"

"Smedsberg har lika mycket skuld i det. Han... skändade sannolikt Mats Jerner. Jag är nästan övertygad om att han också förstörde pojken Jerner. Eller var en av dom som gjorde det. Utnyttjade honom sexuellt. Smedsberg har lika mycket skuld i det som hänt."

"Lika mycket skuld i vad, Erik?" frågade Ringmar som nu för första gången verkade bli medveten om att de var på väg någonstans. Han såg sig om när de körde upp på bron. "Vart är vi på väg?"

"Hem till Mats Jerner", sa Winter.

De var på bron. Ljusen brann överallt som på en kupol som reste sig ur jord och hav på alla sidor runt dem. Det är som om stan lever, tänkte Winter. Men det gör den inte.

De var ensamma på toppen och fortsatte nedför. Winter såg vattnet glimma i spegeln från de belysta oljecisternerna som var det vackraste som fanns där. De mötte en spårvagn och en buss. Där fanns inga passagerare.

"Jag har också nyheter", fortsatte Winter och sammanfattade på en minut sin julnatt. De var nära Backaplan. Han svängde höger och vänster. Han kände adrenalin strömma i kroppen, en värme som kylde hans kropp.

"Det kan vara tillfälligheter", sa Ringmar. "Han stammar som andra, har en maskot som andra."

"Nej, nej, nej, nej."

"Jo, jo, jo."

"Vi behöver ändå göra ett hembesök", sa Winter och parkerade. Han kunde se kollegernas diskreta blåljus lysa upp himlen över bostadsområdet där Jerner bodde i ett av trevåningshusen. Det såg nästan ut som en ny dag.

Hisingspolisen väntade utanför huset. Ljuset var avstängt nu. Den målade bilen var hårt smutsad, som om den kört dit genom en leråker.

"Vi var inte säkra på om det var A eller B", sa en av inspektörerna och gjorde en gest mot portarna.

"Har nån kommit eller gått?" frågade Winter.

"Inte sen vi kom och det var för tio minuter sen."

En till bil kom och parkerade på parkeringsplatsen mitt emot huset. En man steg ur med en liten väska.

"Låssmeden", sa Winter i hans riktning. "Det var snabbt."

Smeden öppnade porten åt dem. Jerner bodde på andra våningen, den högra dörren. Winter ringde på och hörde signalen därinnanför. Han trummade med fingrarna på den gula tegelväggen som påminde om väggen i hans tjänstekorridor. Ekot dog och han ringde på igen. Det skrapade till innanför dörren mitt emot. Han förstod att grannen tittade på dem genom säkerhetsögat.

"Öppna dörren", sa han till låssmeden.

"Är det nån därinne?" frågade låssmeden.

"Jag vet inte", svarade Winter.

Låssmeden såg rädd ut men han dyrkade upp dörren på tjugo sekunder. Efter knäppet hoppade han nästan åt sidan. Winter öppnade med sin handskbeklädda hand. Han steg över tröskeln med Ringmar tätt efter. De två uniformerade poliserna väntade i trapphuset. Winter hade bett låssmeden vänta också.

Hallen lystes upp av gatljus genom ett fönster i ett rum som tog vid där hallen slutade. Gatljuset började blandas mycket svagt med dagsljus. Winter såg en öppen dörr och hörnet på en soffa. Han hörde Bertils andning.

"Jag tänder", sa han.

Han kunde se Bertil blinka. Han kände själv styrkan i ljuset, 60 watt eller mer.

Det låg skor spridda på golvet, plagg. Det låg något framför hans fötter och han böjde sig ner och såg att det var ett snöre som fransat sig i ena änden.

Han klev över en stövel i mansstorlek. Ringmar var på väg in i rummet i änden av hallen. Ringmar tände en lampa därinne. Winter var framme och fick syn på taket som Ringmar också stirrade upp mot, något annat gick inte.

"Vad i helv..." sa Ringmar.

Taket var delat i två. Till vänster var det svart med lysande gula stjärnor, halvannan decimeter stora. Till höger en blå himmel med molntussar i samma storlek som stjärnorna.

Soffan var röd och det låg videokassetter på bordet som var lågt och brett. Det stod en teve till vänster och en videoapparat på teven.

Det låg saker utspridda på mattan som var veckad. Winter satte sig på huk igen. Han såg en leksaksbil, en grön boll, en armbandsklocka.

Han var beredd. Ringmar var inte beredd.

"Jesus", sa Ringmar. "Det är *han*. Det *är* han."

Winter reste sig upp igen. Det värkte överallt, det var som om han brutit alla benen det senaste dygnet.

De rörde sig snabbt genom lägenheten. Sängen var i oordning. Det låg tidningar på golvet. Det stod matrester på bordet, smör, bröd. Det låg en plastkopp med en sked på golvet bredvid soffan. Det fanns matrester kvar i koppen, något gult.

Det låg en liten strumpa en halvmeter från koppen.

Winter böjde sig närmare en kudde i soffan och tyckte sig se små fina hårstrån mellan fibrerna.

Det luktade i lägenheten, luktade, luktade.

"Han är inte här", sa Ringmar som kom ut från badrummet. "Pojken är inte härinne."

Det hedrar dig att du tänker på pojken först, tänkte Winter.

De undersökte alla garderober, alla skrymslen, tittade under allting, tittade uppåt.

I sovrummet såg Winter ett tunt snöre knutet runt sängstolpen. Det fanns röda fläckar på snöret. Han lutade sig över sängen och fick syn på en grön papegoja som hängde med näbben mot väggen. Den var inte större än stjärnorna i himlen, eller molntussarna.

"Ger han sig iväg utan den?" sa Ringmar som lutade sig fram bakom honom.

"Han behöver den inte längre", sa Winter.

"Vad betyder det?"

"Du vill inte höra det, Bertil." Winter tog fram mobilen ur skinnjackans innerficka. "Och jag vill inte säga det." Han höll på att tappa mobilen, plötsligt. Han kunde inte riktigt kontrollera sina rörelser. "Jerner har en bil. Vi får se om den står härutanför."

Han ringde efter all förstärkning som fanns på jorden.

De var fortfarande ensamma i lägenheten, minuter senare. Winter hade ringt Bengt Johansson och sedan Hans Bülow. Det de nu hade framför sig var jakt.

Det fanns vatten på golvet i badrummet och på diskbänken. Jerner var inte på andra sidan månen. Micke var inte långt bort.

Winter hade gått ut och runt på parkeringsplatsen men det var meningslöst. Inom en halvtimme skulle alla i det här huset få berätta allt de sett och visste.

"Reagerade ingen på att han hade en liten pojke här?" sa Ringmar nu.

"Om dom såg", sa Winter. "Han kanske väntade tills det blev mörkt och bar upp killen då."

"Men sen?"

"Dom gick inte ut."

Ringmar vände sig bort. Winter stod mitt i rummet. Han såg på videokassetterna i sina svarta fodral. Han gick till bordet och lyfte upp dem en efter en. Det fanns ingen markering, ingen text.

Han såg sig om. Det fanns en hylla med kassetter till höger, de flesta märkta. Köpvideor. Han visste att pedofiler kopierade in sina filmer i oskyldiga thrillers eller komedier. Han hade själv suttit och tittat igenom allt mellan himmel och jord och plötsligt kunde en främmande snutt komma, ett barn som... som...

Men han behövde inte göra det nu.

Pedofil. Om Jerner inte var pedofil, vad var han då? Winter var inte säker.

"Du har inte sett nån kamera härinne, Bertil?" sa han och viftade till med en kassett i Ringmars riktning.

"Nej."

Det satt inte någon film i videoapparaten. Winter stoppade in en av kassetterna och letade fram videokanalen och tryckte igång bandet. Ringmar kom närmare och ställde sig bredvid honom. De väntade ut de inledande störningarna.

Bilden liksom *hoppade* fram plötsligt, oväntat skarp.

Träd, buskar, gräs, en bollplan. Barn på rad. Vuxna i båda ändar och i mitten. Ett kvinnoansikte som Winter kände igen. En annan av kvinnorna höll en kamera i olika riktningar. Ljudet var svagt, i strimmor.

Kvinnan växte i bilden när zoomen gick igång. Hennes kamera riktades mot Winter där han stod bredvid Ringmar i det vidriga rummet.

Vi hade honom, tänkte Winter. *Jag hade honom*, jag träffade honom. Micke var här när han var hos mig. Det är en halv dag sen, en natt. Jag såg inte.

Jerner hade stått här precis som han stod nu och sett kameran riktas mot sig. Vad hade han tänkt? Hade han brytt sig? Trodde han att videokameran och kepsen skulle skydda honom?

Det hängde en rutig keps därute i hallen. De behövde den inte längre. Jerner behövde den inte.

Husen på andra sidan vägen kom i bild nu i teven. Det var som att se något illustrerat i bild som man fått berättat för sig, tänkte Winter, eller läst: en bok som blir film.

Ett svart klipp och Micke Johansson var i bild, i vagnen som kördes av Bengt Johansson. Winter kände igen omgivningen, Bertil gjorde det.

"Kan du ringa direkt och be dom skicka en bil dit?" sa han utan att ta blicken från skärmen.

Ringmar ringde och de fortsatte att titta: Micke Johansson med pappa, med mamma, ensam i en gunga, på väg därifrån i vagnen, halvsovande, ett ben utanför. På väg genom Brunnsparken i riktning Nordstans grälla portal över ingången till inomhuskomplexet.

"Herregud", sa Ringmar, "det är strax innan."

"Han måste haft med sig kameran in dit", sa Winter.

Ett svart klipp igen, en kort störning, en bild som hölls stilla i en dag som var gråare, våtare, kanske naknare.

"November", sa Ringmar.

"Kronologin är omvänd på kassetten", sa Winter.

Bilden visade en ny lekplats och barn som lekte. Winter kände ett omedelbart illamående: han kände igen huset. Det var Elsas dagis.

Det var Elsa som gungade den där gungan.

Det var hennes ansikte som zoomades in så JÄVLA mycket det gick, hennes mun som log rakt ut i den underbara världen som hon nyss fötts till.

Kameran följde henne när hon klev av gungan och sprang till lekhuset.

Winter kände Bertils stödjande hand runt sin arm.

"Hon är i Spanien, Erik. Spanien."

Winter försökte andas, bryta sig ut. Han var här, Elsa var där, Angela, mor. Han fick en stark önskan att slita fram mobilen och ringa till Nueva Andalucía.

Han såg sig själv komma in i bild. Kameran följde honom från grinden till dörren. Han försvann. Kameran väntade, hölls stilla i sitt läge. Winter vände sig om där han stod i rummet! Han var i den där filmen, var där nu!

Det finns en höjd på andra sidan vägen, framför kyrkogården. Han står där, Jerner.

Kameran väntade. Han och Elsa kom ut. Han sa något och hon skrattade. De gick hand i hand tillbaka till grinden. Han lyfte upp henne och hon försökte öppna den. De gick ut och han stängde efter dem. Han lyfte in Elsa i Mercedesens framsäte och spände fast henne i barnstolen. Jag är kriminalkommissarie, men jag är pappa också.

Kameran följde bilen när den körde iväg. Blinkis åt höger, borta runt hörnet.

Svart ruta. Winter såg den andra kassetten ligga på bordet. Vi tog dom inte i tur och ordning, tänkte han. På den där finns Kalle Skarin, Ellen Sköld, Maja Bergort och Simon Waggoner. Före och under. Kanske efter. Det här var kommande offer. Ringmar hade ringt igen. En ny bil till ett nytt ställe.

"Det kommer mer", sa Ringmar.

En annan plats, gungor i bakgrunden, rutschkana, ett slitet tåg i trä som barn kunde krypa runt i. Färgerna på tåget var på väg bort därifrån när tåget självt inte kunde komma någonstans.

"Plikta", sa Ringmar.

Winter nickade, fortfarande med tankarna på Elsa.

"Konduktören", sa Ringmar.

En liten kille på kanske fyra samlade in biljetter. Barnen satte sig. Kameran dröjde på konduktören, också när han tröttnade och gick därifrån. Kameran följde honom på väg tillbaka till gungorna och följde honom när han gungade, fram och tillbaka, fram och tillbaka, fotografen gjorde samma rörelse med kameran och Winter kände att det här var det värsta, något av det värsta under ännu en dag på jobbet. Det kom fler bilder på samma pojke, i andra miljöer. Solen sken, det regnade, vinden slet i träden.

"Vem fan är det?" sa Ringmar och Winter hörde desperationen i hans röst. "Vem är pojken?"

De såg den lille halka och falla och börja gråta efter den sedvanliga inandningen före smärtan och förvåningen. De såg en kvinna komma fram och böja sig ner och trösta honom. Winter kände igen henne. Han kom inte ihåg hennes namn. Jo. Ingemarsson. Margareta Ingemarsson.

"Det är dagiset på Marconigatan", sa han. "Hon jobbar där."

"Puuuh", sa Ringmar. "Bra.Vi måste ha tag i henne med en gång och visa henne det här. Hon vet ju vem pojken är."

"Ring Peder på ledningscentralen. Han är kvar och han är bra."

Winter lyfte huvudet och såg morgonen nu utanför fönstret, ett tungt dis. Han hörde plötsligt miljoner ljud ute i hallen. Alla var här.

44

Dagisfröken från Marconigatan var hemma, hon kopplades vidare från centralen till Winter som stod kvar i Jerners rum. Han kunde inte beskriva pojken på telefon. Hon skulle ingenstans, hon var uppriktigt sagt inte ens riktigt vaken.

Winter körde efter hennes anvisningar mot radhuset i Grimmered.

"Får jag tillbaka min bil nån gång?" hade Ringmar frågat när han var på väg ut.

"Jag hoppas det", hade Winter svarat. "Ringer du Skövde?"

"Redan gjort", hade Ringmar svarat. "Dom är på väg till gubbens hus."

Det var en möjlighet, tänkte Winter när han körde i morgonen. Jerner på väg tillbaka till det gamla hemmet på slätten. Han kunde vara där redan. Natanael Carlström skulle ta emot honom.

Men Carlström kunde inte veta.

Winter kom ihåg hans telefonnummer. Han ringde från bilen. Efter sex signaler utan svar tryckte han av och ringde igen utan att få svar den gången heller.

Han mötte tre taxibilar på leden och det var allt. I Kungsten stod en ensam buss i ånga och avgaser och väntade på ingen. Ingen gick över gatorna. Snön låg kvar som ett tunt puder som skulle blåsa bort för minsta vind, men nu fanns det ingen vind över stan.

Han såg tre radiobilar komma ut ur tunneln. Han hörde en snabb signal och såg en annan blåvit bil komma uppifrån Högsbohöjd.

Kommunikationsradion rappade anvisningar för jakten på Jerner och barnet.

Han tog av från Grimmeredsvägen och hittade adressen. Granen på tomten lyste försiktigt. Winter tänkte på Ringmars granne. Hade Ringmar mördat honom i går?

Över berget bakom trävillan fanns ett sken som skiftade mellan brandgult och vinterblått. Det skulle bli en vacker juldag. Det var kallt. Klockan var över nio.

Hon var klädd när hon öppnade. Det fanns en man bredvid, rufsig i håret, rödögd, bakfull.

"Kom in", sa hon. "Videon är härinne."

Han spolade fram sekvensen med pojken och henne. Mannen luktade sprit och såg ut att börja må illa när han såg scenen.

"Det är Mårten Wallner", sa hon genast.

"Var bor han?"

"Dom bor på... jag har adresslistan på kylskåpet... det är här i området..."

Winter ringde från köket.

"Mårten är nere på lekplatsen", svarade hans mor. "Han är morgonpigg."

"Ensam?"

"Ja." Han hörde hennes inandning. "Vad gäller saken?" sa hon med ny skärpa i rösten.

"Hämta honom", sa Winter och släppte luren och gick mot hallen.

"Jag hörde", sa dagisfröken. "Lekplatsen... om det är den... den ligger på andra sidan kullen. Det är närmare härifrån."

Hon pekade och han sprang genom riset. Man kunde aldrig veta, ALDRIG. Han såg Elsas ansikte framför sig från Jerners inspelning.

Det växte granar på toppen av kullen och han såg en liten lekplats nedanför och ett barn i luva på väg därifrån hand i hand med en man som bar tjock jacka och mössa eller keps, Winter såg bara ryggen, och han började kana nedför slänten och skrapade låret i det frusna gruset under det tunna snölagret och han ropade och pojken vände sig om och mannen vände sig och stannade:

"Det är bara vi", sa mannen. Pojken tittade på Winter och sedan upp på sin pappa.

*

Ringmar lagade baskisk omelett i köket, Winter hade förklarat
hur man gjorde innan han satte sig i det stora rummet och ring-
de till Angela.

Han skulle inte säga något om inspelningen, inte nu.

"Herregud", sa hon. "Men ni måste väl hitta honom?"

Hon menade pojken.

Det var en svår fråga. De visste vem gärningsmannen var men
inte *var* han var. Winter kände mycket väl till motsatsen: ett offers
kropp men ingen gärningsmans identitet. Ibland saknades identi-
tet hos båda.

Barn försvann och kom aldrig hem. Ingen visste, fick aldrig veta.

"Vi försöker tänka på allt", sa Winter.

"När sov du senast?"

"Jag vet inte."

"Är det två dygn sen?"

"Nåt sånt."

"Då funkar du inte nu, Erik."

"Tack, goa doktorn."

"Jag är allvarlig. Du kan inte hålla igång ett dygn till på bara ci-
garrer och kaffe."

"Cigariller."

"Du måste äta. Herregud. Jag låter som en morsa."

"Bertil gör baskisk omelett i detta nu. Jag kan känna dofterna av
svartbränd paprika."

"Den ska vara svartbränd", sa hon "Men Erik. Du måste vila lite.
En timme. Det finns ju kolleger."

"Ja, ja. Men jag har det i huvet just nu, allt, känns det som. Bertil
har det också."

"Hur är det med honom?"

"Han har pratat med sin fru. Han vill inte säga vad dom sa. Men
han är... lugnare."

"Var är Martin?"

"Jag vet inte. Jag vet inte om Bertil vet. Jag har inte frågat än. Han
säger det när han vill säga det."

"Hälsa till honom."

"Jag ska göra det."

Winter hörde Ringmar ropa från köket som låg långt därifrån.

"Lägg dig ett par timmar", sa hon.

"Ja."

"Vad gör du sen?"

"Jag vet fan inte, Angela. Jag får tänka över maten. Vi letar ju överallt."

"Har du avbokat biljetten?"

"Vadå? Till i morgon?"

Hans biljett till sena eftermiddagsplanet till Málaga, retur två veckor senare. Den låg på hallbordet som ett slags påminnelse.

"Ja, det är klart jag menar", sa hon.

"Nej", sa han. "Jag avbokar inte."

"Var fan är dom", sa Ringmar över bordet men mest som ett eget mummel.

De försökte leta bland eventuella vänner till Jerner, kolleger till honom, släkt som inte fanns. Han verkade inte ha några bekanta.

Han hade varit sjukskriven de senaste dagarna. När han kom till Winter kom han inte från arbetet. Han åkte direkt tillbaka *dit*, hade Winter tänkt när han fått uppgifterna.

Kanske bara för att ge sig iväg. Vart?

Winter tittade upp från tallriken. Han hade känt en svag svindel när han satte sig men den var borta nu.

"Vi åker ut till gubben", sa han.

"Carlström? Varför då? Skövde har ju varit där."

"Det är inte det... det är nåt... det är nåt med Carlström som hör ihop med det här."

Ringmar svarade inte.

"Nåt mer", sa Winter. "Nåt... annat." Han sköt tallriken åt sidan. "Förstår du? Nåt som kanske kan hjälpa oss."

"Jag vet inte om jag förstår", sa Ringmar.

"Det är nåt han sa. Eller inte sa. Men det är också... nåt hemma hos honom. Det var nåt jag såg. Tror jag."

"Okej", sa Ringmar. "Vi kan inte göra mer här i stan just nu. Varför inte."

"Jag kör", sa Winter.

"Orkar du?"

"Efter den här stärkande måltiden? Skämtar du?"

"Vi kan alltid fixa en chaufför", sa Ringmar.

"Nej. Allt folk behövs till dörrknackning."

Telefonen ringde.

"Presskonferens om en timme", sa Birgersson.

"Du får ta den själv, Sture", sa Winter.

Winter rökte innan de körde iväg. Nikotinet piggade upp. Han såg inte åt löpsedlarna utanför kvartersbutiken.

Stan verkade avfolkad. Normalt för en juldag, kanske. Nu var också den på väg att ta slut. Vart tog den vägen? Skymningen väntade över Pellerins Margarinfabrik.

"Jag kollade med Skövde igen", sa Ringmar. "Inget hos Carlström, inga hjulspår, och det skulle dom sett i nysnön." Ringmar justerade kommunikationsradion. "Och gubben Smedsberg tiger i cellen."

"Mhm."

"Och nu börjar det snöa", sa Ringmar och tittade snett uppåt genom vindrutan.

"Det var inte klart väder länge", sa Winter.

"Spåren försvinner igen", sa Ringmar.

De hade lärt sig en ny och snabbare väg till Carlströms gård. Det betydde att de inte passerade Smedsbergs hus.

Det verkade ha snöat länge över slätten.

Winter hade inte aviserat deras ankomst, men Carlström verkade ta den för given.

"Ursäkta att vi stör igen", sa Winter.

"Gör er inte till", sa Carlström. "Vill ni ha en kopp kaffe?"

"Ja tack."

Carlström gick bort till vedspisen som verkade glöda hela den.

Det var varmare i det lilla köket än någon annanstans Winter kunde föreställa sig. Helvetet möjligen, men han trodde att det var ett kallt ställe.

Värmen därinne skulle kunna få honom att somna, mitt i en mening.

"Det är en hemsk historia", sa Carlström.

"Var kan Mats vara nu?" frågade Winter.

"Jag vet inte. Han är inte här."

"Nej, det förstår jag. Men vart skulle han kunna ha åkt?"

Carlström hällde kaffe i kannan genom att tippa burken som var täckt av rost.

"Han tyckte om havet", sa han till sist.

"Havet?"

"Han tyckte inte om slätten", sa Carlström. "Det ser ut som ett hav men det är ju inget hav." Carlström vände sig om. Winter såg en värme i hans ögon som kanske alltid hade funnits där men som han inte hade sett förut. "Han kunde gå och fantisera om himlen däruppe, stjärnorna och så, och slätten som ett hav."

"Havet", upprepade Winter och såg på Ringmar. "Känner du till nåt ställe som han åkte till ibland? Nån person?"

"Nej, nej."

Carlström kom med kaffet. Det stod egendomligt små koppar på bordet, eleganta. Winter såg på kopparna. De sa honom något.

Det hängde ihop med det som fått honom att åka dit.

Ringmar berättade om Georg Smedsberg.

Carlström muttrade något som de inte kunde höra.

"Förlåt?" sa Winter.

"Det är han", sa Carlström.

"Ja", svarade Ringmar.

"Vänta nu", sa Winter. "Vad menar du med att det är han?"

"Det är hans fel", sa Carlström och stirrade ner i den lilla koppen som doldes av hans hand. Det ryckte svagt i handen. "Det är han. Det hade inte hänt... annars..."

Winter såg. Det kom nu, han visste nu varför de kommit dit igen. Det hade inte lämnat honom. Han reste sig. Jesus i HIMMELEN.

Hade han sett det andra gången, eller redan den första. Men han hade inte *tänkt*, inte *förstått*.

"Ursäkta mig", sa han och gick ut från köket och tillbaka in i hallen där skåpet stod i bortre hörnet, den nakna takbelysningen gav ett svagt ljus till överdelen och där stod en liten samling fotografier i ålderdomliga ramar som glänste vagt av silver eller guld. Det var vad Winter hade sett, bara en hastig blick på något som fanns i alla hem, och han hade sett ansiktet, det andra från vänster, och det var en ung kvinna som var blond och hade blå ögon och anledningen till att han *mindes*, att han återskapade det här fotografiet i sitt minne, var hennes ansiktsdrag som han hade känt igen senare, i går eller när fan det var, på julafton, i sitt tjänsterum. Hennes ansikte hade fastnat i hans minne, ögonen, de nådde honom nu, den egendomliga skärpan som gjorde att han nästan ville vända sig om för att se vad hon tittade på rakt genom hans huvud.

Han gick närmare. Kvinnan hade ett försiktigt leende som skulle vara borta när kortet tagits. Likheten med Mats Jerner var förbluffande, skrämmande.

Han hade tidigare sett det ansiktet som ett inramat porträtt på en chiffonjé på andra sidan bordet i Georg Smedsbergs kök. Han mindes också det nu. Kvinnan hade varit medelålders på det fotografiet och lett ett försiktigt svartvitt leende. Det är min fru, hade Smedsberg sagt. Gustavs mamma. Hon lämnade oss.

Han hörde ett hasande över tröskeln, ljudet av Carlströms tofflor.

"Ja", sa Carlström bara.

Winter vände sig om. Bertil stod bakom Carlström.

"Det var många år sen", sa Carlström.

"Vad hände?" var allt Winter kunde säga. Öppna frågor.

"Hon var mycket ung", sa Carlström. Han sjönk ner i närmaste stol, hallens enda. Han tittade på Winters frågande ansikte.

"Nej nej, det är inte jag som är Mats far. Hon var mycket ung, som jag sa. Det är ingen som vet vem det var. Hon sa inget."

Carlström gjorde något slags gest.

"Hennes föräldrar var gamla och dom orkade inte. Jag vet inte om det tog död på dom men det gick fort. Den ena efter den andra."

"Tog du... hand om henne?" frågade Winter.

"Ja. Men det var efter."

"Efter vad?"

"Efter... pojken. Efter att hon fått honom."

Winter nickade och väntade.

"Hon kom tillbaka utan... honom. Det var bäst så, sa hon." Carlström rörde sig på stolen, som i plåga. Winter kände sig klarvaken, som återuppväckt. "Dom hade väl nån kontakt, men..."

"Vad hände sen?"

"Sen... ja, det vet ni välan. Sen träffade hon... honom."

"Georg Smedsberg?"

Carlström svarade inte, som om han inte ville uttala mannens namn.

"Han gjorde det", sa Carlström nu och tittade upp. Winter kunde se tårar i ansiktet. "Det var han. Det är han. Han förstörde pojken." Han såg sig om, på Winter och sedan på Ringmar. "Pojken var... skadad innan men han förstörde han helt."

"Vad... visste Gerd?" frågade Winter.

Carlström svarade inte.

"Vad visste hon?" upprepade Winter.

"Då hade dom redan fått den andra pojken", sa Carlström som om han inte hade hört frågan.

"Den andra pojken? Menar du Gustav?"

"Hon var redan lite till åren då", sa Carlström. "En kom tidigt och en kom sent." Han rörde sig igen på stolen som knarrade. "Och sen... och sen... försvann hon."

"Vad hände?"

"Det finns en sjö borta i den andra socknen..." sa Carlström. "Hon visste. Hon *visste*. Hon var inte... frisk. Inte innan heller."

Carlström böjde huvudet, som till bön, Gud fader, tillkomme ditt rike, i himlen, så ock på jorden, Carlström höjde huvudet djupare, "jag fick ta hand om han, Mats... när hon inte orkade. Han kom hit." Carlström reste sig sakta. "Det där vet ni."

Hur mycket visste dom sociala myndigheterna? tänkte Winter. Det var ovanligt att en ensam man fick ta hand om ett barn, han hade reflekterat över det förut. Men Carlström hade ansetts som... trygg. Hade han varit trygg?

"Jag skulle tala om för er var Mats var om jag bara visste", sa Carlström.

"Det finns ett ställe till", sa Ringmar.

De var tysta i bilen över fälten. Avståndet kändes kortare den här gången. Smedsbergs bostadshus doldes av ladan när de kom från det här hållet. Skymningen och snöfallet gjorde det svårt att se. Vägen var en del av fältet som försvann i horisonten som inte gick att se. Det fanns inga spår framför dem på vägen. Det fanns inga spår på gårdsplanen när Winter svängde upp och stannade tjugo meter från huset. Hade det funnits spår hade snön täckt dem.

Det lyste i ett fönster på övervåningen.

Ringmar öppnade en av dörrarna till ladan och tände och såg på golvet som var täckt av bark och spån.

"Det var inte längesen det stod en bil här", sa han och menade inte Smedsbergs Toyota som stod kvar till höger.

Winter dyrkade upp ytterdörren. Ljuset från övervåningen föll över trappan längst bort i hallen.

"Glömde Skövdesnutarna släcka?" sa Ringmar.

"Tror jag inte", sa Winter.

Det stod ett smörpaket på diskbänken och ett glas som troligen innehållit mjölk.

"Bara ett glas", sa Ringmar.

"Vi säger att det är pojken som druckit", sa Winter.

"Dom har varit här i dag", sa Ringmar.

Winter svarade inte.

"Han lyckades ta sig ut ur stan", fortsatte Ringmar. "Vi hann inte slå nån ring. Hur skulle vi ha kunnat göra det?"

"Det fanns ingenting för honom här", sa Winter. "Det var bara en tillflyktsort för en kort stund."

"Varför inte hos Carlström?"

"Dit visste han att vi skulle komma." Han såg sig om i köket som luktade fukt och kyla. "Han räknade med att det här stället skulle vara tillbommat och glömt."

"Hur kunde han vara säker på det?" sa Ringmar och stelnade till, som Winter stelnade till medan han sa det han sa.

"Helvetes helvete!" ropade Winter och slet fram mobilen och ringde och gastade Gustav Smedsbergs adress till kollegan på ledningscentralen, Chalmers studenthem, rumsnummer, "men håll er utanför, privata bilar, han kanske är där eller han kan komma dit, han kan vara på väg nu. Skräm inte bort honom. Okej? SKRÄM INTE BORT HONOM. Vi är på väg."

"Jag var blind, BLIND", sa Ringmar när Winter körde fort söderut. Mörkret föll snabbt. "Jag var inne i mitt... eget. När jag var härute i natt."

"Gubben Smedsberg misshandlade pojkarna", sa Winter.

"Herregud, Erik. Jag skjutsade tillbaka Gustav! Jag ordnade så att Jerner hade nånstans att gömma sig! Två ställen förresten! Gustav måste ha berättat att gubben satt i häkte och huset var tomt." Ringmar skakade på huvudet. "Jag gav honom tid. Det är tid han tar från oss."

"Vi vet inte om han har varit hos Gustav", sa Winter.

"Han har varit där", sa Ringmar. "Det är hans bror."

Vetskapen hade träffat som en knytnäve när Natanael Carlström berättat. Sanningen. Winter var övertygad om att han hört sanningen. Gustav Smedsberg och Mats Jerner var bröder, halvbröder. De hade inte växt upp tillsammans med de hade samma mor och samme man hade ödelagt deras liv, åtminstone den enes.

Varför hade Carlström inte anmält Georg Smedsberg för längesen? Hur länge hade han vetat? Hade Mats berättat... sent? Så sent som julaftons natt? Var det därför Carlström hade hört av sig? Kunde han inte berätta på telefon? Det var en sådan man, en märklig man.

"Jag undrar när dom fick veta att dom är bröder", sa Ringmar.

"Vi ska fråga Gustav", sa Winter.

De passerade Pellerins Margarinfabrik. Trafiken hade tätnat jämfört med när de lämnade stan.

I centrum rörde sig folk på gatorna som under en vanlig lördagskväll, fler än under en vanlig helg.

"Juldan är årets utekväll numera", sa Ringmar med entonig röst.

Taxibilar väntade utanför Panorama. Hotellets glasväggar var strödda av ett stjärnmönster.

Winter parkerade utanför studenthemmet där de flesta fönster var lika mörka som fasaden.

Bergenhem och Börjesson gled in i baksätet.

"Ingen har kommit ut eller gått in genom porten", sa Bergenhem.

"Ingen alls?"

"Nej."

"Då går vi in då", sa Winter.

45

WINTER KNACKADE PÅ GUSTAV SMEDSBERGS DÖRR. Han öppnade efter andra knackningen. Han släppte handtaget och gick tillbaka in genom hallen utan att hälsa eller säga något.

Varför hade han lämnats ensam? tänkte Ringmar. Det var inte meningen att han skulle vara ensam.

De följde efter Gustav in i rummet som vette mot Mossen. Höghusen på motsatta höjden tornade upp sig. Fältet nedanför låg öde och fläckat av svart snö.

Gustav Smedsberg blev stående utan att säga något.

"Var är Mats?" frågade Winter.

Gustav Smedsberg ryckte till.

"Det är bråttom", sa Winter. "Det handlar om en liten pojkes liv."

"Hur vet ni om... Mats?", frågade Smedsberg.

"Vi ska berätta", sa Winter, "men nu är det BRÅTTOM."

"Vad är det om... en pojke?"

"Har Mats varit här?" frågade Ringmar.

Gustav Smedsberg nickade.

"När?"

"Jag vet in... i morse nån gång. I natt."

"Var han ensam?"

"Ja... vad är det för pojke ni pratar om?"

"Har du inte läst tidningarna eller sett på teve eller hört på radio?"

"Nej..."

Winter såg att han var uppriktigt okunnig.

"Sa inte Mats nåt?"

"Om VAD?"

Winter berättade, snabbt.

"Är ni helt säkra?"

"Ja. Vi har ju varit i hans lägenhet."

"Åh helvete."

"Vad sa han?"

"Att han skulle... resa. Långt bort."

"Ensam?"

"Han pratade inte om nån annan. Ingen... pojke eller nåt."

"Långt bort? Berättade du om mig?" frågade Ringmar. "Om vad som hände... hemma hos dig? Och med... Georg. I går natt."

"Ja..."

"Vad sa han då."

"Han... grät. Han sa att han var glad."

"Var kan han vara, Gustav? Vart kan han ha åkt?"

"Det är väl dit då..."

"Han har varit där men är inte kvar", sa Ringmar. "Vi kommer därifrån."

Gustav Smedsberg såg utmattad ut, värre.

"Jag vet inte", sa han. "Jag vet inte var han är. Ni måste tro på det. Jag vill inte heller att det ska... hända nåt."

"Kan det hända nåt?" frågade Winter. "Vad kan hända? Du har ju träffat honom, känner honom."

"Jag känner honom inte", sa Gustav Smedsberg, "jag vet in..." och han tittade på Winter och sa:

"Ha... han sa nåt om att flyga."

"Flyga? Flyga vart?"

"Jag vet inte."

"Varifrån?"

"Det sa han inte."

"Var kan det vara? Du känner honom."

"Nej, nej."

"Du har träffat honom mer än jag har gjort", sa Winter.

"Han har aldrig sagt nåt... om det här till mig", sa Gustav Smedsberg och tittade upp. "Ingenting. Men..."

"Men?"

"Han har verkat... otäck. Jag vet inte hur jag ska säga. Som om allt... kommer tillbaka. Jag kan inte förklara."

Du behöver inte förklara, tänkte Winter.

"Vi åker nu men en av poliserna här stannar hos dig och sen kommer det nån annan och hjälper dig", sa han. "Vi får fortsätta att prata sen."

Gustav verkade inte höra. Han stod kvar i rummet när de gick. Ljuset slocknade i trapphuset när de var på väg ner. Därute kunde Winter se Gustavs silhuett i fönstret.

"Landet vi byggde", sa Ringmar.

Winter svarade inte.

"Han berättade en sak till i bilen", sa Ringmar. "Gustav."

"Ja?"

"Det var Aris Kaite som var det falska tidningsbudet. Aris följde efter honom."

"Varför då?"

"Han misstänkte att det var Gustav som slagit ner honom."

"Han hade fel."

"Och han fick det bekräftat den natten", sa Ringmar. "Han såg gubben försöka slå ner sin son."

"Har du hunnit kolla det här med Kaite?"

"Ja."

"Gud. Visste Gustav?"

"Han såg inte vem det var. Men Kaite såg det."

"Och Gustav såg honom?"

"Ja, men han kände inte igen honom."

"Så det var Kaite som berättade det för honom?"

"Ja."

"Och han ville inte tro honom", sa Winter.

"Det är komplicerat", sa Ringmar.

"Landet vi byggde", sa Winter.

De gick mot bilen.

"Vi åker hem till mig och äter nåt", sa Winter och tänkte på Angela.

"Är jag hungrig?" sa Ringmar. "Finns det såna känslor kvar i landet?"

"Du får laga", sa Winter.

"Baskisk omelett?" frågade Ringmar.

"Varför inte."

Winter talade i telefon med Bengt Johansson igen, försökte lugna honom. Han hörde den täta trafiken nedanför våningen, en stor kontrast till gårdagen.

"Jag kommer över en stund senare i kväll om du vill det", sa Winter.

"Jag pratade med Carolin förut", sa Johansson. "Det kändes bra."

Aneta Djanali hade haft fortsatta förhör med Carolin Johansson men hon kunde inte hjälpa dem med ytterligare detaljer. Kanske hade de sett videoinspelningen nu. Aneta hade inte ringt Winter än.

De åt. Ringmar hade skurit tomaterna till omeletten på andra hållet den här gången.

"Vi behöver kött", sa Winter.

"Vi behöver en hushållerska", sa Ringmar. "Vi behöver kvinnor."

Matlagning är inte topprioritet just nu, tänkte Winter.

"Är du trött, Bertil?"

"Nej. Du?"

"Nej."

"Han kan ha kört ut till havet", sa Ringmar. "Står nånstans på en strand."

Winter hade skickat ut alla poliser han kunde utefter kustlinjen.

De försökte ha kontroll på Landvetter och de mindre flygplatserna. Winter trodde inte på någon flygresa för Jerner. Han trodde mer på sin egen i så fall.

"Hur många man har vi i Nordstan?" frågade han.

"Nu? Inte så många. Det är ju tomt. Ingen kommers i dag. Men dom ska ju ha gått igenom hela skiten ordentligt."

"Det var där han... hämtade Micke", sa Winter. "Vill han lämna honom där igen?"

"Han är inte där, Erik. Stället är tomt."

"Han var mycket där. Du har sett ett par av dom andra filmerna.

Han verkade tycka om att gå där."

"Han är inte där", upprepade Ringmar.

"Det kanske finns nåt speciellt som drar honom dit?" sa Winter.

Ringmar svarade inte.

"Nåt vi inte ser", sa Winter. "Nåt som han ser men som inte vi ser?"

"Jag förstår kanske vad du menar", sa Ringmar.

"När öppnar dom igen?" frågade Winter.

"I morgon klockan tio. Det är annandagsrea."

"Är det annandan i morgon? Annandag jul?"

"Snart är julen över", sa Ringmar.

"Och jag som inte köpt nån julklapp till dig, Bertil."

"Tyvärr får jag säga detsamma."

Winter reste sig från bordet.

"Jag ringde aldrig Moa heller. Jag lovade."

"Tänk inte på det", sa Ringmar. "Det hade sannolikt gjort mer skada."

"Jag håller med", sa Winter. "Hänger du med?"

"Vart?"

"Till Nordstan."

"Där är TOMT, Erik."

"Jag vet, jag vet. Men bättre än att sitta här. Bengt Johansson bor ju på andra sidan stationen också."

Det fanns snö i luften igen, ett glest snöfall. Några människor på gatorna bar uppfällda paraplyer. Winter körde sakta.

"Man ska inte ha paraply i snöfall", sa Ringmar. "Det är inte passande."

"Det var gubben Smedsberg som berättade för oss att Carlström hade en fosterson", sa Winter.

"Tror du inte jag tänkt på det?" svarade Ringmar.

"Hade han inte sagt nåt hade vi sannolikt aldrig frågat Carlström", sa Winter.

"Nej."

"Och fortfarande inte haft Jerners identitet."

"Nej."

"Så frågan är varför?" Winter vände sig mot Ringmar. "Varför?"

"Ja."

"Men svara då. Du har ju pratat med gubben Smedsberg."

"Inte om det."

"Du har väl en åsikt?"

"Allt kommer att uppenbaras av rättspsykologin", sa Ringmar.

"Jag tycker vi har uppenbarat rätt mycket själva", sa Winter.

"Det är sant."

"Fadern gjorde exakt samma sak som sonen gjort", sa Winter. "Han gav oss ledtrådar."

"Mhm."

"Allt handlar om skuld", sa Winter.

"Gustavs skuld? Vilken skuld?"

"Tror du inte sonen känner skuld?" Winter tittade på Ringmar igen. "Hur länge tror du inte han känt skuld?"

"Ja."

"Precis som dom andra pojkarna. Deras tystnad bottnar i rädslan över att kompisen skulle bli slagen igen av sin far, och något värre. Rädsla gör att man blir tyst." Winter växlade ner. "Och... skam leder också till tystnad. Pojkarna skämdes för att ha blivit utsatta för våldet. Skam... och chock. Det är som med våldtäktsoffer."

"Ja", upprepade Ringmar.

"Gustav förde oss till sin far", sa Winter.

"Och fadern kanske medvetet förde oss till Carlström och hoppades att vi skulle ändra riktning, och förstå vem det verkligen handlade om. Vem som verkligen bar skulden."

Winter nickade.

"Skulden till allt", sa Ringmar och tänkte på Mats Jerner och på Micke Johansson.

"Tror du Gustav visste?" sa Winter. "Visste om det här med Mats? Mats och... barnen."

"Nej", sa Ringmar. "vi får ju veta så småningom, men jag tror inte det. För Gustav handlade det om fadern. Gubben."

"Och för gubben Smedsberg handlade det om honom själv", sa Winter. "Han angav indirekt sig själv i samma stund som han berättade om fostersonen hos Natanael Carlström."

Hans mobil ringde.

"Vi har hittat Magnus Heydrich", sa Halders.

"Eh.. förlåt?"

"Bergort. Vi har honom."

"Var är han?"

"Safe and sound uppe på häktet."

"Har han sagt nåt?"

"Nej. Men det skiter vi väl i. Han är ju skyldig. Det är väl ingen tvekan om det?"

"Nej", sa Winter.

"Jävla chickenshit", sa Halders.

"Vad sa du, Fredrik?"

"Han vågade inte köra in i bergväggen."

Nordstadstorget var belyst av alla konstgjorda ljus som fanns. Inomhuskomplexet var tyst och blänkande. Varuhusens och affärernas skyltar kastade skuggor ner i stengolven.

Nordstan var utbildningsplats för alla rookies som kom till Göteborgspolisen. Winter hade patrullerat där. En del av dem som han patrullerat bland fanns kvar, ibland därinne, ibland utanför i Brunnsparken, rookies de också på sitt sätt, alkoholister och blandmissbrukare som en gång hade varit unga som han.

Han stod mitt på torget med turistbyråns kiosk i ryggen. Härifrån såg ljuset från KappAhl och Åhléns och H&M och Akademibokhandeln varmt ut, inbjudande. Han såg inga väktare eller poliser just nu. Han kunde ha varit den ende i världen. Ulf Siléns skulpturer från 1992 hängde över honom, konstverket Två Dimensioner där kroppar dök och hoppade i vatten, flög i luften, förändrades under ytan, från vitt till havsgrönt, och till andra former som blev en del av vattnet. Han hade egentligen aldrig sett de hängande skulpturerna på det här sättet, aldrig tänkt på dem, det gjorde säkert ingen av alla de tusentals som passerade här dagligen, till och från affärer, till och från centralen via gångtunneln. Konstverket blev en del av torget och det var väl meningen.

Han hörde Ringmars röst bakom sig:

"Tjugo man har gått igenom alla källarutrymmen."

"Okej."

"Är du klar här?" frågade Ringmar.

"Vad är klockan?"

"Över elva."

"Jag kör hem till Bengt Johansson", sa Winter.

"Jag åker hem till mig", sa Ringmar.

Winter nickade. Det var dags för Ringmar att åka hem.

"Men jag kanske dyker upp i natt", sa Ringmar. "Om jag inte kan sova."

"Har du tänkt sova?"

Bengt Johansson var lugnare än tidigare.

"Det hjälpte att prata med Carolin", sa han. "Jag tror det hjälpte henne också." Han rörde sig fram och tillbaka över golvet. "Du får mig inte att se dom där filmerna." Han höll upp händerna i Winters riktning. "Carolin sa att hon var tvungen eftersom det är hennes fel som hon sa. Men jag tittar inte på jävelskapet. Aldrig."

"Du behöver inte se... Micke", sa Winter. "Men den här mannen. Som filmar. Du kanske känner igen nåt."

Men vad skulle han känna igen? Den enda hjälp de kunde få av Bengt Johansson var om han kände igen Jerner från något speciellt ställe.

"Jag vill inte", sa Bengt Johansson.

Winter såg fotografierna av Micke på väggen och på skrivbordet. Det hade kommit fram fler sedan han var här förra gången.

"Jag skulle vilja berätta lite om Micke", sa Bengt Johansson. "Om alla ord han har lärt sig på sistone. Vill du höra?"

Winter satt med Göteborgskartan och kartor över spårvagnslinjerna. Han hade kommit hem från Bengt Johansson efter två. Bilen stod på en invalidparkering utanför eftersom det var så han kände sig.

I morgon skulle de försöka dra det finmaskiga nätet utåt, efter i första hand treans spårvägslinje. Det var ett oerhört arbete. Han somnade mitt i ett pennstreck. Han drömde om en barnröst som ropade "pappa", och en gång till, "pappa", men avlägset, svagt, och utan att vara upprörd. Han vaknade i fåtöljen och vacklade in i sovrummet och föll ner i sängen.

Han vaknade av ett ljud. Han satte sig upp med ett ryck som överraskade honom själv. Han tittade på klockan på bordet: halv tio. Han hade sovit i fem timmar.

Ingen hade väckt honom, ingen hade ringt. Han visste att de visste nere på polishuset att han arbetat dygnet runt och de kanske bara ville skydda honom från att bli utbränd. Det var nästan så att han log. Men mobilen? Var var den? Han sökte därinne i sovrummet. Han kände sig fortfarande som en sovande. Han letade efter den i de andra rummen, i köket. Han ringde numret från den fasta anknytningen i köket. Ingen signal. Han hittade mobilen i badrummet på tvättstället, avstängd. Han hade inget minne av att han burit den dit, eller att han stängt av den. Varför hade han stängt av den? Men hade det hänt nåt skulle Halders som var i ordinarie tjänst nu ringt hem till honom. Ingenting hade alltså hänt. Han kontrollerade med mobilsvar. Han ställde sig under kallt vatten i duschen.

När han drack kaffet tänkte han åter på Nordstan. Jerner hade sökt sig till Nordstan. I Nordstan fanns normalt så mycket människor att de försvann in i varandra. Han tittade på klockan. Det var öppet.

När han var på väg ringde Aneta Djanali.

"Ellen Sköld sa ett namn."

"Har du pratat med henne igen?"

"Ja, nyss, i morse. Hon säger namnet Gerd. Det måste vara Gerd hon säger."

"Jerners mor", sa Winter.

"Han har berättat för Ellen", sa Aneta Djanali.

Det fanns civilklädda poliser på inomhusgatorna, Postgatan, Götgatan, inne på varuhusen. Alla in- och utgångar var under uppsikt.

Människor rörde sig därinne nu. Annandagsrean exploderade i

allas ansikten. Winter kunde knappt röra sig där han försökte gå över Nordstadstorget. I går hade han varit ensam på jorden, nu var de tusenden.

Löpsedlarna utanför pressbyrån gallskrek.

Ringmar stod utanför H&M som de avtalat.

"Fick du nån sömn, Erik?"

"Ja, men mot min vilja."

"Jag har pratat med Martin", sa Ringmar.

"Det var på tiden."

"Han vill att vi ska träffas."

"Vad säger han då?"

"Att han aldrig har kommit över att jag klådde honom en gång. En gång. Det var... det. Det var visst bara det. Men att det har växt sig starkare och starkare."

"Gjorde du det då?"

"Klådde honom? Inte i den meningen."

"Vilken annan mening finns det?"

"Jag *har* inte slagit honom", sa Ringmar och Winter kunde se lättnaden i hans ansikte som var en oskyldig mans. Jag har inte ens gjort *det*, ville Ringmar säga.

"Var är han då?" frågade Winter medan han studerade folk som rörde sig i långsamma klasar.

"I New York."

"I New YORK?"

"Ja. Han har lämnat den där förbannade sekten han var med i."

"Deprogrammerad?"

"Han fixade det visst själv." Ringmar såg på Winter. "Kanske det bara är början, förresten. Sånt tar visst tid."

"Vad gör han?"

"Jobbar på en restaurang."

"Kommer han hem?"

"Nästa vecka."

"När kommer Birgitta hem?" frågade Winter och såg mannen som satt på golvet därborta mellan människor som gick fram och tillbaka.

"Hon är redan hemma. Och Moa."

"Vem har kollat gitarristen?" sa Winter och nickade i riktning mot torgets mittplatta.

"Vad? Vilken gitarrist?"

"Vem är GITARRISTEN!?" upprepade Winter och tog ett snabb steg framåt, kolliderade med en kvinna, sa förlåt och fortsatte framåt som en rugbyspelare mellan tacklande backar, och han var framme vid gitarristen som satt snett under de hängande och virvlande kropparna i Två Dimensioner och klinkade någonting, och Winter kom bakifrån, såg den rutiga kepsen och visste att det var möjligt och att vem som helst kunde hålla sig undan på det här sättet hur länge som helst, det var en djävulskt skicklig förklädnad, en offentlig förklädnad, och hans hand darrade när han sträckte fram den mot gestalten som plonkade fram ett ackord och Winter drog av kepsen och såg ner på ett svart hår och ett skräckslaget främmande ansikte som vändes mot honom.

"Förlåt", sa Winter.

Ingen verkade ha sett det. Gitarristen hade ingen publik. Han reste sig och tog sitt tomma gitarrfodral och sin gitarr och gick.

Ovanför Winter svävade skulpturerna. Han tog ett steg bakåt och betraktade taket som löpte från den norra arkaden fram till torget. Fyra jättelika ventilationstrummor var placerade under taket, som gångtunnlar. Han följde dem med blicken. De mynnade ut framför konstverket. Himlen syntes genom det runda takfönstret. De översta figurerna omgavs av speglar som bildade ett cirkelrunt prisma där de omgivande affärernas skyltar speglades. Han kunde se människornas rörelser som snabba reflexer. De vita skulpterade kropparna var nakna, på väg ner från himlen mot jordens vattenskorpa. Han hade betraktat dem i går för första gången. Han var den ende som tittade uppåt. Tillräckligt länge, och fler skulle undra och börja titta.

Kropparna var fästade i genomskinliga linor som liksom frös deras rörelser.

Någon hoppade.

Någon dök.

Han såg honom nu.

Det hängde en ny kropp däruppe.

Han hade inte sett den i går.

Vit som de övriga, vit som snö.

Jerners drag hade stelnat som de andras. Han var på väg i en frusen rörelse från himlen.

Han hade fäst armar och ben i linor som han måste ha burit med sig genom ventilationssystemet.

Den sista linan hade han fäst runt halsen.

Sedan hade han låtit sig falla.

Allt detta var möjligt att räkna ut under sekunder.

Winter blundade och tittade igen. Jerner hängde kvar i sitt döda fall. Han flög, som han hade sagt till sin bror, flög på sitt eget sätt. Winter såg sig om och han såg att han var den ende som *såg*. Bertil var försvunnen i folkhavet.

Winter tittade uppåt igen, han kunde inte hindra det. Bredvid Jerners vänstra axel såg han spegelbilden av H&M:s butik. Spegeln buktade på ett egendomligt sätt som gjorde det möjligt för honom att se undersidan av en klädkarusell inne i butiken. Ett litet hjul blänkte till i spegeln och något som kunde vara ett stag, ett stativ, något, mitt i karusellen, Winter vände sig om och kastade sig genom folkmassan och vräkte bort kläderna som flaxade undan i en halvcirkel och sittvagnen stod där och Mickes huvud lutade åt sidan i en vidrig vinkel, en liten arm hängde slapp utefter sidan och där fanns ingen puls och Winter visste att han hade lyckats finna sin gärningsman och att han hade misslyckats.

På planet behöll han skinnjackan och solglasögonen på. Någon sjöng när de lyfte genom de svarta vänliga skyarna. Någon skrattade. Han satte på sig lurarna till den bärbara cd:n och blundade. En vagn kom så småningom och han bad om fyra av de löjligt små whiskyflaskorna. Han drog på sig lurarna igen och drack och försökte tänka på ingenting men misslyckades. Han grät bakom glasögonen. Kvinnan bredvid honom vände sig bort. Han höjde musiken och Miles Davis trumpet stötte bort allt annat i honom för en timme. Han beställde mer whisky.

Han hörde en röst. Han öppnade ögonen. Angela stod lutad över honom tillsammans med någon i flyguniform. Det hördes inget motorljud. Han höjde armen som för att skydda sig.

"Du är här nu, Erik." Hon tog försiktigt i hans arm. "Du är här hos oss."

Vad hände sedan? Läs nästa bok i serien om Erik Winter:

SEGEL AV STEN

Han hörde ljud bakom sig, steg mot sten på väg bort till kyrkan som verkade vara huggen ur berget också den, bankad med slägga ur sten, som allt annat här under himlens segel. Han tittade upp igen. Himlen hade fått samma nyans av sten som allt annat omkring honom. Ett segel av sten. Allt var sten. Havet var sten.

Någon gång under andra världskriget försvinner den svenske fiskaren John Osvald mystiskt på en trålare utanför den skotska kusten. Nu, sextio år senare, tycks hans son Axel också ha försvunnit under en resa i Skottland. Efter att ha blivit kontaktad av Axels oroliga dotter bestämmer sig Erik Winter för att bege sig dit för att undersöka fallet. Återigen möts Winter och hans skotske kollega Steve MacDonald för att utreda ett fall, men den här gången får det konsekvenser som ingen av dem kunnat förutse.

Samtidigt undersöker kriminalinspektör Aneta Djanali en misstänkt hustrumisshandel i Göteborg. Motvilligt dras hon in i ett händelseförlopp som får henne att fundera över sitt förflutna och sina egna val. Liksom Winter tvingas även hon ut på en resa till en främmande strand.

Segel av sten är Åke Edwardsons sjätte roman om Erik Winter. Åke Edwardson bor och verkar i Göteborg. Förutom romaner om Erik Winter skriver han radioteater, resereportage och litteraturkritik. Han är uppvuxen i Vrigstad i Småland, där han numera tillbringar somrarna.

Övriga böcker av Åke Edwardson i Månpocket

DANS MED EN ÄNGEL
ROP FRÅN LÅNGT AVSTÅND
SOL OCH SKUGGA
LÅT DET ALDRIG TA SLUT
TILL ALLT SOM VARIT DÖTT
GÅ UT MIN SJÄL
GENOMRESA